蓝袍先生

陈忠实集·中篇小说

北京出版社出版集团
北京十月文艺出版社

作者简介

　　陈忠实，1942 年生于西安市灞桥区，1965 年初发表散文处女作，1979 年加入中国作家协会，已出版《陈忠实小说自选集》三卷、《陈忠实文集》七卷及散文集《告别白鸽》等 40 余种作品。《信任》获 1979 年全国短篇小说奖，《渭北高原，关于一个人的记忆》获 1990—1991 全国报告文学奖，长篇小说《白鹿原》获第四届茅盾文学奖（1998），在日本、韩国、越南翻译出版。曾十余次获得《当代》、《人民文学》、《长城》、《求是》、《长江文艺》等各大刊物奖。现任中国作家协会副主席。

目　录

康家小院

一

没有女人的家，空气似乎都是静止的。

康田生三十岁上死了女人。把那个在他家小厦屋里出出进进了五年、已经和简陋破烂的庄稼院融为一体的苦命人送进黄土，康田生觉得在这个虽然穷困却无比温暖的小院里，一天也待不下去了。他抱起亲爱的亡妻留给他的两岁的独生儿子勤娃，用粗糙的手掌抹一抹儿子头顶上的毛盖头发，出了门，沿着村子后面坡岭上的小路走上去了。他走进老丈人家的院子，把勤娃塞到表嫂怀里，鼓劲打破蒙结在喉头的又硬又涩的障碍：

"权当是你的……"

勤娃大哭大闹，抡胳膊蹬腿，要从舅妈的怀里挣脱出来。他赶紧转过身，出了门，梗着脖子没有回头；再看一眼，他可能就走不了。

走出丈人家所居住的腰岭村，下了一道塄坎，他双手撑住一棵合抱粗的杏树的黑色树干，呜的一声哭了。

只哭了一声，康田生就咬住了嘴唇，猛然爆发的那一声撕心裂肺的中年男人的粗壮的声音，戛然而止。他没有哭下去，迅即离开大杏树，抹去眼眶里的泪水，使劲咳嗽两声，沿着上岭来的那条小路走下去了。

三十年的生活经历，教给他忍耐，教给他倔犟，独独没有教会他哭泣。小时候，饿了时哭，父亲用耳光给他止饥。和人家娃娃玩恼了，他占了便宜，父亲抽他耳光；他吃了亏，父亲照样抽他的耳光。他不会哭了，没有哭泣这个人类男女皆存的强烈的感情动作了。即使国民党河口联保所的柳木棍打断了两根，他的裤子和皮肉粘在一起，牙齿把嘴唇咬得血流到脖子里，可眼窝里始终不渗一滴眼泪。

下河湾里康家村的西头，在大大小小高高矮矮拥挤着的庄稼院中间，夹着康田生两间破旧的小厦房，后墙高，檐墙低，陡坡似的房顶上，搀接得稀疏的瓦片，在阴雨季节常常漏水。他和他的相依为命的妻子，夜里光着身子，把勤娃从炕的这一头挪到那一头，避免潮湿……现在，妻子已经躺在南坡下的黄土里头了，勤娃送到表兄嫂家去了，残破低矮的土围墙里的小院，空气似乎都凝结了，静止了，他踏进院子的脚步声居然在后院围墙上发出嗡嗡的回音。灶是冷的，锅是冰的，擀面杖依旧架在案板上方的木橛上……妻子头上顶着自己织成的棉线布巾（防止烧锅的柴灰落到乌黑的头发里），拉着风箱，锅盖的边沿有白色的水汽冒出来。他搂着儿子，蹲在灶锅前，装满一锅旱烟。妻子从灶门里点燃一根柴枝，笑着递到他手上时，勤娃却一把夺走了，逞能地把冒着烟火的柴枝按到爸爸的烟锅上。他吸着了，生烟叶子又苦又辣的气味呛得勤娃咳嗽起来，竟然哭了，恼了。他把一口烟又喷到妻子被火光映得忽明忽暗的脸上，呛得妻子也咳嗽，流泪，逗得勤娃又笑了……一条长凳，一张方桌，靠墙放着；两条缀着补丁的粗布被子，叠摞在炕头的苇席上，一切他和妻子共同使用过的家具和什物，此刻都映现着她忧郁而温存的眼睛。

连着抽完两袋旱烟，康田生站起来，勒紧腰里的蓝布带子，把烟袋别在后腰，从墙角提起打土坯的木把青石夯，扛上肩膀，再把木模挂到夯把上，走出厦屋，锁上门，走过小院，扣上木栅栏式的院墙门上的铁丝扣子，头也不回地走出康家村了。

第二天清晨，当熹微的晨光把坡岭、河川照亮的时光，康田生已经在一个陌生的村庄旁首的土壕里，提着青石夯，砸出轻重有致、节奏明快的响声了。

　　三十岁，这是庄稼汉子的什么年岁啊！康田生丢剥了长衫，只穿一件汗褂，膀阔腰粗，胳膊上栗红色的肌肉闪闪发光。他抢着几十斤重的石夯，捶击着装满木模的黄土，劈里啪啦，一串响声停歇，他轻轻端起一块光洁平整的土坯，扭着犍牛一样强壮的身体，把土坯垒到一起，返回身来，给手心喷上唾液，又提起石夯，捶啊捶起来……

　　他要续娶。没有女人的小院里的日月，怎么往下过呢！他才三十岁。三十岁的庄稼汉子，怕什么苦吃不得吗？

　　十四五年过去了，康田生终于没有续上弦。

　　他在小河两岸和南塬北岭的所在村庄里都承揽过打土坯的活计，从这家那家农户的男主人或女当家的手里，接过一枚一枚铜元或麻钱，又整串整串地把这些麻钱和铜元送交给联保所的官人手里，自己也搞不清哪一回缴的是壮丁捐，哪一回又缴的是军马草料款了。

　　他早出晚归，仍然忙于打土坯挣钱，又迫于给联保所缴款，十四五年竟然糊里糊涂地过去了。人虽老未太老，背驼亦未驼得太厉害。而变化最大的是，勤娃已经长得和他一般高了，只是没有他那么粗，那么壮。他已经不耐烦用小碗频频到锅里去舀饭，换上一只大人常用的粗瓷大碗了；也不知什么时候学的，勤娃已经会打土坯了。

　　康田生瞧着和自己齐肩并头的勤娃，顿然悟觉到：应该给儿子订媳妇了呢！

二

　　勤娃在舅家，舅舅把他送给村里学堂的老先生。老先生一顿板子，打得他把好容易认得的那几个字全飞走了。他不上学，舅舅和舅母哄他，不行；拖他，去了又跑了；不得不动用绳索捆拿，他一得空还是逃走了。

　　"生就的庄稼坯子！"听完表兄表嫂的叙述，康田生叹一口气，"真难为你们了。"

　　勤娃开始跟父亲做庄稼活儿。两三亩薄沙地，本来就不够年富力强的父亲干，农忙一过，他闲下来。他学木匠，记不住房梁屋架换算的尺码。似乎不是由他选择职业，而是职业选择他，他学会打土坯，却是顺手的事。

在乡村七十二行手艺人当中，打土坯是顶粗笨的人干的了，虽不能说没有一点技术，却主要是靠卖力气。勤娃用父亲的那副光滑的柿树木质的模子，打了一摞（五百数）土坯，垒了茅房和猪圈，又连着打了几摞，把自家被风雨剥蚀得残破的围墙推倒重垒了。这样，勤娃打土坯出师了。

活路多的时候，父子俩一人一把石夯，一副木模，出门做活儿。活路少的时候，勤娃就让父亲留在屋里歇着，自己独个去了。

他的土坯打得好。方圆十里，人家一听说是老土坯客的儿子，就完全信赖地把他引到土壕里去了。

这一天，勤娃在吴庄给吴三家打完一摞土坯，农历四月的太阳刚下塬坡。他半后晌吃了晚饭，接过吴三递给他的一串麻钱，装进腰里，背起石夯和木模，告辞了。刚走出大门，吴三的女人迎面走来，一脸黑风煞气："土坯摞子倒咧！"

"啊？"吴三顿时瞪起眼睛，扯住他的夯把儿，"我把钱白花了，饭给你白吃了？你甭走！"

"认自个倒霉去！"勤娃甩开吴三拉拉扯扯的手说。按乡间虽不成文却成习律的规矩，一摞土坯打成，只要打土坯的人走出土壕，摞子倒了，工钱也得照付。勤娃今天给吴三家打这土坯时，就发觉土泡得太软了，后来想到四月天气热，土坯硬得快，也就不介意。初听到吴三婆娘报告这个倒霉事的时光，他咂了一下嘴，觉得心里不好受。可当他一见吴三变脸睁眼不认人的时候，他也来了硬的，"土坯不是倒在我的木模上……"

吴三和他婆娘交口骂起来。围观的吴庄的男女，把他推走了。骂归骂，心里不好受归不好受，乡规民约却是无法违背的。他回家了。

"狗东西不讲理！"勤娃坐在小厦屋的木凳上，给坐在门坎上的父亲叙述今天发生的事件，"他要是跟我好说，咱给他再打一摞，不要工钱！哼！他胡说乱道，我才不吃他那一套泼赖！"

康田生听完，没有吭声，接过儿子交到他手里来的给吴三打土坯

4

挣下的麻钱，在手里攥着，半晌，才站起身，装到那只长方形的木匣里，那是亡妻娘家陪送的梳妆盒儿。他没有说话，躺下睡了。

勤娃也躺下睡了。父亲似乎就是那么个人，任你说什么，他不大开口。高兴了，笑一笑；生气了，咳一声。今天他既没笑，也没叹息。他就是那样。

勤娃听到父亲的叫声，睁开眼，天黑着，豆油灯光里，父亲已经把石夯扛到肩膀上了。他慌忙爬起，穿好衣裤，就去捞自己的那一套工具，大概父亲应承下远处什么村庄里的活儿了。

"你甭拿家具了。"父亲说，"你提夯，我供土。"

说罢，父亲扛着石夯出了门，勤娃跟在后头，锁上了门板。村庄里悄悄静静，一钩弯镰似的月牙悬浮在西塬上空，河滩里蛙声一片。

"爸，去哪个村？"

"你甭问，跟我走。"

勤娃就不再说话。马家村过了，西堡，朱家寨……天麻明，走进吴庄村巷了。父亲仍不停步，也不回头，从吴庄的大十字拐过去，站立在吴三门口了。勤娃一愣，正要给爸爸发火，吴三从门里走出来。

"老三，还在那个土壕打土坯吗？"

吴三一愣，没好气地说："我还打呀？"

"你只说准，还是那个土壕不是？"

"我另寻下土坯匠了。"

勤娃早已忍耐不住（这样卑微下贱），他忽地转过身，走了。刚走开几步，膀子上的衣服被急急赶上前来的爸爸揪住了。一句话没说，父子俩来到勤娃昨日打土坯的大土壕。

"提夯！"康田生给木模里装饱了土，命令说。

勤娃大声唉叹着，提起石夯，跳到打土坯的青石台板上。刚刚从夜晚沉寂中苏醒过来的乡村田野上，响起了有节奏的青石夯捶击土坯的声音。

太阳从东塬顶上冒出来，勤娃口渴难忍。往昔里，太阳冒红时光，主人就会把茶水和又酥又软的发面锅盔送到土壕来。今日算干的什么窝囊事啊！

5

乡村人吃早饭的时光到了，土壕外边的土路上，踽踽走过从塬坡和河川劳动归来的庄稼汉，进入树荫浓密的吴庄村里去了。爷儿俩停住手，爸爸从口袋里取出自带的干馍，啃起来。勤娃嗓子眼里又干又涩，看看已经风干的黑面馍馍，动也没动，把头拧到一边，躲避着父亲的眼光，他怕看见爸爸那一双可怜的眼光。他第一次强烈感到了出笨力者的屈辱和下贱，憎恨甘作下贱行为的父亲了。

　　农历四月相当炎热的太阳，沿着塬塄的平顶，从东朝西运行，挨着西塬坡顶的时光，五百数目为一摞的土坯整整齐齐垒在昨日倒坍掉的那一堆残迹旁边。父子俩收拾工具和脱掉扔在地上的衣衫，走出土壕了。

　　"给老三说，把土坯苫住，当心今黑有雨。"父亲在村口给一位老汉捎话，"我看今晚有雨哩。你看西河口那一层云台……"

　　"走走走走走！"勤娃走出老远，粗暴地呵斥父亲，"操那么些闲心做啥？"

　　勤娃回到家，一进门，掼下家具，就蹲在灶锅下，点燃了麦草，湿柴呛得鼻涕眼泪交流，风箱板甩打得劈啪乱响。他又饿又渴，虚火中烧。父亲没有吭声，默默地在案板上动手和面。要是父亲开口，他准备吵！这样窝窝囊囊活人，他受不了。

　　"康大哥！"

　　一声呼叫，门里探进一颗脑袋，勤娃回头一看，却是吴三，他一扭头，理也不理，照旧拉着风箱。父亲迎上前去了。

　　"康大哥！实在……唉！实在是……"吴三和父亲在桌前坐下来，"我今日没在屋，到亲戚家去了。回来才听说，你又打下一摞……"

　　"没啥……嘿嘿嘿……"父亲显然并不为吴三溢于言表的神色所动情，淡淡地应和着，"没啥。"

　　"你爷儿俩饿了一天，干渴了一天！"吴三越说越激动，"我跟娃他妈一说，就赶紧来看你。我要是不来，俺吴庄人都要骂我不通人性了。"

　　"噢噢噢……嗬嗬……"康田生似乎也动了情，"咱庄稼人，打一摞土坯也不容易，花钱……咱挣了人的麻钱，吃了人的熟食，给人打一堆烂货，咱心里也不安宁哩！"

"不说了，不说了。"吴三转过脸，"勤娃兄弟，你也甭记恨……老哥我一时失言……"

怪得很，窝聚在心胸里一整天的那些恶气和愤怨，一下子全都消失了，勤娃瞟一眼满脸憨笑着的吴三，不好意思地笑笑，表示自己也有过失。他低头烧锅，看来吴三是个急性子的热心人，好庄稼人！他把爸爸称老哥，把自己称兄弟，安顿的啥班辈儿嘛！反正，他是把自己往低处按。

"这是两把挂面。这是工钱。"吴三的声音。

"使不得！使不得！"父亲慌忙压住吴三的手。

"你爷儿俩一天没吃没喝……"

"不怎不怎……"

勤娃再也沉默不住，从灶锅间跳起来，帮着父亲压住吴三的手："三叔……"

第二天，吴庄一位五十多岁的乡村女人走进勤娃家的小院，脸上带着神秘的又是掩藏着的喜悦，对康田生说，吴三托她来给勤娃提亲事，要把他们的二姑娘许给勤娃。乡村女人为了证实这一点，特别强调吴三托她办事时说的原话："吴三说，咱一不图高房大院，二不图车马田地，咱图得康家父子为人实在，不会亏待咱娃的……"

按照乡间古老而认真的订婚的方式，换帖、送礼等等繁章缛节，这门亲事终于由那位乡村女人作媒撮合成功了。康田生把装在亡妻木匣里那一堆铜元和麻钱，用红纸捆扎整齐，交给五十多岁的媒婆，心里踏实得再不能说了——太遂人愿了啊！

婚事刚定，壮丁派到勤娃头上。

"跑！"康田生说，"我打了一辈子土坯，给老蒋纳了一辈子壮丁款，现时又轮着你了！"

勤娃拧着眉，难受而又慌恐："我跑了，你咋办？"

"你跑我也跑！"康田生说，"哪里混不下一口饭？只要扛上木模和石夯！"

勤娃逃走了。半年后，他回来了，对村里惶惶不安的庄稼人说，

7

解放了！连日来听到南山方向的炮声，是追打国民党军队的解放军放的。他向人们证实说，他肩上扛回来的那袋洋面，是在河边的柳林里拾的，国军失败慌忙逃跑时撂下的……

三

日日夜夜在心里挂牵着的日子，正月初三，给勤娃婚娶的这一天，在紧迫的准备、焦急的期待中就要来到了。明天——正月初三，寂寞荒凉了整整十八年的康田生的小庄稼院里，就要有一个穿花衫衫、留长头发的女人了。他和他的儿子勤娃，无论从田野里劳动回来，抑或是到外村给人家打土坯归来，进门就有一碗热饭吃了。这个女人每天早晨起来，用长柄竹条扫帚扫院子，扫大门外的街道，院子永远再不会有一层厚厚的落叶和荒草野蒿了，狐狸和猫豹子再也不敢猖獗地光临了（有几次，康田生出外打土坯归来，在小院里发现过它们的爪迹和拉下的带着毛发的粪便，令人心寒哪！）。肯定说，过不了几年，这个小院里会有一个留着毛盖儿或小辫的娃娃出现，这才算是个家哩！在这样温暖的家庭里，康田生死了，心里坦坦然然，啥事也不必担忧啰！

乡亲们好！不用请，都拥来帮忙了。在小院里栽桩搭席棚的，借桌椅板凳的，出出进进，快活地忙着。平素，他和勤娃在外的时间多，在屋的时间少，和乡亲乡党们来往接触少。人说家有梧桐招凤凰，家有光棍招光棍，此话不然。他父子一对光棍，却极少有人来串门。他爷儿俩一不会耍牌掷骰子，二不会喝酒游闲。谁到这儿来，连一口热水也难得喝上。可是，当勤娃要办喜事的时候，乡党们还是热心地赶来帮忙料理。解放了，人都变得和气了，热心了，世道变得更有人情风味了。

今天是正月初二，丈人家的表兄表嫂吃罢早饭就来了。他们知道妹夫一个粗大男人，又没经过这样的大喜事，肯定忙乱得寻不着头绪，甚至连勤娃迎亲的穿戴也不懂得。勤娃自幼在他们屋里长大，他们和娘老子一般样儿。他们早早赶来为自己苦命早殁的妹妹的遗子料理婚事。

康田生倒觉得自己无事可干了。他哪里也插不上手，只是忙于应付别人的问询：斧头在哪儿放着？麻绳有没有？他自己此刻也不知斧头扔到什么鬼旮旯里去了。麻绳找出来的时光，是被老鼠咬成一堆的麻丝丝。问询的人笑笑，干脆什么也不问，需要用的家具，回自家屋里拿。

康田生闲得坐不住，心里也总是稳不住。老汉走出街门，没有走村子东边的大路，而是绕过村南坡梁，悄悄来到村东山坡间的一条腰带式的条田上。那块紧紧缠绕着山坡的条田里，长眠着他的亡妻，苦命人哪！

坟堆躺在上一台条田的塄根下，太阳晒不到，有一层表面变成黑色的积雪，马鞭草、苍耳、芨芨草、蒿子，枯干的枝叶仍然保护着坟堆。丛生的枳树枝条也已长得胳膊粗了，快二十年了呀！

康田生在条田边的麦苗上坐下来，面对亡妻的坟墓，嗫嚅了半天，说："我给你说，咱勤娃明日要娶亲了……"

他想告诉亲爱的亡妻，他受了多少磨难，才把他们的勤娃养育大了。他给人家打下的土坯，能绕西安城墙垒一匝。他流下的汗水，能浇灌一分稻子地。他在兵荒马乱、疫疬蔓生的乡村，把一个两岁离母的勤娃抓养成小伙子，够多艰难！他算对得住她，现在该当放心了……

他想告诉她，没有她的日月，多么难过。他打土坯归来的路上，不觉得是独独儿一个人，她就在他身旁走着，一双忧郁温存的眼睛盯着他。夜里，他梦见她，大声惊喜地呼叫，临醒来，炕上还是他一个人……

四野悄悄静静，太阳的余晖还残留在塬坡和蓝天相接的天空，暮霭已经从南塬和北岭朝河川围聚。河川的土路上，来来往往着新年佳节时月走亲访友姗姗归来的男女。

康田生坐着，其实再没说出什么来。这个和世界上任何有文化教养的人一样，有着丰富的内心感情活动的庄稼汉子，常年四季出笨力打土坯，不善于使用舌头表达心里的感情了。

再想想，康田生有一句话非说不可："你放心，现在世事好了，解放了……"

他想告诉她，康家村发生了许多亘古闻所未闻的吓人的事。村里来了穿灰制服的官人，而且不叫官人叫干部，叫同志，还有不结发髻散披着头发的女干部。财东康老九家的房产、田地、牲畜和粮食，分给康家庄的穷人了。用柳木棍打过他屁股的联保所那一伙子恶人，三个被五花大绑着押到台子上，收了监。他和勤娃打土坯挣钱，挣一个落一个，再不用缴给联保所了……

他叹息着：你要是活着，现时该多好啊！

康田生发觉鼻腔有异样的酸渍渍的感觉，不堪回想了，扬起头来。

扬起头来，康田生就瞅见了站在身旁的儿子勤娃，不知他来了多久了。

"我舅妈叫我来，给我妈……烧纸。"勤娃说，"我给我爷和我婆已经烧过了，现在来给我妈……"

唔！真是人到事中迷！晚辈人结婚的前一天后晌，要给逝去的祖先烧纸告祷，既是告知先祖的在天之灵，又是祈求祖先神灵佑护。他居然忘记了让勤娃来给他的生母烧纸，而自个却悄悄到这里来了。

勤娃在墓堆前跪下了，点着了一对小小的漆蜡，插在坟堆前的虚土里；又点燃了五根紫红色的香，香烟袅袅，在野草和枳树的枯枝间缭绕；阴纸也点燃了，火光扑闪着。

勤娃做完这一切，静静地等待阴纸烧完。他并不显得明显的难受，像办普通的一件事一样，虽然认真，却不动情。康田生心里立即蹿起一股憎恶的情绪，想想又原谅自己的儿子了。他两岁离娘，根本记不得娘是什么模样，娘——就是舅母！

康田生看着闪闪的蜡烛，缭绕的香烟，阴纸蹿起的火光，心里涌动着，不管儿子动情不动情，他想大声告慰黄泉之下的亡灵：世道变了。康家的烟火不会断绝了。康田生真正活人的日子开始啰！祖先诸神，尽皆放宽心啊！

四

勤娃脸上泛着红光，处处显得拘束，因为乡村里对未婚男女间接触的严格限制，直到今天，结婚的双方连看对方一眼的机会也没有过，使人生这件本来就带着神秘色彩的喜事，愈加增添了神秘的色彩。平常寡言少语甚至显得逆愣的勤娃，农历正月初三日，似乎一下子变得随和了，连那双老是像恨着什么人的眼睛，也闪射出一缕缕羞涩而又柔和的光芒。

长辈人用手拍打他剃得干干净净的脑袋，表示亲昵的祝贺；同辈兄弟们放肆地跟他开玩笑，说出酸溜溜的粗鲁话，他都一概羞涩地笑笑，不还嘴也不介意。

舅母叫他换上礼帽，黑色细布长袍，他顺情地把借来的礼帽，戴在终年光着而只有冬季包一条帕子的头上，黑细布长袍不合身，下摆直扫到脚面。无论借来的这身衣着怎么不合身，勤娃毕竟变成一副新郎的装扮了。

按照乡村流行下来的古老的结婚礼仪，勤娃的婚事进行得十分顺利。

勤娃完全晕头昏脑了。他被舅家表哥牵着，跟着花轿和呜哇呜哇的吹鼓手，走进吴庄，到吴三家去迎亲。吴三还算本顺，没有惯常轿到家门口时的讲价还价。当勤娃再跟着伴陪的表兄起身走出吴三家门的时候，唢呐和喇叭声中忽闪忽闪行进的轿子，已经走到村口了。那轿子里，装着从今往后就要和他过日月的媳妇。

回到康家村，女人和娃娃把他和蒙着脸的新媳妇一同拥进小小的厦屋，他一把揭去媳妇脸上蒙着的红布，就被小伙子们挤到门外去了，没有看清楚，只看见一副红扑扑的圆脸膛，他的心当时忽地猛跳一下，自己已经眼花了。

媳妇娶到屋了，现时就坐在小厦房里，那里不时传出小伙子和女人们嘻嘻哈哈的笑闹。所有亲戚友人，坐过午席，提上提盒笼儿告别上路了。一切顺顺当当。只是在晚间闹新房要新娘的时候，出了一点不快的风波。

勤娃和新娘被大伙拥在院子里，小伙子们围在他俩周围，女人们挤在外围，小院里被拥挤得水泄不通。新婚三天里不论大小，不管辈分，任何人有什么怪点子瞎招数儿，尽都可以提出来，要新娘新郎当众表演。这些不断翻新花样，几乎带有恶作剧的招数儿，不文明，甚至可以说野蛮，可是，乡村里自古流传不衰，家家如此，人人皆然。老人们知道，对于两个从来未见过面的男女，闹新房有一层不便道破的意思：启发挑逗两个陌生的男女之间的情欲。

勤娃还不是了知这层道理的年龄的人。人家要他给新娘子灌酒，他做了。人家要新娘子给他点烟，他接受了。人家叫他"糊顶棚"，他迟疑了。

勤娃知道，所谓"糊顶棚"，就是在舌尖上粘一块纸，再贴到媳妇的口腔上腭里。他看过别人家要新娘时这么玩过，临到自己，他慌了。

有人打他的戴礼帽的头。谁把礼帽一把摘掉了，光头皮上不断挨打。哄哄闹闹的吼声，把小院吵得要抬起来了。有人把纸拿来了，有人扭他的胳膊了。他把纸粘在舌尖上，只挨到媳妇的嘴唇上……总算一回事了。

一个新花样又提出来："掏雀儿"。要勤娃把一条手帕儿从新娘的右边袖口塞进去，从左边袖筒拉出来。他觉得，这比"糊顶棚"好办多了。他刚动手，新娘眼里闪出一缕怨恨他的眼光。勤娃愣愣地想，这有什么关系呢？于是就有人夹住新娘的两条胳膊……勤娃的两只手在新娘胸前交接手帕的时候，他触到了乳房，脸上轰的一热，同时看见新娘羞得流出眼泪了。勤娃难受了，他此刻才意识到自己太傻了。

"掏着雀儿没？"

"雀大雀小啊？"

勤娃低下头，羞愧得抬不起头来，哄闹声似乎很遥远，他听不见了。

他猛地抬起头，掼下手帕儿，挤出人堆去了……

忽地一下，人们"哗"的一声走散了，拥挤着朝门外走了，小伙子们骂着，打着噢哨，院子里只留下新娘，呆呆地站在那里。

"啊呀，勤娃！你真傻！"舅母怨他，"闹新房耍媳妇，都是这样！你怎的就给众人个搅不起！"

"这娃娃！愣得很！"父亲也惶惶不安，"咱小家小户，怎敢得罪这么多乡党？人家来闹房，全是耍哩嘛！你就当真起来？"

"去！快去！把乡党叫回来，赔情！"舅母说，"把酒提上去请！"

"算哩。"舅舅说，"夸不过三日，笑不过三日。只要往后待乡党好，没啥！明日，勤娃把酒提上，走一走，串串门，赔个情完事……"

……

勤娃进了自己的新房。父亲已经在小灶房里的火炕上安息了，舅舅和舅母也安睡了。小院的街门和后门早已关严，喧闹了一天的小院此刻显得异常静寂。

媳妇坐在炕沿上，低眉颔首，脸颊上红扑扑的，散乱的两绺鬓发垂吊在耳边，新挽起的发髻上，插着一支绿色的发针，做姑娘时被头发覆盖着的脖颈白皙而细腻。勤娃早已把闹房引起的不快情绪驱逐干净了。他不像舅母和父亲那样担心失掉乡党情谊，他要保护他的媳妇不受难堪，乡党情谊能比媳妇还要紧吗？屁！

他坐在椅子上，说什么呢？他找不到一个可以和她搭讪的话茬儿，而心里却想和她说说话儿。久久，他问："你……冷不？"

她头没抬，只摇一摇。

"饿不饿？"

她仍然摇摇头。

他又没词儿了。他想过去和她坐在一块，搂住她的肩膀，却没有勇气。

"你怎么……刚才就躁了呢？"

她仍然没有抬头。

"我……我看他们，太不像话！"他说，"怕你难受。"

"你……傻！"她抬起头来，爱抚地挖了他一眼，"你该当和他们……磨。你傻！"

13

他似乎一下子醒悟了。他在村里也看过别人家闹新房的场景，好多都是软磨硬拖，并不按别人出的瞎点子做的，滑过去了。他没有招架众人哄闹的能力……直杠人啊！"你傻!"新娘这样说他，他心里却觉得怪舒服的。男人跟女人怎样好呀？他猛地把媳妇搂到怀里。

"啊哟!"媳妇低低地一声叫，压抑着的痛苦。

他放开手，媳妇的左臂吊着，一动不动。他把她的胳臂握了吗？天啊，她是泥捏的呢，还是他打土坯练出了超凡出众的臂力？他吓坏了。

"一拉一送。"媳妇把胳膊递给他，"我这胳膊有毛病，不要紧的，安上就好。拉啊——"

胳膊又安上了。他站在一边，不敢动了。

她却在他眉心戳了一指头："你……傻瓜……"

五

农历正月里的太阳，似乎比以往千百年来所有正月里的热量都要充足，照耀着秦岭山下南塬坡根的小小的康家村的每一座院落，勤娃家的小院——康家村里最阴冷荒凉的死角，如今也和康家村大大小小的庄稼院一样，沐浴在和煦温暖的早春的阳光下了。

新婚之夜过去了，微明中，勤娃没有贪恋温适的被窝，爬起来，动手去打扫茅厕和猪圈了。笼罩在两性间的所有神秘色彩化为泡影，消逝了。昨天结婚的冗繁的仪式中，自己的拘束和迷乱，现在想起来，甚至觉得好笑了。他把茅厕铲除干净，垫上干土，又跳进猪圈，把嗷嗷叫着的黑克郎赶到一边，把粪便挖起，堆到圈角，然后再盖上干黄土，这样使粪便窝制成上等肥料，不致让粪便的气息漫散到小院里去。

做着这一切，他的心里踏实极了。站在前院里，他顿时意识到：过去，父亲主宰着这间小院，而今天呢？他是这座庄稼院的当然支柱了。不能事事让父亲操持，而应该让父亲吃一碗省心饭啰！他的媳妇，舅母给起下一个新的名字叫玉贤，夫勤妻贤，组成一个和睦美满的农家。他要把屋外屋内一切繁重的劳动挑起来，让玉贤做缝补浆洗

14

和锅碗瓢勺间的家事。他要把这个小院的日子过好，让他的玉贤活得舒心，让他的老父亲安度晚年，为老人和为妻子，他不怕出力吃苦，庄稼人凭啥过日月？一个字：勤！

他挂着铁锨，站在猪圈旁边，欣赏着那头体壮毛光的黑克郎，心里正在盘算，今日去丈人家回门，明天就该给小麦追施土粪了，把积攒下的粪土送到地里，该当解冻了，也是他扛上石夯打土坯的最好的时月了。

他回到院里，玉贤正在捉着稻黍笤帚扫院子，花袄，绿裤，头顶一块印花蓝帕子。他的心里好舒服啊，呆呆地看着这个已经并不陌生的女人扫地的优美动作。怪得很啊！她一进这小院，小院变得如此地温暖和生机勃勃。

"勤娃！"

听见父亲叫他，勤娃走进父亲住的屋子，舅舅和舅母都坐在当面，他问候过后，就等待他们有什么指教的话。

"勤娃。"父亲掂着烟袋，说，"你给人家娃说，早晨……甭来给我……倒尿盆……"

勤娃笑了。

"这是应该的。"舅母说，"你爸……"

"咱不讲究。咱穷家小院，讲究啥哩！"父亲说，"我自个倒了，倒畅快。我又不是瘫子……"

勤娃仍然笑笑，能说什么呢，爸是太好了。

太阳冒红了，他和玉贤相跟着，提着礼物，到丈人吴三家去回门。

走出康家村，田野里的麦苗渐渐变了色，温暖的阳光照耀着坡岭、河川，阴坡里成片成片的积雪只留下点点残迹，柳条上的叶苞日渐肥大了。

"玉贤——"

"哎——"

"给你……说句话……"

"你说呀！"

15

"咱爸说……"

"说啥呀？"她有点急，老公公对她到来的第一天有什么不好的印象吗？

"咱爸说……"

"说啥呀？你好难场！"

"咱爸说，你往后……甭给他……倒尿盆！"

"噢呀！"玉贤释然嘘出一口气，笑了，"怎哩？"

"不怎。"勤娃说，"他说他自个倒。"

"俺娘给俺叮嘱再三，要侍奉老人，早晨倒盆子，三顿饭端到老人手上，要双手递。要扫院扫屋，要……"玉贤说，"俺妈家法可严哩！"

"俺爸受苦一辈子，没受过人服侍。"勤娃说，"他倒不习惯别人服侍他。"

"咱爸好。"玉贤说。

两人朝前走着，可以看见吴庄村里高大的树木的光秃秃的枝梢了。

六

平静的和谐的生活开始了。院子里的榆树枝上，绣织着一串串翡翠般的榆钱，一只花喜鹊在枝间叫着。玉贤坐在东院根西斜的阳光里，纳着鞋底。后门关着，前门闭着，公公和丈夫，一人一把石夯，天不明就到什么村里打土坯去了，晚上才回来。她一个人在小院里，静得只能听见麻绳拉过布鞋鞋底的"咝咝"声。有点寂寞，她想和人说说闲话；不好，过门没几天的新媳妇，走东家串西家，那是会引起非议的。她就坐着，纳着，翻来覆去想着到这个新的家庭里的变化。感觉顶明显的，是阿公比亲生父亲的脾气好。父亲吴三，一见她有不顺眼的地方，就骂。阿公可是随和极了。他从来不要求儿媳妇对自己的照顾和服侍，打土坯晚上回来，锅里端出什么就吃什么。平时在家，她请示阿公该做啥饭？宽面还是细面？干的还是汤的？阿公总是笑笑，说："甭问了，你们爱吃啥做啥。"她在这个庄稼院里，似乎比

16

在亲生娘老子跟前更畅快些。人说新媳妇难熬，给勤娃做媳妇，畅快哩！

勤娃也好，勤快，实诚，俭省，真正地道的好庄稼人。她相信在结婚前，母亲给她打听来的关于勤娃的人品，没有哄她。他早晨出门去，晚间回来，有时到十几里以外的村里去打土坯，仍然要赶回来。他在她的耳边说悄悄话："要是屋里没有你，我才不想跑这冤枉路哩！"

昨天晚上发生的事，很不寻常。

勤娃打土坯回来，照例，把当日挣的钱交给老人。老人接住钱，放在桌上，叫勤娃把媳妇唤来。玉贤跟着勤娃来到阿公的住屋。

阿公坐在炕上，看一眼勤娃又看一眼玉贤，磕掉烟灰，说："从今往后，勤娃挣下钱，甭给我交了，交给贤娃。"

老人不习惯叫玉贤，叫贤娃，倒像是叫自己的女儿一样的口吻。玉贤心里忽然感动了，连忙说："爸，那不行！你老是一家之主……"

"一家人不说生分话。"老人诚恳地解释，"我五十多岁了，啥也不图，只图得和和气气，吃一碗热饭。这日月，是你们的日月，好了坏了，穷了富了，都是你们的。日子怎么过，家事怎样安排，你们要思量哩！勤娃前日说，想盖三间瓦房，好，就该有这个派势！三间房难也不难。爸一辈子打土坯挣下的钱，盖十间瓦房也用不完，临到而今还是这两间烂厦房。怎哩？挣得多，国军收税要款要得多。现时好了，咱爷儿俩闲时打土坯，不过三年，撑起三间瓦房！"

"爸，还是把钱搁到你跟前……"勤娃说。

"你俩都是明白娃嘛！爸要钱做啥？还不是给你攒着，干脆放你们箱子里，省得我操心。"老人把亡妻留下的那只梳妆匣儿，一家人的金库，一下子塞到勤娃怀里，作为权力的象征，毫不迟疑地移交给儿子了，"小子，日子过不好，甭怪你爸噢！"

勤娃流泪了，说："爸，你迟早要用钱，你说话，上会，赶集……"

"嗨！不知道吗？"老人爽快地笑着，"爸一辈子只会打土坯，挣汗水钱，不会花钱。"

现在，那只装着爷儿俩打土坯挣来的钱的梳妆匣儿，锁在箱子里的角落里。玉贤觉得，这个家，真是自己的家了。她在娘家时，村里的媳妇们，要用一块钱，先得给女婿说，再得给阿公阿婆说，一家人常常为花钱闹仗。她刚过门两月，老公一下子把财权交给她手上了，是老人过于老好呢，还是……

她看看太阳已经上了东墙墙头，小院里有点冷了，也该当去做晚饭了，勤娃和阿公晚间来，都想喝一碗玉米糁糁暖胃肠的。

街门"吱"的一响，妇女主任金嫂探进头来。

"玉贤，政府号召妇女认字学习哩。乡上派先生来扫除文盲，办冬学，你上不上？"

玉贤早就听人说要办冬学扫除文盲的传言，今天证实了。她觉得新鲜，人要是能认识字，该多有意思哟。心里虽然这样想，嘴里却说："这事……我得问一下俺爸。"

"你爸不挡将，勤娃也不挡。"金嫂说话办事都是干脆利落，"人民政府的号召，哪个封建脑瓜敢拉后腿？"

"挡不挡也得给老人说一下。"玉贤矜持而又自谦地说，"咱不能把老人不当人敬。"

"好媳妇，真个好媳妇。"金嫂笑说，"我先给你报上名，谁要是拉后腿，你寻我！"

金嫂像旋风一样卷出门去了。

"好事嘛！认字念书，好事喀！"康田生老汉吃着儿媳双手递上前来的玉米糁糁，对站在桌边提出识字要求的玉贤说，"我不识字，勤娃小时也没念成书，有一个人会认字了，谁哄咱也哄不过了。"

阿公虽然不识字，并不像村里特别顽固的那些老汉们封建。玉贤并不立刻表现出迫不及待的样子，故意装出对上冬学的冷漠，免得老人说她不安分在小庄稼院过生活了，心野了："要上让他去上。我一个女人家，认不认得字，没关系……"

"啥话！新社会，把妇女往高看哩！"老公公大声说，"我和勤娃忙得不沾家，想学也学不成。"

她达到目的了，服侍阿公吃饭，给勤娃把饭温在锅里。勤娃得到天黑才能回来。春三月，正是翻了身的庄稼人修屋盖房的季节，打土坯的活儿稠，勤娃把远处村庄里的活儿干了，临近村庄的活儿，让老阿公去干。真的学会了读书识字，那该多有意思啊……

康田生喝着热乎乎的玉米糁糁，伴就着酸凉可口的酸黄菜，心里很满意。对新媳妇过门两三个月的实地观察，他庆幸给儿子娶下了一个好媳妇，知礼识体，勤勤快快，正是本分的庄稼人过日月所难得的内掌柜的。日常的细微观察中，他看出，媳妇比儿子更灵醒些。这样一个心性灵聪的女人，对于他的直性子勤娃，真是太好了。他心甘情愿地把财权过早地交给下辈人，那不言自明的含义是：你们的家当，你们的日月，你们鼓起劲来干吧！他爽快地同意儿媳去上冬学，也是出于这样的考虑，让聪明的玉贤学些文化，日后谁也甭想捣哄勤娃了。保证在他过世以后，勤娃有一个精明的管家。俗话说，男人是扒扒，管挣；女人是匣匣，管攒；不怕扒扒没刺儿，单怕匣匣没底儿。庄稼人过日月，不容易哩！

七

在一个陌生的村庄外边的土壕里，勤娃丢剥了棉衣，连长袖衫也脱掉了，在阳春三月的阳光下，提着二三十斤重的青石夯，一下重砸，又一下轻间，青石夯捶击潮湿的土坯的有节奏的响声，在黄土崖上发出回响。打土坯，这是乡村里最沉重的劳动项目之一。对于二十出头的康勤娃，那石夯在他手中，简直是一件轻巧自如的玩具。他打起土坯来，动作轻巧，节奏明快；打出的土坯，四棱饱满，平整而又结实。在他打土坯的土壕塄坎上，常常围蹲着一些春闲无事的农民，说着闲话，欣赏他打土坯的优美的动作。

勤娃整天笑眯眯，对打土坯的主人笑眯眯，对围观的庄稼人笑眯眯；不管主人管待他的饭食是好是糟，他一概笑眯眯。活儿干得出奇的好，生活上不讲究，人又和气好说话，他的活儿特别稠，常常是给这家还没打够数，那一家就来相约了。

他心里舒畅。在喝水歇息的时候，他常常奇怪地想，人有了媳妇，和没有媳妇的时光大不一样了。身上格外有劲，心里格外有劲，说话处事，似乎都觉得不该莽撞冒失了，该当和人和和气气。人生的许多道理，要亲身经历之后，才能自然地醒悟；没有亲身经历的时光，别人再说，总觉得蒙着一层纸。

打完土坯，他吃罢晚饭，抹一把嘴，起身告辞。

"明天还要打哩，隔七八里路，你甭跑冤枉路了。"主人诚心相劝，实意挽留，"咱家有住处。你苦累一天，早早歇下。"

"不咧！"他笑着谢绝，"七八里路，脚腿一伸就到了。你放心，明日不误时。"

他定了，心想：我睡在你家的冷炕上，有我屋的暖和被窝舒服吗？

他在河川土路上走着，夜色是迷人的，坡岭上的杏花，在朦朦月光里像一片白雪，夜风送来幽微的香味。人活着多么有意思！

"你吃饭。"玉贤招呼说。

"吃过了。"他说。

"今日怎么回来这样迟？"玉贤问。

他笑而不答，从贴身的衬衣口袋里掏出一摞纸币来，交到玉贤手上。

玉贤数一数，惊奇地问："这么多？"

"我两天打了三摞。"他自豪地笑着，"这下你明白我回来迟的原因了吧！"

"甭这么卖命！甭！"她爱怜地说，一般人一天打一摞（五百块），已经够累了，他却居然两天打了三摞，"当心挣下病！"

"没事。我跟要一样。"他轻松地说。她愈心疼他，体贴他，他愈觉得劲头足了，"春天一过，没活儿了。再说，我是想早点撑起三间瓦房来。"

春季夜短，两口睡下了。

他忽然听到里屋传来父亲的咳嗽声，磕烟锅的声音。回来晚了，父亲已经躺下，他没有进里屋去。他问："你给咱爸烧炕了没？"

"天热了，爸不让烧了。"她说，"你怎么天天问？"

"我怕你忘了。"

"怎么能忘呢。"

"老人受了一辈子苦。"他说,"咱家没有屋里大人,你要多操心爸。"

"还用你再叮嘱吗?"玉贤说,"我想用钱给老人扯一件洋布衫子,六月天出门走亲戚,不能老穿着黑粗布……"

"该。你扯布去。"他心里十分感动。

静静的春夜,温暖的农家小院,和美的新婚夫妻。

"给你说件事。"玉贤说,"金嫂叫我上冬学哩。我不想去,女人家认那些字做啥!村长统计男人哩,叫你也上冬学,说是赶收麦大忙以前,要扫除青年文盲哩!"

"我能顾得坐在那儿认字吗?哈呀!好消闲呀!"他嘲笑地说,"要是一家非去一个人不可,你去吧。认两字也好,认不下也没啥,权当应付差事哩!"

八

吴玉贤锁上围墙上的木栅栏门,走在康家村的街道里了。结婚进了勤娃家的小院,她很少到村子中间的稠人广众中走动过。地里的活儿,父子俩不够收拾,用不上她插手。缸里的水不等完,勤娃又担满了。她恪守着母亲临将她嫁出前的嘱咐:甭串门,少说是非话,女人家到一个村子,名声倒了,一辈子也挽不回来。在娘家长人哩,在婆家活人哩!

她到康家村两三个月来,渐渐已经获得了乖媳妇的评价。她走在仍然有些陌生的街道里,似乎觉得每一座新的或旧的门楼里,都有窥视自己的眼光。做媳妇难。她缓缓地大大方方地走过去,总不可避免拘谨;总算走到村庄中心的祠堂门前了,这是冬学的校址。门口三人一堆,五个一伙,围着姑娘和媳妇们,全是女人的世界。

她走进祠堂的黑漆剥落的大门了,勤娃给她介绍康家村人事状况的时候说,这是财东康老九家的祠堂,历来是财东迎接联保官人的地方。康家村的穷庄稼人路过门口,连正眼瞧一眼的勇气也没有。一旦

21

被传喝进这里，就该倒霉了。这是一个神秘而阴森的所在，那些她至今记不住名字的康家村的老庄稼人，好多缴不起税款和丁捐，整夜整夜被反吊在院中那棵大槐树上……现在，男人和女人在这儿上冬学了，男人集中在晚上，女人集中在后晌。

祠堂里摆着几张方桌和条桌，这是临时从这家那家借来的。玉贤在最后边一张条桌前坐下了，听着妇女们叽叽喳喳说笑，她笑笑，并不插嘴。

金嫂和村长领着一位先生进来了。她从坐在前边的两位女人的肩头看过去，看见一位年轻小伙儿白净的脸膛，略略一惊，印象里乡村私塾里的先生，都是穿长袍戴礼帽的老头子，这却是个二十左右的年轻娃娃，新社会的先生是这样年轻！只听村长介绍说先生姓杨，并且叫妇女们以后一律称呼杨老师。

村长说他有事，告辞了。金嫂也在一张方桌边坐下来，杨老师讲课了。

玉贤坐在后面，她有一种难以克服的羞怯心理，不敢像左右那些女人们扬着头，白眨白眨着眼睛仔细观看新来的老师的穿着举动，窃窃议论他的长相。她一眼就看见，这是一张很惹人喜欢的小白脸，五官端正，眼睛喜气，头上留着文明头发，有一缕老是扑到眼睛上头来，他一说话，就往后甩一甩，惹得少见多怪的乡村女人们哧哧地笑。玉贤只记得爷爷后脑勺上有一排齐刷刷的头发，父亲这一辈男人，一律是剃光头，文明人蓄留一头黑发，比剃得光光亮亮的头是要好看多了。

老师讲话了，和和气气，嘴角和眼梢总带着微笑，讲着新社会妇女翻身平等的道理，没有文化是万万不行的，讲着就点起名字来了。

他在点名册上低头看一眼，扬头叫出一个名字，那被叫着的女人往往痴愣愣地坐着不应，经别人在她腰里捅一拳，她才不好意思地扭怩着站起——她们压根没听人叫过自己的名字，倒是听惯了"牛儿妈"、"六婶"、"八嫂"的称呼，自己也记不得自己的名字了——引起一阵哗笑。

在等待中，听到了一个陌生的而又柔声细气的男子的呼叫"吴玉

22

贤"的声音，她的心忽地一跳，低着头站起来，旋即又坐下。

点过名之后，杨老师在黑板上写下"妇女解放，男女平等"八个字，转过身来领读的时候，那一双和气的眼睛越过祠堂里前排的女人的头顶，端直瞅到玉贤的脸上，对视的一瞬，她忽地一下心跳，迅即避开了。她承受不了那双眼光里令人说不出的感觉……教的什么字啊，她连一个也记不住！

……

不过十天，杨老师和康家村冬学妇女班上的女人们，已经熟悉得像一个村子的人一样了。除了教字认字，常常在课前课后坐在一起拉家常，说笑话，几个年龄稍大点的婶子，居然问起人家有媳妇没有，想给他拉亲做媒了。

杨老师笑笑，说他没有爱人，但拒绝任何人为他提媒。他大声给妇女们教歌，"妇女翻身"啦，"志愿军战歌"啦。课前讲一些远离康家村甚至外国的故事，苏联妇女怎样和男人一样上大学，在政府里当官，集体农庄搭伙儿做庄稼，简直跟天上的神话一样。

玉贤仍然远远地坐在后排的那张条桌旁，她不挤到杨老师当面去，顶多站在外围，默默地听着老师回答女人问长问短的话，笑也尽量不笑出声音来。她知道，除了自己年纪轻，又是个新媳妇这些原因以外，还有什么迷迷离离的一种感觉，都限制着她不能和其他女人一样畅快地和杨老师说话。

杨老师教认字完毕，就让妇女们自己在本本上练习写字，他在摆着课桌间的走道里转，给忘了某个字的读音的人个别教读，给把汉字笔画写错了的人纠正错处。玉贤怎么也不能把"翻身"的"翻"字写到一起，想问问杨老师，却没有开口的勇气。一次又一次，杨老师从她身边走过去了。

"这个字写错了。"

杨老师的声音在她旁边响起，随之俯下身来，抓住她捉着笔的手，把"翻"字重写了一遍。她的手被一双白皙而柔软的手紧紧攥着，机械地被动地移动着，那下腭擦着她耳朵旁边的鬓发，可以嗅着陌生男人的鼻息。

23

"看见了吗？这一笔不能连在一起！"

杨老师走开了，随之就在一个长得最丑的婆娘跟前弯下身，用同样的口气说："你把这字的一边写丢了，是卖给谁了吗？"

婆娘女子们哄笑起来，玉贤在这种笑声中，仿佛自己也从紧张的窘境里解脱了。

……

年轻的杨老师的可爱形象，闯进十八岁的新媳妇吴玉贤的心里来了……

她坐在小院里的槐树下，怀里抱着夹板纳鞋底，两只唧唧鸟儿在树枝间追逐，嬉戏。杨老师似乎就站在她的面前，嘤嘤地多情地笑着。他在黑板上写字的潇洒的姿式，说话那样入耳中听，中国和外国的事情知道得那么多，歌儿唱得好听极了，穿戴干净，态度和蔼，乡村里哪能见到这样高雅的年轻人呢！

相比之下，她的男人勤娃……哎，简直就显得暗淡无光了。结婚的时候，她虽然没有反感，也决没有令人惊心动魄。他勤劳，诚实，俭省；可他也显得笨拙，粗鲁，生硬；女人爱听的几句体贴的话，他也不会说……哎，真如俗话说的，人比人，难活人哪！

新社会提倡婚姻自由，坚决反对买卖包办，这是杨老师在冬学祠堂里讲的话。她长了十八岁，现在才听到这样新鲜的话，先是吃惊，随之就有一种懊悔心情。嫁人出门，那自古都是父母给女儿办的。临到她知道婚姻自主的好政策的时候，已经是康勤娃的媳妇了。要是由自己去选择女婿的话，该多好哇……那她肯定要选择一个比勤娃更灵醒的人。可惜！可惜她已经结婚了，没有这样自由选择的可能了……

杨老师为啥要用那样的眼神看她呢？握着她的手帮她写"翻"字的印象是难忘的，似乎手背上至今仍然有余温。唔！昨日后晌，杨老师教完课，要回桑树镇中心小学去，路过她家门口，探头朝里一望，她正在院子的柴禾堆前扯麦秸，准备给公公做晚饭。杨老师一笑，在门口站住。她想礼让杨老师到屋里坐，却没有说出口。公公和勤娃不在家，把这样年轻的一个生人叫到屋里，会让左邻右舍的人说什么呢？她看见杨老师站住，断定是有事，就走到门口，招呼一声说：

"杨老师，你回去呀？""回呀。"杨老师畅快地应诺一声，在他的手提紧口布兜里翻着，一把拉出一个硬皮本子来，随之瞧瞧左右，就塞到她的怀里，说："给你用吧！"她一惊，刚想推辞，杨老师已经转身走了。那行动举止，就像他替别人给她捎来一件什么东西，即令旁人看见，也无可置疑。她不敢追上去退还，那样的话，结果可能更糟。她当即转过身，抱起柴禾进屋去了。应该把本本还给人家，这样不明不白的东西，她怎么能拿到上冬学的祠堂里去写字呢？

他对她有意，玉贤判断。康家村那么多女人去上冬学，他为啥独独送给她一个本本呢？他看她的眼神跟看别的妇女的眼神不一样。他帮她写字之后，立即又抓住那个长得最丑的媳妇的手写字，不过是做做样子，打个掩护罢了。

已经有了几个月婚后生活的十八岁的新媳妇吴玉贤，尽管刚刚开始会认会写自己的名字，可是分析杨老师的行为和心理，却是细致而又严密的。她又反问自己，人家杨老师那样高雅的人，怎么会对她一个粗笨的乡村女人有意思呢？况且，自己已经结过婚了……蠢想！纯粹是胡猜乱想。

肯定和否定都是困难的。她隐隐感到这种紊乱思想下所潜伏的危险性，就警告自己：不要胡乱猜想，自己已经是康家小院里的人了，怎么能想另一个男人呢？婚姻自由，杨老师嘴巴上讲得有劲，可在乡村里实行起来，不容易……

事情的发展，很快把农家小媳妇吴玉贤推向一个可怕而又欣喜的地步——

轮着玉贤家给杨老师管饭了。她的丈夫勤娃给二十里远的关家村应承下二十摞土坯，说他不能天天往回赶，路太远了。公公在邻近的村庄里打土坯，晚上才能回来。他早晨出门时，叮嘱说："把饭做好。人家公家同志，几年才能在咱屋吃一回饭，甭吝啬！"她尽家里有的，烙了发面锅饼，擀下了细长的面条。辣子用熟油浇了，葱花也用铁勺炒了，和盐面、酱醋一起摆在院中的小桌上。

杨老师走进来，笑笑，坐在院中的小桌旁边，环顾一眼简陋而又整洁的小院，问她屋里都有什么人，怎么一个也不见。她如实回答了公公和丈夫的去处，发觉杨老师顿时变得坦然了，眼里闪射出活泼的光彩，盯着她笑说："那你就是掌柜的了。"她似乎接受不了那样明显地挑逗的眼光，低头走进灶房里，捞起勺子舀饭。这时候，她的心在夹袄下怦怦跳，无法平静下来。

她端着饭碗走到小院里，双手递到杨老师面前。杨老师急忙站起，双手接碗的时候，连同她的手指一起捏住了。她的脸一阵发热。抽回手来，惊觉地盯一眼虚掩着的木栅门，好在门口没有什么人走动。杨老师不在意地笑笑，似乎是无意间的过失；坐在小凳上，用筷子挑起细长的面条，大声夸奖她擀面的手艺真是太高了，他平生第一次吃到这样又薄又韧的细面。

"杨老师，你自个吃。俺到外屋，没人陪你。"玉贤说着，就转过身走去了。

"你把饭也端来，咱们一块吃。"杨老师说，"男女平等嘛！怕啥？"

"不……"玉贤停住脚，他居然说"咱们"……

"哈呀！咱们成天讲妇女要解放，还是把你从灶房里解放不出来。"杨老师感慨地说，"落后势力太严重了……"

她已经走进自己的小厦屋，从箱子的包袱里取出那天傍晚杨老师塞给她的硬皮本本，现在是归还它的最好时机了。她接受这样一件物品意味着什么呢？她走到杨老师跟前，把那光滑的硬皮本放到杨老师面前的小桌上，说："俺用不上……"

"唔……"杨老师一愣，扬起头看她，眼里现出一缕尴尬的神色，脸也红了，愧了，解释说，"我看你的作业本用完了……就买了这；你不……喜欢的话……"

"俺用不上。"玉贤看见杨老师尴尬的样子，意识到自己的行为太唐突了。她不想回答自己究竟喜欢不喜欢这只硬皮本本，只是把交还它的动机说成是用不上，"你们文化人……才当用。"

"哈呀！好咧好咧！"杨老师听罢，已经完全体察到一个自尊的农家女人的心理，脸上和眼里恢复了活泼的神态，"没有关系……"

玉贤走进小灶房，坐在木墩上，等待着杨老师吃完饭，她再去舀。在娘家的时候，屋里来了客人，总是由父亲和哥哥陪着吃饭，她和母亲呆在灶房里，这是习惯，家家都是这样。

她坐着，心里忐忑不安，浑身感到压抑和紧张，当她越来越明晰地觉察出杨老师一系列举动的真实含意时，她倒有些怕了，警告自己：拿稳！可是，心里却慌得很，总是稳不住……

这当儿，小灶房里一暗。玉贤一抬头，杨老师走进小灶房窄小的门道，手里端着吃光喝净了面条的空碗，自己舀饭来了。

"咦呀！让客人自己舀饭，失礼了。"玉贤慌忙从灶锅下的木墩上站起，伸手接碗，"你去坐下，我给你送来。"

"新社会，不兴剥削人嘛！"杨老师抓着碗不放，笑着，盯着她的眼睛笑着，"自己动手，吃饱喝足。"

"使不得……让我舀……"

"行啦行啦……自己舀……"

两只手在争夺一只碗，拉来扯去。

玉贤的腰部被一只胳膊搂住了，"不……"声音太柔弱了，没有任何震慑力量，忽地一下涌到脸上来的热血，憋得她眼花了，想喊，却没有力气，也没有勇气，嘴唇很快也被紧紧地挤压得张不开了……她的一双戴着石镯的手，不由自主地钩到陌生男子的肩膀上……

九

又是一钩弯镰似的月牙。田野迷迷蒙蒙，灰白的土路，隐没在齐膝高的麦田里。远处秦岭的群峰现出黑幢幢的雄伟的轮廓。早来的布谷鸟的动情的叫声，在静寂的田地和村庄的上空倏然消失了。岭坡的沟畔上，偶尔传来两声难听的狐狸的叫声。

勤娃甩着手，在春夜温馨空气的包围中跨着步子。他谢绝了打土坯的主人诚心实意的挽留，吃罢夜饭，撂下饭碗，往家赶路了。他有说不出口的一句话，因为路远，三四天没有回家，他想见玉贤了。二十里平路，在小伙子脚下，算得什么艰难呢！屋里有新媳妇的热炕，主人家给他临时搭排的窝铺，那显得太冷清了。他走着，充满信心地划算着，自开春以来，已经打过近百摞土坯了，父亲交给玉贤掌管的

27

那只小梳妆匣儿里，有一厚扎人民币了。这样干下去，只要一家三口人不生疮害病，三年时光，勤娃保准撑起三间大瓦屋来。那时光，父亲就绝对应该放下石夯，只管管家里和田里的轻活儿了，或者，替他们管管孩子……新社会不纳捐，不缴壮丁款，挣下钱，打下粮食全归自己，只要不怕吃苦，庄稼人的日月红火得快哩！

勤娃走进康家村熟悉的村巷，月牙儿沉落到山岭的背后去了，村庄笼罩在黑夜的幕帐之中了。惊动了谁家的狗，干吠了几声。

他站在自家小木栅栏门外，一把黑铁锁上凝结着湿溜溜的露水，钥匙在父亲的口袋里。他老人家大约刚刚睡下，要是起来开门，受了夜气感冒了，糟咧。不必惊动老人……勤娃一纵身，从矮矮的土围墙上，跳进自己的小院里了。

他轻轻地拍击着小厦屋门板上的铁栓儿。深更半夜叫门，不能重叩猛砸，当心吓惊了女人，勤娃心细着哩！

"来咧……"女人玉贤在窸窸窣窣穿衣服，好久，才开了门。

"怎么不点灯？"勤娃走进屋，随口说。

"省点……煤油……"玉贤颤颤地说。

"嗨呀！"勤娃笑了，"黑咕隆咚，省啥油嘛？"随之啪的一声划着了火柴。

屋里亮了。勤娃坐在炕边，嘘出一口气，他觉得累了。

"你还吃饭不？"玉贤坐在炕上，问。

"吃过了。"勤娃说，盯着玉贤煞白的脸，惊得睁大眼睛，"你……病咧？"

"没……"玉贤低下头，"有些不舒服……"

他伸手摸摸她的额头，说："不见得烧……"

"不怎……"

他略为放心。脱鞋上炕的当儿，他一低头，脚地上有一双皮鞋。他一把抓起，问："这是谁的？"

玉贤躲避着他的眼睛，还未来得及回答，装衣服的红漆板柜的盖儿"哗"的一声自动掀起，冒出一个蓄留着文明头发的脑袋。

"啊……"

勤娃倒抽一口气，迅即明白了这间厦屋里发生过什么事情了。他一步冲到板柜跟前，揪住浓密的头发，把冬学教员从柜子里拉出来。啪——一记耳光，啪——又一记耳光，鼻血顿时把那张小白脸涂抹成猪肝子；咚——当胸一拳，咚——当胸再一拳，冬学教员软软地躺倒在脚地，连呻吟的声息都没有；勤娃又抬起脚来。

冬学教员挣扎着爬起来，"扑通"一声，双膝跪倒在勤娃脚下了。

勤娃已经失去控制，抬起脚，把刚刚跪倒的杨先生踢翻了，他转身从门后捞起一把劈柴的斧头，牙缝里迸出几个字来："老子今黑放你的血！"

猛然，勤娃的后腰连同双臂，死死地被人从后边抱住了，他一回头，是父亲。

老土坯客听到厦房里不寻常的响动，惊惊吓吓地跑来了，不用问，老汉就看出发生了什么事了。他抱住儿子提着斧头的胳膊，一句话也不说，狠劲掰开勤娃的手指，把斧头抽出来，"咣当"一声扔到院子的角落里去了。他累得喘着气，把癫狂状态的儿子连拽带拖，拉出了厦房，推进自己住的小灶屋。

"你狗日杀了人，要犯法！"

"我豁上了！"

"你嚷嚷得隔壁两岸知道了，你有脸活在世上，我没脸活了！"老汉抓着儿子胸前敞开的衣襟，"你只图当时出气，日后咋收场哩？"

这是一声很结实也很厉害的警告。勤娃从本能的疯狂报复的情绪中恢复理智，愣愣地站住，不再往门外扑跳了。

"把狗日收拾一顿，放走！"老土坯客说，"再甭高喉咙大嗓子吼叫！"

"我跟那婊子不得毕！"勤娃记起另一个来。

"那是后话！"

父子二人走到厦屋的时候，冬学教员已经不见踪影，玉贤也不见了。临街的木栅门敞开着，两人私奔了吗？勤娃窝火地"嗯"了一声，怨愤地瞅着父亲。他没有出足气，一下子跌坐在炕边上。

老汉转身走到前院，一眼瞅见，槐树上吊着一个人，他惊呼一声，一把把那软软的身子托起，揪断草绳，抱回厦屋，放到炕上。忽闪忽闪的煤油灯光下，照出玉贤一张被草绳勒聚得紫黑的脸，嘴角涌出一串串白色的泡沫，不省人事了。

勤娃看见，立时煞白了脸，哎的一声怨叹，跌倒在厦屋脚地，也昏死过去了。

"我的天哪……"康田生看着炕上和脚地的媳妇和儿子，不知该当咋办了，绝望地扑到儿子身上，泪水纵横了。

十

勤娃躺在炕上，瞪着眼珠，一声连一声出着粗气。父亲已经给打土坯的主人捎过话去，说儿子病了，让人家另寻人打土坯。

他没有病，只是烦躁，心胸里源源不断积聚起恶气，一声吁叹，放出来，又很快地积聚起来。

真正的病人现在强打起身子，倒不敢沾一沾炕边。玉贤头疼，恶心，走一步心就跳得噔噔噔。她用一条黑布帕子围着脖子，遮盖着被草绳勒出一圈血印的脖颈，默默地扫院，悄悄地在前院柴禾堆前撕扯麦秸，默默地坐在灶锅前烧火拉风箱。

红润润的脸膛变得灰白，低眉搭眼地走到公公跟前，递上饭碗，声音从喉咙里挤不出来。她又端起一碗饭，送到勤娃跟前："吃饭……"

勤娃翻过身，一拳把碗打翻了，破碎的碗片，细长的面条，汤汤水水在脚地上泼溅。

他恨她恨得咬牙，打她的耳光，撕扯她的头发。晚上，脱了衣服，他在她的身上乱打。打得好狠，那双自幼打土坯练得很有功力的胳膊，在她的身上留下一坨坨黑疤和红伤。他不心疼，觉得一阵疯狂的发泄之后，心里稍稍畅缓一些了。她不躲避，忍受着应该忍受的一切报复，这是应该。她只是捂着脸，不要让那双铁锨一样硬梆的手给她脸上留下伤痕，身上任何地方，有衣服遮着，让他打好了。

康田生坐在自己的小屋里，听着前边厦屋里儿子抽打媳妇的响声，坐不住了，那每一声，就像敲在他的心口。他走出门，蹲在门前的小碌碡上，躲避那不堪卒听的响声。可是，一袋烟没有抽完，他又跳下碌碡，走进小院了，他不敢离远，万一闹出意外的事来就更怕人了。

春光是明媚的，阳光是灿烂的，房屋上空的榆树和椿树的叶子绿得发青，岭坡上的桃花又接着败落的杏花开得灿红了。而这个岭坡下的庄稼小院里，空气清冷，阳光惨淡，春风不止。

整整三天过去了。

儿子和媳妇都失了脸形，康田生本人也因焦虑和减食而虚火上升，眼睛又黏又红，像胶锅一样睁巴不开了。他愈加想到这个破裂的家庭里，自己所负的支撑者的责任了。怎么劝儿子，又怎么劝媳妇呢？他一看见儿子痛不欲生的脸相，自己已经难受得撑挂不住，哪里还有话说得出来呢？他知道儿子遇到的不幸在人生中有多重的分量。对于儿媳，那张他曾经十分喜欢的红润的脸膛，如今连正眼瞧一瞧的心情也没有，看了叫人恶心！老汉抽着烟，睁巴着黏糊糊的眼睛，寻思怎么办。对儿媳再恨再厌，他不能像儿子那样不顾后果地愣下去。他想和什么人讨讨对策，然而不能，即使村长也不能商量，这样的丑事，能说给人听吗？他终于想到了表兄和表嫂，那是自己的顶亲的亲戚，勤娃的养身父母，最可信赖的人了。

他仍然觉得不敢离开这个时刻都可能出事的家，让顺路上岭去的人把话捎给表兄，无论如何，要下岭来一趟，勤娃病了，病中想念舅舅……

十一

"就这。"康田生把家中发生的不幸从头至尾叙说一遍，盯着表兄的长眉毛下的明智的眼睛，问，"你说现时咋办呀？"

"好办。"表兄一扬头，"把勤娃叫来。"

勤娃走进来了，眼睛跌到坑里了，一见舅舅，扑到当面，"呜"的一声哭了。田生老汉把头拧到一边，不忍心看儿子丧魂落魄的颓废架势。

"头扬起来！甭哭！"舅父严厉地说，"二十岁的大人了，哭哭溜

31

溜，啥样式嘛！"

"我……我不活了……"勤娃一见舅舅，心里的酸水就涌流不止，用拳头砸着自己的脑袋，"我……哎……"

舅父伸开手，啪啪，两记耳光，抽到勤娃鼻涕眼泪交流着的扭曲的脸上，厉声骂："指望我来给你说好话吗？等着！"

勤娃哭不出来了，呆呆地低着头站着。

康田生吃惊了，瞅着表兄下巴上一撅一撅的花白胡须，没见过表兄这样厉害呀！他忙把勤娃拉开，按坐在小木墩上。

"你妈死得早，你爸咋样把你拉扯这大？亲戚友人为你操了多少心？你长得成人了，人高马大了，不说成家立业，倒想死！"舅父训斥起来，"死还不容易吗？眼一闭，跳到河里就完了。值得吗？"

父子二人默声静息，不敢插言。

"那——算个屁事！"舅父把那件丑事根本不当一回事，"大将军也娶娼门之妻！我在河北财东家杂货铺当相公，掌柜的婆娘就和人私通，掌柜的招也不招，只忙着生意赚钱！咱一个乡村庄稼汉，比人家杂货铺掌柜还要脸吗？"

勤娃似乎一下子才醒悟，这样的丑事绝不是他康勤娃一个人遇到了，比他更体面的人也遇到了。他讷讷地说："我心里恶心……像吃了老鼠……"

"事情……当然不是好事。"舅父把话转回来，"这号丑事，张扬出去，于你有啥光彩？庄稼人，娶个媳妇容易吗？那不是一头牛，不听使唤，拉去街上卖了，换一头好使唤的回来，现时政府里提倡婚姻自由，允许离婚，你离了她，咋办？再娶吗？你一个后婚男人，哪儿有合适的寡妇等着你娶？即使有，你的钱在人家土壕里，一时三刻能挣来吗？啊？遇到事了，也该前后左右想想，二十岁的人啦，哭着腔儿要寻死，你算啥男子汉……"

"对对对！实实在在的话。"康田生老汉叹服表兄一席切身实际的道理，自愧自己这几天来也是糊涂混乱了，劝儿子说，"听着，你舅的话，对对的。"

"吃了饭，出去转一转，心眼就开畅了。"舅父说，"明天把石夯扛上，出去打土坯！舅不死，就是想看见你把瓦房撑起来。"

勤娃苦笑一下，这是他近日来露出的头一张笑脸，尽管勉强又苦楚，仍然使老父亲心里一亮啊！

"记住——"舅舅瞅瞅勤娃，又瞅一眼康田生，压低声音叮嘱，"再甭跟任何人提起这事。你祖祖辈辈子子孙孙都在康家村，门面敢倒吗？"

康田生连连点头。

"勤娃。"舅舅叫他的名字，悄声郑重地说，"在外人面前概不提起，在屋里可不敢松手！女人得下这号瞎毛病，头一回就要挖根！此病不除，后祸无穷！"

听着舅舅前后不大统一的话，勤娃这阵儿才真正感服了，睁着苦涩的眼睛，盯着舅父花白胡须包围中的薄嘴唇，等待说出什么拯救他拔出苦海的好法子来。

"你——再甭打她了。你打得失手，她寻了短见，咋办？再说，打得狠了，她记恨在心，往后怎样过日子？"舅父说，"你去找她娘家人，让她爹娘老子收拾她，治她的瞎毛病。省得……"

"唔唔唔，好好好！"康田生老汉对于表兄的所有谈话都钦服，一生只会摔汗水出笨力的老土坯客，对于精明一世的表兄一直尊为开明的生活的指导者，"我当初想过这一招儿，又怕伤了亲戚间的和气……"

"他女子做下伤风败俗的事，他还敢嘴硬！"舅父说着，特别叮嘱勤娃，"这件事，不能松饶了她；可跟人家爹娘说话，话甭伤人……"

勤娃点点头，感激地盯着舅父，这个养育他长大、至今还为他的不幸费心劳神的长辈人，似乎比粗笨的亲生父亲更可亲近了。

舅父站起来，在门口朝前院喊："玉贤——"

玉贤轻手轻脚走到舅父面前，低头站住，声音柔弱得像蚊子："舅——你老儿……来咧！"

"快去给舅做饭。"他像什么事也不知道，也或者是什么都知道了而毫不介意，倚老卖老地说，"吃罢饭，你爸和勤娃还要劳动哩！"

33

十二

半缺的月亮挂在河湾柳林的上空，河滩稻田秧圃里，蛙声此起彼伏，更显出川道里夜晚的幽静。勤娃迈开大步，跳过一道道灌溉水渠，沿着河堤走着。他避开土路，专门选择了行人罕至的河滩，要是碰见熟人，问他夜晚出村做啥，可能要引起猜疑的。

他憋着一口闷气，想着见了丈人和丈母娘，该如何开口说出他们的女儿所做下的不体面的丑事？舅父教给他的处理此事的具体措施，似乎是一种束缚，按他的性儿，该是当着她家老人的面，狠狠骂一顿他们的女儿辱没了家风。他走进熟悉的吴庄村了。

这样的夜晚赶到亲戚家里去，本身就是一种不祥的征兆。丈人吴三，丈母娘和丈人家哥，一齐围住他，三双眼睛在他脸上转，搜寻和猜测着什么，几乎一齐开口问：屋里出了什么事？这么晚赶来，脸色也不好……

勤娃看着老人担惊受怕的样子，心里忽地难受了。因为给吴三打土坯而订下了他的女儿，婚前婚后，两位老人对他这个女婿是很疼爱的。常常在他面前说，玉贤要是有不到处，你要管她，打她骂她都成。他们是正直的庄稼人，喜欢勤娃父子的勤劳和本分，很满意地把自己的小女儿嫁给他了。往常里，丈母娘时不时地用竹条笼提来自己做下的好吃食……现在，事情却弄到这样的地步，他们听了该会怎样伤心！

勤娃看着两位老人惊恐的眼色，说不出口了，路上在心里聚起的闷气，跑光了。他猛地双手抱住头，长长地唉叹一声，几乎哭了。

"有啥难处，说呀！"丈母娘急切地催促。

"唉——"勤娃又叹出一声，实在太难出口了。

丈人吴三坐在一边，不再催问。他从勤娃的神色和举动上，判断出了什么，就吩咐站在一边的儿子说："你去，把你妹叫回来！"

丈人家哥走出门，他觉得话好说了，这才哽哽巴巴，把玉贤和冬学教员的事说了。丈母娘羞惭得骂起来，老丈人吴三却气得浑身颤抖，跌坐在椅子上，说不出话了。

"我回呀！"勤娃告辞，"女儿出门，怪不了老人。我不怪你二老，你们对我好……"

"甭走！"丈人拉住他，"等那不要脸的回来再说！"

勤娃坐下了。

"你狗日做下好事了！"吴三一看见走进门来的女儿，火暴性子就发作了，"你说……"

玉贤站在当面，勾着头，不吭声。

这种不吭声的行为本身，就证明了勤娃说出的那件丑事的可靠性。吴三火起，两个巴掌就把女儿打倒了。

"甭打！爸……"勤娃拉住丈人爸的胳膊。

"不争气的东西！"丈母娘在一旁狠着心骂，"在娘家时，我给你说的话，全当刮风……"

"狗日至死再甭进俺家的门！"丈人家哥骂。

玉贤没有同情者。在这样的家庭里，她不指望任何人会替她解脱。她的父母，都是要脸面的正经庄稼人。她做下辱没他们门庭的丑事，挨打受骂是当然的。她躺在地上，又挣扎站起。

"跪下！"吴三吼着。

玉贤太屈辱了，当着勤娃和父母哥哥的面，怎么跪得下去呢？这当儿，父亲吴三一脚把她踢倒，她的腿腕疼得站不起来了。

吴三从墙上取下一条皮绳，塞到勤娃手里："勤娃，你打……"

勤娃接住皮绳，毫不迟疑地重新挂到墙上的钉子上，劝慰吴三："算哩……"

丈母娘向勤娃暗暗投来受了感动的眼光。

吴三又取下皮绳，一扬手，抽得只穿件夹衣的玉贤在地上滚翻起来，惨痛而压抑的叫声颤抖着。

勤娃自己在打玉贤的时候，似乎只是被一股无法平息的恶火鼓动着。当他看着丈人挥舞皮绳的景象，他的心发抖了。看着别人打人，似乎比自己动手更觉得残忍。他抱住吴三的手。

"甭拉！让我把这丢人丧德的东西打死！"吴三愈加上火，扑跳得更凶，"你不要脸，我还要！"

勤娃猛然想到，他刚才不该留在这儿。丈人留他，就是要当着他的面，教训女儿，以便在女婿面前，用最结实的行为，洗刷父母的羞耻。他要是不在当面，吴三也许不至于这样手狠。他劝劝吴三，就硬性告别了。

十三

玉贤吹了昏黄的煤油灯，脱完衣服，就钻进被窝里了，她怕母亲看见她身上的不体面的伤痕。母亲似乎察觉了她的行为的用心，从炕的那一头爬起来，"嚓"的一声划着了火柴，煤油灯冒着一柱黑烟的黄焰，把屋子里照亮了。

母亲揭开她盖的被子，"哎哟"一声，就抱住她的浑身四处都疼痛的身子，哭了。她的身上、腿上，有勤娃的拳头留下的乌蓝青紫的淤血凝固的伤迹，又擦上了父亲用皮绳刚刚抽打过的印痕，渗着血。她是母亲身上掉下来的肉，母亲心疼自己的骨肉，哭得很伤心。

玉贤没有想流眼泪的心情，疼是难以忍受的疼啊！凡是被拳头或皮绳抽击过的皮肉，一挨着褥子，就疼得想翻身，翻过去，那边仍然疼得不能支撑身体的重压。可她没有哭。那天晚上勤娃的突然敲门，她吓蒙了，此后所发生的一切，似乎是在梦中，直到她的阿公粗手笨脚地把一根生锈的大号钢针从鼻根下直插进牙缝，她才从另一个世界回到她觉得已经不那么令人留恋的庄稼小院。现在，母亲的胸部紧紧贴着她的肥实的臂膀，眼泪在她的脖根上流着。她不想再听母亲给她什么安慰。她想静静地躺着，静静地想想，她该怎么办。在和勤娃住了近半年的新房里，她不能冷静地想，时时提心那铁块一样硬的拳头砸过来，甚至在夜晚睡熟之际，他心里怄气，会突然跳起，揭开被子，把她从梦中打醒。现在，她的父亲吴三当着勤娃的面，打了，也骂了，给自己挽回脸面了。她应该承受的惩罚已经过去，她想静静地想一想，往后怎么办？

"唉……嗨嗨嗨嗨嗨……"母亲低声饮泣，胸脯颤动着。她生下这个女儿，用奶水把她养得长出了牙齿，就和大人一样啃嚼又硬又涩的玉米面馍馍了。她和吴三虽则都疼爱女儿，却没有惯养。自幼，她教女儿不要和男娃娃在一起耍；长大了，她教女儿做针线，讲女人所应遵从的一切乡俗和家风。一当她和吴三决定以三石麦子的礼价（当时顶小的价格），约定把女儿嫁给土坯客的儿子的时候，她开始教给女儿应该怎样服侍公婆，特别是没有婆婆的家里，应该怎样和阿公说话，端饭，倒尿盆，应该怎样服侍丈夫，应该怎样和隔壁邻居的长辈相处，甚至，平辈兄弟们少不了的玩笑和戏闹，该当怎样对付……家内家外，内务外事，她都叮嘱到了，而且不止一次。"教女不到娘有错。"她教到了，玉贤也做到了。在玉贤婚后几次回娘家来，她都盘问过，很满意。从康家村的熟人那里打听来的消息，也充分证明土坯客家的新媳妇是一个贤惠的好媳妇。可是，怎么搞的，突然间冒出来了这样最糟不过的丑事……母亲流完了眼泪，就数落起来："你明明白白的灵醒娃嘛，怎的就自己往泥坑屎坑里跳？"

已经跳下去了，后悔顶啥用呢？玉贤躺在母亲身边，心里说，我死都死过一回了，现在还想用什么后悔药治病吗？

"你上冬学的事，为啥不给我说？"母亲追根盘底，"你个女人家，上学做啥？认得两字，能顶饭吃，能当衣穿？人自古说，戏房学堂，教娃学瞎的地方……你上冬学上出好名堂来咧！"

她仍然不吭声。她需要自己想想，别人谁也不了解她的心情和处境。

"给你订亲的时光，我托你姨家大姑在康家村打听了，说勤娃父子都是好人。老汉老好，过不了十年八载，过世了，全是你和勤娃的家当。勤娃老实勤谨，家事还不是由你？这新社会，不怕孬人恶鬼，政府爱护老实庄稼人。你哪一样不满意？胡成精？"母亲开始从心疼女儿的口气转换为训诫了，"人嘛！图得模样好看，能当饭吃？我跟你爸过伙的时候，总看他崩豆性子不顺心，一会躁了，一会笑了。咋样跟这号人过日月？时间长了，我揣摸出来，你爸人心好，又不胡乱耍赌纳宝，为穷日子卖命。我觉得这人好哩！娃家，你甭眼花，听妈说，妈经的世事……"

她不分辩，也不应诺，静静地躺着。

"在咱屋养上十天半月，高高兴兴回家去，给你阿公赔不是，给

37

勤娃说说好话。"母亲说，"往后，安安生生过日子，一年过去，没事了。人心都是肉长的嘛！"

母亲不再说话，唉叹着，久久，才响起鼾息声。

玉贤轻轻爬起，移睡到炕的那一头。

屋里很黑，很静，风儿吹得后院里的树叶嚓嚓地响。

当她被蒙着眼脸抬到一个陌生的地方，被陌生的女人搀进一个陌生的新的住屋，揭去盖脸红布，她第一眼看见了将要和她过一辈子日月的陌生的男人。她心跳了，却没有激动。这是一个长得普普通通的男人，不好看也不难看。不过高也不过矮。几个月来的夫妻生活，她看出，他不灵也不傻。她对他不是十分满意，却也不伤心命苦。对给她找下这样的女婿的父母，不感激也不憎恶。他跟麦子地里一根普通的麦子一样，不是零星地高出所有麦子的少数几棵，也不是夹在稠密的麦棵中间那少数的几枝矮穗儿。他像康家村和吴庄众多的乡村青年一样普普通通。她也将和那许多普普通通的青年的媳妇一样，和勤娃过生活。自古都是这样，长辈和平辈人都是这样订亲，这样撮合一起，这样在一个炕上睡觉，生孩子……

她第一眼看见杨老师的时候，心里就惊奇了。世上有穿戴得这样合体而又干净的男人！牙齿怎么那样白啊！知道的事情好多好多啊！完全不像乡村青年小伙们在一起，除了说庄稼经，就是说粗俗的男人和女人之间的酸话。杨老师留着文明头发的扁圆脑袋里，装着多少玉贤从来也没听说过的新鲜事啊！苏联用铁牛犁地，用机器割麦，蒸馍擀面都是机器，那是说笑话吗？烂嘴七婶当面笑问：生娃也用机器吗？杨老师就把那些能犁地能割麦的照片摊给大家看，并不计较七婶烂嘴说出的冒犯的话。他总是笑眯眯的，笑脸儿，笑眼儿，讲话时老带着笑，唱歌时也像在笑。

她对他没有邪心。她根本不敢想象这样高雅的文明人，怎么会对她一个乡村女人有"意思"呢？她第一次感受到他的不寻常的目光时，他捉着她的手写翻身的"翻"字时，她都没有敢往那件事上去想。直到他接饭碗时连她的手指一起捏住，她也只想到他是无意的。直到他一把搂住她的腰，她瞬息间就把这些事统一到一起了。她没有拒绝。

因为突然到来的连想也不敢想的欢愉，使她几乎昏厥了。

"我爱你，妹妹……"

他说了这句话，就把嘴唇压到她的嘴唇上。那声音是那样动人的心，她颤抖着，本能地把自己戴着石镯的手勾到他的肩头上。

她从来没有听一个男人这样亲昵地把她叫妹妹，也没人说过"爱"这个字。勤娃只说过"我跟你好"这样的话，没有叫过她"妹妹"。勤娃抚摸她身体的手指那么生硬。杨老师啊……

她挨勤娃的拳头，咬牙忍受了。她是他的女人，他打她是应该的。父亲打她，也咬牙忍受了，她给他和母亲丢了脸，打她也是应该的。可是，她虽然浑身青痕红斑，却不能把自己再和勤娃连到一起。她为可亲的杨老师挨打，她没有眼泪可流。

她如果能和勤娃离婚，和杨老师结婚的话，她才不考虑丢脸不丢脸。婚姻法喊得乡村里到处都响了，宣传婚姻法的大体黑字写在庄稼院房屋的临街墙壁上，好些村子里都有被包办婚姻的男女离婚的事在传说。她和杨老师一旦正式结合，那么还怕谁笑话什么呢？如果不能和杨老师结婚，继续和勤娃当夫妻，那就一辈子要背着不能见人的黑锅了。

她得想办法和杨老师再见一面，把话说准，之后她就到乡政府去提出离婚。现在无法再上冬学了，和杨老师见一面太难了，但总得见一面。不然，她心里没准儿，怎么办呢？

在康家村要找到和杨老师见面的机会，是不可能的。在娘家，比在阿公和勤娃的监视下要自由得多。杨老师是行政村的中心小学教员，在桑树镇上，想个借口到镇上去，越早越好……

十四

爷儿俩半年来又第一次自造伙食了。老土坯客看着儿子蹲在灶锅前点火烧锅，沤出满屋满院的青烟，重手重脚绊磕得碗瓢水桶乒乓响，心里好难受。昨晚，他坐在炕头上，等见勤娃从丈人家告状回来，叙说了经过。他对吴三的仗义的行为很敬佩，心里又暗暗难过。相亲相敬的亲家，以后见了面，怎么说话呢？他痛恨这个外表看来腼

39

腆、内里不实在的媳妇，给两个安生本分的庄稼院平生出一场祸事。他更恨那个总是见人笑着的杨先生。你狗日为人师表，嘴里讲什么男女平等，婚姻自由，难道就是让你自由地去霸占老实庄稼人的女人吗？他恨得咬牙！三五天来家庭剧烈的变化，给饱经过孤苦的老土坯客的刺激太沉重了。他一生中命运不济，性情却硬得近乎麻木，对于一切不幸和打击，不哭也不哀叹。可是，当生活已经充满希望的时候，完全不应出现的祸事却出现了的时候，老汉简直气得饭量大减，几天之间，白发增多了。他恨那个给他们家庭带来灾难的白脸书生！后悔那天晚上拦阻勤娃太早了；虽然不敢打死，至少应该砸断狗日一条腿！

他活到五十多了，不图什么，只图得有吃有穿，儿辈可靠。可是，如今却成了这样不酸不甜的苦涩局面了。

勤娃烧好开水，把两个蒸溜得热透的馍馍送到老汉面前，老汉忽然想到自己在刚刚死了女人以后，不习惯地烧锅做饭的情景，难道儿子勤娃又要钻厨房拉一辈子"二尺五"了吗？啊啊！老汉看见儿子愁苦的面容，几乎流下泪来。

勤娃拿了一个馍馍，夹了辣椒，远远地蹲在门外的台阶上，有味没味地慢腾腾地嚼着。

他担心勤娃，比自己要紧。他迅即抑制住自己的感情波动，用五十多岁老人的理智和儿子说话：

"勤娃——"

"嗯！"勤娃应着。

"明天出门打土坯去。"老汉说，"她爸她妈指教过她了，算咧！只要日后好好过日月，算咧。"

"……"

"人嘛，错了要能改错，甭老记恨在心。"他劝慰，"咱的家当还要过。你舅的话是明理。"

勤娃没有吭声。老汉从屋里走出来，想告诉儿子，他已经给他在南围墙村应承下打土坯的活路了。这时村长走进门来，后面跟着一位穿制服的女干部，胸膛上两排大纽扣。

"老哥，这是县文教局程同志，想跟你拉一拉家常。"村长说，"你们谈，我走了。"

"我叫程素梅。"程同志笑着介绍自己，很大方地坐到老汉的炕边上，态度和蔼，和蔼得教见惯了旧社会官人们凶相的老土坯客反倒不知如何是好了。她说，"我想来和你老儿坐坐。"

老汉心里开始在猜摸，程同志究竟找他来做啥？一般乡上县上的干部来了，总是和村长接手，和他一个只会打土坯的老汉有啥家常好拉的呢？

她问他家里都有什么人，分了几亩地，和谁家互助，老汉都答了。最后，程同志把弯儿绕到老汉最担心的那件事上来了，果然。

"没有啥！"老汉的嘴很有劲地回答，"杨先生教妇女识字有没有啥问题，咱不知道喀！咱一天掮上石夯打土坯，谁给管饭就给谁家卖力，咱没见过杨先生的面，光脸麻子都不知……"

"勤娃同志，你没听人说什么吗？"程干部转脸问，"甭怕。"

勤娃摇摇头。

"康大叔，你老儿心放开。"程同志说，"新社会，咱们把恶霸地主打倒了，穷人翻了身，可不能允许坏人再欺侮庄稼人，糟踏党的名誉。咱们的干部，有纪律，不准胡作非为……"

这些话说得和老汉的心思刚刚吻合，他觉得这个清素淡雅的女干部完全是可以信赖的，可以倾诉自己一生的不幸和意料不到的祸事。可是，他的话出口的时候，完全是另外的意思：

"杨先生胡作非为不胡作非为，咱不知道嘛！他在哪里胡作来，在哪里非为来，你到哪里去查问。咱不知情喀！"

老汉忽然瞧见，勤娃的脸憋得紫红，咬着嘴唇，担心儿子受不住程同志诚恳的劝导，一下子说出那件丑事，就糟了。新社会共产党的纪律虽然容不得杨先生的胡作非为，可自己一家的名声也就彻底臭了！他急中居然不顾礼仪，把儿子支使开：

"南围墙侯老七等你去打土坯。快去，再迟就要误工了。"

勤娃猛地站起，恨恨地瞅了父亲一眼，走出门去，撞得旧木板门咣啷一声响。

"这娃性子倔……"老汉不自然地掩饰说，盼他快点走。横在老汉心头的这一块伤疤，无论是恶意地撞击，抑或是好心地抚慰，都令人反感，任何触及都是难以忍受的痛苦。

"没关系。回头我再来，"程同志很耐心地说。

"甭来了。"老汉很不客气地拒绝，心里说，你一个穿戴和庄稼院女人明显不同的公家干部，三天五天往我屋跑，那还不等于告诉康家村人，康田生屋里出了啥事啊？老汉今天一见到她，心里的负担又添了一层，意识到这件丑事，尽管尽力掩盖，还是闹出去了，要不，县上的这位女干部怎么会来到他的小院呢？即使外面有风传，他们一家也要坚决捂住。"咱庄稼人忙。实在是……我跟勤娃，啥也不知道喀！"

程同志脸上明显现出失望的神色，失望归失望，却不见反感或厌恶。她是做党的干部纪律的监督工作的。严肃的职业使她年龄轻轻儿就已经养成严肃而又和蔼的禀性。此类问题在她的工作中，不是第一次，不说庄稼人吧，即是觉悟和文化都要高一级的工人和干部，在这样的丑事临头的心理矛盾中，往往也是同样首先顾及自己和儿女的名声，这样，就把造成他们家庭不幸的人掩蔽起来了。

十五

紧张的体力劳动，给心里痛苦痉挛着的庄稼汉勤娃以精神上极大的解脱。他走进侯七家打土坯的土壤，胳膊无力，腿脚懒散，浑身的劲儿叫不起来。侯七在一旁给木模装土，不断投来怀疑的不太满意的眼光。勤娃像受了侮辱——勤劳人的自尊。他暗暗骂自己一声，提起石夯，砸了下去，一切烦恼暂时都被连珠炮似的石夯撞击声冲散了。

劳动完了，烦恼的烟云又从四面八方朝他的心里围聚。吃罢晚饭，他快快地告诉侯七，自个有病了，另找别人来打土坯吧！侯七盯着面色郁闷的勤娃，没有强留。他扛着木模和石夯走出村来。

勤娃懒散地移着步子，第一次不那么急迫地往家赶了；赶回家去干什么呢？甭说玉贤不在家，即使在，那间小厦屋也没有温暖的诱惑力了。

浪去！勤娃鼓励自己，一年四季，除了种庄稼，农闲时出门打土坯，早晨匆匆去，晚上急忙回，挣那么几块钱，从来舍不得买一个糖疙瘩，一五一十全都交到她手里，让她积攒着，想撑三间瓦房……太可笑了！你为人家一分一文挣钱，人家却搂着野汉睡觉……去他妈的吧！

勤娃已经叉开通康家村的小路，走上官路了。

这样恼人的丑事，骂不能骂，说不敢说；和玉贤关系好不能好，断又断不了，这往后的日月怎么过？既然程同志赶到家里来查问，证明他的父亲和舅舅要他包住丑事的办法已经失败，索性一兜子倒出来，让公家治一治那个瞎熊教员，也能出口气，可是，他爸却一下把他支使开了。

勤娃开始厌恶父亲那一副总是窝窝囊囊的脸色和眼神。窝囊了一辈子，而今解放了，还是那么窝囊。他啥事都首先是害怕，不敢高声说话，不敢跟明显欺侮自己的人干仗，自幼就教勤娃学会忍耐，虽然不识字，还要说忍字是"心上能插刀刃"！他现在有些忍不住了！

沿着官路，踽踽走来，到了桑树镇了。

夜晚的乡村小镇，街道两边的铺店的门板全插得严严的，窗户上亮着灯光，街上行人稀少。勤娃终于找到了可以站一站的地方，那是客栈了。

门里的大梁上吊着一盏大马灯，屋里摆着脚客们的货包。大炕上，坐着或躺着一堆操着山里口音的肩挑脚客。

"啊呀！这是勤娃呀？"客栈掌柜丁串串吃惊地睁大着灵活的小眼睛，"来一碗牛肉泡，还是荤油膮子面？"

"二两酒。"勤娃说，"晚饭吃过了。再来一碟花生豆儿。"

"啊呀，勤娃兄弟！"丁串串愈加吃惊了，"好啊！我知道，这两年庄稼人翻身了，村村盖房的人多了，你打土坯挣钱的路数宽了！好啊！庄稼人不该老没出息，攒钱呀，聚宝呀！临死时一个麻钱，一页瓦片也带不到阴间！吃到肚里，香在嘴里，实实在在……掌柜的，给康家勤娃兄弟看酒……"

丁串串长得矮小、精瘦，声音却干脆响亮，说话像爆豆儿，没得旁人插言的缝隙。他唤出来的，是他的婆娘，一个胖墩墩的中年女人，同样笑容满面地把酒壶和花生摆到勤娃的面前了："还要啥？兄弟。"

"吃罢再说。"勤娃坐下来。

花生米是油炸的，金红，酥脆，吃到嘴里，比自家屋里的粗粮淡饭味儿好多了。酒也真是好东西，喝到口里，辣刺刺的，进入肚里以后，心里热乎乎的。接连灌了三大盅，勤娃觉得心里轻松多了。怪道有钱人喜时喝酒，闷时也喝酒！他觉得那股热劲从心里蹿起，进入脑袋了，什么野汉家汉，丑事不丑事，全都模糊了，也不显得那么重要了。

"再来二两！"勤娃的声音高扬起来，学着丁串串的声调，呼唤女掌柜，"掌柜的，买酒！"

女掌柜扭动着肥大的臀部，送上酒来，紧绷绷的胖脸上总是笑着。勤娃从腰里掏出一卷票子，抽出两张来，摔到桌上，好大的气派！女掌柜伸手接住钱，眼睛却直勾勾地盯着他把那一卷票子塞到腰里去。

"还有床位吗？"勤娃干脆捉住白瓷细脖酒壶，直接倒进喉咙，咂咂嘴，问着还站在旁边的女掌柜。

"有啊！"女掌柜满脸开花，"要通铺大炕，还是单间？兄弟倒是该住单间舒服。"

"好啊！我住单间。"勤娃满口大话，一壶酒又所剩不多了，支使女掌柜，"给我开门去！"

他妈的，我康勤娃也会享福嘛！酒也会喝，花生豆儿也会吃。往常里倒是太傻了哩！

"勤娃兄弟，床铺好了——"女掌柜在很深的宅院里头喊。

"来了——"勤娃手里攥着酒壶，朝院里走去。脚下有些飘，总是踩踏不稳，又撞到什么挡路的东西上头了，胳膊也不觉得疼。那些坐着或躺在通铺大炕上的山里脚客，在挤眉弄眼说什么，勤娃不屑一顾地撇撇嘴角。这些山地客，可怜巴巴地肩挑山货到山外来卖钱，只舍得花三毛票儿躺大炕，节省下钱来交给山里的婆娘。可他们的婆娘，说不定这阵也和谁家男人睡觉哩……

"在哪儿?"勤娃走进昏黑的狭窄的院道，看着一方一方相同的黑门板。

"在这儿。"女掌柜走到门口，"我给你铺好被子了。"

勤娃走到跟前，女掌柜站在窄小的门口，勤娃晃荡着膀臂进门的时候，胳膊碰到一堆软囊囊的东西，那大概是女掌柜的胸脯。

女掌柜并不介意，跟脚走进来："新被新床单，你看……"

勤娃一看，女掌柜穿着一件对门开襟的月白色衫子，交近农历四月的夜晚，已经很热，她半裸开胸脯上的纽扣，毫不在乎地站在当面。勤娃一笑："好大的奶子!"

"想吃不?"女掌柜嘻嘻一笑，一把扯开胸脯，露出两只猪尿泡一样肥大的奶头，"管你一顿吃得饱!"一下子搂住了勤娃。

勤娃本能地把脸贴到那张嬉笑着的脸上。

"瞎熊!"女掌柜又嘻嘻一笑，嗔声骂着，转过身，走出门去。

丁串串正好走到当面，站住脚。

"勤娃喝多了，在老嫂子跟前耍骚哩!"女掌柜说。丁串串哈哈一笑，忙他的事情去了。

勤娃往腰里一摸，啊，那一卷票子呢？啊呀! 脑子里轰地一下，一瞬间的惊恐之后，他就完全麻木了，糊涂了。

"哈哈哈……啊哈哈哈哈!"勤娃从门里蹦出，站在院子里，"一把票子，几十块! 只摸了一把奶! 太划不来了……哈哈哈哈……"

他豁脚扬手，笑着喊着，从后院蹦到前房，又冲到门外。

"这瓜熊醉咧!"女掌柜也哈哈笑着说。

"大概屋里闹仗，生闷气。"男掌柜丁串串给那些山地脚客说，"这是方圆十多里有名的土坯客，一个麻钱舍不得花的人。今日一进门就不对窍嘛，大半是家事不和，看起来闹得很凶……"

丁串串说着，吩咐女掌柜："你去倒一碗醋来，给灌下去……"

十六

月亮半圆了，村外的田地里明亮亮的，似乎天总是没有黑严。玉贤匆匆沿着宽敞的官路走着，希望有一块云彩把月亮遮住，免得偶尔从官路上过往的熟人认出自己来。

经过一夜一天的独自闷想，她终于拿定主意：要找杨老师。在娘家屋比在勤娃家里稍微畅快些。一直到喝毕汤，帮母亲收拾了夜饭的锅灶，她才下定决心，今晚就去。

父亲一看见她就皱眉瞪眼，扔下碗就出门去了，母亲说到隔壁去借鞋样儿，她趁机出了门，至于回去以后怎样搪塞，她顾不得了。

桑树镇的西头，是行政村的中心小学，杨老师在那儿教书。月光下，一圈高高的土打围墙，没有大门，门里是一块宽大的操场，孤零零立起一副篮球架。操场边上长着软茸茸的青草，夜露已经潮起，她的脸面上有凉凉的感觉。

一排教室，又一排教室。这儿那儿有一间一间亮着的窗户，杨老师住在哪里呢？问一问人，会不会引起怀疑呢？黑夜里一个年轻女人来找男教员，会不会引起人们议论呢？

左近的一间房门开了，走出一位女教员，臂下挟着本本，绕下台阶过来了。她顾不得更多的考虑，走前两步，问："杨老师住哪里？"女教员指指右旁边一个亮着的窗户，就匆匆走了。

走过小院，踏上台阶，站在紧闭着的木门板外边，玉贤的心腾腾跳起来。她知道她的不大光明的行动潜藏着怎样不堪设想的危险结局，没有办法，她不走这一步是不行的。

她压一压自己的胸膛，稳稳神儿，轻轻敲响了门板。

"谁？"杨老师漫不经心的声音，"进。"

玉贤轻轻推开门，走进去，站在门口。杨老师坐在玻璃罩灯前，一下跳起来，三步两步走过来，把门闭上，压低声音问："你怎么这时候来了？"

他怎么吓成这样了呢？脸色都变了。

"见谁来没有？"杨老师惊疑不定地问。

"见一个女先生来。"玉贤说，"我问你的住处。"

"她没问你是谁吗？"

"问了。"

"你怎样说的?"

"我说……是我哥哥……"

"啊呀!瞎咧!人家都知道,我就没有妹妹嘛!"杨老师的眼睛里满是惊恐不安,"唔!那么,要是再有人撞见问时,说是表妹,姨家妹妹……"

玉贤看见杨老师这样胆小,心里不舒服,反倒镇静了,问:"杨老师,我明白,这会儿来你这儿不合适,我没办法了。我是来跟你商量,咱俩的事情咋办呀?"

"你说……咋办呢?"杨老师坐下来了。

"你要是能给我一句靠得住的话……"玉贤靠在一架手风琴上,盯着杨老师,认真地说,"我就和勤娃离婚!"

"那怎么行呢!"杨老师胡乱拨拉一把头上的文明头发,恐惧地说,"县上教育局,这几天正查我的问题哩!"

"我知道。"玉贤说,"今日后晌一位女干部找到我娘家,问我……"

"你咋样回答的?"杨老师打断她的话。

"我又不是碎娃,掂不来轻重……"

"噢!"杨老师稍微放心地吁叹一声,刚坐下,又急忙问,"不知到勤娃那里调查过没有?"

"问了。"玉贤说,"听她跟我说话的口气,他也没给她供出来……"

"好好好!"杨老师宽解地又舒一口气,眼里恢复了那种好看的光彩,走到她面前来,"真该感谢你了……好妹妹……"

"要是目下查得紧,咱先不要举动。"玉贤说,"过半年,这事情过去了,我再跟他离!"

"你今黑来,就是跟我商量这事吗?"

"我跟他离了,咱们经过政府领了结婚证,正式结婚了,那就不怕人说闲话了,政府也不会查问了。"玉贤说,"我想来想去,只有这条路。"

"使不得,使不得!"杨老师又变得惊慌地摇摇手,"那成什么话

47

呢!"

"只要咱们一心一意过生活,你把工作搞好,谁说啥呢?"玉贤给他宽心,"笑,不过三日;骂,不过三天!"

"你……你这人死心眼!"杨老师烦躁地盯她一眼,转过头去说,"我不过……和你玩玩……"

"你说啥?"玉贤腾地红了脸,几乎不相信自己的耳朵,"这是你说的话?"

"玩一下,你却当真了。"杨老师仍然重复一句,没有转过头来,甚至以可笑的口吻说,"怎么能谈到结婚呢!"

玉贤的脑子里轰然一响,麻木了,她自己觉得已经站立不住,一句话也说不出来,嘴唇和牙齿紧紧咬在一起,舌头僵硬了。

"甭胡思乱想!回去和勤娃好好过日月!他打土坯你花钱,好日月嘛!"杨老师用十分明显的哄骗的口气说着,悄悄地告诉她,"我今年国庆就要结婚了,我爱人也是教员……"

他和她"不过是玩玩!"她成了什么人了?她至今身上背着丈夫勤娃和父亲吴三抽击过的青伤紫迹,难道就是仅仅想和他玩一玩吗?她硬着头皮,含着羞耻的心,顶过了县文教局女干部的查问,就是要把他包庇下来,再玩一玩吗?玉贤可能什么也没有想,却是清清楚楚看见那张曾经使她动心的小白脸,此刻变得十分丑陋和恶心了。

"我不会忘记你的好处,特别是你没有给调查人说出来……"杨老师这几句话是真诚的,"我……给你一点钱……你去买件衣衫……"

玉贤再也忍受不住这样的侮辱,一口带着咬破嘴唇的血水,喷吐到那张小白脸上,转身出了门……

十七

月亮正南,银光满地,田野悄悄静静。

玉贤坐在一棵大柳树下,缀满柳叶的柔软的枝条垂吊下来,在她头上和肩上摆拂。面前是一口装着木斗框架的水井,应该结束自己的生命了!一低头,一纵身,什么都不要想了!

48

也许明天早晨，菜园的主人套上牲畜车水的时候，立即就会发现她……十里八村的男人女人，就该有闲话好说了。啊啊！她将作为一个坏女人永远留在村民们的印象里……

她忽然想到了阿公，那个在她过门不到两月时光就把"金库"交给儿媳掌管的老人，小河一川能数出几个这样老好的老人呢！多少家庭里娶下媳妇，父子，兄弟，姑娌闹仗分家，不都是为着家产和金钱吗？她太对不住阿公了，如果能见一面，她会当面跪下，请求老人打她。那样，她死了，会轻松一些。

她想到勤娃了。他笨手笨脚，可搂起她的双臂是那样的结实。他讷口拙舌，可说出的话没有一句是空的。他从外村打土坯回来，嘿嘿笑着，从粗布衫子的大口袋里头掏出钱来，很放心地交到她手上，看着她再装到阿公交给她的那只梳妆盒子里……

她对不起阿公和勤娃。她没脸面再去盯一眼这样诚心实意待她的人。她应该立即跳进井里去！

她对不住阿公和勤娃。应该在离开阳世的时候，对自己已经觉悟到的错事悔过，补一补心，再死也不迟啊！

她站起来，冷漠地盯一眼透着月光的井水，离开了，她从田间的小路重新走上官路，从桑树镇上穿过去，直接回家，免得回到娘家，父亲没完没了地责问，死了也该是康家的鬼！

玉贤走到桑树镇上了，街上已经空无人迹。经过客栈门前的时候，门口围着一堆人，嘻嘻哈哈，哄哄闹闹。她不想转过头去，这个客栈，早听人说过，是个乌七八糟的地方，丁串串开栈挣钱，婆娘卖身子挣钱。

"哎呀！喝了醋就醒酒了！"

"灌！"

"把鼻子捏住！"

又是什么人喝醉了，玉贤走过去了。

"我——不——喝！"

玉贤听到被灌着醋的喝醉了的人的吼声，猛然刹住脚，怎么像是勤娃的声音呢？

"毒——药——"

　　这回听真切了，是勤娃。天哪！他怎么跑到这个鬼栈里来了呢？她的心紧紧地收缩下沉，意识到她害得勤娃变成什么人了！

　　玉贤折回身，跑到人堆前，拨开围观的人堆；从门里射出的马灯的亮光里，看见勤娃被一个人紧紧挟住，丁串串正给他嘴里灌醋。勤娃咬着牙，闭着眼，醋水撒了一脸一胸膛，满身泥土。玉贤一下扑上去，抱住勤娃，哭喊出来："我的你呀……"

　　丁串串和众人停住手，议论纷纷。

　　玉贤扯起衣襟，擦了勤娃的脸，抓住一只胳膊，架在她的脖子上，另一只手紧紧搂住勤娃的腰，几乎把那沉重的身躯背在身上，拽着拖着，离开丁家栈子，走上了官路……

1982 年 9 月 18 日至 11 月 3 日写　改于灞桥

梆子老太

引　子

梆子井村的梆子老太死了。

头天祭灵，二天入殓盖棺，三天下土埋葬，这是目下乡村里贫富皆宜的丧葬仪程。这样照例一来，梆子老太刚一倒头，活人们趁着尸骨未冷，臂腿未僵，紧张地给死者洗脸洗手剃额剪指甲，穿戴起早已置备停当的老衣。在儿女们一阵高过一阵的悲恸的哭声中，安置起灵堂。用半生的小米做成的"倒头饭"献上了，意在死者吃饱之后，有劲走向阴世漫长的道路；彩纸扎成的童男童女已经侍立在灵堂两侧，准备给刚刚踏入冥国地界的梆子老太引路；招之即至的阴阳先生掐毕时辰，写过"亡期"纸牌（相当于讣告），又把一副白纸对联贴到街门门框上……屋院里外，紫香缭绕，蜡烛明灭，焚燃阴纸的黑色纸灰在院里飘落，弥漫起悲怆的丧葬气氛来了。

梆子老太的男人景荣老五，压抑着死别的痛楚，保持着一家之主的理智，和近门亲族的几个老年女人忙着安置这一切。现在不是他大放悲声的时候，关键的关键是把丧事安排稳妥，不出意外。好在这一切都进行得顺利，没有大的纰漏。

第二天午时入殓盖棺，板钉钉死，骨肉之情就永不复见了。在儿女、亲属男女混合的近于癫狂状态的哭声中，景荣老五使劲睁开泪水模糊的老眼，最后一次瞅一眼和他过活了一生的梆子老太僵硬灰黄的脸孔，就被人从棺材旁边拖走了，随之听见"哐当"一声压上棺盖，斧头铆击板钉的声音……悲痛是人之常情，而作为一件必办的丧事，这一切也进行得顺利，没有出现偏差，景荣老五倒也心安。

问题出在第三天出殡埋葬的时候。

梆子井是个小村庄，历来死人的坟地都选择在村庄背后的塬坡上。坡陡路窄，抬一副灵柩上坡，就需得全村精壮男子一齐出动，前拽后拥，左右帮扶，半路上易人换肩，才能保证棺柩在一路不挨地面的严格的忌讳下送到坟地。这样的地理条件就约成了这个村子的一条习俗：凡遇丧葬，不用邀集，所有男人都自觉前往，宁可劳力过剩而空闲，毋使人手紧张而把灵柩搁置在半路上，谁家也难保不遇丧葬之事而用着旁人的时候。还有一层意思，即是给予自己同在一个街巷里生活了半生的死者的坟地培一锹土，表示庄稼人的一点哀思，一种古朴的乡亲情谊啊！

乡村人至今遵循着午时入葬的迷信习律。眼看午时已到，景荣老五看见自家街门外的土场上，只有三五个尚未成年的娃娃掮着铁锨在晃悠，他有点沉不住气了，急得在屋里院里出出进进，慌急不安。眼睁睁等到午时已过，仍然不见人来，灵柩冷漠地停放在屋子中间的灵堂上，不能启动。队长龙生在村巷里吼喊人的声音，使景荣老五愈加惭愧和惶惑了。拒葬——最可怕的事情发生了！景荣老五心里不能不承受这个既成定局的事实。

这是令死者的亲属最难承受的耻辱。只有生前在世时劣迹深重的人，死后才有可能招致如此的冷遇。小小的梆子井村，人们只记得清末民初年间发生过一桩死者无人抬灵的事情。那是梆子井村的一个土匪被外村人打死了，村民们耻于为这个败坏了村风民俗的恶人尽此劳举，致使土匪陈尸三天而不能"入土为安"。土匪的三个儿子齐刷刷跪倒在十字街心，替代土匪老子向乡党村民赎罪赎过，直到尚未成年的小儿子因羞愧冷冻而倒地昏迷，才感动得村里几位长老出面吆集起人手，把土匪被钉得遍体伤痕的尸首草草塞进坟墓……

景荣老五蹲在房檐下的台阶上，年近七十的老人的皱脸，皱得更紧了，脸色蜡黄，眼睛痴呆，胡须颤抖，已经忘却悲伤，转化为怨恨死者的强烈情绪了。她眼睛一闭，直挺挺躺在棺材里，等待活人把她埋进地下，不曾考虑把难以承受的耻辱留给她的男人和儿女了！

"甭急，老爷。"生产队长龙生从街门外走进来，用明显的强装的镇静口气宽慰景荣老五说，"人马上就来咧！嗨！现时实行责任制，人都贪着自家的庄稼活儿……"

景荣老五没有搭腔，仍然直勾勾盯着冷冷落落的街门。龙生的安慰丝毫也不能减轻他心里的压力，反倒想，要不是当着队长这个官差，怕是你龙生也不来哩！老汉心里明白发生了怎样丢脸的事，现在无论如何也挽救不及了。

龙生看着景荣老五痛苦羞愧的脸色，难受极了。他急得在屋里站不住，屁股一转又走出街门，回过头来，恨声恨气地说："老爷，我再去叫人，非把他们……"

"甭去咧！"景荣老五大喊一声，猛然从台阶上站起，奔出街门，拦住龙生，终于说，"我到……十字街心去……"

"啊呀！那算一回啥事嘛！"龙生惊慌地说，死死拉住景老五的胳膊，"万万使不得！"

农历三月温暖的阳光静静地照射在空寂的街巷里的土堆、粪堆和柴禾垛子上，行人匆匆，村巷静寂，现出一种压抑着的难堪的气氛。那些紧闭着或虚掩着的大门里，男人们和女人们在怎样嘲笑那位不能出门的灵柩里的死者呢？

……

在时代已经进入到公元二十世纪八十年代的时候，梆子井村的庄稼人，何以要用这种近于恶作剧的办法来为难一个业已死去的乡村女人呢？

一、梆子井村的梆子老太

小河川道里，黄土塬坡下，有个小小的村庄叫梆子井。这个村庄古远的祖宗为啥选用这样一个奇怪的名字作为他们的村名，连村里现

53

在已过八旬的白须老汉也说不清来龙去脉了。

梆子井村现在居住着六七十户农家，多数姓胡，杂姓不多；一幢幢新房和旧屋组成的庄稼院，紧紧凑凑地汇集在东沟和西沟之间的平场上。每到春夏，村里的榆槐椿楸树木，郁郁苍苍，河川里杨柳列岸，葱葱蓬蓬；数九交至，白雪覆盖了村后的塬坡和村前的河川，房檐上吊下尺多长的冰凌柱儿……一个景致幽雅的北方村落。

梆子老太本姓黄，是小河北岸黄家圪塔人，自幼以三石麦子两捆棉花的彩礼许订给梆子井村的胡景荣。过门这天，梆子井村的年轻后生用花轿把她从北岭上的黄家圪塔抬下来，涉过河水，抬进梆子井村来，停放到胡景荣家门口。男女老幼把屋里院外围塞得水泄不通，兴致十足地等待进入洞房揭去盖脸的红绸巾的那一刻，新媳妇是怎样的眉眼呢？

窗户纸被扯掉了。新挂的绣花门帘也被踩在脚下。没有机会挤进窄小的洞房的人，焦急地询问已经先睹过一眼的人，模样怎样？看过的人因为拥挤而喘着气，作难似的笑笑："说不上来……"又颇费思谋地眨眨眼，滑稽地一笑，悄悄说，"脸……长得像个……梆子……"

对于新来乍到梆子井村的任何一位新娘，谁也难得逃脱第一次亮相之后被众人品评和议论的难堪处境。男人们自不必说，已经被众人议论和品评过而且无一例外地曾得过一个形象的雅号的老媳妇们，也更有兴味地反复咀嚼着一个新鲜的绰号：梆子！哈呀！真像……

这是生活贫困而又单调的庄稼人的一种乐趣，一般只限于新婚之后的十天半月里，尽兴取笑逗乐，甚至当着景荣的面说他的新媳妇的脸能当梆子敲，也不怕他犯心病。时日稍微一长，庄稼人各忙各的日月生计，谁还有心思去管人家景荣的媳妇的脸长脸短的事干什么呢！

不管旁人怎样苛刻地取笑和逗趣，景荣对他刚刚娶进屋里的媳妇是满意的。尽管在揭去盖脸绸巾时第一眼看见这位陌生女人的眉眼时，他也觉得那脸儿未免狭长了些，可他不在心。我的天！老父成年累月串游在渭河北岸产棉区给人家弹棉花，攒下一串串麻钱和铜元，花三石麦子加两捆棉花的礼价，给他订下了这个媳妇。可怜老父未能

54

等到看见儿媳妇过门，自己已经累下痨病去世了，三周年也过了。他能在该当婚娶的年龄娶回一个媳妇，不用担心打一辈子光棍儿，已经很令许多穷弟兄们羡慕的了，怎敢弹嫌媳妇的脸儿是长是短呢？管什么梆子不梆子，哪怕旁人把她的脸比作扁担长哩！他是个庄稼人，穷庄稼人啊！要一个女人来给他管家，做饭，缝衣，生养孩子，而不是要一张年画儿上的人儿贴到墙上天天去欣赏！

景荣是胡姓景字辈里最后一个男人，人称老辈子，反倒比村里好多年岁高过他一倍乃至两倍的老汉们辈分高过一格，这样，新过门的媳妇的辈分自然也随着他而高了。景荣排行老五，晚一辈的人称他的新媳妇为五婶，晚两辈的叫五太，晚过三辈的就一律不分差别地叫五老太了。"差过三辈没大小，婆婆孙子不讲究。"小辈子的年轻后生和媳妇们，却一律叫起梆子老太来，久而久之，连景荣老五也被他们叫成梆子老爷了。

新婚三五天后，勤快的景荣老五不敢贪恋新媳妇暖和的被窝，背起亡父遗传给他的那张紫红溜光的枣木弹花弓，告别了母亲和亲爱的梆子脸媳妇，赶到渭北棉花产区去弹花挣钱了，结婚拉下的粮款欠债，需当尽早还清。亡父留给他的生活遗训是："紧还账，慢结债。莫看一文少而不挣，莫视一文少而浪花。"庄稼人背上账债过日月，吃饭睡觉都不踏实啊！

一月之后，景荣老五再转回到梆子井村的时候，他的短头发上落着棉花绒毛；棉袄的袖肘上和棉裤的膝盖上，黑色的粗布面子已经四处开裂，露出一串串棉花套子；满脸扑着黄色的灰土，手指裂着一道道结着黑痂的裂口；从外表上看，俨然是个沿门乞讨的叫花子了。母亲和新媳妇惊愕地睁大眼睛，看着他直挺挺走进院子，不知遇到什么凶事，该当如何是好了。

他端直走进上屋偏门，解开破烂棉袄上的布制纽扣，又从腰里解下蓝布带子，"哐啷"一声扔到炕上，黄灿灿的麻钱和红亮亮的铜元抖撒在炕席上。他这时才一弯腰，吁出一口气坐在炕边的木凳子上。为了防备土匪拦路打劫，他故意撕破棉袄和棉裤，把自己装扮成一个背着褡裢讨饭吃的叫化子了。百余里徒步跋涉，铜元和麻钱硬邦邦别在腰里，腰脊简直都要断裂了。谢天谢地，终于逃过了土匪的眼睛，把一弓一弓弹花挣下的血汗钱带回屋里来了！

老母亲和新媳妇顿然转换出一副惊喜的神色，不约而同地吁出一口气。新媳妇忙着烧水做饭去了。老母亲把散乱的铜元和麻钱整理成串，压到箱子里去了。

按照家规，景荣老五先向母亲问安。一月来家庭的内务和外事没有什么大的跌腾，他放心了。出门在外乡弹花挣钱，睡在这家那家的陌生的炕铺上，他想念刚刚过门的新媳妇，更惦记寡居的老娘。在兵荒马乱的乡村，把两个不能当事的女人撇在家里，他总是牵肠挂肚般地操心会不会遇到凶事呢。

母亲悄悄告诉他，经过对刚过门的新媳妇一月来的实际观察，勤快，孝顺，不抛撒米面，是庄稼院里过日月的可靠人手。更叫老人惊异的是，新媳妇居然能捉着铁锨，把猪粪挖起，从猪圈的矮墙上抛到外头去。她站在猪圈里挥锨挖粪的姿势，强悍而又潇洒，完全不亚于强健的庄稼汉小伙子。景荣老五惊喜地听着母亲乐悠悠的叙说，愈加觉得桦子媳妇可爱了。

美中不足的是，新媳妇有一个令人意料不到的缺点。老人咂着舌头告诉儿子，新媳妇的针线活计太差迟了。这是一般乡村女人的本能呀，她却不会！

"唔……"景荣老五从嘴里拔出旱烟袋，笑眯眯的眼睛里顿时散了光，不会缝衣联袂的女人，对于一个农家来说是太叫人遗憾了，"那……会不会纺线织布呢？"

"不会。"母亲噘着嘴唇，现出鄙夷的神气，"锅上灶上也不行，连好一点的饭食也做不出来。"

"唉唉！"景荣在母亲面前毫不掩饰地吁叹起来，"我怎么就遇上了……这号笨熊呢？"

"甭愁，荣娃。"看见儿子灰心丧气的样子，母亲立即反转来宽慰儿子。儿媳妇虽然有令人遗憾的缺陷，她却压根没有弹嫌厌弃的意思，穷人家娶个媳妇容易吗？"妈十年八年死不了，就不能叫你屁股露在外头，缝联补袂，纺线织布，有妈哩！"

"唉……"景荣又叹一口气,摇摇头,担忧地说:"我能靠你一辈子?"

"赶妈闭眼的时光,就把她教会了。"母亲宽厚地说,"听说她爸死得早,她跟她爷整年在地里做庄稼,倒把女儿家的针线手艺荒废了,可怜人呀……"

"噢……"她的缺陷是可以原谅的,可怜人呀!景荣老五想到早逝的父亲,自己十五六岁就承担起一个庄稼汉子应该付出的全部艰辛,心动了,再不哀叹自己遇到一个笨熊了,问母亲,"她现时还能学会吗?"

"能。怎么不能呢?"母亲和悦地说,信心十足,"我权当是给自家女儿教针线……"

春夜短暂。景荣老五和梆子媳妇亲亲热热睡过一夜之后,第二天一大早爬起来,就赶往渭北弹棉花去了。梆子媳妇不会纺线织布的缺点,他连提说一句也没有。

半月后,下过一场透雨,他赶回家来,该当收墒耱耙留作棉田的空闲地了。河川里杨柳泛绿,麦苗返青,路旁和田埂上,野草萌生了。

从河川的土路上望过去,沟坡下的三角洼地上,一个穿红袄的女人,叉开双腿,踩在耱上,一手牵着套绳,一手抓着黄牛尾巴,正在景荣老五家那块待播棉籽的空地上耱耙哩!那姿势,洒脱得完全像个熟练的庄稼把式。景荣老五惊呆了,远远地瞧着他的不擅长针线活计的梆子媳妇,心里一热,快步奔过去了。

"你……"奔到地头,景荣老五心里涌起一股男子汉的豪壮感情,"你歇下!让我耱——"

梆子媳妇嗔笑着,故意显示似的响亮地呵斥一声黄牛。黄牛加快了蹄脚移动的速度,在景荣面前停下来。她装出嗔怪的神气:"你刚走半月,又跑回来做啥?"

"我要是知道你会耱地……"他笑着,憨厚地笑着,"我怕晒得墒缺了。"

"单是为收墒棉田吗?"

57

"唔……"

"棉田误不了。你现在放心走……"

"你……"

媳妇瞧瞧四野，静寂无人，猛然搂住他的脖子，亲了一口，畅快地笑着，又跳到耱耙上，扯动套绳，吆着黄牛走了。她自如地站立在耱耙上，任黄牛拽着她前进，她扭腰移脚，保持着身体的平衡，忽然转过头来，甜甜地笑着："你就坐那歇着，你走了远路……"

他完全可以心地踏实地串游到更远的乡村里去弹棉花挣钱了，不必操心家里那三五亩薄地的庄稼作务了！她倒是有这一手长处！

转眼三年过去了，新媳妇变成了旧媳妇。虽然免不了梆子老太的称谓，但谁也再无兴趣去看她的脸长脸圆了，似乎倒成了一个亲切的称谓；即使她不会女儿针线也早已成为过时的新闻，会像男人一样作务庄稼亦被众人司空见惯，不足为奇了。她像一片普通的树叶夹生在绿叶之中，完全溶合在梆子井村的女人窝里，生活着。

这时候，不知谁家女人终于把奇异的眼光从她的脸上转移到腰里——没有鼓起来的迹象。任何一位新娘子被抬到梆子井村的任何一座庄稼院门楼下，少则一二年，多则三四年，那新媳妇就会在奶下吊着个娃娃，在村巷里出出进进。梆子老太过门五个年头了，腹部平平。一个可怕的流言悄悄地又是迅速地传播——

景荣老五家的梆子媳妇不开怀！

母亲早已担着这份心。她心里焦急，担忧，又不便于直问，直到这个传言灌进她的耳朵，才决计不让儿子景荣常年在外乡揽工弹棉花了。宁可日月过得更清苦些，但愿小院里早日听到新生命的第一声啼哭。

景荣老五顺从地回到梆子井，把弹花弓挂到墙上去了，只是在临近村庄里做点零活儿，晚上赶回家来，和他的梆子女人厮守在一起。整整一年过去了，没有任何令人欣喜的征象出现，一切已不再是秘密。

他终于忍不住："你身子有啥毛病吗？"

她难为情地低下头："我感觉好好的嘛！"

一家人开始张罗给她治病，母亲顶操心了。景荣请来十里堡镇上的老中医先生，又粜出一石麦子，把钱全部买成大包小包的中药，由老母亲亲手熬成汤水，灌进她的喉咙，却仍不见有丝毫的变化。庄稼人是宽厚的，热心的，一当证实景荣婆娘确凿不抓养娃娃的不幸时，全都变得异常热心关照了，不断地有这家和那家的女人踏进小院来，神秘地向景荣一家举荐灵方妙药、单方验方。红公鸡肉啦，公猪肉的药引啦，外加三五样怪癖的中药啦。老母亲已经开始内心惶恐，日夜操心弹花匠家的后继人大事了。凡有推荐，尽皆一试，不怕花费铜元和麻钱，催促已经有点不大耐心的儿子，到处搜寻购买药物。而她呢？无论把什么灵丹妙药吃进去，仍是依然故我，毫无变化。老母亲急得束手无策，对一切药物神医渐渐失去信心，最后引着媳妇，到近处远处的神庙古寺，求拜起娘娘神灵施子赐福……

她的腰似乎更细，臀部也尖削起来，眼皮和嘴唇更薄了，燕翅骨愈加突出，更趋像一只梆子了。

十余年过去了，景荣老五不能不接受这个既成的事实，遵照母亲辞别这个家院时的临终嘱咐，抱养了别人一个女孩子，继之又抱养了一个男娃娃……总不能绝后哇！

两个不是亲生的儿女和他们组合成一个新的家庭。这时候，胡景荣和他的梆子女人，从他们满意又不满意的生活里扬起头来，聆听一个陌生的名词：解放了……

二、"盼人穷"

由于土地的重新分配，由于彻底干净地废除吸吮庄稼人骨髓的苛捐杂税，由于人民政府颁布发展生产的政令，由于提倡男女平等，尊重女权，由于风调雨顺……梆子井解放后三四年间发生了——首先是经济上随之是精神上——惊人的变化。一幢幢新瓦房在荒园空院中撑起来了，一匹匹高脚牲畜从十里堡集镇上牵回村庄里来了，一个个光棍后生喜盈盈娶回新媳妇来了。梆子井村前的河川里，时时可以听见庄稼汉子粗声豪气的"乱弹"调儿。

景荣老五更是雄心勃发。他对老婆不能生儿育女早已死心，抱养的一双儿女填补了精神上和感情上的缺憾，重要的是新的生活时时刻刻在激发他大干一场的雄心。做梦也想不到的好世道呀！不怕财东欺侮，不怕土匪打家劫舍，不怕拉兵卖壮丁，不怕军马草料捐税……景荣老五心里说，庄稼人现时还操什么闲心呢？啥啥儿闲心也不用操念了！只有一样：劳动生产，过好日月！在这样好的世道里，谁要是过不好日月，还弄得缺衣少吃，就不会引人同情反而要遭到唾骂了。

他分得一亩坡地，半亩水田，连同自家的土地算一起，有五亩地了。他把这五亩旱地和水田的庄稼，完全放心地交给梆子老太去务弄，自己重操旧弓，几乎一年四季都串游在熟悉的渭河北岸的棉花产区的乡村里。"嘣嘣嘎——嘣嘣嘎——"光滑的枣木弹花弓，在他怀里弹出流水般的音乐。直到他的腰包胀满，才在夏秋两季收获和播种的时月赶回梆子井村来。他心里有自己的算盘：先攒钱，后置买土地，人民政府的纸制钞票，再不用担心贬值啰！一般庄稼人手里有钱了，总是急于买地。他不急，想想吧，他买下的土地稍一多，梆子老婆就务弄不过了，就要把他的手脚拴到土地上去了，很难出门弹棉花挣钱了。他要攒钱，先盖一座三合院瓦房，住得宽敞舒服，再不必担心阴雨天漏雨滴水了。等到养子长得能扶犁耕地的时候，置田买地，那时他将是一户殷实的庄稼院的主人了。·

"各家有各家的打算，咱有咱的计划。"景荣老五把他与众不同的打算，给梆子老太亮了底儿，自信地说，"你只管给咱把家管好，我在外乡弹棉花就放心了。甭看人家做啥！"

第二天，留下一厚叠人民币，交给梆子老太去保存，他背起弹花弓，雄赳赳地走出家门，又走出梆子井了。

收割麦子以前的漫长的春季里，小河川道两岸的乡村里，呈现着农闲时月的和谐景象。锄罢麦子以后，田间就没有什么大的活路了，棉花种得很少，整地花不了多少工夫。男人们各自寻找挣钱的门路，进城做工或者串游到外乡卖手艺去了。女人们从纺车下忙到织布机上，准备一家人夏季的衣服和拆洗已经脱下的棉衣棉裤。整个梆子井村，纺车嗡嗡叫，织机夸哒响，和谐而又优雅的农家三月。

梆子老太终于没有学会纺线和织布的技能。阿婆在世时，忙着领她到远处近处的山神古寺里去求神乞子，没有心思教她坐在纺线车前或织布机上学习纺线织布的兴趣了。阿婆去世以后，她只好学会了简单的缝补手艺，勉强可以给景荣老五和抱养的儿女缝制针脚粗放（式样更谈不上了）的衣裤。她家的棉花，只好花工钱请旁的女人纺成线，再织成布。好在景荣老五一身好力气，弹花挣得不少钱，弥补了这个亏缺。

新社会所展示出的新的生活秩序，给梆子井村所有的庄稼人几乎无一例外地带来了好处。经济上开始翻身，人权上再不受保长和财东的欺侮了，梆子井村那几个活得顶窝囊的庄稼人，也敢于走到村当中的大槐树下，笑吟吟地说闲话了。而仅仅在两年以前，这个大槐树下的这块显眼的位置，是保长和财东的领地，穷人们望一眼也要腿脚发抖的。好了，雨后初晴不能下地干活的时候，庄稼人聚集到大槐树下来，说笑逗趣谝闲话，下棋"纠方""狼吃娃"，尽兴地玩了。

所有别人能得到的好处，梆子老太和她的男人景荣老五也都得到了。可是……梆子老太不能生儿育女的缺憾却是无法解除的。虽然养子和养女已经高过膝头，毫不生分地唤爹叫娘，总不能融化她心里的那一块冰土地带。虽然阿婆已经过世，她依然忘记不了阿婆领她求神乞子路上的那种怨恨的眼光，令人寒心啊！虽然景荣老五现在雄心勃勃地挣钱发家，她却忘不了他在那几年间对她的冷漠和鄙视。她和人不一样呀！从她对自己也失去生育的信心以后，就自觉低人一头了！她在屋里和丈夫、阿婆说话，有一种无法克服的理屈气短的心情；在村里和老婆婆或小媳妇们说话，也是有一种无法排除的不如人的感觉啊！

这一年春天，发生了一件不寻常的事。

河湾乡许乡长到梆子井村来，在村长胡长海的陪同下，亲自召开了梆子井村的村民大会，选举劳动模范。男人们围坐在大槐树的东侧，女人们围坐在大槐树的西边。妇女们扭扭捏捏，梆子老太则自觉地站在更远一点的地方，不料，快嘴二婶第一个发言，就提出了梆子老太，女人们纷纷表示同意了。解放后政府提倡男女平等，要把妇女从锅头、炕边解放出来，有好些女人听了只是笑笑，仍然心甘情愿地

61

在锅头和炕头周围打转转，解放不了自己。可梆子老太早在解放前就和景荣老五平等了，一样推粪，一样挑水，一样叉开双腿站在糖耙上，抓住牛尾巴糖地……梆子老太当选妇女们的劳模，是当之无愧的。

"黄桂英同志，不简单哩！"乡长问清楚梆子老太的真名实姓，当着全村女人们的面，大声感慨地说，"旧社会妇女受三从四德的层层压迫，出门不敢扬头，进门不敢大声说话，整天围着锅头转。黄桂英同志能打破束缚，参加田间生产劳动，真个不简单哩……"

女人们纷纷把眼光朝梆子老太投射过来，惊奇的，羡慕的，盯得梆子老太不好意思了。她低下头，脸热了，心在咚咚地跳。许乡长的话像一把火塞进她的胸膛，全身都热烘烘的了。阿婆在世时，没有当面说过她什么好话，寡言少语的景荣老五也很少夸奖过她。许乡长——河湾乡十里八村的一乡之长啊，这样的大人物在众人面前夸奖她，她简直承受不了这样的意料不到的光荣呀！

"大家要向黄桂英学习！"许乡长向梆子井的所有到会的妇女号召说，"男子汉能办到的事，妇女也能办到——黄桂英同志已经做出榜样了。"

梆子老太扬起头，许乡长的粗壮的声音在大槐树下飞扬，男人和女人们扬着头，听许乡长要他们向她学习的话。晚霞是明丽的，照在树梢、房脊上，天空多么蓝啊！

"你要发扬成绩，起带头作用。"许乡长侧转过身来，瞧着她，"带动全体妇女，积极生产！"

梆子老太发觉整个会场里那么多男人和女人的眼光，都随着许乡长的眼光集中到她的脸上来了，像突然面对无数强烈的灯光，不由得低下头……

许乡长临走给村长胡长海安排了几项工作，其中有一项照顾烈军属和孤寡老人的事，村长把它吩咐给梆子老太了，让她发动几个年轻姑娘和媳妇，给这些需要关照的人扫屋，担水，拆洗被褥。她受到村长的重用，满心喜欢地吆集起一帮年轻姑娘和媳妇，热热火火干起来了。那时既不要工钱，也不知道记工分，完全是义务劳动，乡亲情

62

谊。解放了，人和人之间更加亲热了。

刚刚干了一晌，后晌没有人来了。梆子老太挨家沿门去传呼，一个个姑娘媳妇们不是躲开就是支吾搪塞过去。梆子老太有点伤心，这个"带头作用"不好发挥哩……她终于从旁人口里得知，那些姑娘和媳妇，全是被亲娘老子或阿婆禁斥在屋里，不能出门了。原因呢？少跟那个不生养的假婆娘在一起，那是灾星！似乎梆子老太不生育的缺陷也会传染给她们的女儿和媳妇，可怕！

这真是太可怕了！梆子老太身上的热劲儿一落千丈，气得浑身颤抖。怎么办？给人家军属和孤寡户拆洗的被褥，现在还晾晒在绳子上，后晌缝不起来，晚上让人家装老虎吗？"带头作用"得不到称赞，反要招人骂了。她去找村长，说明了原委，委屈得简直要淌眼泪了，胡长海一拍桌子，也生气了。这个梆子井村的第一个加入共产党的唯物主义者，强烈地感到了封建迷信思想的浓厚包围，鼓励黄桂英说："甭灰心丧气！有共产党撑腰。咱能打倒地主、保长，封建脑瓜还怕破不开吗？我跟你一起去动员……"

给军属和孤寡老人的被褥总算在天黑睡觉之前缝好了。梆子老太回到自家屋里，抱着女儿痛哭起来了，眼泪像冒泉一样倾泻出来，浸湿了女儿的衣襟。阿婆死了，梆子井村这么多的女人，还是用阿婆的那种眼光盯她哩！许乡长大声豪气表扬她的话，并没有改变她在她们心目中的位置，还说什么向她学习哩！

她哭得伤心极了。泪水终于流完了，沉重的脑袋里重复着一句话：让别人去起"带头作用"吧！黄桂英带不起头呀！她的心里却是平静了。

太阳照旧从东塬上升起，在西塬那边降落。月亮圆了又缺了。春风一天暖似一天，把庄稼人的粗布衣服一层层剥落，有人光着脊梁在河滩里整修稻地，准备插秧了。春天变成夏天了。

梆子老太的眼光不由自主地投注到每一个新来的梆子井村的媳妇身上。她们的针线手艺如何？线纺得细吗？布织得匀吗？当她获悉一个一个新媳妇不仅能缝单衣棉衣，而且会纺线也会织布的时候，常常有一种失望的心情。随之，她更加耐心地等待和观察新媳妇腹部的异常变化，等到确凿看出哪位媳妇怀孕的征兆，她就懊丧地转过脸，再也不愿瞧她一眼了，似乎功夫白花了，空等了，枉操了一番心思。

"牛犊的媳妇'有了'！"梆子老太忍不住，给二婶说出自己的发现。

"'有了'就'有了'！"二婶不以为奇。

"真快！结婚才半年……"梆子老太说。

"新社会，男二十，女十八，果子一样熟透了。"二婶快嘴利舌，"只要茬儿遇得巧，睡一夜就'有了'。"

梆子老太立时闭了口，低下头，二婶无意的一句话，又撞着她心里的疤疤了。只要茬儿遇得巧……她和景荣老五睡了几十年，一次都没遇到茬儿上吗？她转过身，回家去了。

"根生媳妇过门八个月……"梆子老太又在街巷里碰见二婶，忍不住说出自己的发现，"八个月……娃娃夜格黑里落草了。"

"我早说过，新社会，男大女也大，果子一样熟透了。"二婶也很得意，"只要茬儿遇得巧……娃娃像在裤带上拴着，解下一个就是……"

"屁！"梆子老太这回不大信服二婶的话了，神秘地说，"新社会，婚姻自由倒是好。还没过门，你来我去，怕是带着'肚儿'来的……"

"噢呀！五老太，快不要说这号是非话。"二婶惊吓地瞧瞧左右，"当心根生家里人听见……"说着，张开已经放大的封建脚，仓皇躲走了。

梆子老太暗暗地盼望着，梆子井村娶回一个不会纺线织布，也不能生男育女的媳妇。那样一来，在梆子井这个偌大的世界的一角里，她就会有一个伴儿了，不会显得孤单了。她会在任何人面前抬起头来说，不会纺线织布也不生儿育女的，不单单是我一个……可是，她耐着性子暗暗观察了娶回梆子井村的每一个媳妇，人家都会缝衣纺织，而且比赛似的一个比一个生得快。一次又一次失望，简直叫梆子老太妒恨起来了。

终于，梆子老太观察到了一个有希望的目标。

梆子井村的胡学文，在十里堡镇上的小学校教书，很受人敬重的，这是小小的梆子井村的庄稼院里脱出的第一位先生，有文化的人呀。他恋爱了一个媳妇，结婚三年了，那女人仍然不见"有"的征兆。梆子老太于是推测到，教员胡学文之所以能不花彩礼拣便宜自由来一个媳妇，正是她有这个可怕的毛病，才甘愿让他"自由"。

梆子老太抑制不住这个重要发现的兴趣，凑到二婶跟前，还没开口，二婶已经借口躲开了。这个嘴快却又胆小的老婆子！

"你看出没？学文媳妇不开怀……"梆子老太又凑到年轻的根生媳妇跟前说。

"你怎么知道呢？"根生媳妇问。

"三年了，没见肚子有啥动静。"梆子老太说，"要是能生，早该生了，新社会结婚年龄大……"

"你把宝纳到空里去了！"根生媳妇笑着说，"人家两口子商量好的，自己不生。"

"那能由得人吗？"梆子老大不屑地撇着嘴，"能生的不想生不由人，不能生的想生也不由人。"

"人家文化人，能得出奇！"根生媳妇神秘地说，"那小两口……避哩……"

"能避得过吗？"梆子老太咄咄逼人地问。

"听说……学文戴着……橡皮套儿……嘻……"

"哈呀！天上的事！"

梆子老太头摇得像个拨浪鼓，嘲笑年轻的根生媳妇竟会相信这样荒唐可笑的什么橡皮套儿的事。不能生养的学文媳妇，为了遮丑，为了护短，居然放出男人在那东西上戴橡皮套子的烟幕来，她才不信哩！她头二三年里没有怀娃娃的时候，阿婆为了遮丑也给人家说，那是景荣长年在外乡弹棉花，遇不上茬儿……

农业社社长胡长海在给锄麦子的女人们宣布歇息的口令以后，梆子老太刚刚坐到大渠沿的白杨树下，教员胡学文的妈妈手里提着小锄走过来，开口就问："老五家的，我问你，你凭啥说俺媳妇不开怀？咹？"一开口就能冲倒人，全是一派闹事的架势。

"我……"梆子老太猝不及防，口语短涩，无言应对，支吾说，"我也是……操心学文媳妇……"

"谁家媳妇要娃不要娃的事，要你操心？"学文妈妈寸步不让，直逼不退，"你操心你自个去！"

"我……"梆子老太退躲不及，又被揭着了短处，无力辩白说，"我真是……好心……"

"好心留给自家用！"学文妈妈毫不领情，一味进攻，"我看你是'盼人穷'！盼得人家跟你一样，不会织布，不会要娃娃。"

梆子老太彻底败阵，羞辱得难以还口。好在社长把学文妈妈拉扯走了，渐渐平息下来。锄麦的妇女们不作劝解，反倒三人一堆，五人一伙，窃窃议论：

"嘴长话多！你管人家要娃不要娃的事做啥？"

"她不会要娃，也盼人家不能要！"

"嘻！'盼人穷'……"

……

昏黄的煤油灯光里，景荣老五坐在木凳上，把工分本本交给女儿，让她代替爸爸到队办公室里去记工分。他早已挂起那把弹花弓，在农业社里挣工分了。支使开已经懂事的养女，他开始询问梆子老太和学文妈妈犯口角的原因。她说自己平白无故受人家欺侮，竟然流下委屈的眼泪。他静静地听完，不动声色，没有丝毫暴发起来去和学文妈妈雪耻的火气，反而平静地劝诫说："农业社里大帮人马干活儿，人多嘴杂，一句闲话出口，立马传得满村都知道了。咱只顾做活，甭说长道短。"

没有得到男人的支持，也没有遭到训骂，梆子老太倒也心安。景荣老五把弹花弓搁到木楼上去了，灰土已落下厚厚的一层；他的弹花技术不得施展，手里也短缺了活便零钱，常常郁闷不乐；对梆子老太招惹的是非，不管有理没理，他都烦腻。梆子老太根本没指望这样的男人为她撑腰壮胆，寻到学文家门下去干仗。

景荣老五继续说："社长派咱做啥活儿，咱就干啥活儿；只做活儿，甭多嘴……"

梆子老太把简单的饭食摆到男人面前，不应诺也不反对他的处世方式，心里却觉得闷气，眼前似乎浮现着学文妈妈恶气逼人的眼睛，耳朵里响着那些偏向学文妈妈的议论……盼人穷……

盼人穷，是梆子井村庄稼人对那些嫉妒心特别强烈的人的贬称。自己无能，盼别人也无能；自己受穷，盼旁人比自己更穷；自己倒霉，盼别人更加倒霉……这是一个令人鄙夷的雅号，居然随便安派到梆子老太头上来了！

像是故意给梆子老太示威似的，教员胡学文的媳妇，没过一年，果真生下一个娃娃来，足见根生媳妇说的"避着"的话是实事了。梆子老太想在梆子井村盼得一个伴儿的希望彻底破灭，看来继有的希望也很茫渺，也就没有耐心再去关注谁家媳妇迟"有"早"有"的事了。她的兴趣，随着生活的突然变化而迅速转移了……

三、艰难时月

越来越困难的生活，使梆子老太的眼睛从梆子井村女人的腰部转移到别人手中端着的碗里。

说不清从什么年代形成这样的习惯，梆子井村的农民，一年四季都在街巷里吃饭。冬天，围蹲在向阳的墙根前；夏天，坐在浓厚的树荫下，吃着饭，谝着闲话，舒适而又闲逸。这种习俗，即使在以瓜菜代替主粮的艰难时月里，仍然不改。一人一碗稀溜溜的包谷糁糁，伴就着萝卜叶儿、雪蒿或是红苕叶子窝成的酸菜，香喷喷地喝着，嘻嘻哈哈地说着笑话。

"哈！妈的脚！稀糁子越喝肚皮越大……"

"你要是连着吃一月肥肉，保险越吃越少！"

"肉？哈呀……听说全都给黑豆小豆（赫鲁晓夫）坑去了……"

"唔……他们那儿净出产豆子……"

这些背负着国家沉重困难压力的庄稼人，满脸菜色，有的因为营养不足而浮肿了，可是依然在说笑。

梆子老太端一碗糁子，站在一边，有滋有味地喝着，似乎在听闲话，眼睛一转溜，就瞅遍了在场的男人女人手里的大碗或小碗，谁家锅里的稀稠，尽都一目了然了。

"差不多，一样稀。"她心里说，可见家家的日月一样艰难，原本就是从一杆秤下分得同样标准的口粮嘛。偶尔也能发现某人端了一碗面条，她无法抑制羡慕的心情，嘴里的舌头就像梆子一样敲响了："啧啧啧！你家还有白面吃！我屋三月没动擀杖了……"

梆子老太家的日月似乎更艰难，一家四口，都是大饭量，两个孩子正是吃饭长身体的年龄，粮食越紧张，娃儿的饭量似乎增加得越快。她虽然腰细，饭量却不小。一顿饭做熟，总是先尽两个孩子吃饱。只有景荣老五似乎伸缩性很大，看着锅里多了，他就再盛上半碗；看着锅里所剩不多，就把烟锅点着了。他是四口之家里首先浮肿起来的。梆子老太看着男人黄肿透青的脸孔，心里难受，又拿不出什么吃食给他偏补一下。听说一般浮肿不会要命，她也就放心了，因为梆子井村有少一半的男人和女人都发生了这种奇怪的病症，多了则不奇嘛！

这天晌午，梆子老太及时出现在自家街门外边的"老碗会"上，左邻右舍的大人娃娃都围聚在这里，借着门外那一排高大的梧桐树的荫凉吃饭。大热天了，仍然是清一色的包谷糁糁，没有发现新的饭色花样。梆子老太本来心里很平静，有心或无心之间，却发现饭场上缺少了胡三恒一家的成员，大人不在，小孩也没见一个，而三恒和他婆娘是梧桐树下的老碗会上最可靠的会员，几乎天天顿顿必到，又是能说会谝的受欢迎的角色。怎么回事呢？三恒一家干什么去了呢？梆子老太动了好奇心，大约是吃什么好饭，怕人知道，躲在屋里不敢出门吧？她端上饭，三跷两跷，已经走进三恒家院子串门子去了。

院里悄静无声，梆子老太愈觉神秘，一直朝上房里屋走去，朝侧旁的小灶房里一探头，冰锅冷灶，未见烟火。她好生奇怪，直到跨进里屋门槛，这才看见三恒老婆怀里搂着孙子，眼泪拍洒，三恒老汉蹲在屋角的矮凳上抽着闷烟，对门是儿媳妇的住屋，隐隐传出压抑着的啜泣声。这一家老少闹仗了吗？梆子老太想，乡村里公婆和儿媳闹仗以后，通常就是这种冰锅冷灶的别扭局面。

"咋咧？"梆子老太疑惑地问。

"嗨！明娃前日就去买粮，该是昨日回来。"三恒老婆诉说，"到现时还不见回来……"

梆子老太一听就明白了，买粮的明娃至今未回，三恒家等米下锅，现在断了顿儿了。

"那咋能成？"梆子老太不满意地说，"大人抗住一顿两顿不吃，也罢咧！娃儿不行呀……你该是先借下，吃了这顿饭，明儿买回粮来再还也成嘛！"

"而今都艰难哩！"三恒老婆说，"不好向人家开口……"

三恒老汉是个硬性子，老婆也是个好强的人，不愿意向人低头告借哩！梆子老太听着明娃媳妇在小屋里的叹息，看着三恒老婆怀里哭闹的小孙孙，她的鼻子酸了，不忍心再问什么了，立时转过身，跷过门槛，走出去了。

三恒老汉一锅旱烟还没吃完，梆子老太又跷进里屋门槛来了，手里端着一大碗包谷糁子。她的脸上是一派仗义的气势，大方地说："先去熬了，一家人喝上一顿，明娃回来就好办了。人不吃饭咋能成嘛！"

"哎呀！五老太……"三恒老婆放下孙子，慌忙接住盛满包谷糁子的大粗瓷碗，动情地说，"你真是好心人哩……"

"咱们亲邻近门的，谁不用着谁一点……"

"明娃买回包谷来，立马还……"

"说那么生分的话做啥？"

……

没过半月，又是午饭时间，梧桐树下又聚集起吃饭的男女。梆子老太忽然发现，木匠王师一家没有一个成员出席老碗会，也是揭不开锅了吗？因为电通到小河川道，机械弹花代替了手工弹花弓，景荣老五祖传的那把被爷爷和父亲的手磨得紫红溜光的枣木弓，永远挂在木楼上的南墙上，不能出世了。可是，木匠王师却挺红火，政府颁布了"六十条"，王木匠可以背上刨子锯子串游四方，挣得比梆子井的劳动日价值高过十倍的收入，生活比一般死守农业社的笨汉们好多了。他们家里没有人浮肿，脸色红润，怎么会断顿儿呢？

她向来轻脚快步，一脚踏进王木匠家洁净的院子，一缕奇异的香味弥漫在空气中，钻进鼻孔。这种香味，对于常年累月不断装进瓜瓜菜菜的胃，具有不可抗拒的诱惑力。梆子老太想到猪肉的那种无可比拟的味道，大约整整两年没有沾过了。

　　梆子老太一脚踏进里屋，自己先楞呆了。王木匠一家老少围着四方木桌，筷头上挑着白生生的麦面饺子。天爷爷！旁人连稀糁子都喝不饱肚子，木匠王师居然吃大肉饺子……

　　木匠一家也有点惊异，一齐转过头来。木匠婆娘眼里转过一丝勉强的笑意，礼让说："五老太，吃碗饭——"

　　"不啦！我来借……"梆子老太早已感受到一家大小讨厌的眼光，随口编诌出要借什么家具的话，装出无意间打扰了他们吃好饭的样子，一边往后退着，"算咧！不借了……"

　　"啊呀！狗娃妈，人家王木匠今晌午吃大肉饺子……"梆子老太半是惊奇，半是嫉妒，逢人便说出自己的发现。在严重的荒年饥月里，一顿大肉饺子，不仅使梆子老太惊倒，确实使一切处于饥馑状态中的庄稼人惊倒了。不过天黑，小小的梆子井村，人都知道木匠王师家吃了一顿令人口馋的饺子了。

　　没过一月，正值夏收前夕，庄稼人最困难的关口上，人民政府给梆子井村批调来为数不多的救济粮，社员们早就翘首以待了。

　　支书胡长海和大队长胡振武从公社开会回来，召集起社员会，说明上级对这些粮食的分配办法，是重点解决困难户，不能搞平均分配，因为数字确实太少了。在国家处于严重经济困难时期，干部们表现出严守党纪国法的高风亮节，为国家抵抗困局，他们很民主地把这批粮食的数字交给社员，让大伙民主评议，好把粮食分配给急需救济的人家。胡长海和胡振武则声明，他俩一斤也不要，好多人感动了。

　　尽管这样，评议的结果，仍然不能避免撒胡椒面的偏向，没有办法，需要救济的户数实在太多了。好多人申述困难的时候，鼻涕眼泪当着众人抹。梆子老太也被评为救济户。她哭得也很伤心，一把鼻涕一把泪，而且要众人去瞧景荣老五浮肿的脸色，证明她不是有毛偏装秃子。

因为干部和党员们表示出高姿态，本来容易出现纠纷的粮食分配工作进行得很顺利，一次会议就定了案。有点意见的人，碍于干部们的无私行动，也说不出口，就那样随合了众人。

　　木匠王师的老婆也提出了申求，没有获得众人的赞同，救济户里挂不上名了。其中很重要的一条原因，是在这样严重的饥荒年月，竟然敢于吃饺子，太浪费了！木匠的婆娘再三解释，说是她的娘家哥哥从甘肃来了，至少十年没见过面了，才破费给重要的亲戚浪费了一回粮食，而且说明饺子里包的全是萝卜叶儿……无济于事，总是饺子嘛！

　　连夜开仓分粮。梆子老太背着小半袋麦子，从仓库里走出来，心里踏实极了。有这半袋子，可以凑合到新麦上场了，应该给景荣老五改善一下伙食，他才能恢复一下体力，夏收活儿重呀！

　　走过十字街心，再走到木匠王师家门前，明亮的月光下，木匠的婆娘从门外的茅厕里站起身来，双手结着裤带，跳出茅厕，转脸开口就骂，像是早就等待着她："你狗日现时分粮哩！你害得俺一家……"

　　梆子老太一听，明知骂自己，心里却发怵，木匠老婆没有拿到救济粮，恨自己不是没有原因的……她低了头，加快脚步，避一避也就过去了。

　　"你狗日是特务！你监视东西邻家……"木匠婆娘已经结好裤带，对着梆子老太的脊背骂，"你狗日盼人穷，盼人死……"

　　梆子老太避不过了，放下麦袋子，转身站住，回骂道："你是狗日的！你没拿到救济粮，猴急了吗？"

　　"给我我也不要！"木匠婆娘气壮地说，"俺屋天天吃肉圪塔，你狗特务来打听……"

　　"你拿不上救济粮，是社员会决定的。"梆子老太也不示弱，跨上两步，"你狗日骂我，瞎了眼了……"

　　胡长海听到吵骂声，赶过来，问清缘由，批评了木匠老婆几句，推着梆子老太走了。

　　梆子老太虽然在道理上没有输，但并没有因此提高她的威望。木匠王师家因为吃了一顿饺子而丢失了得到救济粮的机会，使梆子井村的家庭主妇全都提高了警惕性儿：当心梆子老太来串门！严谨的内当家们开始限制男人和孩子到街巷里去吃饭，永久在自家屋里就餐，梆子老太总不至于一天三顿来检查吧？这样，梆子井村的习俗开始转变，热闹的梧桐树下的老碗会，逐渐变得冷清而又寂寥了。

"五老太，你瞅，我喝的包谷糁子，够稀的咧！"胡二老汉把碗伸到她面前，戏谑地笑着，"咱不怕谁看咱碗里装的啥饭！"

"报告五老太——"狗娃也跟着把碗伸过来，"我也喝的是糁子，原料是包谷。请检查——"

梆子老太顿时臊红了脸，说不上话来。她成了什么人呢？给木匠王师不分救济粮，是社员会上民主评议的，干部拍案决定的，大伙为啥这样对待她呢？梆子老太一肚子冤情。

景荣老五看着别人这样不尊重自己的婆娘，脸上像挨了鞋底，气得端起碗回到屋里，再不到梧桐树下乘凉吃饭了，也狠狠地禁斥梆子老太，不许到老碗会上去，更不要在人家吃饭的时候去串门子。

梆子老太在屋里寂寞地吃饭，三五天后也就习惯了。听见钟声，她捞起锄头或铁锨就去上工，工分是不能不挣的。走到村口，碰见莲花，她按照乡村人见面时的礼仪随便问："吃饭了没？"

"吃了。吃的大肉白米饭。"莲花高喉咙大嗓门，连珠炮似的数说起来，"昨日吃的肉菜米饭，今日吃的米饭肉菜，明日还是……"

"莲花，你这叫做啥？"梆子老太受不住这样的奚落，脸孔煞白，"随便招呼你一句话嘛！"

"我知道你爱打听，就自动给你汇报。"莲花嘻嘻哈哈笑着，全不把比她长两辈的梆子老太放在眼里，肆意挖苦，"让你眼红，让你嘴里流涎水，让你盼人穷……"

梆子老太真想破口大骂，无奈莲花却嘻嘻哈哈笑着，自己又不好翻脸，想想闹腾起来，别人明知莲花无理，却不会同情自己，也就忍受了这辱践的话……哎嘘！

四、真成了一种毛病

困难的局面没有延续多久。三年没过，梆子井村像一个被突发的霍乱击倒的壮汉，亏损的机体逐渐恢复，又显出生命的活力。没有人再为三五十斤救济粮而在众人面前抹鼻涕眼泪了；王木匠家的一顿饺子，再不会引起任何人的妒羡，以至闹出纠纷了，属于一种很普通的面食花样了……作为梆子井从严重困难之中完全恢复丰衣足食的标志，社员胡振汉首先在梆子井村撑起三间新瓦房来。

梆子井村东头，胡振汉扒掉了居住多年的窄小而又破烂的两间厦屋，盖起三间新房，青砖红瓦，新式开扇的宽大门窗，竖立在左右那些旧式厦屋的建筑群中，宛如一个风韵韶华的姑娘亭亭玉立于一堆佝偻驼背的老太太之中，更衬托得出众显眼。几天来，男女乡亲赶到了村子东头，仰起头，参观赞叹一番，向胡振汉夫妇表示热心热肠的祝贺。

庄稼人啊！过了多年集体化生活，再不讲置买土地啰！三大心愿就只剩下盖新房和娶媳妇这两件大事了。他们拼命挣钱，攥紧拳头攒钱攒粮食，盼望在自己的有生之年里，撑起一幢宽敞的大瓦房来。他们对于旁人勤俭操持日月所积攒下的令人眼热的成果，由衷地表示羡慕和钦佩。

梆子老太也到村子东头来参观了。她来的那天，涌涌而来的势头已经过去。她原不想来参观，怕胡振汉两口子又犯疑，在家忍耐了两天，还是不能排除那新房的诱惑。别人都能去看，自己为啥不能呢？胡振汉家和她住得相距甚远，没有利害纠葛，那两口子人又厚道老好，看看怕什么呢？她心里提示自己：只用眼看，不动嘴说话。她随两三个女人一起走到新房跟前，眼前豁啦一亮，红色的机制大瓦在阳光下闪亮放光，红砖顶柱，白灰勾缝，这无疑是梆子井村顶漂亮的一座房屋了。

同来的那几位女人，在新房前和振汉婆娘说笑，讲恭维话，说他们夫妻能吃得苦，能节俭过日月，盖起这样好的房子，太不容易了。不听这样的恭维话则罢，越听越使梆子老太心里不服气，她努力使自

73

己保持脸面上的平静，心里却嘲笑那些说着廉价的恭维话的女人们，太不晓得世事了。梆子老太心里再清楚不过——

前年春天，政府发布了"六十条"，准许社员开荒种粮食的政策一宣传，振汉两口子就扎进小河中间的荒草滩里，弯着腰，撅着屁股开荒，接着就栽下了红苕秧儿。这是河水分流改道以后，在两股流水之间逐年淤积起来的一片孤岛。

"河滩地不成业产！"有人劝振汉。

"再好的庄稼，招不住一场洪水。"有人断言。

"我是碰运气哩！"胡振汉笑笑，态度平和，"碰不上大水，收一料算一料；碰上大水冲了，拉倒。我不过摊了几个秧子钱，汗水不算成本！"

那终年荒芜的沙滩上，涨水里携带的腐枝烂叶，层层淤积，倒很肥沃。红苕的叶儿黑油油地发亮，稠密的藤蔓覆盖了沙滩，三亩大的一片，该收获多大一堆红苕呀！好多人站在村口的场楞上，眺望河石粼粼的沙滩上的那一片绿洲。要是躲过了洪水，振汉就该发财了。

胡振汉也鬼得很，不等秋收，早早地割去青绿的叶蔓，挖收红苕了。秋收开始前的整个半个多月时间里，两口子天不明起来，在薄雾笼罩的河心里开始挥动镢头，直到天黑，拉回一车又一车红溜溜的红苕来。三亩地的红苕刚刚收获完毕，一场预料中的洪水从那块绿岛上齐刷刷漫流过去。梆子井村的庄稼人大声惊叹胡振汉神机妙算，运气真是太好了！甚至有人传说振汉天天夜晚星齐以后给河神烧香叩拜，才得到河神的保佑云云……不管旁人怎样说，胡振汉可是冒了一身冷汗，整整睡了三天三夜。

那两口子也真鬼！他们挖下红苕，顺手用蔓叶盖住，害怕过往小河的人看出红苕堆子的大小。等到天黑，借着星光，用架子车拉回村里来，一般社员已经扯起了鼾声，谁也估摸不清究竟收获了多少红苕。可是，胡振汉两口子却无论如何也没有料到，就在他们喘着粗气，把装满红苕的架子车从塄坎下的漫坡道里拽上村子的时候，村边榆树阴影里，站着梆子老太，义务替他们计数，累计下一个确切的数字：四十一车……

梆子老太从胡振汉家观赏新房回来，走过梆子井村的街巷，心里十分鄙视那些向振汉婆娘尽说恭维话的女人。她们糊里糊涂地恭维她勤俭持家过日月，盖起这样排场的三间瓦房太不容易了。屁！梆子老太心里清楚不过，那四十一车红苕，现在变成砖、瓦和木料，撑起在梆子井村东头了！这些糊涂的女人们难道忘记了？刚刚过去的三年困难时月里，市场上红苕的销价是一元人民币买三斤……不过，直到梆子老太走进自己的院子，也没有跟任何人说出自己的发现。可以藐视那些糊涂的女人，她却不便说出自己的发现。政策鼓励社员开荒种粮，胡振汉没有什么错处，自己说出来，不是正好应了"盼人穷"的绰号吗？

　　……

梆子井村风景幽雅，却显得偏僻，也许那幽雅的自然景致正得助于地理位置的偏僻，偏僻造成村庄的闭塞和文化的落后。所有居民以务弄庄稼为祖传之事，仅有的一户地主也是属于土财东。地主分子胡大头也不过高小毕业，只会记账和春节时给大门上写一副歪歪扭扭的对联。庄稼人中，多有一些木匠、泥瓦匠、弹花匠和打土坯的手艺人，而有文化的人向来稀罕，几乎绝无仅有。

前头已经提到的那位小学教员胡学文，是解放后梆子井村出现的第一位教书的先生。在整个公社已经相当庞大的中小学教员队伍当中，他是一位很不起眼的小学教师，只读过师范，毕业后自动要求到自己偏僻的家乡来执教，可是在梆子井众多的不识字的庄稼人眼里，他简直是一位和孔子不相上下的大圣人哩！

这位圣人也真是出奇，在梆子井村占取了太多的"第一"。第一位文化人；第一个自由恋爱而引回媳妇的人；第一个使用避孕工具，不仅使闻所未闻的庄稼人兴味十足地嘻嘻议论，而且使梆子老太闹了一场结局很不愉快的笑话。更稀奇的是，近日他在什么报纸上发表了一篇文章，报社把一张十九元钱的汇款单寄到梆子井村来。这件新闻，霎时轰动了全村。十九元的汇款单，数字虽则不大，却压住了胡振汉新建成的三间大瓦房的新闻。胡振汉夫妻凭出笨力盖瓦房，梆子井的任何一位庄稼汉，只要运气顺，都可以办得到。而胡学文笔杆一摇，就有汇单飞来，梆子井村哪一位能办到呢？真是稀奇的圣人！

梆子老太一时弄不明白，写什么文章挣钱？她活了四十多岁，听都没有听说过。没听过的事，自然就稀奇，就惊异，就得赶到人窝里去听，去问，搞得明明白白。一当她听得多了，问得明了，反倒更稀奇，更惊讶了。天老爷！世界上竟然有这样美气的好事！二两重的笔杆捉到手里，坐在凉房子里头，不晒日头不淋雨，写画一篇文章就挣钱，太嫽了哇！听说不过是鞋样儿那么大一块文章，居然就值得十九块。十九块该买多少红苕呢？又听人说，学文给人说他只写了三个晚上；三个晚上挣十九块，那么一月呢？一年呢？世上有这样轻松易便挣大钱的事……

"没看出，这娃子真是块料！平日看起闷腾腾的样儿，倒是哑巴吃洋蜡——内里明！"有人说，兴趣也很高。

"有内才的人都是这个样儿，外表上并不张狂。"有人说，"这倒好，咱梆子井真是出圣人了！写文章，自古都是圣人才能做的事……"

"写文章挣钱，公家月月还给发工资吗?"梆子老太插上嘴，不介意地问。

"那当然发哩！"有人瞅一眼她，疑惑地说了一句，就闭了口。

"那……真好！一马备双鞍。"梆子老太装出替学文高兴的神情，不过太做作了，"可甭只顾写文章挣钱，把娃儿们的念书给误了……"

"放心！"有人随口说，"学文教出的学生，考中学年年考中的人最多。"

"听说他写文章，用公家的纸，公家的笔，连墨水也是公家的。"梆子老太终于控制不住，把心里的不平一下子全说出来，"挣钱连本儿都不摊！"

正在说着闲话的人，一齐哑了声，互相挤眼努嘴，忽然明白了什么似的，意识到可能会因此而牵扯到是非里，纷纷走散了，只留下梆子老太站在那儿。

初冬的夜晚，寒气袭人，天又黑得早。梆子老太一人站着无聊，也就回到家中。十里堡小学校长来家访，和景荣老五坐在方桌两边，交谈她的儿子在学校念书的情况哩。梆子老太和校长打过招呼，就收拾起晚饭，摆上桌子。校长说他已经在学校灶上开过晚饭，只喝水而不动筷子。梆子老太热诚地礼让再三之后，也就不再勉强，坐在一边，插嘴问："校长，你看咱那娃子，念书灵不灵？"

"灵是灵着哩！是个聪明孩子。"校长笑笑，诚恳地说，"只是有点荒。"

"文章写得咋样？"梆子老太问。

"还可以，作文还不错。"校长回答，"比起来，这孩子算术学得更好些。"

"你教咱娃好好写文章……"

"小学阶段打基础，要全面练习……"

"我想叫娃长大写文章，又轻松，又干净。"梆子老太说，"俺村的学文……"

"噢呀！"校长一听就笑了，不过绝没有嘲笑的意思。他自解放以后就在乡村小学任教，熟知庄稼人盼子成龙的普遍心理，并不奇怪，笑着说，"那首先得看孩子爱不爱哩！"

"叫他爱他就会爱。"梆子老太不以为然，"这样的好事，他怎会不爱呢？"

"咱娃恁小，咋能写文章嘛！"景荣老五早听得不耐烦，就打断梆子老太的话，斜溜了她一眼，意思是，甭说没神儿的话了！

"哈呀……"校长眼里浮出一缕说不清不必再解释的超然神色，打着哈哈。景荣老五也不好意思地陪着校长干笑着。

"好！正好校长也在这儿——"门外有人气冲冲地说。人尚未进屋，声气却冲进来了。梆子老太一回头，教员胡学文的母亲刚好跨进门来。

"五老太，你给俺学文满村扬风，说俺娃是一马备双鞍，吃官粮放私骆驼……"学文妈妈连一句客套话也不说，直来直说，"校长，你是学校领导，你凭实际说，俺学文教书教得……"

校长眨着眼，摸不清头绪，搞不明白原委，却准确地预感到要被

77

牵扯进一桩是非里去了。他只管笑着，不作正面回答。

"我啥时候说过？"梆子老太一口回绝，"你听谁给你挑唆？"

"你在村子西头说了，又在村子东头说。"学文妈妈强硬地说，"你说俺学文写文章挣钱，连本儿也不摊！"强悍精明的中年妇女，经济宽绰，向来不受任何人一句闲言，岂把梆子老太放在眼里！说着，她从腰里拉出两张纸，连扇带摔地铺展到桌子上，"校长你看，这号格子纸，是不是你们学校的？"

"甭急，也甭躁嘛！"校长瞧一眼桌子上的稿纸，不做裁判，只顾熄火，"没关系！没……"

"前几年，你说俺学文媳妇不开怀……"

"算哩！我给你赔不是。"景荣老五早已忍受不住，要不是有校长坐在当面，他会狠狠地骂一顿招惹是非的老婆。他按捺着性子，给学文妈妈赔笑脸，"算咧！你是明白人，甭跟那个黏糯子一般见识……"

在景荣老五的笑脸陪送下，学文妈妈总算走出门去了。校长也再无兴趣坐下去，起身告辞了。

"你不说长道短，由不得你吗？你不拨弄是非，也由不得你吗？"送走校长，转回屋来，景荣老五的火气爆发了，"我给你说过多少回了？咱们过自家的日月，甭管人家七长八短的事，你记不住吗？你一天招惹是非，让我也跟上受人辱践……你丢人不知深浅！"

梆子老太低下头，洗涮锅碗，一句不吭。和景荣老五过日月二十多年，她已习惯了当面遵从。尽管景荣老五不是那种架子大、家法严的男人，可是她怯他；虽然景荣老五从来没动过她一指头，她仍是怯这个不常动火的男人。在屋里，凡事总要先征询他的主意；偶尔发生的矛盾磕牙中，她总是自觉地作出让步。这种局面形成的原因，只有她心里明白：自从确切知晓自己不能生养儿女的可怕缺陷——可怕就在于无法弥补——以后，她就觉得失去了和男人争高论低的气力。

她低头洗碗涮锅，一任景荣老五发一通火，完了也就没事了。她的多言招引来学文妈妈闹事，又恰逢十里堡小学校长这样有身份的体面人物在当面，理该让男人发泄一番。她开始问自己：错在哪儿咧？

78

果真得下了一种难于改易的毛病了吗？她下狠心往后再不说长道短……这回刺激太深刻了！

可是，晚了，于她的声誉已经毫无补益。她的人格和乡誉降低到十分糟糕的地步。男人们不屑一顾这个多嘴多舌的女人；女人们和她碰个照面，斜眼咧嘴地走过去，不予搭理；娃娃们唱歌似的喊着"盼人穷"的绰号……梆子老太简直觉得在梆子井村活成了独人！

但谁也料想不到，连梆子老太自己做梦也不曾想到，一场连一场席卷梆子井村的旋风，居然把她从众人蔑视的龌龊角落里哄抬起来，搁置到梆子井村特殊显要的位置上，造成了她一生中的鼎盛时期……

五、梆子声声里

历时半年之久的"四清"运动即将结束的时候，梆子老太当上了梆子井大队新成立的贫农下中农协会主任。

驻梆子井大队"四清"工作队队长把这一决定解释得合情人理："盼人穷"属于什么性质的矛盾呢？如果拿黄桂英同志在运动中揭露的两件大案（暴发户胡振汉和写反动文章的胡学文）来看，那正好是她阶级觉悟高的铁一般的例证。这样的"盼人穷"，好得很！

梆子老太不是蓄意谋政谋权的阴谋家，只是在工作队队长"扎根串连"来到她家访贫问苦的时候，征询她对梆子井村现任的两位主要领导人胡长海和胡振武的意见的时候，她说她在梆子井村受欺压，受孤立，无意间说出了胡振汉在河滩种红苕而后盖新瓦房的事，又说出胡学文妈妈寻上门来骂她的事。工作队队长严肃地听着，在本本上记着……胡振汉在国家困难时期高价销售红苕，是新生的暴发户，新盖的瓦房予以没收，改作青年俱乐部了。胡学文的文章经过剖析，是攻击性质的毒草，建议县教育局处理，因为胡学文的行政关系属于教育系统。平心而论，梆子老太当初躲在榆树下，记下了胡振汉夫妻从河滩收获回来的四十一车红苕的数字，并非为后来进行的"四清"运动准备材料，她当初仅仅出于某种过分的好奇心，想得知胡振汉夫妻的家底机密。想不到，"四清"工作队队长正需要这样的人证和物证……

梆子井村的贫下中农接受了这样的决定，选举会上一律给梆子老太举起了拳头。人人心里明白，工作队队员们口口声声说："要依靠贫下中农"，实际呢？事事处处贫下中农得顺着工作队说话；要不，小心挨揍！

　　作为这件本来难于接受的事实的基础，前任梆子井大队大队长胡振武戴上地主分子帽子了，天天早晨在街巷里扫街道哩！这样意料不到的事变成实实在在的事实，那么梆子老太荣任贫协主任，就几乎是顺理成章的事了。一切无须追究它的合法性和合理性。意想不到的事太多了，整个中国正进入一个几乎天天都在发生使人意料不及的奇怪事情的时期。

　　与梆子老太荣任贫协主任这件事相映成趣的是："四清"工作队队长自己顷刻之间垮台了！

　　宣布梆子井大队各级各部门新的领导人名单的社员大会正在进行，工作队队长刚宣布了贫协主任黄桂英的名字，一辆大卡车从村西大路上开进村子，一直驶进十字街心的会场。车上跳下十几个男女，一律的黄军装，一律的红袖筒，不由分说，把工作队队长扭胳膊拽腿地架抬起来，扔到汽车车厢里去了。梆子井村正在开会的男女社员吓呆了，这位三句话不离"革命"的老同志，怎么一下子……梆子老太也吓得脸黄如蜡，双腿颤抖。

　　"这是我们单位的'走资派'！'三反分子'！"一个中年人站在汽车上，向惊惊吓吓的梆子井社员宣布说，"欢迎贫下中农和我们一起造反……"

　　汽车卷起滚滚尘烟，开出村去了。

　　现在，谁也说不清工作队队长宣布的干部人选还算不算数儿，梆子老太一次也没有行使贫协主任的职责，梆子井村已被派性斗争搅得混沌一片了。

　　在激烈的口号和怕人的枪声中，梆子井村老成胆小的庄稼人缩在炕头上，度过了解放十八年来第一个兵荒马乱的春节。农历大年除夕的夜里，梆子井村背后的南塬上枪声彻夜不息。两派大交战，枪声代替了鞭炮，家家关着门，提心吊胆地捏着饺子……老干部被"四清"

工作队打垮了，新班子在武斗中自动解散了，麦子没有施肥，也没有冬灌，夏收收什么呢？日子怎么过呢？谷雨节气已经过了……

两名年轻的解放军战士来到梆子井，采取强硬的又是应急的措施，不管两派组织怎样表白自己如何敢于革命和造反，都得接受梆子老太的领导。在农村，贫下中农是领导一切的。两派各出两名代表，组成五人临时领导小组，贫协主任黄桂英任组长。

一枚刻着梆子井革命领导小组字样的印章，由解放军战士郑重地交托到梆子老太手里。已经交近五十大关的梆子老太的心里，一阵喜，一阵愁，忧喜交织，手也颤抖了。这是权力的象征。代表梆子井势不两立的两派头头，挖空心思想把这枚用红绸包裹着的印章攥到自己手里。解放军战士没有上当，双手交给她了。她怕因握有这个印章而招致祸端，心里怯得慌慌。解放军战士鼓励她说，他们支左的军队驻在公社机关，整整一排人马哩！

她接过印章来了。家里没有带锁的办公桌，搁在大队办公室更不保险，于是就装在一只吃完了点心的硬纸盒子里，搁在炕头上方的墙壁上挖出的窑窝里。这儿最保险了。

梆子老太每次攥着这只印章的圆把儿按下去的时候，虽然免不了常常把字弄反，心情却是神圣的。反了正了，只要有这几个红字在！

许是慑于解放军的强大威力，两派头头们不管心里怎么捣鬼，表面上却不能不接受梆子老太的领导。景荣老五不管心里怎样害怕，也不能不接受解放军战士三番五次的谈心说服。多数还想依赖梆子井的土地养活儿女的庄稼人，已经想得很少了，无论什么人，只要在春耕生产的关键时刻，能站出来领着社员去出工就行了！梆子老太应运而生，人们倒是感激解放军，给梆子井村扶植起一位能牵动铃绳儿的人来。

"赶紧整备棉田！"有人积极地向梆子老太建议。她就指派社员去耕犁棉田了。

"该下稻秧了！"想依赖梆子井村吃饭的人继续建议。梆子老太立即指派几位有技术的老农去下稻秧。她虽然不大精通各项庄稼的活路，却比一般妇女强多了，也乐于听取众人的建议。

几项当务之急的农事活路纷纷铺开，取得进展，老成的庄稼人悄悄在私下议论，这个梆子脸老太倒是不错的一位干部哩！胡景荣看看自己的婆娘受人赞扬，心头也舒悦了许多，常常在夜里睡下以后，提醒她遗忘了的漏洞：该清除自流灌渠里的淤泥了！在渠沿上点下黄豆，不是小事哩！梆子老太第二天就会派人去挖渠点豆儿。

　　梆子老太领导下的梆子井大队，生产上逐渐铺开，庄稼人心里开始踏实，自己也增强了信心。她的一生中没有生育过的身板，愈显得刚强，走起路来，腿脚利落，似乎梆子井村的街巷一下子变短了，气呼呼走过去，又蹬蹬蹬走过来。说话的声音也不同于以往，高了，也脆了，理直而又气壮，毫不拖泥带水，倒是活像呱嗒呱嗒响着的梆子声音了。年轻人学着她的调腔说话逗笑，老人们禁斥年轻人说，管人家像不像梆子呱嗒做啥？只要她能领得大伙混饱肚子，哪怕她说话像敲锣呢！

　　也难怪梆子老太在村巷里匆匆来去地走动，说话，她太忙了。梆子井村的内务和外事，革命和生产，上级下级，大事小事，都集中到她的身上来了。

　　刚刚送走公社派来的两位检查大批判工作的干部，又有两位骑自行车的陌生人走进梆子老太家的院子。

　　"黄主任，这是我们的介绍信。"来访者其中一位年长的人，把一张铅印的介绍信递到梆子老太面前，"我们向你了解一个人。"

　　梆子老太接过介绍信，看见那上面盖有红色印记，虽然不识字，也就放心地撂到桌上，随口说："你要了解谁的啥问题呢？"

　　"我们单位的胡玉民，老家在你们村里。我们想了解他的社会关系。"

　　"唔……有这人。"梆子老太稍一筹思，就说，"这人全家住在西安城里，老不回来，家里没谁了。"

　　"我们'清队'中查出他有'现反'言论，想了解他的家史……"

　　"这人……他爸死得早，他妈改嫁了，他要饭混进城里，给一家褙子场抹浆子糊褙子；解放后听说干阔了……"

"他倒是工人出身。"来访者说，"可是'文革'以来，尽说反动话……"

"他家没人了。"梆子老太说，"他在你们那儿的表现，俺就不知道了。"

"唔……"来访者显然失望了，几十华里路，从西安找到这个偏僻的山村，一无所获，实在有点不甘心地说，"他爷爷干什么呢？"

"他爷也是庄稼汉。"梆子老太回答之后，倒是想起一条重要的记忆，"他的老爷……要不要说呢？"

"他老爷……也是重要亲属嘛！"来访者眼里闪现出希望的光芒，"虽然出了三代，可以作为参考。"

"他老爷当过土匪……大概在啥时候呢？反正男人都留辫子那会儿。"梆子老太追忆说，"我听人说，他老爷让郑家村人打死了，尸首抬回梆子井，乡党没人去抬埋……"

"请你说得详细点儿。"

"就是这些了。"

"他老爷叫啥名字呢？"

"记不得……"

"请你盖章。"来访者把记录下的文字复述一遍，然后把写得密密麻麻的红格纸页送到梆子老太手里。

梆子老太看也不看（她不识字），从点心盒子里取出圆形印章，在印泥盒里蘸一蘸，又放在嘴前哈一哈气，庄重地压下去，揭起一看，很好，字迹清晰。似乎只有盖上了这记圆坨儿，那份材料才活像一份材料了。

"麻烦黄主任。"来访者满意地向她告别，推动自行车，告辞了。

梆子老太笑着，送客人上路。当她再回到屋里的时候，却看见景荣老五慌慌乱乱在院子里转圈圈，火烧火燎的样子。

"啥事把你急成这样？"梆子老太忙问。

"回屋里说。"景荣老五气急败坏地说。

两人相继走进里屋，坐下了。

"我说你……"景荣老五气恼地抱怨说，口语不畅。

"我咋咧?"梆子老太也莫名其妙,气咻咻问。

"你……唉!"景荣老五一拍炕边,"你说人家……老爷的事做啥?"

"我说谁的老爷的啥事啦?"

"你说玉民他老爷当土匪的事做啥?"景荣老五终于说出口来。他在后院里破柴,通过后窗,窃听了老婆和来访者的全部谈话内容,眼都要急红了。

"噢!是这事——"梆子老太倒释然笑了,"人家问我嘛!"

"人家只问到他爷这一辈儿。你把他老爷的事说出来了。"

"对组织负责嘛!"梆子老太忽然变了腔调,"他老爷当土匪是事实嘛!"

"你见来?"景荣老五一急,抬起杠来。

"我听人说过。"梆子老太也不示弱。

"你听谁说?"

"我……"

变成老两口之间难分难解的争执了。

"这是组织对组织的事。"梆子老太提高嗓门,郑重地告诫不问政治的落后老汉说,"人家跟我来谈的是公事,党里的事,革命的事,你往后就……甭管!"

景荣老五一听老婆以官压人的话,不由得火起,烟锅"哐当"一弹,也提高了嗓门:"共产党讲的是以实为实,哪兴你给人胡说八道?"

"我说的哪句话不是实的?"梆子老太声调更高了,像吵架一样,"他老爷当过土匪的事,谁不知道?"

景荣老五软下来了。吵闹起来,把他们老两口的谈话内容张扬出去,结果肯定更糟糕。既然自己在气势上压不住老婆,他就忍气压火,恳切地说:"好我的你哩!你没看世事乱到啥地步了,好人尽遭罪哩!从那俩来人的话里,咱听出来,咱村的胡玉民现时也遭了罪了!人家专门来搜事整人哩,你还说那些几辈子以前的事,不是火上泼油吗?"

"你这思想，该当批判！公社里开会，革委会主任说，要批判'老好人'思想！"梆子老太更加得意，嘲笑自家落后脑袋的老汉，"你只管劳动挣工分去……"

景荣老五彻底败阵，瞧着老婆子洋洋得意的脸色，厌恶地哼了一声，就掂着烟袋走出门去了。她虽然是梆子井村的头头脑脑，毕竟又是他的婆娘，和他白天在一个锅里搅稀稠，晚上在一个炕上脚打蹬，他不能不从一个男人的角度关照她的言行的合理性和安全性。这不仅是她一个人的事，也切实关系着他和他们抱养下的已经长得墙高的儿女的声誉……想到这些，他把怨气归结到前后几位把她扶到台上的人身上去了。他们走了，却把不尽的忧愁和烦恼留给这个家庭了。

他独自一人，远远坐到场楞边的榆树下。想到而今混乱的时世，斗人打人的奇事怪事流传不断，塞满了他的耳朵，在这样的时世里，怎敢抛头露面，胡说乱道呢？他的心头愈觉沉重，总有一种祸事迟早要降临的慌恐感觉。这个不明世事的混账婆娘……

梆子老太继续接待来访者。

前来访问的人络绎不绝。大多数是男人，偶尔也有女人。他们操着叫梆子老太难得听懂的南方或北方的陌生口语，笑着打开公文包，递上盖着红色印记的介绍信，叙说他们所要了解和调查的对象。梆子老太热情待客，倒水，让烟，然后尽其所知，一一回答，再盖上梆子井大队临时权力机构的印记，送客人上路。

运动在继续，看不出有完结的可能。作为整个"文化大革命"的组成部分，清队，整党，一打三反……梆子老太刚刚把一个新的名词说得顺口，一个陌生的新名词又响亮地提出来了。她渐渐摸出一个规律，大凡一个运动兴起，前来梆子井村找她调查了解情况的人就多起来。她掐指一算，六七十户人家的梆子井，在西安以及本省南北各地，以至在新疆、北京或南方什么地方工作的人，他们所在的大工厂或小机关，都派员光顾过这个隐藏的黄土塬下，小河岸边的偏僻角落了。

两位穿着军装的军官走进梆子井来了。

"黄主任很忙，我们打扰您了。"两位军人异口同声地说，态度和蔼，客气，照例先递上介绍信。

"没啥没啥！革命工作嘛！"梆子老太已经习惯于这种礼节性的客套，应对也已自如老练了，"有什么问题，直说吧！"

谈话正式开始了。

"你们村有个叫胡选生的？"

"有。是普选那年生的。"

"这个青年在我们部队服役。"

"噢。"

"这青年参军两年了，表现不错。"军人热情地赞扬梆子井村长大的人民战士，"连里想把他当个苗子培养，我们来考察一下他的社会关系。"

从众多的来访者口中，梆子老太听多了也听惯了梆子井村在外工作的男女们的不测之事，听多了那些人的不幸，反而习惯于听那些不幸的事，倒不习惯于听这稀有的有幸的事了。既然作为苗子培养，不言而喻的是，入党和提干。梆子老太不知该对这样的人怎么说话了。

"胡选生家庭是贫农成分。"她说。

"对。"军人点头说，"父母亲在队里表现怎样？"

"一般。"梆子老太说，"不积极也不反动。"

军人很不放心地问："没有什么问题吧？"

"大的问题倒没有。"梆子老太叹口气，表示惋惜地说，"他爸他妈的历史……复杂……"

"唔——"两位军人相对一看，脸色专注而严肃起来，显然是没有料到的。

"有人在大字报上揭发，说他爸是个兵痞，卖壮丁，搂一把钱，去了又跑了，回来再卖……听说到过广东、云南……"

"干过什么坏事没？"军人吃惊地问。

"说不清白。"梆子老太反而平静地说，"他妈的事，更说不清了。有人说，他爸卖壮丁跑到河南，躲到一家地主家扛活，没过十天半月，把财东家的小姐拐带跑了……"

"你们调查清楚这个问题了吗？"

"查不清。"梆子老太说，"我们派人到河南，她老家那个地方，修了水库，村庄搬迁了，找不到下落……"

"这……怎么办呢？"一位军官摇摇头，犯愁地说，"到哪儿去澄清呢？"

"我们也没办法。"梆子老太说，"弄不清，先挂起来……"

两位军人轻轻叹息着，走出梆子老太家的院子。梆子老太照例用干脆响亮的声音送客人上路："慢走……"

六、报复事件

那个曾祖父当过土匪的胡玉民，由他所在的西安那家工厂的两位干部押解着，遣返回原籍梆子井村劳动改造来了。他的老婆，他的两个孩子，由梆子老太安置在村口储藏麦草的场房里。之后又有两个人被遣送回来，一个是正在兰州念书的大学生，一个是陕南什么县城的什么公司的经理。尽管他们戴着不同名号的"帽子"，梆子老太在接收安置他们的时候，总是一律地用这样的话安慰说：

"你们都是梆子井村人，在外边工作，不给咱们村的贫下中农争气，尽搞反党活动！现在倒好，都回到梆子井来！回来了……好好劳动改造……"

每天早晨，在大队办公室门外的请示台前，站在这里来请罪的队伍扩大了，再不是新地主分子胡振武和老地主分子胡大头两个孤零零的身影了，已经有了一排溜儿。构成这一列队形的成分也多样化了。梆子井村的庄稼人看见，再不是纯一色的黑色裤褂的农村型号的五类分子了，掺杂了蓝色和灰色，衣服虽然破烂，却是制服式样。那一律弯腰低垂下去的脑袋，也不全是过去那两个新老地主分子的光葫芦脑袋了，有了蓄留着头发的工作人的脑袋了。

按照上级要求，梆子老太起初天天早晨监督他们请罪，后来就交给民兵连长去执行，只是在有新的成分增加到这支队列里来的时候，她才来亲自监督一次，看看此人老实不老实，规矩不规矩。

她站在他们面前，听他们一个一个依次开口，说那些天天重复着老一套的话。往昔里，他们都是梆子井村的头面人物。不屑说老地主

87

胡大头了，新地主胡振武从村长当到大队长，一直是站在梆子井最显眼的地方说话的人。现在由梆子老太监视着悔罪哩！那些穿破烂制服的人，往昔里在天南海北干大事，挣工资，他们留在梆子井村的老人和家属，过着比一般庄稼人明显优越的生活；他们在年时节假里回到梆子井，穿戴一新，令村里的男女老少都羡慕。他们和她见面时，打一句招呼就过去了，不大把她收进眼角里，现在，这些梆子井村的头面人物，全都匍匐到她——一个乡村女人的半解放式的小脚前头了。她的一句话出口，就可能使他们流下许多毫无报酬的汗水。

"五类分子修河堤！"她给民兵连长一句话，这些人就被吆喝到河滩里，在晒死青蛙的沙滩上，扛石头，推沙车，从早干到晚。

有时，看着这些人累得扭腰拉腿、疲倦不堪的样子，她心里又觉得他们可怜。是呀！一个没有抓摸过土坷垃的手指头，长得那细，怎能有劲呢？细指头捉水笔和揭文件纸，倒是轻巧利索，捉锨挖沙扛石头，就显得太弱嫩了。她想派他们干些稍微省力的轻活儿，又怕那几位造反头儿说她同情反革命分子，也就作罢。转念一想，让他们流些汗，出些大力，吃点苦，也使他们亲身经受一下，该当知道庄稼人平日里受的什么苦了。再甭像以往回到村里，摆一副挣大工资的工作人的优越面孔了！

胡选生从部队复员回来了。

梆子老太站在十字街心，看见他穿着摘掉了帽徽和领章的草绿色军衣，背着军队上的那种黄绿色被子，走到十字街心来了。他和几位庄稼汉男女打着招呼，并不停步，从梆子老太旁边走过去，装作没看见，或者像是从来不认识她似的，端直走过去了，走进梆子井村中间胡大脚家的土门楼去了。

梆子老太心里明白，他恨她。三天过去了，这个胡选生不见前来报到，意向十分清楚。梆子井村的任何一个复员军人回归本土，不出三天，就得向村里的最高领导者报到，由她再吩咐队长给他安排活路。工分也不是随便可以去挣的。胡选生不仅不见来报到，也没见他像其他复员军人那样提上糖果糕点去走亲访友。胡选生回乡的第二天，就扛着镢头下地干活挣工分去了。他这样爱工分？他爸胡大脚也这样爱工分而不通人情世故吗？

他憋气，梆子老太猜想。她想指令生产队长：甭给他记工分！既然没有向梆子井的现任领导人报到，一句招呼也不打，谁认识你是什么人呢？你的户粮关系尚未在梆子井落下，能随便挣工分吗？她觉得理由十分充足，却终于没有给生产队长下达这样的指令。她心里有点虚，有点怕惹麻烦，终于忍住了这口气。

在一条没有岔道可循的田间土路上，梆子老太和胡选生迎头碰面了。她等待他先开口，和她打招呼。她是领导小组组长，又是长辈人，不能先开口问候他一个晚辈娃子，那样有失身份和尊严……可是，要是他还是不理她的话，怎么办呢？她总有点心虚，想到应该和他打一句招呼，缓和一下，这儿在河滩野地，谁先朝谁开口，没人看见……胡选生头一扬，脸一迈，丝毫没有放慢脚步，从她身边走过去了，满脸的傲气，这个狂妄的家伙！

现在清楚不过地证实了梆子老太隐藏在心底的那一层顾虑：他恨她。气她向部队的那两位军官说出了他的父母亲复杂的历史状况，使他失去了被连队当作苗子培养的可能，既没有提干，也没有入党，又回到梆子井村来务庄稼了……他不恨她才怪哩！有人恨她恨在心里，比如那个胡玉民，表面上一句不吭；那个什么县的什么公司的胖经理，不管心里怎么想，却总是趸到她跟前来汇报改造收获，满脸赔笑。这个胡选生硬得很！仇恨就摆在鼻子眼上，专给她瞅似的。她再三思量，得忍着点，胡选生和那一帮人不一样，他头上没有"帽子"，不好抓摸哩……

大约过了半个月，相安无事，梆子老太也约略放心。他敢把她怎么样呢？这一天，胡选生终于亲自登门来了。

"这是部队给大队的介绍信。这是户粮关系。这是团关系……"胡选生站在院子里，不笑也不恼，像对一位陌生的人交待手续一样。

"屋里坐。"梆子老太礼让说。

"没有什么事情了吧？"胡选生打算立即走开的神气。

"甭急。"梆子老太把那份团组织介绍信，又塞回对方手里。那是参军时从梆子井村团支部转入部队的，现在换了一张表，又从部队

89

转回梆子井村团支部来了。她说，"你到团支书那里去办团关系。"

胡选生把那张表格塞进裤兜，抬脚要走了。

"选娃。"梆子老太转念一想，不管怎样，表面上也该缓和一下这种紧张的气氛。她装出什么也不介意的样子，关心地说，"你回来了，要多帮助咱村干工作，老太我没文化……"

胡选生停住脚，转过身，从门口重新走回院子当中，咧开的嘴角上，荡漾着不屑的嘲笑。

"你在部队受过教育，表现不错。"梆子老太廉价地安慰失败者。她虽然不大习惯给胜利者祝贺，却能大方地安慰失败者，不惜言词，"咱们队里革命生产忙啊！正需要你们年轻人！"

"需要我？"胡选生眼里滑过一缕疑问的光，"你说的是真心话？"

"啊呀！老太啥时候哄过你？"

"黄主任，既然你把话说到这儿了，我就忍不住，想问你个问题——"胡选生冷声静气地说，"关于我爸和我妈的历史问题，做结论了吗？"

梆子老太愣住了。在这个年轻的复员军人的冷静的语气里，感觉到了蓄久而又压抑着的愤怒；那一双被蓬乱的头发掩遮下的眼睛里，透出一股憎恶的冷光；因为外表上努力做出平静，反倒使他那种愤恨和憎恶的怒气更显得深沉和不可压抑，像暴雨降落之前的静寂中掠过的一股风，带着冷气，直透进梆子老太的骨缝。

"你爸是贫农，你妈也是贫农，这不含糊。"梆子老太干脆地说，丝毫也不拖泥带水，"没有做不做结论的事嘛！"

"说我妈是逃亡的地主小姐的事，从何说起呢？"显然是经过千百回的思忖和度衡，胡选生不慌不忙，把自己心里要说的话，一句咬到要害处，"我想问个明白。"

"那是有人在大字报上揭发。"梆子老太作出不在意的样子，仍然和气地解释，"群众意见嘛！要正确对待，相信群众相信党嘛！"

"群众意见我不计较。"胡选生说，"如果有人以党和群众的名义，把这些专门害人的谣言当作事实，给我装进档案，我就会成为兵痞和逃亡地主的狗崽子……背一辈子黑锅！"

"咱们……没有……这样看待你。"梆子老太心里发慌了，一切已不再是秘密，看来是不好对付的，"你甭……背思想包袱……"

"我怎么能不背包袱呢?"他眼皮一翻，紧紧盯住梆子老太的眼睛。他想说，你给部队外调干部的一席谈话，把我一生的前途葬送了，还叫我不要背思想包袱!他忍一忍，继续谈他早就要谈清楚的问题，"我只有一个要求，把我爸我妈的历史调查清楚，做出结论。要是证据确凿，我当逃亡地主的狗患子，算我活该!"

"我们派人到河南，查不到……"

"那应该再想办法去查!"

"不好办哩……"

"光说'不好办'不解决问题。我背着黑锅哩!"

"群众意见嘛!正确对待……"

"什么'群众'的什么'意见'嘛!"胡选生终于忍不住大声说，"我爸背了河北宋家财东一身烂账，万般无奈，卖壮丁给人家还钱，你说他是兵痞!谁家里有一丝活路，愿意拿性命冒险换钱?俺妈家在河南，穷得要饿死了，才卖给财东家当丫鬟。俺爸从刮民党队伍里偷跑了，躲到财东家扛活儿，看见财东把个穷丫鬟打得半死，锁在柴禾房里，他可怜穷汉人，救了她，两人逃回陕西……咱村人谁个不知，哪个不晓?你不想想，凭俺爸一个穷汉人，能勾引来地主家小姐不能?你……"

"我早就说过，是群众大字报上写的嘛!"梆子老太无法应付了，只是勉强地重复她领略到的这句政策性十分广泛的话，"群众在恁大的运动中……难免有不太实际的话写到大字报上……"

"哼!我说——"胡选生无可奈何地冷笑着，"如果有人贴大字报说，你不生娃，是当姑娘的时候，让野汉子给搞坏了……你能正确对待吗?"

梆子老太一哆嗦，眼睛里起雾了，黑了。这样刻毒的辱骂，从一个晚辈后生的嘴里吐出来，像迎头浇来一盆屎尿，她被呛得张不开口了，嘴唇颤抖，眼前发黑，脑子里嗡嗡响，几乎昏厥了。

"反正……我背一辈子黑锅了……活着有啥意思!"胡选生快快

地转过身，眼里泛出恶毒的报复以后的得意神气，似乎什么都在所不惜了，他出够了气，准备走了。

"你放你妈的臭屁！"梆子老太一下子从沉重的打击中醒悟过来，蹦前几步，把一口唾沫喷吐到选生脸上，骂起来，"你狗日翻了天了！"

胡选生抹着鼻脸上的唾沫，阴冷地笑着："看看你……这下也不能'正确对待群众意见'了吧？"

梆子老太更加气急，一摔手，就抽到选生的脸上，再扬起手的时候，就被选生铁钳一样有劲的大手攥住了肘腕。她伸出另一只手，掐住了选生的领口，钮扣一个个挣断脱落了。

胡选生没有想到会打架，原来只想骂几句出出气罢了，他突然有些后悔，和一个老太婆打架，太没意思了。他甩开她乱抓乱撩的手，准备摆脱，不料梆子老太突然趴在地上，双手抱住他的左腿，大哭大喊："救命——"

胡选生没有料到会有这样的麻缠，打不敢打，一个老太婆怎能招架得住他的拳脚呢？摆脱又摆脱不了……突然，小腿上一阵钻心的疼痛——她咬了他一口。小伙子疼得难以忍受，又听着她虚张声势的哭叫，愤恨的火气喷涌而出，抬起另一只脚，照梆子老太的屁股踢去——

这一脚，可能结果梆子老太的性命，从而酿成人命案件，至轻也会踢得梆子老太皮烂骨折。幸亏门外扑进一个人来，连滚带爬地扑倒在两人跟前，恰到紧要关头，抱住了选生刚刚抬起的腿腕。选生自己始料不及，身体失掉平衡，摔倒在院子里。

来人是胡选生的父亲胡大脚。他早已从儿子的言行神色中窥察出来某些异常的神态，暗暗地监视着儿子的一举一动，生怕闹出乱子来。他的心计没有白费，恰到好处地制止了一场可能酿成的祸事……

这件事处理得十分及时，三天没过，胡选生被县公安军管会拘捕了，性质定为阶级报复。

·拘捕胡选生的吉普车刚一开出梆子井，村民们一股水似的涌进胡大脚家窄小的院子。女人们安慰嚎啕大哭得嘶哑了嗓子的河南籍女人，男人们劝解双手抱头唉声叹气的胡大脚，悄声怨骂那个瞎心眼的梆子嘴……太过分了！

"啊呀！这个梆子嘴，不知给外边来的人，都胡说乱道了些啥……"

"甭想从她嘴里听到一句吉利话！"

"上头来人尽听她瞎汇报……吹胀捏塌，好事说瞎，全由她叨咕！"

梆子井村的庄稼人都养儿育女，悉心盼望自己的儿女将来比自己活得更有出息，顶好能到外部世界里去干一番事业。那不仅是单纯的经济收益上的实际利益，重要的是标志着作为父母教养儿女的光荣啊！尽管他们自己在梆子井村里不打算加入共产党，甚至开会时总朝拐角挤，甚至甘当落后；但他们几乎一律诚心地希望儿女们在学校，在部队，在工厂或记不清名号的单位里，积极工作，思想进步，最好能加入共产党，能提拔干部……解放以来形成的新的社会观念是：党员和干部是一切角角落落里的优秀分子，是好人的同义语，处处受人敬重和爱戴啊！

现在，梆子井村的父亲和母亲们不能不切身考虑：如果自己的儿女将来参了军（或服现役），上了学（或已在校），在西安或外省工作的话，要入党，要进步，仍然与梆子井村的现任领导有割不断的关系哩！即使你走到天涯海角，仍然得由梆子老太向你所在的单位证明一家老少乃至骨头早已化成泥水的上几辈祖宗，究竟是好人或者是坏人！谁家几代人中没有一点纰漏和过失呢？梆子老太实实在在叫他们不放心呀！岂止仅仅是同情胡选生的厄运？一个盼人穷、瞎心眼的婆娘，能指望给你的儿子和女儿说什么好话吗？甭想！

于是，在胡大脚家的院子里，七嘴八舌，乱口纷纷，把梆子井村几年间所有人的倒霉和劫难，都有根有筋地与梆子老太联系起来了。梆子老太的存在，显然已经对全体村民都构成一种潜在的威胁：只要她健在，只要她手里还攥着那个"红圆木"（印章），他们就怕怕……谁能保证那不祥的梆子似的声音不会敲响在自己的头顶呢？

七、光荣的孤立

梛子井村贫协主任黄桂英被阶级敌人殴打的严重事件，震惊了公社和县上贫协的领导同志。他们或骑自行车，或坐吉普车，先后赶到南塬坡根下的偏僻的小村庄来，带着沉重的心情，表示关切和慰问。

梛子老太深受感动，当着领导人的面，流出擦不干的泪水。她艰难地用胳膊撑起身子，想坐起来，躺着和县上的领导说话，太没礼节了。领导人亲切地按住她的肩膀，坚决地劝慰她继续躺着，安静地养伤，不能乱动，不必讲究礼仪，养伤要紧呀！她就躺着，仔细认真地聆听上级领导热心热肠的鼓励的话。她感到无上荣光，甚至受宠若惊。好呀！让梛子井村的男女老少都瞅一瞅，县上的坐小车的大领导亲自看望黄桂英来了！梛子井任何一位庄稼人生疮害病，甚至老死病逝，除了他们的亲戚来看望，公社和县上的领导看望过哪一位普通庄稼汉呢？她的心情十分好，胡选生的辱骂带给她的是难得的荣耀，而他自己现在则蹲到县公安局的拘留所里了。她向领导表示，自己决不怕打击报复。在梛子井这个阶级斗争越来越尖锐复杂的村庄里，为贫下中农掌好印把子……

所有来访的人，无不为这个五十岁的乡村老太婆所表现出来的斗争精神所感动。县贫协主任当着梛子老太的面，指示随身前来的小秘书说，把黄桂英同志的事迹整理出来，印发到各级贫协组织，学习她的斗争精神；而且诚恳地做着自我批评，因为官僚主义，竟然没有发现这样一位富于斗争精神的好同志……

梛子老太抱养的女儿已经长大成人，白天守候在身边炕前，默默地递水递饭，晚上就由景荣老五来代替侍候了。

"你觉得怎样？"整整躺着五天了，仍不见梛子老太康复，景荣老五有些焦虑，"腰还疼不？"

"轻是轻些了，腰还是疼得翻不过。"梛子老太皱着眉，很痛苦的样子。

景荣老五一声叹息，就低下头去默默地抽烟。不管怎样，她和他过了大半辈子，老夫老妻了。她被一个晚辈的年轻后生打伤，他心里难过。他不能解除她的痛楚，也体味不到她疼痛的程度，只是这么一直躺下去，他很担心，万一瘫痪了咋办？他是那种胆子小而不愿招惹是非的手艺人，就说："要是还不减轻，我拉你到城里大医院去检查，看看伤没伤着骨头？"

"过两天再说……"梆子老太有气无力地说。

这时候，会计送来一张通知。

"啥通知？"梆子老太躺着问。

"公社召开'活学活用讲用会'，通知你参加。"会计回答说，"明天上午八点，会期三天。"

会计走了以后，景荣老五劝说，"你有病，另派旁人去吧！"

"旁的会不开没啥，这个会非开不可！"

景荣老五正想认真地劝解，未及开口，却吃惊地看见，刚才哼哼唧唧痛苦呻唤着的老婆，忽的一声坐起来，一把掀掉被子，旋即溜下炕来，双手紧着裤带，像要出征的将军。他一下子愣住了，忙问："你——病没好哩……"

"好了！"梆子老太赌气似的说，"我一没伤，二没病，让那娃子乖乖蹲劳改窑去！"

景荣老五听罢，难为情地低下头来，默默地装烟打火，张不开口了。担心老婆瘫痪的顾虑虽然解除了，可是她装病唤疼用以扩大事态而致使胡大脚的儿子套上法绳的行为，无论如何使善良的弹花匠老汉感到了良心的谴责。

他从父辈手里继承过来一张枣木弹花弓，也继承了父亲靠手艺吃饭、正直为人的家训。他给人家弹花挣钱吃饭，不想蓄意设陷伤害任何人。他参加农业社集体生产以后挂起了弹花弓，虽然留恋背一张弹花弓走四方的自由自在的生活，却仍然遵循着与人和善相处的父训，听从干部分配，不避不拣轻活重活，实实在在地在梆子井村生活着。因为老婆子登上村里的最高权力机构，他更加注意善言善行，与人和睦友善，意在弥补招惹是非的老婆子所造成的乡党友情方面的损失。看到梆子老太确实是装病装疼，他顿时产生一股厌恶的情绪，用吸烟来调节这种不快的心情了。

梆子老太倒水洗脸，梳理散乱的头发。

公社和县上的那些领导，要是知道了他们不顾路程僻远前来看望的并不是一位受伤的人，而是一个完全的好人，心里会怎么想呢？县公安局要是知道了胡选生并没有打伤黄桂英的真相，又该怎么办呢？唔呀！那样一来，从里到外，从下到上，他的老婆就臭名远扬了！近几天来，看着乡邻们一溜一串出出进进胡大脚家的门楼，庄稼人不来看望挨打受害的人，反倒同情打人肇事的胡选生的父母，已经使景荣老五心里承受着压力。现在，他觉得这种无形的压力愈加沉重了，出门怎么和乡党见面说话……

"你要去开会，我也不敢拦挡你。"景荣老五思谋再三，使自己的情绪缓解下来，委婉地劝说，"开会时跟领导说话，注意尺码！经过这场事，咱也该学得灵活些，说话办事，多想想前后左右……"

"阶级敌人斗到我的大门里头来咧，你倒叫我装乖学龟！"梆子老太气呼呼地说，"你倒说说，'前后左右想'什么？"

"我是说，该说的说，不该说的就甭说。"景荣老五依然耐心地说，"咱已是五十岁的人了！"

"我说过啥不该说的话咧？"

"人家选生他妈的情况……你不该给军队上来的人乱说嘛！"

"你倒跟他一口腔！"梆子老太真的动气了，"我说得不对，为啥法办他娃子？"

"甭看法办了选生，乡党骂咱哩！"景荣老五难受地说。他认为有必要提醒已经丧失正常理智的老婆，甭看公社和县上有领导来看望你，梆子井村的男女却拥到胡大脚家去了。他终于把社会舆论摆到她的当面，想促使她冷静下来，"人家叫你'盼人穷'，瞎心眼，连我也恨着哩！"

"被敌人反对是好事。"梆子老太不屑一顾地回顶道，反而更加气壮声粗，"县贫协主任那天批评你落后脑袋，你咋只笑不说话？"

"乡党不是敌人嘛！"景荣老五争辩说，"县贫协主任批评我落后脑瓜，我没说话，是看他远远地来了，礼让他了。我心里也没接受！"

“你怕人骂，你躲远。”梆子老太不愿意和落后男人再啰嗦，“我的事情由我办，你往后甭在我跟前嘟嘟囔囔！”

厌恶地瞅一眼这个不明世情的婆娘，景荣老五站起身，掂着烟袋走出院子，蹲在门外平场里的青石碌碡上了。月色溶溶。梆子井村早已沉寂。从一家一户的大的或小的透着光的窗户上，他想到人家的夫妻们在灯下窗前和声细语，在商量如何安排家庭生活吧？在商量给儿子订媳妇或给女子寻婆家的事情吧？不管贫富，人家生活过得安宁和平静。他已接近花甲之年，希望晚年的日月过得安宁，特别是在已经纷乱得令人烦腻的当今社会里，他希望有一个安宁和谐的家庭。现在，在这样大的世界上，没有一块能叫他劳动、吃饭和睡觉的安宁角落了……唉！他断定自家这个门楼里日后更不会少事，和胡选生的纠葛不过是一种先兆罢了。那些骑自行车或坐吉普车来光顾他家门楼的县社干部，只顾鼓励他的老婆去斗争，却不知把景荣老五一家的乡邻关系完全破坏了！他们的话，像火一样烧燎着他的不知深浅的老婆，屁股烫得坐不安稳呀！他毫无办法……

梆子老太按时出席了公社召开的“讲用会”。她的发言，引起了强烈的反响。

“真是人老心不老的‘老来红’……”

“黄桂英同志真是睁着眼睛睡觉——警惕性最高了！”

“学活了，用活了，有阶级感情呀……”

梆子老太简直应接不暇了，迎着她的是一张张笑嘻嘻的脸孔，钻到她耳朵来的是一句句热情赞扬话，始料不及的巨大成功，使她感到生活的欢乐了。第一天会议结束，她心里装着盛不下的欢悦之情，格外有劲地走完公社离梆子井之间的十多里路程，凯旋似的归来了。自从一顶花轿把她抬进陌生的梆子井村，她从来没有今天这样得意过，几十年来别人赞扬她的话加在一起，也没有今天一天里听到的多！

梆子老太兴冲冲走进街门，看见儿子坐在院子里的青石墩上喝水，乘凉，瞅见她进门，白眨白眨看她一眼，既没打招呼，也没问饥问渴，狠狠地翻给她一副白眼，扭身走出街门去了。

“你在公社胡乱讲些啥呀？”女儿腰里结着围裙，从小灶房里走出来，一瞅见母亲，劈头就问，像是早就等待着她似的。女儿嘲笑说，"你这下光荣了！光荣得全公社都闻名扬声了！"

"你——不想活咧？"梆子老太从热烘烘的公社会场，一下子跌进自家小院的冰窖里。她一时搞不清儿女们顶撞她的原因，无法忍受下辈人的放肆和无礼，骂道，"反了！"

"你是硬逼别人去跳井！"女儿根本不把母亲的斥责当一回事，看来已经是忍无可忍，火气更盛地反唇相讥，"你要积极。你逞能。你把俺爸也贴赔进去，糟践再糟践！你简直——"

在公社大礼堂的讲台上，梆子老太绘声绘色地讲述自己在梆子井村与阶级敌人作斗争的事迹时，公社自办的有线入户喇叭，准确无误地把她的每一句话，高兴时的笑声，难受时的哭声，一声咳嗽，都传遍整个公社的每一户农家了。其时，景荣老五和他的儿子和女儿，坐在院子里，一个个脸红耳赤地听着，当梆子老太讲到她与顽固派老汉作思想斗争的时候，儿子一跃身，从门楣旁边的土墙上，把那只纸质舌簧喇叭扯下来，摔到地上，踹得粉碎了。

梆子老太从女儿的言语间，大体明白了缘由。她现时置身于自家的小院，面对丈夫和儿女，回想起在公社的"讲用"发言，似乎觉察到有些话说得过分了，不仅伤老汉的面皮，也伤了儿女们的面皮，儿女已经长大成人了呀！那些过分的话，大约是在频频而起的掌声中，她的嘴巴变得收拢不住了。她有点懊悔，又不甘在儿女面前示弱。于是就把气使到景荣老五头上。一任儿女横加诘责母亲，他不拦挡，也不劝解，掂着烟袋倒像看热闹。她说："说了就说了！谁要他一天尽说落后话！"

"你也该想想，五十多岁了，你积极得想当中央文革小组成员吗？"女儿气咻咻地挖苦，"你在公社胡说乱道，村里人听着广播骂，唾沫星儿把人都要淹死咧！你爱光荣，我嫌丢脸……"

这样的话，太叫做母亲的难以承受了，梆子老太气得脸色蜡黄，气呼呼地骂："你嫌我丢脸，你滚！"

"你把丢人当喝凉水！"儿子此时走进门，粗声粗气地接上说，比姐姐的话更难听，"人家把你当猴耍，你还当你能行哩！公社干部

98

吃公粮，挣工资，耍嘴皮子。你跟上人家瞎哄哄，难道不怕众人指脊背吗？"

梆子老太孤立无援，被四面围攻，气得浑身发抖，脸色由黄变青，双手捂脸，"呜"的一声哭起来。

景荣老五憎恶地翻一眼老婆，又低头抽他的旱烟。他也早已准备了一肚子难听话，准备和老婆闹一闹，甚至做了退一步的打算：分家另过，和这样的女人生活在一起，他无法安宁。现在，儿女们已经说得够多够难听了，他把想说的话全忍下了，老好的老汉啊！儿女们近乎辱骂的话语是不该有的。可是对于头脑发热的老婆，好言规劝变得无济于事了，有几句冷言冷语，使她发热的头脑凉一凉，也许正好。他觉得事态不能再扩大，就开口斥责还不肯罢休的儿女。

"你要当积极分子，你去！"听了父亲的斥责，儿子赌气地说，"把我分开。我单独过。我受不了旁人的白眼……"儿子几乎哭了。

"把我也分开！我跟俺弟俺爸过。"女儿也施加压力，"你积极，你革命，你一个人过活。俺一家老落后不沾你的光，也不受你的气！"

梆子老太不曾注意，她和景荣老五抱养人家的女儿和儿子，已经长大成人了，开始在梆子井村里和周围的邻近村庄里，结交同龄的相好和伙伴了。在她超出一般乡村庄稼人接受能力的言语和行动中，不仅把自己孤立了，而且把儿女们在年轻的伙伴当中也孤立起来了。旁人撂下的杂话碎语，儿女们听到了，脸烧哇！

"你们多嫌我……我给你们离眼……呜呜呜……"梆子老太哭得好伤心，"我受苦受难……把你俩养活大了……呜呜呜……"

儿子一甩手走出门去了。女儿在灶房里也不再出声，磕碰得碗儿碟儿乒乓乱响。

"你要会听话。娃们原为你好。"景荣老五这时才开口，劝解哭哭啼啼的老婆，"人家公社那些人抬哄你，是哄得憨狗去咬石狮子！你当是人家赏识你哩！"

"你吆喝起一家大小骂我……你看我不顺眼……唉嗨嗨嗨……"

"该当修德养性了，甭叫人斜着眼瞅咱。咱们都是上了岁数的人咧!"景荣老五诚心实意地说，"娃儿长大了，要在人前站哩！咱们挨骂，儿女在人前也难说话呀……"

这些陈腐的为人处世的俗理，与公社领导讲的话，恰好相背，相去太远了。她在公社受尊崇，受赞扬，回到屋里遭围攻，太叫她难以接受了。她听不进去，景荣老五不知给她重复过多少回的这些处世俗理，没有任何力量。她又无法辩解，儿女们几乎一边倒地站在顽固脑袋的老头子一边，对她的威胁太大了。要知道，儿子和女儿毕竟不是亲生骨肉，终究有一层后天无法弥补的隔卡呀！要是真的闹出分家的局面，她怎么办呢？哭着想着，梆子老太强迫自己吞咽了儿子和女儿的恶言秽语，就不再开口，算是平息了骤然暴发的这一场内乱……

无论是景荣老五诚心实意的劝解，抑或是儿子和女儿恶言恶语的刺激，都无法挽回梆子老太的"讲用"在外部世界所产生的影响，更无法使梆子老太安静地屈居于他们的农家小院了。

公社为期三天的"讲用会"结束以后，梆子老太被推选为出席县"活学活用"的积极分子了。下半年里，参加过县上"讲用会"，她的发言引起更大范围的反响，县广播站播放了全部录音，铅印的单行材料发至县属的各个单位。黄桂英的名字，已经从偏僻的梆子井村飞出来，叫响在全县的角角落落里。

第二年春天，梆子老太光荣地出席地区"活学活用积代会"，会后又被选为出席省上会议的代表了。梆子老太占有别的代表们无法竞争的优势：五十多岁的农村老太太，一个大字不识，尚且能学好用好，势必对众多的识字的人是一种刺激！她到处都受到重视和欢迎。省上的会议需得等到下半年召开，梆子老太暂且回到梆子井村里来。

景荣老五和他的儿女们大惑莫测，真不敢再往下想，说不定省上的"积代会"之后，他的老婆要上北京，怕是也难说哩！这对他们过去对她的那种态度，无疑是一个绝妙的讽刺。他在老婆归来之前，提早告诫过自己的儿女：

"看清了没？你娘现在落不下马了！凭咱爷儿们劝不回来了！她愿意做啥由她去，咱爷儿们过咱的日月……"

100

八、梆子声声响

在一年多的时间里，梆子老太参加各级"活学活用讲用会"，从公社走到县，又从县城走到地委所在的城市，后来又被地委选为巡回"讲用团"成员，到处去现身说法。她究竟走过哪些县城，已经记不清楚了，至于去过哪些工厂、学校、商店和公社，就更难于说得清了。笼统的印象是，所到之处，锣鼓，鞭炮，红旗和大幅标语，一处比一处欢迎的场面更热烈，更隆重，像暗中比赛着似的。所到之处，热烈的掌声，满台的笑脸，许多记不清名字的领导人的欢迎词，真诚而又谦恭。所到之处，七碟八碗，肥的瘦的，烧的炒的，辣的甜的，洋的土的一齐涌上餐桌，也像暗中比赛着似的。

梆子老太一生只去过十里堡，县城一次也没去过，这回可是大开眼界，见到了平生没见过的大世面，受到许多有头有脸的领导人的欢迎和尊敬，尝腻了从来没尝过的美味佳肴……她的心胸也变得开阔了，没有必要和顽固脑袋的老汉计较了，他经见过什么呢？

乍一回到梆子井，梆子老太顿然觉得南塬和北岭之间的这条小河川道太狭隘了，梆子井村的街巷太污脏了。她心里很不满意，街巷搞得这样脏，五类分子干什么去了呢？给他们规定的每天早晨清扫街道的制度，因为她不在家，显然是松懈了。她去找干部，民兵连长到渭河北岸的什么地方买粮去了，生产队长给队里买化肥去了。

要不要到支部书记家去呢？在她外出的时间里，公社派人整顿选举产生了梆子井党的支委会，胡长海任支部书记了。她不想到他家里去，起码是不必刚一回来就去找他，给人造成她去朝拜他的印象。什么样的大领导，梆子老太都见过了，和地委书记握过手，照过相，吃过饭，地委书记还给她碟儿里挟过菜哩！县委书记扶她上车哩！胡长海算几级干部呢？本该在她一回到村里，他来找她汇报工作才对。虽然他是支书，可她是省"积代会"代表。

梆子老太觉得不去朝拜胡长海是对的，于是就从村里转过来，整个村巷里的树木、房舍、粪堆和柴禾垛子，既熟识而又显得陌生。社员们看见她；有的远远走过去了，有的平淡地打一句招呼，也就没精打采地走过去了。梆子老太不大在意，这些只知道挣工分的庄稼人，又经见过什么大世面呢？她也许知道也许是不知道，梆子井村的社员，一年四季的吃食，主要靠渭河北岸的农户供应了，用一句调皮话说，户口在梆子井，而粮食关系早已转到渭北去了。

梆子老太走过地主分子胡振武家门前的时候，看见那家院子里，拥着一堆一伙妇女和娃娃，有人走出来，又有人走进去，熙熙攘攘的样子。她不由一惊，这么多社员围在阶级敌人家里干什么？地主分子太猖狂了，竟然敢把这么多贫下中农拉拢到屋里，搞什么鬼名堂呢？她径直走过去。

"哈呀！黄主任也来看新媳妇了！"

梆子老太刚走到门口，一个眼尖嘴快的妇女高声喊，她才明白了是怎么一回事。她停住匆忙的脚步，进去不进去呢？人家给儿子订媳妇，自己进去干什么呢？转而一想，在上级开会时，领导人反复强调，阶级斗争处处有，婚丧大事中更不会风平浪静，何况胡振武本身就是地主分子！这样想着，她决定：应该进去看看究竟。

"主任，回来了。"大队会计花儿正从门里走出来，急急忙忙的样子，和她招呼说。

"你急急忙忙做啥？"梆子老太问。

"我去开个介绍信。"花儿事务式地说。

"给谁开啥介绍信？"

"给解放哥开介绍信，他跟媳妇明天到公社领结婚证，急着要大队的介绍信哩！"

梆子老太闭了口，瞅瞅左右，就跟着花儿走到远离胡振武家门的街巷里，悄声问："你审查过了吗？"

"两人都超过晚婚年龄了，再没啥审查的！"

"女方是哪里人呢？"

"陕北人。贫农。"花儿有点不耐烦地说，"女方合格不合格，由公社审查。咱们大队，只负责审查男方。"

"一个贫农女子，怎能嫁给一个地主儿子呢？"梆子老太紧盯着花儿问，"你想过没有？"

"人家两厢情愿嘛！"花儿烦了，"我管不着。"

"你管不着？"梆子老太重复着花儿的话，加重了语气，"你知道不知道，你手里攥的啥？"

"章子。"花儿说，"公章。"

"贫下中农的印把子！"梆子老太纠正说，"怎么能丧失警惕性儿？"

"地主家的娃娃也得娶媳妇嘛！总不能去当和尚！"花儿不服气地说，"再甭疑神疑鬼了！"

"我没说不准他结婚！"梆子老太毫不放松，"要严格审查！"

"好！黄主任，你不放心我，你亲自去审查吧！"花儿烦腻地说，"你啥时候审查完毕，合格了，我再来开介绍信。"

"我就是要审查！"梆子老太一脚踏到底，毫不动摇，"你叫解放和那个女的到办公室来。"

……

"你叫啥名字？"

"兰铃铃。"

"哪里人？"

"陕北。兰家峁。"

"到这儿来干什么？"

"跟他……结婚。"

"为啥不在你们陕北找对象？"

"当地没粮吃。我想落脚到一个产粮的地方。"

"陕北革命形势大好！你咋说没粮吃？"

"俺家净吃糠。你不信，跟我去看看。"

"你家啥成分？"

"贫农。"

"你知道他家的成分吗？"

"知道——地主。他到俺家，头一回见面，就给俺说清白了。"

这个贫农的女子呀……梆子老太深深地惋惜，脸蛋儿圆圆的，眼睛很聪灵，可是太没出息了！眼看着这样好看的一个贫农姑娘要被地主的儿子引进屋里去，她心里难受，就耐心地开导说："你仔细想过没？终身大事呀！"

"想过了，俺一家人都商量过了。"兰铃铃话语里不留一丝缝隙，表现出死心踏地的样子，"俺看出他人老实，对我好。他爸戴'帽子'，那是他爸……"

梆子老太丧气了，甚至觉得这个甘愿投身地主家庭的贫农女子，未免太没骨气。她对呆呆地站在一边的解放说："你俩先回去。介绍信现在不能开，等干部会上研究以后再说。"

"我给支书说过了。"解放急了，生怕到手的媳妇再发生变故，急忙解释说，"他同意呀！他说这号事一律由会计经办，用不着找旁的干部。"

"我也没说不同意，得研究研究，不能一个人说了算。"梆子老太一听解放找过胡长海，心里就更不美气，冷冷地说着，又转过脸，叮嘱陕北姑娘说，"你再好好想想……"

……

解放领着铃铃走回家去。两人把梆子老太审查他们的经过如实叙述一遍，人家怎么问，她和他怎样答……感动得解放的妈妈热泪扑流了。不等两娃叙说完毕，她已经忍耐不住，一把拉过铃铃，把这个操着生硬的陕北口音的姑娘搂进怀抱，五十多岁的乡村老婆婆皱纹密布的脸颊，紧紧贴到未婚儿媳乌黑发亮的头发上，竟然呜咽起来了。

自打会计花儿来通知解放和铃铃到办公室，接受梆子老太的审查，解放妈妈的那颗母亲的心就冻结了。吉凶难测！简直完全可能是凶多吉少！她在屋里坐不住，站不稳，出出进进，慌慌乱乱，像是要发疯了。铃铃的回答真是恰到好处，这是多好的一个姑娘呀！她觉得那颗冻结在胸膛里的心，顿然舒脱了，紧紧地搂着陕北姑娘、可爱的未来的儿媳妇！

"四清"运动中，她的男人胡振武，一夜之间，由共产党员大队长变成了地主分子。她跟着受了多少折磨，且莫说起，她已经五十多岁了。使她日夜揪心的是，儿子解放长到二十八岁了，订不下媳妇，人家哪个贫农女子愿意进她的家门呢？好容易托人在陕北山区介绍下这个姑娘……如果梆子老太一棍子把她给吓跑了，她的儿子解放就可能打光棍了！那样一来，她真的可能发疯。现在，这样的祸事可以避免了，尽管介绍信还没弄到手，尽管梆子老太说还要"研究研究"，她觉得心地踏实，那颗承受过太多的折磨和惊吓的心，一时盛不下这个可爱的陕北姑娘带给她的太多的喜悦了。

胡振武磕掉烟灰，长长地呼出一口气，这个姑娘给人心里的安慰，足以排除梆子老太给人的反感。他动情地瞅一眼老伴搂着未来的儿媳的动人情景，背起双手，放心地走出门去了。他已经养成不说话的生活习惯了。

他是地主分子。一九六六年初开展的"四清"运动中，他从梆子井的共产党员大队长，一下子变成人民的敌人了。他不服气，也不理解，却是硬得出奇。他可以天天无偿地扫街道，干最脏最重而工分最低的活儿，却是硬着嘴巴不请罪，只说自己有过错误，而拒不承认自己是剥削压迫群众的地主，即使没有蓄留头发的光头被打得圪塔连着圪塔，他的嘴里也咬得紧紧的。

他默默地出工，默默地收工回家，坐在院子的树阴下抽烟，决不无事迈出大门一步。梆子老太和民兵连长监督着他的一举一动，屁放得响了，她也怀疑他要嚣张起来了。他从早到晚可以不说一句话。无论是天大的喜事，抑或是地深的灾祸，他都保持沉默不语，遇事不惊了。谁能了知这个外表硬得像一块钢铁的汉子，心里整天在淌血！刚刚从三年困难生活中恢复起来的梆子井大队，现在在梆子老太一帮人手里，又穷得和三年困难时期不相上下了！他给家庭和儿女们带来的深重灾祸，日夜咬噬着他的心……面对这件本来就很伤情的喜事，他有什么好高兴的呢？看着老婆抱着陕北姑娘泪流满面的样子，他实实不忍心再看了！

人说胡长海当支部书记是睁一只眼闭一只眼，胡长海自己说，他的两只眼都闭着。

问题恰恰在于：眼不见，心也烦！一个在梆子井村起早摸黑为党和群众利益工作了二十年的共产党员，强令自己容忍许多实在无法容忍的事情在眼前发生，是一种自我折磨，只好闭上双眼不看。多少回，他忍不住想站起来，只需三五句话（多了用不着），把梆子老太的瞎折腾的话驳斥回去，想想又作罢了，长叹一声：唉！何必！

眼前发生的这件事，他忍不住了。梆子老太卡住解放的结婚介绍信，已经一月了，那个陕北姑娘真是好，就死守在胡振武家里。他想看看，梆子老太将会把这件民怨鼎沸的事弄到什么地步，也就忍着，等待着。令他不能容忍的是，梆子老太竟然追到他家里，诘问起地主儿子哄骗贫农女儿作媳妇的事来了。

"地主儿子到处乱窜，两次跑到陕北，给你请假来没？"梆子老太一开口就咄咄逼人，"我可是一点不知——我在地区开会哩！"

"请假是给队长请。"胡长海淡淡地说，"我管不着社员请假的事嘛！"

"他从陕北拐骗回来个媳妇，请示过你没？"

"人家订婚娶媳妇的事，请示我做啥嘛！"胡长海一听就想发火，管得太宽了！他强迫自己依然保持住沉稳的口气，说，"人家是订媳妇哩！不能随便说是'拐骗'。"

"一个贫农女子，咋会心甘情愿嫁给地主？"梆子老太眉头紧皱着，"我看有麻达！"

"解放是社员，不是地主分子。'帽子'扣在他爸头上，没有扣着解放。"胡长海声音不高，口气却不软，不断纠正梆子老太言语中出现的概念上的混乱，"贫农女儿不能嫁给他；地主家庭出身的姑娘嫁给他，又咋说呢？怕是又要说成臭气相通了……地主家的娃子……只有断子绝孙！"

"反正……眼看着一个阶级姐妹被敌人腐蚀拉拢过去，我们不能不管。"梆子老太心里明白，胡长海偏向解放，就强硬地说，"党支部不能不抓阶级斗争！"

"婚姻法上没规定说，地主子女不准和贫农娃结婚！"胡长海也强硬起来了，"这件事算不算阶级斗争，我还没吃准哩！有什么责任的话，我担承着。"

"我看是阶级斗争的新动向！"梆子老太也不想再磨叨下去。她

106

是个性急人，见不得拖拖拉拉，磨磨蹭蹭。听见胡长海要承担责任的话，她真想一下子戳破他包庇阶级敌人的问题；话到口边时，她又绕了一下，改为批评教育了，"这次，我在地委开会，领导们再三强调，阶级斗争……"

胡长海点起烟袋，一任梆子老太给他传达她听到的那位领导人的讲话。他觉得好笑，让他们到梆子井村来吧，住上三年两月，看看社员吃什么，就懂得饥饿比地主分子胡振武要凶恶十倍！黑市包谷卖三毛八分钱一斤……看看庄稼人的日月怎么安排？哪里有劲去搞斗争……现在的紧迫问题是，怎么把这个有恃无恐的女人支使开，甭让她给解放把媳妇冲散了，那就不会给胡振武一家带来灾祸了。他忍着性儿，好言解释说："解放已经二十七八岁咧！甭说他妈他爸着急，乡党们都替娃操心这门亲事哩！咱们要是把这婚事给弄瞎了，不说解放本人吧，乡党们都要骂咱们当干部的哩……"

"你怕挨骂，我不怕！"梆子老太不假思索地说，"地委领导说，要和民主派思想斗争……"

"说我是啥'派'我都应承了。"胡长海笑笑，"只是……这婚事……咱们最好再甭过问了。"

"我要管到底！"梆子老太说，毫不含糊，"你不管的话，我以贫协的名义，给她老家陕北打电话，让县上领回他们的'盲流'人口！"

"我不同意！"胡长海一听，再也忍耐不住，霍地站起，把手中的烟袋"啪"的一声摔到桌子上，声音都颤抖了，"你没资格代表梆子井！也没有资格给陕北打电话！我还是支书！"

梆子老太真的吓了一跳，足足呆愣了半分钟。平素，无论开什么会，都是她说了算，他只是蹲在墙角吸旱烟，临走时给地上留一堆黑色的烟灰。所有她对梆子井的工作意见，他都不表示异议，更难见到他发怒动火了。梆子老太完全在心底证实了他和地主分子胡振武穿着连裆裤的看法，更加得意地说："好！支书，把你今天说的话，全盘端到公社去，让公社党委评评理！"说罢，梆子老太转过身，气冲冲地走出门去。

"到北京告状去!"胡长海一听梆子老太有恃无恐的话,更加火冒三丈。这个平素闭着双眼的支部书记,现在怒目圆睁,呼呼喷火了。他跳出里屋门槛,站到院庭里,对着即将走出街门的梆子老太的背影,大声嘲骂说,"那个害人的婆娘给捉起来了!你找不上了……"

胡长海的老婆正在门外看守淘净晾晒的粮食,听见喊声,慌忙奔进院子:"你疯了?"

"欺人太甚!"胡长海余怒未息,把老伴平素叮嘱他的话完全忘记了,"这个混世婆娘……"

九、春天的梆子井

梆子老太远远望见,大队办公室的玻璃窗户上亮着电灯光。春天的夜晚,温柔的夜风。从敞开的窗户里,传出忽高忽低的说话声,一阵争论,又一阵笑声,总能听出杂乱的声音里胡长海那种苍劲的声音,那声音里透出一种刚强和沉稳的气色。梆子老太听惯了胡长海吭吭吧吧的那种说话声,现在倒像是蜕换成另一个人了,说话畅快了,声音高昂了。她此刻听到这种变化明显的声音,心里怪不是味儿。

胡长海在办公室召开什么会议呢?咋能连她也不通知参加?梆子老太生气地想,没有她参加的会议,算是什么会议呢?自从梆子老太登上梆子井村的政治舞台,大队办公室是她一贯坐镇的地方。她在这儿主持召开各种会议,接待来人来访,给五类分子训话……胡长海像是有意躲避她似的,从来是绕着大队办公室的门口走。现在,他召开什么会议,竟然不通知梆子老太参加?她所负责的临时领导小组虽然名存实亡,而贫协主任却是毫不含糊的。

梆子老太愈想,气儿愈加不顺,把出席过地区一级"活学活用"的先进人物甩开,胡长海眼里还有谁呢?她照直朝大队办公室的大门走来,你不通知我,我自个找上门来,看你咋说?贫协主任有权监督一切!

她气突突地走进门,往屋子中间一站,一只手不自觉地叉在腰上了。果然,在她往常坐用的那把红漆靠背木椅上,坐着胡长海——

不，这家伙不是坐着，而是蹲在椅子上，身子前倾，正在和谁大声争论，会开得好像很热闹。

"你们……正开会?"梆子老太想直问，你们开什么黑会呢?可是看看会场那四五个人的脸色，这样的话不好出口了。她的舌头临时打了弯儿，把话改变了。

"噢!"胡长海转过头，这才注意到她，眼一眨，完全明白了梆子老太的来意，毫不含糊地解释说，"党支部召开支委会，研究工作哩!"

梆子老太肚里气得鼓鼓，却开不得口，她不是支部委员，毫无办法!多年以来，在她执政的年月里，从来没有分门别类地召开过什么名堂的会议，全是"一揽子会"。在好多场合下，需要谁参加，全是由她点了名，再让会计花儿去通知。胡长海从来也没主动召开过支委会，倒是她有时通知他来参加一些会议，表示有党的领导人来哩。胡长海在她主持召集的大小规模的会议上，总是蹲靠在办公室里那根明柱下，头低在两膝之间，自头至尾不发表任何意见。梆子老太不由地瞅瞅往常开会时胡长海常蹲常靠的那根明柱，现在空下了，胡长海蹲到桌子旁边的椅子上去了!坐在他周围的那四个支部委员，没有谁打算搭理她，脸上全是明显的或隐蔽着的厌烦之色。梆子老太有点尴尬，贫协主任能监督一切，却不能参加党支部会议。她勉强装出无意间走进办公室的神气，说:"那好，你们开会……我走。"

"没关系，会开完咧。"胡长海大声说，"你坐下，甭急着走，我正想寻你哩!"

那位女支委懒洋洋地挪一挪屁股，给梆子老太在长凳上腾出一席之地，绷着脸儿招呼她坐下。

"关于平反冤假错案的工作……"胡长海看着梆子老太坐下来，就说，"我晌午到公社参加了党委扩大会，后晌回来先给支委们传达。按照公社党委的安排意见，先成立一个领导小组，有计划有组织搞好这件工作……"

"唔……"梆子老太恍然大悟，早就风传着要给五类分子平反，现在可见是实事了!怪道你胡长海说话声音这么粗壮，调门这样响亮

109

呀！这些五类分子要是都平反了，那么她这多年专他们的政，要他们老实劳动、老实改造的事，全都错了！她的心在往下沉，慌乱了，说话也有点结巴了，"那……怎么弄呢？"

"我来挂帅！"胡长海说。

梆子老太心里轰然一响，鬓角眼眼直跳。胡长海口大气粗，简直浑身都是劲儿了。这是上级党委安排的工作，她有什么办法呢？世事怎么一下子翻了过来，怎么料想得到……看着胡长海得意的样子，她张了张口，没有说出话。

胡长海确实完全变成另外一个人了。他的多年闭着的眼睛，现在闪闪放光了！这个受梆子井村庄稼人拥戴的领袖人物，重新抖擞起精神来了！

"四清"运动中，他被斗得死去活来，没有弄出一分钱一斤粮的问题。临近"四清"运动结束时，工作队长说运动"考验"出他是"比较好的干部"，要他继续革命。他说他再经不起拳头和唾沫的"考验"了，当不了支书。直至工作队长用开除党籍来威胁，他才松了口。胡长海留任支书后，还没来得及开一次支委会，"文革"开火了，造反派们要夺权了。他拍手大笑，拱拳作揖："不用抢不要夺，这权我还没掌稳哩！谁要谁拿去……"

前年整党时，公社里要他当支书……仍然是在以处分相加的压力下，他又当上了。他当是当上了支书，实际跟没当一样。他整天在地里出工，偶尔被梆子老太叫去开会，他低头蹲到散会，总是不哼一声。他冷漠地看着梆子老太在村巷里奔走呼号……

"支书，公社里布置批林批孔……"

"你领着人去批吧！我记性不好……"

"公社明天要汇报，开了几回批判会，写下多少批判稿……"

"你去汇报吧！我感冒咧……"

他把梆子老太从眼前支使开，自己就又扛起家伙下地去了。

他心灰意冷……待他从"四清"运动骤然而起的冰雹中苏醒过来，第一眼看到的是被这场雹灾彻底击倒的前大队长胡振武。他和振武从土改干到一九六六年春天，人称梆子井的"左右手"。他比他更

110

惨，一巴掌给抽到敌对阵营里去了……每当他看见振武脊背上背着打×的白布块，在村巷里扫街道，在田地里担稀粪，在河滩里扛石头，和那个老地主胡大头一起做惩罚性劳动，心里就不寒而栗！太令人伤情了啊！他的老婆一天三次给他敲警钟："你大公无私！你一心为社员！你……振武的下场等着你哩！"

他冷眼看着梆子老太东奔西颠，唾沫飞溅，而不予理睬。或者说，他根本就没有把这个多嘴多舌的女人放到眼里。那纯粹是一个既没有本事，也没有德行的人；怎能指望一个既无本事而且心术不正的人办出有益于社会和群众的事来？

他和景荣老五年龄相仿，他和年轻的伙伴们从黄家圪垯把她用花轿给景荣老五抬回来，在一个村庄里生活了几十年了，他不知她的什么秉性呢！作为一般妇女，她有令人同情的生理缺陷，谁也不能因此下看她，这是普通常识。作为一般社员，她心眼窄些，有点"盼人穷"的毛病，也坏不了梆子井任何人的任何事，须知旁人是无法"盼"得"穷"的嘛！可是，梆子老太一登上梆子井的权力宝座，这个女人一下子变得非同小可，搅得四处不安了！

他决计不跟她共事。她喊她叫，他只是不在乎地笑笑。他不屑于跟她去辩争——揭露和排除这样一个女人能费多大劲嘛！问题在于：时势不对。时势正在把这个昏头昏脑的女人轰抬起来，竟然登上县和地区的讲台了……他能跟她争执什么呢？

"我来当组长。"胡长海重复一遍，毫不拖泥带水，过去的那种干练的办事作风又显现出来，"领导小组三个人，还有你和大队长。"

梆子老太本想一口回绝：不当！不当你的什么平反领导小组成员！要她给那些人去平反，那不是让自己打自己的耳光吗？想想，即使她不当，平反工作还是要进行的，反倒失去了监督胡长海他们的机会。她终于没有应声，算是默认了。

"下设专案组，拟定七个人。"胡长海继续说，"工作量大！咱们小小的梆子井，粗略算一算，两场运动（'四清'加上'文革'）中需要复查的人，不下二十个！当然，有些人的案子简单些……"

"专案组的七个人都是谁呢？"梆子老太问。领导小组的三个成

111

员，是由支部、大队管委会和贫协三家的头头组成，各代表一方。专案组物色的什么人呢？胡长海肯定会把他的人手安插进去。她准备在这个问题上不作退让。

"专案组的成员，一要公道，二要有点文化。"胡长海说，"明天召开社员会，让大家推举。"

"那样……"梆子老太一愣，这样的选举办法，对于她所信用的那几个人，一个也选不上去。她急中生智，"我看应该先在贫下中农中间酝酿，提出人选，再放到社员会上通过。"

"算咧！咱村除过一户老地主，五户中农，剩下全是贫下中农，甭多费一番手续了！"胡长海断然说，"时间短，任务重，麦收前要搞出个段落，免得干扰三夏。"

"可是，党在农村的阶级路线……"

"那些受冤受屈的人，早压得一天也憋不下去了！"胡长海从椅子上下来，站在梆子老太当面，沉重地说，"咱们少绕些弯路，该当早一天给他们把套枷打开！"

"怎么能是'绕弯路'呢？"梆子老太认真地争执说，"依靠贫下中农，是党的路线……"

"你有意见，咱们个别谈。"胡长海并不介意她的话，可也并不打算改变已经定下的办法。他对支委们说，"大家回去吃晚饭吧！"

四个支委一转身全走掉了，好像谁也不愿意再听她啰嗦。梆子老太心里冒气，全都把她当什么累赘一样讨厌了。是谁刚走出门，就在院子里呼喊起胡长海，也叫他赶快回家吃饭……

梆子老太似乎感到脚下铺地的砖块在下陷，在崩塌，不祥的阴云愈加浓厚地聚积到胸间。

无法改变了！无可挽回了！她也不再开口，示威似的猛转过身，走出门去了。给胡长海点难看！

夜幕笼罩着树阴苍郁的梆子井。西边河天相接的地方，有轻烟似的一缕亮光。河川里的麦苗的气息，随着夜风弥漫到村巷里来了。有人在畅快地谈论，日前那一场透雨下得太好了，太神了！与麦子拔节好，与棉花播种也好，与一切庄稼的生长都好极了！

"经公社党委批准，将胡振武同志在'四清'和'文革'中受到的一切诬蔑不实之词，全部推倒，予以平反。现决定：一、撤销胡振武家庭地主成分的决定，恢复下中农成分；二、撤销对胡振武作出的地主分子的决定，恢复一切公民权利；三、恢复胡振武同志中国共产党党籍……"

　　公社党委常书记亲自宣布党委的决定，还没落音，掌声就把一切声音都淹没了。

　　这是一九七九年的早春时节，历史将记载这个重要的年代，椴子井的庄稼人，也难以忘记这个年代发生的生动的一幕。

　　胡振武浑身颤抖，头脸上涌下黄豆大的汗珠。这个强硬的庄稼汉子，在他扣着地主分子帽子的整整十三年里，椴子井村的男女老少，谁也没见过他流一滴眼泪。现在，汗水和泪水从鼻翼两边涌流下来了，竟然站立不稳，一个踉跄，几乎摔倒。站在麦克风前主持大会的胡长海双手扶住他，两人抱扶着，"哇"的一声哭了，同时在讲台上蹲下身去……

　　椴子老太作为平反领导小组成员，也坐在主席台一角，无论怎样努力使劲，总是抬不起头来。平心而论，在给胡振武定地主成分的问题上，她没有提供什么虚假的证据。只是在她把他当敌人专政的时候，也许过分了一些……人无法掩饰自己干过的亏心事被揭穿以后的尴尬情绪，更无法鼓出与几百双鄙视的眼睛相对峙相抗衡的力量……

　　"欢迎胡振武上马！"

　　一声粗浑的呼声刚落，立时激起宏大的响声，在会场背后的黄土崖上发出回响……

　　"社员胡振汉在河滩开荒种红苕，是党的政策允许的事。现在决定：将没收胡振汉同志的三间瓦房，退赔本人。"

　　胡振汉从讲台下爬上台子，愣呆呆地盯着常书记。椴子井村的庄稼人忽然发现，当年开荒种地的壮年汉子，现在老了！他腰弯背驼，一只眼睛里蒙着一层白盖儿，苍老成这个样子了啊！他哆嗦着手，狠着声问："你这回说话算话?"常书记没有回答，瞧着老汉，嘴唇也抖动着，用涌满眼眶的热泪回答了乡村父老。

教员胡学文十几年前在报纸上发表的那一篇小故事，"四清"时定为毒草，因为发端于梆子井，也一起平反了。常书记握着中年教师胡学文的手，鼓励他重新提笔……

胡振武，胡振汉，胡学文……一摆溜站在主席台上，接受公社党委常书记宣布的平反决定，接受台下几百个社员同情的目光。三月末的太阳照射着南塬坡根下的绿叶葱茏的梆子井，有人在会场剥掉棉衣了，太阳的热力好强呀！

梆子老太坐在主席台一角，心情与在场的庄稼人相去太远了。如果说胡振武被错划为地主分子与她的直接关系不大，那么胡振汉被定为国家困难时期的暴发户而被没收了三间新瓦房，却是她向工作队提供了"四十一车红薯"的确凿证据，工作队队长曾经赞扬她是"睡觉也睁着一只眼……"胡振汉老汉跌跌撞撞爬上台子，愣呆呆地问常书记"这回说话算不算话"的时候，梆子老太立时闭了眼，会场里投射过来的那么多眼光，简直要把她挤扁了。

梆子老太真想离开会场，立即回到屋里去，把门关紧，什么人也不要见，什么声音也不要听。她坐过多少次主席台，从来没有觉得坐在众人头前是如此别扭！可是，怎么好意思走掉呢？

需要平反的人太多了，啊啊！轮到胡选生了！梆子老太更加惶惑了，头上直冒虚汗。

"胡选生同志，你的问题平反了。"常书记宣布过平反决定以后，征询被平反者的意见，"你和家属还有什么意见、要求，尽管说。"

胡选生头也没抬，只是摇摇乱蓬蓬的脑袋。

"常书记！你不知……"胡选生的父亲胡大脚，挤到台前来，溅着唾沫星，急头急脑地说，"把娃的好前程毁了哇！人家军队上原先要……"

胡选生一把把老汉扯得坐在地上了。

会场里响起轻微的笑声。大伙笑胡大脚可爱的愚笨的举动。能给选生平反，再不按前科犯对待；彻底否定选生娘是地主小姐的说法，再不按逃亡地主去对待；彻底否定对你胡大脚兵痞的看法……还不足够你胡大脚和那位河南籍老伴畅快一番吗？居然提出选生毁不毁前程的事……

在那阵轻微的善意的笑声中，梆子老太愈加觉得如坐针毡了。

十、跌落

在社会上颠跑惯了也更多经见过大世面的人，一旦不得不把自己封闭在冷清的小院里，那种寂寞的慌乱简直是不可忍受的。梆子老太关紧后门，又闭了街门，决心不复到村巷里去走动，工分也不想挣了。

景荣老五出工去了。女儿早在四五年前婚嫁了，成了别人家里的一位成员了。儿子也在三年前娶下媳妇，因为婆媳关系不和睦，分家另过了，搬到村子东头的新庄基上去了。屋里现在剩下她一个人，没有一丝声息，老鼠公然在大白天也敢于在屋里穿游。

透过窗户，可以看见蓝天上纹丝不动的白云，伸到屋脊上空的绿色的树梢，南坡上泛绿的梯田。春天给自然界带来了繁荣，给梆子老太带来的却是凄风苦雨啊！

可是，梆子老太毕竟生活在梆子井的村巷里，无法把自己与世隔绝。轻柔的带着草木的清香气息的春风，从窗孔和门缝里吹进来了，街巷里的说话声，女人们的尖笑声，男人们打诨骂俏的声音，还是越过土打的围墙，传进小院里来了。她听了心烦，烦一切人的一切声音。那架在树杈上的大喇叭，把许多使她烦恼的消息倾泻下来，梆子老太仍然不能求得一个心里安静的去处。

平反大会以后的整整三天里，白天晚上，梆子井村的男女老少，掂着烟袋，抱着娃娃，赶到胡振武家里去看望。邻近村庄里的熟人，也有不少男人们走进梆子井村来，端直朝胡振武家的门楼走去。胡振武家远远近近的亲戚，提着鸡蛋和烧酒，也纷纷赶来庆贺了……

胡振汉两口子，在搬进退赔的那三间瓦房的时候，居然在门口放了一长串鞭炮……

胡学文家来了两位戴眼镜的记者，说是他曾经发表过文章的那家报社专门派人来访问，记者鼓励他重新开始写稿，文艺政策也放宽了嘛……

平反会后的第三天，就有人给胡选生介绍下对象，把女方引来和胡选生见面了……

梆子井村的生活乱了脚步，变得沸沸扬扬的一番景象了，被柴禾垛子、粪堆和树木充塞着的街巷，由葱绿的小麦、棉苗和稻禾覆盖着的田野里，到处都议论纷纷，传说着稀罕的事。

梆子老太却出不得街门了。

梆子老太百思不得其解，怪她的什么呢？她错在哪里呢？难道不是"四清"工作队队长亲自跑到她家里，千方百计鼓励她揭发出胡振汉的"四十一车红苕"的事吗？她当初记下这个数字的时候，不过是出于好奇，而决没有想到后来去揭发。她当贫协主任，难道不是众人举拳头选举的吗？她当临时领导小组组长，难道不是那两位解放军的命令吗？让她抓对阶级敌人的斗争，难道不是各级领导每一次会议布置的要求吗？她从公社到地区逐步去"讲用"，难道是她自己能决定的事吗？现在，梆子井村的庄稼人，不管这些事情是谁布置她做的，而只知鄙夷地朝她翻白眼了！

大队会计花儿，尖着嗓子几乎天天晚上在大喇叭上宣布通知，有县上的，也有公社的，还有梆子井大队自己开会的通知。有的通知支书胡长海参加，有的通知刚刚被众人拥上台的胡振武参加，独独没有通知梆子老太参加的会议。贫协主任被闲置下来了，梆子老太被各级政府遗忘了，冷落了。十余年来，她在县、社两级参加了多少次各种名称的会议，会议多得她都开烦了。现在，十天半月里没有她出去开会的一次机会，似乎于生活里严重缺少了什么。听着别人去这里那里开会，她心里很别扭，觉得自己被冷落到这样的地步，简直活不下去了。

她有一肚子想不通的问题，决计到公社去找党委常书记问一问，现行的政策到底是啥政策？适逢花儿在当晚的广播中，通知贫协主任到公社去开会，正好。

梆子老太早早来到公社，端直坐到公社小礼堂的前排靠背连椅上。这是公社党委常书记亲自主持的会议，足见其重要了。梆子老太

116

不会写字，就集中精力，努力去听。

万万没有料到，常书记宣读的文件，竟然是在农村各级政权中取消贫下中农协会这个机构的内容。文件说，以后再不提贫下中农这个说法，只说社员……梆子老太耳朵里呜呜呜响，怀疑自己的耳朵是否出了毛病？

就是在这个小礼堂里，常书记多少次强调过，要依靠贫农下中农，抓紧阶级斗争这根弦呀！他现在却念着一份要取消贫协的文件，难道把他过去说过的话都忘记了吗？

不管梆子老太想得通或想不通，常书记宣读的文件，却是省委郑重其事发下来的。常书记一边念着文件，一边作着解释。梆子老太心里乱糟糟的，耳朵里乱嗡嗡的，一句也听不进去。邻近坐着的几个贫协干部，叽叽咕咕在小声议论，也是料想不到又不大想得通的话，夹杂着牢骚。她似乎受到鼓舞，在常书记要大家讨论的时候，第一个开口发言了。

"毛主席说，没有贫农，就没有革命。"梆子老太像受了委屈，委屈得几乎要流泪了，口气却是怒冲冲地质问，"老人家去世了，说过的话也不算数了？"

"黄桂英同志很直爽，把自己想不通的话直言提出来，这很好嘛！"常书记不恼也不怒，笑嘻嘻地说（梆子老太简直不能容忍这种不经心的轻松的笑），似乎早有思想准备，不慌不忙地瞧瞧众人，又笑着问，"黄桂英同志，你知道不知道，主席讲这句话，是在哪一年？"

"'四清'运动那年讲的嘛！"梆子老太胸有成竹，不加思索，脱口而出道，"主席刚讲下十来年，就不管用了呀？"

有几位年轻的贫协干部吃吃笑起来，他们大约知道梆子老太说错了，而且错得太远了。

"你大概是'四清'当中才听到主席的这句话。"常书记不笑了，表情庄重。他在农村工作好多年，此类笑话早已不足为奇。对于没有文化的农民，这种情况是正常的，像见多识广的城里人分不清谷子和糜子一样正常。他耐心地解释说，"这句话，主席是在一九二七年讲

117

的，离今天五十多年了。'四清'运动当中重新喊响起来的。"

"不管哪一年，总是他老人家讲的话。"梆子老太不仅不窘，反觉得理直气壮，"现在不管用了吗？"

"五十多年前，地主阶级统治中国乡村，贫农受压迫，贫农是党领导的革命的中坚力量。五十多年后的今天，乡村里是共产党领导了，搞农业现代化建设，要团结全体农民群众，治穷致富，情况和形势早已发生了根本性变化，同志们应该想得通……"

"我想不通！"梆子老太积聚在胸间的闷气，终于压不住了，把她在自家小院里关门自守时想到的问题，捅出来了，"现在是：五类分子张狂咧，贫下中农不香咧……"

"黄桂英同志的这个话，我在其他村里也听到过。"常书记仍然不动气，倒显得老练而宽容，但是却认真地说，"我们也应该问问自己：脑子里有没有'左'的东西？过去的工作中有没有过火的地方？"

梆子老太张不开口了。过去有没有过火的事呢？这是常书记巧妙的对她的批评了。她又多么委屈、多么服不下这口气呀！多少回，坐在这个小礼堂的连椅上，常书记安排任何工作，头一条总是抓阶级斗争，最后一条总是搞生产。他安排让她去抓胡振武等人的破坏活动，现在反问她有没有"左"的东西。她忽然想到儿子骂过她的一句话："公社干部吃公粮，挣工资，人家把你当猴耍……"她的脑子里一震，真应了儿子的话吗？顿然觉得往常里很敬重的领导者也不值得那么可亲可敬了！

"我在公社这几年的工作中，有不少错误，主要是'左'的思想造成的错误。"常书记诚恳地盯着梆子老太，又扫过整个会场，沉重地说，"我正在筹备党委扩大会，中心是解放思想，打破'左'的教条。欢迎大家将来给党委、特别是对我本人提意见。"

梆子老太安静下来了，心里的气往下泄，既然常书记承认自己"左"了，她还能"端正"吗？

"我需要清理一下脑袋了！"常书记沉痛地说，"'文革'中我赔了两根肋骨，重新工作以后，却搞了好多'左'的名堂……"完全

118

是痛心疾首的神色，对大家说，"我给你们也灌输过不少错误的东西，咱们应该一起清理……"

梆子老太有点难受，她忽然想哭，不是为常书记难受，而是为自己……会议结束后，她端直走出公社院子，又走出了大门。到这里来开会，大约是最后一次了，既然贫协取消了，她就什么干部也不是了！心里激起一股酸渍渍的东西，腿脚都软了，简直跟做梦一样啊！现在，她又是什么头衔也不披挂的那个弹花匠胡景荣家里的老婆了……

梆子老太在田野里的大路上走着。收割过麦子的土地上，秋庄稼又罩上一层淡淡的嫩绿。天空高远，热气蒸腾，人们躲在屋里歇晌，还不到后晌出工的时间，田野里静静悄悄。

——"黄桂英同志，睡觉也睁着一只眼！"

——"人家是哄得憨狗咬石狮子……"

那些胖的或瘦的各级领导的脸孔，和景荣老五憨厚的黑脸同时在眼前叠印；那些领导们热情赞扬她的话，和景荣老五的冷言冷语同时在耳朵边响起，不光彩的记忆啊！

包谷苗儿蓬蓬勃勃长起来了，棉花已经开花坐桃了，一片连一片的包谷，一块接一块的棉花，田野这样静谧。梆子老太走着，真想坐在地塄上，放声痛哭一场，胸间的酸水积得盛不下了，哭一场，也许会轻松一下。既没有丧事，又没有闹家庭纠纷，平白无故地在这儿哭嚷，遇见路过的熟人，会怎么说她呢？

梆子老太终于忍住没有哭，走回梆子井村了。她从来也没有像今天感到如此疲倦。走到村口，梆子井村通往南坡和河川的几条土路上，男男女女扛着工具去出工。从塄坎上朝河川里一瞅，在白杨参天的机耕大路和灌溉大渠交叉的拱桥上，站着两个人，梆子井大队支部书记胡长海和新任大队长胡振武，两人穿着汗夹，站在一堆，对着广阔的河川指指点点，大声说着什么。她心中不知是一种什么滋味，转头走回村子里去了。

走过代销店门口的时候，她听见几个婆娘说话的声音：

"多日不见梆子老太，怪想的……嘿嘿嘿！"

"你想听她敲梆子了？耳朵刚清闲下来……"

"梆子长，梆子短，梆子从早敲到晚。不怕风刮日头晒，单怕梆子黄老太……哈哈哈……"

"嘻嘻嘻……"

梆子老太吐一口唾沫，走过去了，真是墙倒众人推！

她一走进院子，看见景荣老五扛着长柄锄头，准备去出工。梆子老太再也忍不住，扑到景荣老五怀里，失声痛哭了。

"这……咋咧？"景荣老五扔下锄头，扶住老伴，"看人家盯见……笑话……"

"唉嗨嗨嗨嗨……"梆子老太浑身都软了。

"这……"景荣老五也难受了。他能理知老婆的心情。虽然她过去不听他的话，而今落到这样难受的地步，他不给她宽心，还有谁呢？她毕竟跟他过了一辈子穷苦日子，给他缝衣绱鞋，虽然针脚粗放，总是能在下雪以前穿上棉衣，春天来到时换上单衫啊！再说，她是被人家哄弄得昏头昏脑了，没主见的傻女人……

"我现时才明白……"梆子老太被老汉搀扶进屋里，拍打着景荣老五的胸膛，哭着说，"只你是……我的……实在的亲人……"

景荣老五也难受了，鼻腔酸酸的，抽一下鼻子，想再安慰老伴几句，却没词儿了。许久，他只能用自己的老话安慰说："过去的事……错的对的，都甭想了！咱过咱的……日月……"

不管梆子老太心里怎样想，急骤变化着的生活，还是把她从关紧前门和后门的小院里挟裹进梆子井村男女社员中间来了。

胡长海和胡振武召开社员大会，要在队里划分作业组了。她不参加别的会议问题不大，这个会不参加是逃脱不了的。人家划成作业组劳动，她跟谁在一起挣工分呢？日后分粮呢？

她坐在会场偏远的边角上，再不想到人前走动了。胡振武宣布了作业组的组合办法，胡长海叮嘱了几件应该注意的事项，就把男社员划定到会场东边，女社员划到西边，让他们去商量，去自由结合，去选择自己的组长，原则是：人合脾气马合套，不要勉强。

妇女们叽叽嘎嘎的笑声、喊声、吵闹声覆盖了整个会场，显得聚积在会场东边的那些男子汉们太老实了。她们公开地互相串联，互相靠拢。很快的，那些老婆、媳妇和姑娘们，划归成三堆儿了，而且推举出三个组长来。

梆子老太远远地坐在一棵伐倒的榆树干上，没有人来拉扯她入组。年轻女人没人拉她，老婆婆们也没人来拉她入组，全都远远地躲避到一边去了。梆子老太坐在那儿，难堪地听着那些婆娘女子们叽叽喳喳地笑闹，冷眼瞅着会场。她不想向任何人低声下气，申求她们收留自己入组。她知道她们讨厌她，她也在这样的场合里抹不下脸呢！看你胡长海怎么办吧！总不能把我排除出梆子井吧？

胡振武接过三个妇女组长送交给他的名单，一一审查着，问她们："再看看，把哪个女社员漏掉了没？"

"没有。"三个组长说。

"没有参加会的人呢？还有今日不在家的……"

"唔！小牛妈到她娘家去了，划到俺组吧！"

"还有谁，齐摆摆数一遍！"胡振武大声说。

胡振武说着，抬头看到人堆后边坐在榆木树干上的梆子老太，又低头查看分组名单，没有发现黄桂英的名字，似乎明白了什么，问："黄老太划在谁的组里了？"

梆子老太立即偏转开脸，心想，明知没有人收留我，你大声咋唬，故意丢我的面子！

三个妇女都不说话。很明显，谁也不愿意要梆子老太入组。

"搁到你那一组。"胡振武命令似的对他的儿媳妇说，"再甭推诿了，再推下去不好了。"

怀里已经抱着一个会笑的娃子的陕北媳妇兰铃铃，没有说话，完全体察到了作为大队长的阿公的难处，抱着孩子走到她的那一堆组员跟前，操着陕北调儿说："就这样吧！算我主观一回。要不，我也不当组长了。"

组员们勉强同意了。解放从陕北山区娶来的这个媳妇，到梆子井村几年来，以她的率直、朴实和勤劳，赢得了男女老幼的夸赞，甚至那一口生硬的陕北话儿，听来也别有风味。梆子井的庄稼人崇尚正直和勤劳，并不狭隘地一律排斥外地人。她们一致推举她当作业组长。

"黄老太，参加我们这一组吧！"兰铃铃抱着孩子，走到梆子老太面前，毫不介意这位曾经刁难过她和解放结婚的梆子井大队的前掌权人，像什么事也不曾发生过，或者是因为过去发生过那件令人反感的往事，今天更需要毫不介意地和这位长辈相处。总之，兰铃铃态度自然，说话得体，一切都恰到好处，"走吧，黄老太，咱们组里还得订几条劳动纪律哩！"

好多人在悄声叽咕，看着混混乱乱的会场一角里的这段小插曲，更加佩服这个陕北来的媳妇，心肠好，肚量大，不记恨人……

梆子老太反倒不知如何是好了。她的脸热臊臊地难受，似乎血液一下子全都涌到面部来了。这个因为要"找一个产粮的地方"而愿意走进当时是敌人的胡振武家门楼的陕北姑娘，笑盈盈地站在她的面前，拉扯她去入组，梆子老太从心底里惭愧了。

太令人尴尬了！梆子老太不好意思立马应诺，又没有力量拒绝，难在人家面前开口呀！

"好咧！"兰铃铃像是摸透了她的心思，也就转过身走了，唱歌似的畅快地说，"我把你的名字写上了！黄老太……"

尾　声

胡长海和胡振武参加县委农村工作会议回来了。

新的农业经济政策又从中央传达下来了，县委已经作出执行决定：各种形式的责任制，由社员讨论选择，干部不要主观干涉，包括"大包干"的责任制形式，即把土地和牲畜承包到一家一户去……

生活发展的步子太快了，连性急的人也觉得赶不上趟了。这样宽限的农业政策，连多年来受批挨整的胡长海和胡振武，起初听到时也目瞪口呆了。他们俩在梆子井村的土地改革结束以后，组织互助组，又建立起农业社，地畔上的界石是他俩带领着社员，一个一个拔除掉的；牲畜是他俩一家一户说服动员，集中到大槽上来的。现在，得由他俩再把一条条地畔划分开来，把一头头牲畜送交社员牵回家里去饲养……

不管感情上是否完全通畅，他们已经向县委明确表示：保证尊重社员意见，由社员选择责任承包的形式。他们也伤脑筋：包干到组的办法实行不到一年，麻烦更多，难以为继了……

两人春风满面，走进梆子井街巷，突然看见队长龙生和景荣老五在门口拉拉扯扯，龙生急得满脸汗水，景荣老五急头晕脑，要从龙生的拉扯中挣脱出来，不知发生了什么事。经旁边一个看热闹的小伙子悄悄说明缘由，两人都愣住了：怎么弄出这号没名堂的事呢？

胡长海和胡振武快步走到跟前。

"好五爷，你咋胡来哩嘛！"胡长海说。

"你真个老糊涂了吗？"振武也说。

两人说着，把景荣老五拖着架着拉进屋里去了。

胡振武紧紧勒在腰里的布带，捞起皮绳，动手在棺材上捆绑抬杠。他说："长海哥，你去叫人吧！"

胡长海走出门去了。

胡振武捆绑好抬杠，和景荣老五挨肩坐在条凳上，接过老五递来的一支纸烟，点着了，诚恳地说："你一个人怎么办呢？想法子和娃娃合到一起过吧！要是你愿意，我给那小两口子说话……"

景荣老五感慨地摆摆头："缓后再说……"

"心放开，五爷！"振武说，"庄稼人的好事来了啊！"

陆陆续续有人走进院里来了。景荣老五拿着纸烟，给大家敬着。

胡振武蹲下身，把一条抬杠压到自己肩上，七八个汉子先后蹲下身，肩膀顶着抬杠了。

胡长海大喝一声："起！"装着梆子老太尸体的棺木平平稳稳离开地面，起动了。

孝子和亲戚在灵柩起动的一刹那，哭声骤然爆发了。

吹鼓手们吹打起悠扬哀婉的祭灵曲。

那些随后跟来的人，扛着镢头和铁锨，尾随在灵柩后，朝坟地赶去。

一切进行得顺顺当当，梆子老太的灵柩安然入土了，梯田根隆起一个黄土墓堆。所有参加埋葬的人，在坟地上轮流对着瓶口，喝了景荣老五敬奉给掩埋人的答谢烧酒，再接过一支香烟，就沿着山坡上的小路往下走。

往昔里，他们埋葬了梆子井村的任何一位死者，喝了酒，咂上纸烟，回去的路上，总是以惋惜的声调，谈论死者生前一切可以记忆的光荣，如何耿直，如何勤俭，如何孝顺父母，如何敬重乡党……绝不提死者生前一切不大光彩的作为，似乎也成了一条习俗，算是生者对死者的一种庄稼人式的伟大宽容吧！

现在，人们缓缓走在坡间小路上，既不谈梆子老太的好处，也绝口不提她的过失，什么都不说，只是感叹今年麦子长得好，好得简直令人难以相信这是梆子井村的田地里长出的庄稼！你看吧！坡地和滩地，旱田和水田，全是一样成色，不分彼此，似乎种到石头窝里，也会长出好麦子来！人说"麦吃三场雨"，从播种到入夏，场场雨都下得及时而又足透，肥料又供应得充足，麦子怎能不长呢？真是政通人和，风调雨顺哪……

1984 年 2 月于西安东郊

蓝袍先生

　　我的启蒙老师徐慎行先生，年过花甲，早已告退，回归故里，住在乡下。他前年秋末来找我，多年不见，想不到他的身体还这样硬朗。

　　他住在塬上的杨徐村，距我居住的小河川道的村子，少说也有二十里远，既不通汽车，也不能骑自行车。他步行二十余里坡路，远远地跑来，我的第一反应是要我帮他什么事情。他接过我递给他的茶水和卷烟，坐稳之后，首先说明他没有什么事，只是找我闲聊。他确实只是闲聊。整整一个下午过去，天色将暮时，他顶着一顶细草帽又告辞了。他说他在三个多月前埋葬了老伴，过了百日，算是守完了节，心里实在孤寂得受不了，才突然想到来找我聊聊的。我信了他的话。老伴初逝，女儿出嫁，男娃顶班在县城小学教体育，屋里就剩下他一个人，怎能不感到孤独和寂寞！我心里也有一缕悲怜的气氛了。

　　腊月里，入冬以来的头一场好雪，覆盖了塬坡和河川，解了冬旱，大雪封锁了道路，跑小生意的农民挂起秤杆，蒙住被子睡觉了。大雪初霁的中午，奇冷奇冷，徐慎行先生又走进我的院子，令我惊叹不已。他的身上和胳膊肘上，膝头和屁股上，粘着融雪的水痕和泥巴，两只棉鞋灌满了雪粒，湿溜溜的了，可以肯定，他在坡路上跌翻过不知多少回。又是孤独和寂寞得受不了了吗？

"我有一件事，要跟你商量。"

徐慎行先生呷了一口茶，就直截了当地开了口。他的脸上泛出红光，许是跋涉艰难累得冒汗的原因，而眼里却泛出一缕羞怯神色，与六十岁人的气色很不协调。他终于告诉我，说是别人给他介绍下一个五十多岁的老婆，他已见过一面，颇以为合宜，可是两个女儿和儿子均是一口腔反对，没法说服他们。他自己当然不好直接与儿女商议，只好托亲友给儿女做解释。他的大女儿嫁到小河川道的周村，与我的住处相距不远，人也认识，于是就想让我去给他做大女儿的解释工作。

我不假思索，一口应承下来。

第二年春天，草木发芽了，一直没有见他的面，不知他的婚事进展如何，我倒有点惦念不下。我和他的大女儿以及女婿都是熟人，话可以敞开说，我说了许多条该办的好处，譬如徐老先生的吃饭穿衣问题，生病服药问题，家务料理问题，统都解决了，对于儿女们，倒是少了许多负担。又解释了儿女们最为担心的一个问题：老汉退职薪金的使用，会不会被那个老婆子揽光卡死了？终于使他们夫妇点了头，表示不再出面干涉，我也算是给启蒙老师尽了一点心。我随之就担心他的二女儿和儿子的思想通了没有？据说主要阻力在二女儿身上，她不出面，却纵容唆使弟弟出面闹事……

徐慎行先生来了，时在河川和坡塬上的桃花开得正艳的阳春三月。他一来，我从他的眼里流露出来的羞怯神色就猜出了结果。

"我想忙前把这事办了。"他说，"到时候，你能抽空来坐坐。"

我很乐意地接受了老师的邀请。

他坐下喝茶，抽烟，说那个老婆的脾气和身世。从他的语气里可以听出来，他是很满意的。说到她的人样，她的长相，他说能看出她年轻时很俊……

我实在想不到，夏收之后，他第四次来到我家的时候，又是一脸颓唐的神色，先哀叹了三声，说那件事最后告吹了！

我很惊诧，忙问他，到底哪儿出了差错？谁又从中坏事了？

"谁也没有坏事，也没有啥差错——"他淡淡地说，"是我不办了！"

"为——啥？"我不得其解。

"唉——"他摇摇头，叹息着，不抬头，"我事到临头，又……"

既然他觉得不好开口，我也就不再强人之难，于是就聊起闲话。他轻轻摇着扇子，眯着眼，扯起他三十多年教书生涯中的往事，一阵阵哀叹，一阵阵动情……

我送他走之后，心里很不好受，感到压抑，一种被铁箍死死地封锁着的压抑，使人几乎透不过气来，而他却在那道无形的铁箍下生活了几十年，至今不能解脱……

读耕传家

南塬上的村庄，不论是千儿八百户的大村，抑或是三二十家的小庄，村巷整齐，街道规矩，家家户户的街门沿街巷开设，坐北一律坐北，朝南一律朝南，这一家的东山墙紧紧贴着那一家的西山墙，而自家的西山墙又紧挨着另一家的东山墙，拥拥挤挤，不留间隙。俗话说，亲戚要好结远乡，邻居要好高打墙。家家户户在自家的庄院里筑起黄土围墙，以防鸡刨狗窜引起纠纷和口角。院墙临街的中间开门，门上很讲究修一座漂亮的门楼。

那儿的农民十分注重修饰门楼。日子富裕的人家修建砖木门楼，多数人家则是土木门楼。无力修建门楼的人家，就只好在土围墙上凿开一个圆洞，安一个荆条编织的篱笆门，防贼亦挡狗。生人进入任何一个村庄，沿着街巷走过去，一眼溜过两边高高矮矮的各姿各式的门楼，大致就可以划出各家的家庭成份了。不过，这是解放初期的旧话。现在，门楼的规模和姿式，已经与土改时定的那个成分关系不大了；如果按着旧的习惯去猜度，准会闹出牛头不对马嘴的笑话来。

门楼正中，一般都要挂门匾，门匾上镌刻四个大字。这四个大字的选择，实际是这个门楼里的庄稼主人的立家宣言。解放后，庄稼人心劲高涨，对门楼上的门匾的选择，免不了受时风的影响，土地改革时，好多人喜欢用"发展生产"、"发家致富"；合作化时又时兴"共同富裕"、"康庄大道"；三年困难时期又流行起"自力更生"、"勤

127

俭持家"；及至"四清"和"文革"运动接连不断的十余年中，诸如"红日高照"、"万寿无疆"、"斗争为纲"、"真学大寨"等政治口号，确实风靡一时。

解放前门楼题匾的内容，可就单调得多了。凡是能修建得起砖木门楼或稍微像样的土木门楼的殷实人家，题匾上的立家宣言，十之八九都选用"耕读传家"四字，其用意是显而易见的。我们杨徐村，在南塬上的稠如星海的乡村里，只算个中小型村庄，二百多户农家中，门楼修葺得最阔气的是大财东杨龟年家的。水磨青砖，雕梁画栋，飞檐翘角，俨然一座富丽堂皇的四角亭子。门楼下蹲着两只青石雄狮，墙上刻着飞禽走兽。门楼正中，在象征着吉祥永久的鹤鹿图像中，刻下四个篆体"耕读传家"的题字，与团团祥云相谐调。杨龟年的大儿子在咸宁县政府做官员，家里有百余亩河川水浇地，整整两槽高骡大马，真是有耕有读，宣言与实际相一致。其余那些虽然也能修得起土木门楼的殷实户，也东施效颦地题下"耕读传家"的门匾，却大都是有耕无读，名不副实，甚至一家老少尽是些目不识丁的粗笨庄稼汉子。但作为立家宣言，自然主要是照亮后世，无读书人的缺憾，必当由后辈人来弥补。

杨徐村另一户能修得起砖木门楼而且名副其实的"耕读传家"的人家，当推我家了。

我爷爷徐敬儒，对"耕读"精神的尊崇，甚至比杨龟年家还要纯粹。杨龟年的大儿子在县府供职，主要是为官而不从读了；二儿子从军耍枪杆子而鲜动笔杆子了；家里的庄稼全靠长工和短工播种和收割而无需杨龟年动手抬脚。我爷爷徐敬儒，那才是"耕读"精神的忠诚信徒和真正的实践者。

我爷爷徐敬儒，人称徐老先生，是清帝的最末一茬秀才，因为科举制度的废止而不能中举高升，就在杨徐村坐馆执教，直到鬓发霜染，仍然健坐学馆。也不知出于什么思想影响，我爷爷把门楼上那副"耕读传家"的题匾挖掉了，换上一副"读耕传家"的题匾，把"耕"和"读"的位置作了调换。字是我爷爷亲笔写的，方方正正，骨架楞蹭，一笔不苟，真柳字体，再由我父亲一笔一画凿刻下来。我父亲初看时，还以为我爷爷笔下失误，问时，爷爷一拂袖子，瞪了儿子一眼，没有回答。我父亲不敢再问，却明白了是有意调换而不属笔误，该当慢慢地去体味，低下头小心翼翼地凿刻起来。

更有一件蹊跷的事。我爷爷垂老之时，对我父亲兄弟三人做了严格分工，一人继承他坐学馆，体现"读"；二人做务庄稼，体现躬耕；世世代代，以法累推。这样的分工，兄弟三人还勉强接受得了，临到爷爷咽气时，又留下严格的家训，可以归纳为"三要三不要"的遗嘱。其训示曰：教书的只做学问，不要求官为宦；务农的要亲身躬耕，不要雇工代劳；只要保住现有家产不失，不要置地盖房买骡马。

兄弟三个瞪大眼睛，你瞅瞅我，我瞪瞪你，不知所措了。他们三个正当成年，早就想着齐心合力一展宏图，在杨徐村与杨龟年家争一争高低。近几年间，杨家兵强马壮，置田盖房，百业兴旺，已成为方圆十里八村新兴的富户。眼看着杨家小河涨水似的暴发起来，兄弟三人对父亲拘拘谨谨的治家方针早已多所不满，又不敢说，想不到老先生活着时限制他们的手脚，临走前还要把他们死死地捆绑在这点小家业上。老先生似乎早已揣摸算计到三个儿子的心数儿，怕自己走后儿孙们有恃无恐，干脆一句话说死：不遵从父训者，孽种也！不许给他上坟烧纸。兄弟三人只好委屈隐忍，不理解的也要执行，遵循老先生的遗训，耕田的亲身躬耕垄亩，坐馆的潜心静气研读圣贤诗书。村里人把我爷爷这种古怪的治家训诫编成顺口溜："房要小，地要少，养个黄牛慢慢搞"，当作笑话流传。

嗬呀！到得杨徐村一解放，杨龟年家耍枪杆子的老二死在解放军的枪口之下；当县官的老大囚在人民的监牢当中；家里的深宅大院、高骡子大马以及水地旱田全部分给杨徐村的贫雇农了。我至今也忘不了那个晚上的情景，我爸兄弟三个，捧着我爷的神匣，磕头作揖，又哭又笑，简直跟疯癫了一样。夜静以后，兄弟三个又跑到村后的祖坟里，爬在我爷的坟堆上，啃啊！扒啊！恨不得掘开坟墓，把留下"三要三不要"遗训的先知先觉的老祖宗的尸骨抱在怀里亲一百次！该怎样感激老祖宗——比诸葛孔明还要神明的老祖宗啊！亏得他早已

129

看破红尘，留下严格的治家遗训，使得儿孙后辈免遭杨家的横祸！我们家定为上中农成分，虽然不是工作组依靠的对象，却也不在被打击被孤立的剥削阶级的圈子里，这已经是万幸了！

我爷爷瞑目前五年，已经选定我父亲做他的接班人，去杨徐村的私塾坐馆执教。据说，老先生在长期的观察中，觉得我大伯父工于心计，善于谋划，带一股商人的气数。二伯父脾气拗倔，合当是一介武夫。我父亲自幼聪灵智慧，既不像伯父那么诡，也不像二伯父那样倔，深得老先生钟爱器重，加之对我父亲的面相也满意（用我爷的话说，天庭饱满，眉高眼大，肤色滋润），于是就在他年过花甲之后，由我父亲坐上了私塾里那把黑色的令人敬慕的太师椅子。

我依稀记得，爷爷死后，父亲脱下了蓝色长袍，换上了一件藏青色布袍，一来表示给爷爷的亡灵守志守节服孝，二来标志着他已过而立之年，该当脱下青年时期的蓝色长袍了。我的印象十分深刻，爷爷死后，父亲似乎一下子变成了另一个人，那眉骨愈加隆起，像横亘在眼睛上方的一道高崖，眼神也散净了灵光宝气，纯粹变成一副冷峻威严的神气。在学堂里，他不苟言笑，在那张四方抽屉桌前，正襟危坐，腰部挺直，从早到晚，也不见疲倦，咳嗽一声，足以使那些调皮捣蛋的学生吓一大跳。来去学堂的路上，走过半截村巷，抬头挺胸，目不斜视，从不主动与任何人打招呼。别人和他搭话问候时，他只点一下头，脚不停步，就走过去了。回到家中，除了和两位伯父说话以外，与俩伯母和七八个侄儿侄女，从不搭话。除了两位伯父，没有不怵他的。父亲从学堂放学回来，一进街门，咳嗽一声，屋里院里，顿然变得鸦雀无声，侄儿侄女们停止了嬉闹，伯母和母亲烧锅拉风箱的声音也变得低匀了。我和堂兄堂弟们要是打仗吵架，一不小心，父亲站在当面时，无需动手动脚，他只用眼一瞅，我们就都不敢出声了。他倒是从来不动手打孩子，可也从来不对任何人表示哪怕是少许的亲昵，我似乎比堂哥堂弟们更怵着父亲。

我现在唯一能解释父亲这种性格变化的原因，是爷爷死后父亲在这个十五六口人的大家庭里的地位的变化。爷爷死时，意外地打破了长子主事的传统法则，把全部家事委于父亲来统领。据说爷爷怕伯父

130

太诡而远伤乡邻近挫兄弟，怕二伯父脾气暴烈而招惹家祸，于是就由排行最末的父亲统领这个家庭。他要领导两个哥哥和两个嫂嫂，要处理三兄弟三妯娌以及九个侄儿侄女和亲生儿子的种种矛盾，要处理这个家庭与远远近近几十家新老亲戚的关系，要处理与杨徐村二百多户同姓和异姓的乡邻的关系，真是太复杂了！我当时尚不能体味父亲的种种难场，只觉得他的脸上，笑颜永远消失了。

尽管父亲在这个家庭里严以律己——母亲、姐姐、弟弟以及我，宽以待人——伯父、伯母以及堂兄堂妹，家庭里的磨擦总不会间断，只是没有公开闹到分家的程度。大伯本来对父亲统领家事就觉得有失面子，再加上三条遗嘱死死捆住了他的手足，终日憋气。他的大儿子已经长大，意欲送到西安去学生意，因为父亲坚持遗训而不能成行，有气无处发泄，就哄唆直杠子二伯发难。父亲一切都看得明白，只是隐忍，不理睬二伯的恶火，大伯也就无法了。

这样下去，终非久远之计，父亲不能眼看着这个以礼仪之风在全村享有最高乡誉的家庭，在自己手中闹出分崩离析的结局，令杨徐村人耻笑。他断然决定，从学堂里告退回家，统领家事。他自己在学堂执教，一心难为二用，顾了学堂顾不了家，顾了家庭又怕贻误人家子弟的学业。更重要的是，在他一天三晌坐在学堂里的时候，家里和地里，给大伯留下了毫无顾忌地唆弄事非的太大的时空环境。这样，在我刚刚交上十八岁的时候，父亲就把我推到他坐过的那把黑色的太师椅上了。

蓝袍先生

父亲选定我做他的替身去坐馆执教，其实不是临时的举措，在他统领家事以前，爷爷还活着的时候，就有意培养我作为这个"读耕"人家的"读"的继承人了。只是因为家庭内部变化的缘故，才过早地把我推到学馆里去。

我有一个姐姐，已经出嫁了。一个弟弟，脾气颇像二伯，小小年纪就显出倔拗的天性，做教书先生的人选，显然不大合适，"人情不够练达嘛"！父亲再无选择的余地，尽管我也是差强人意，也没有办法了。如果说父亲也暗藏着一份私心，此即一例，大伯父的二儿子灵聪过人，然而父亲还是选就了我。

读书练字，自不必说了，对我是双倍的严格。尤其是父亲有了告退的想法之后，对我就愈加严厉了。那柳木削成的木板，开始抽打我的手心，原因不过是我把一个字的某一画写得离失了柳体，或是背书时仅仅停碨了几秒钟。最重要的是，对我进行心理和行为的训练，目标是一个未来的先生的楷模。"为人师表"！这是他每一次训导我时的第一句话。

"为人师表——"父亲说，"坐要端正，威严自生。"

我就挺起胸，撑直腰杆，两膝并拢。这样做确实不难，难的是坚持不住。两个大字没有写完，我的腰部就酸酸的了，两膝也就分开了。猛不防，那柳木板子就拍到我的腰上和腿上，我立即坐直。几次打得我几乎从椅子上翻跌下去，回头一看，父亲毫不心疼地瞅着我。

"为人师表——"父亲说，"走有个走势。走路要稳，不急不慢。头扬得高了显得骄横，低垂则萎靡不振。两目平视，左顾右盼显得轻佻……"

我开始注意自己走路的姿势。

"为人师表——"父亲说，"说话要恰如其分，言之成理。说话要顾及上下左右，不能只图嘴头畅快。出得自己口，要入得旁人耳……"

所有这些训导，对于我这样一个刚刚十七八岁的人来说，虽然很艰难，毕竟可以经过日渐长久的磨练，逐步长进，最使我不能接受的，是父亲对我婚姻选择的武断和粗暴。

对于异性的严格禁忌，从我穿上浑裆裤时就开始了。岂止是"男女授受不亲"，父亲压根儿不许我和村里任何女孩子在一块玩耍，不许我听那些大人们在一起闲谝时说的男女间的酸故事。可是，在我刚刚十八岁的时候，父亲突然决定给我完婚了。他认为必须在儿子走进学堂之前做完此事，然后才能放心地让我去坐馆。一个没有妻室的人进入神圣的学堂，在他看来就潜伏着某种危险。

父亲给我娶回来多丑的一个媳妇呀！

婚后半个月，我不仅没有动过她一指头，连一句话也懒得跟她说，除了晚上必须进厢房睡觉以外，白天我连进屋的兴趣都没有。我却不敢有任何不满的表示，父母之命啊！

　　父亲还是看出了我的心意，有一天，把我单独叫进他住的上屋，神色庄严。

　　"你近日好像心里不爽？"

　　"没有。爸。"

　　"我能看出来。有啥心事，你说。"

　　"爸，没有。"

　　"那我就说了——你对内人不满意，嫌其丑相，是不是？"

　　"……不。"

　　我一直未敢抬头，眼泪已经忍不住了。

　　"这是我专意儿给你择下的内人。"父亲说。我没有想到。他说，"男儿立志，必先过得美人关。女色比洪水猛兽凶恶。且不说商纣王因褒姒亡国，也不说唐王因贵妃乱朝，一个要成学业的人，耽于女色，溺于淫乐，终究难成大器……"

　　我惊讶地抬起头，看了父亲一眼，那严峻的眉棱下面，却是满眼的赤诚，坦率的诚意，使我竟然觉是自己太不懂事了。大丈夫立国安家成学业，怎能贪恋女色！我长到十八岁，从来没有听过怎样对待婚娶的道理，父亲今天第一次坦诚地对我训导，我悟出人生的道理了。

　　父亲当即转过头，示意母亲，母亲从柜子里取出一件蓝袍，交给我，叫我换上了。我穿上那件由母亲亲手缝的蓝洋布长袍，顿然觉得心里咯登一声，沉重起来，似乎一下子长大成人了！服装对于人，不仅是御寒的外在之物。穿起蓝袍以后，抬足举步都有一种异样的庄重的感觉了。

　　父亲领着我走出上房的里间，站在外间里。靠墙的方桌上，敬着徐家祖宗的牌位，爷爷徐敬儒生前留下一张半身照，嵌镶在一只楠木镜框里，摆在桌子的正中间。父亲亲手点燃大红漆蜡，插上紫香，鞠躬作揖之后，跪伏三拜，然后站在神桌一侧，朗声道："进香——"

　　我走前两步，站在神桌前头，从香筒里抽出五根紫香，轻轻地捋

133

一捋整齐，在燃烧着的蜡烛上点燃，小心翼翼地插进香炉，抖索的手还是把两支弄断了。重插之后，我垂首恭候。

"拜——"父亲拖长声喊。

我抱起双拳，作揖。

"叩首——"

我跪在祖宗神牌前，磕了三个响头，就抬起头，等待父亲发令。

父亲从腰里掏出一片折叠着的白纸，展开，就领着我向祖宗起誓：

"不孝孙慎行，跪匍先祖灵前。矢志修业，不遗余力。不慕虚名，不求浮财，不耽淫乐。只敬圣贤，唯求通达，修身养性，光耀祖宗，乞先祖护佑……"

父亲念一句，我复诵一句，及至完毕。我呆呆地站在灵桌前，诚惶诚恐，不知现在该站还是该走开？父亲紧紧盯着我，说：

"明天，你去坐馆执教！"

由我代替父亲坐馆的仪式是在文庙里举行的。时值冬至节气。一间独屋的庙台上，端坐着中国文化的先祖孔老先生的泥塑彩像。屋梁上的蛛网和地上的老鼠屎被打扫干净了。文庙内外，被私塾的学生和热心的庄稼人围塞得水泄不通。杨徐村最重要的最体面的人物杨龟年，穿着棉袍，拄着拐杖，由学堂的执事杨步明搀扶着走进文庙来了，众人抖抖地让开一条路。

我站在父亲旁边，身上很不自在，心里却潜入一股暗暗的优越来。这儿——文庙，孔老先生的圣像前，排站着杨徐村所有的头面人物，我也站在这里了，门外的雪地上，挤着那些粗笨的却又是热心的庄稼人，他们在打扫了房屋以后，临到正式开场祭祀的时候，全都自觉地退到门外去了。

杨步明主持祭祀，首先发蜡，然后焚香，接着在杨步明拿腔捏调的诵唱中，屋里屋外的所有参与祭奠的村民，无论长幼尊卑，一律跪倒了。油炸的面点，干果，在杨步明的诵唱中摆到孔老先生面前。整个文庙里，烛光闪闪，紫香弥漫，乐鼓奏鸣，腾起一种神圣、庄严、肃穆的气氛。

执事杨步明把一条红绸递给杨龟年，由杨徐村最高统治者给我的父亲披红，奖掖他光荣引退。杨龟年双手捏着红绸，搭上父亲的右肩，斜穿过胸部和背部在左边腋下系住。我看见，父亲连忙跪伏下去，深深地磕拜再三，站起身来的时光，竟然激动得热泪盈眶。这个冷峻的人，竟然流泪了。他硬是咬着腮帮骨，不让眼泪溢出眼眶。我是第一次看见父亲流泪。往昔里，我既看不到父亲一丝笑颜，也看不到一滴泪花。那泪眼里呈现出从未见过的动人之处，令人敬服，又令人同情。这个父亲，从来也不会使人产生对他的同情和怜悯；他的脸色和眼神中永远呈现着强硬和威严，只能使人敬畏，而不容任何人产生怜悯。现在，他的脸上像彤云密布的天空扯开一道缝儿，露出了一绺蓝天，泄下来一道弱柔动人的阳光。

父亲简短地说了几句真诚的答谢之辞，执事杨步明代表所有就读的孩子的家长向父亲致谢，并对我的上任多有鼓励。杨龟年没有讲话，只是点点头，算是最高的赏赐了。

奠祭活动一结束，我随着父亲走出文庙，刚一出门，那些老庄稼人就把父亲围住了，拉他的袖子，拍他的后背，摸抚那条耀眼的红绸，说着听不清的感恩戴德的话。我站在旁边，同样接受着老庄稼汉们诚心实意的鼓励的话，心里很激动。由爷爷和父亲在杨徐村坐馆所树立起来的精神和道义上的高峰，比杨家的权势和财产要雄伟得多！我从今日开始，将接替父亲走进那个学馆，成为一个为老少所瞩目的先生了！

那把黑色的坐椅，那张黑色的四方抽屉桌子，能否坐得稳？一直到将来再交给我的尚未成形的某一个后代，大约至少要二十多年吧？二十多年里不出差错，不给徐家抹黑，不给杨家留下话柄，不落到被众人撵出学堂，何其容易！要得到一个善终的结局，就必得像父亲那样……

乡村的私塾学堂也放寒假，每年农历的冬至节气就是下学日，祭过老祖宗孔老先生之后，就放假了。

过罢正月十五，私塾又开学了，我穿上蓝布长袍，第一次去坐馆，心里怎么也稳实不下来。走出我家那幢雕刻着"读耕传家"字样的门楼，似乎这村巷一夜之间变得十分陌生了，街巷里那些大大小小的树木，一搂抱粗的古槐，端直的白杨，夏天结出像蒜薹一样的长荚的楸树，现在好像都在瞅着我，看我这个十八岁的先生会不会像先生那样走路！那些拥拥挤挤的一家一户的门楼里，有人在窥视我可笑的走路的姿势吧？唔呀！从我家的街门口到学堂去，要走到街心十字口，再拐进南巷，距离不近哩！不管怎样，我已经走出街门了，没有再退回去的余地了，只有朝前走。这时候，像面对一个十分面熟而又确实读不出字音的生字时顺手掀开字典，我想到了父亲走路的姿势。我多少次看见父亲来去学堂时走在村巷里的身姿，而他训导我的如何走路的条文倒模糊了。

我抬起头，像父亲那样，既不仰高，也不低垂，两目平视，梗直脖根，决不左顾右盼，努力做到不紧不慢，朝前走过去。

"行娃……唔……徐先生……"杨五叔笑容可掬地和我打招呼，发觉自己不该在今天还叫我的小名，立即改口，脸上现出失误的歉疚的神色，"你坐馆去呀？"

"噢！对。"我立即站住，对他热诚的问话表示诚意的回答，站下以后，却又不知再该说什么了。我立即意识到，不该停下脚步，应该像父亲那样，对任何人的纯粹出于礼节性的见面问候之辞，只需点一下头，照直走过去，才是最得体的办法……我立即转身走了。

走进学堂的黑漆大门了，三间敞通的瓦房里，学生们已经把教室打扫得干干净净，摆满了学生自己从家里搬来的方桌和条凳，排列整齐，桌子四周围坐着年龄差别很大的学生，在哇喇哇喇背书。今日以前的七八年里，我一直坐在这个学堂的左前排的第一张桌子上，离安在窗户跟前的父亲的那张教桌只隔一个甬道。这个位置是父亲给我选定的，从第一天进入这学堂接受父亲的启蒙，直到我今天将坐在窗前教桌的位置上，一直没有变动过，我打第一天就明白，父亲要把我置于他的视力首先所能扫瞄到的无遮蔽地带……现在，那个位置坐上新进入学堂的启蒙生了。

除了新添的几个启蒙生，教室里坐着的全是那些春节以前和我同窗的本村的熟人、同伴、同学，有的个子比我长得还高还壮实，我今天看见他们，心里却怯了。我完全知道他们和我父亲捣蛋的故伎，尤其是杨马娃和徐拴拴两人，念书笨得跟猪差不多，却尽有鬼点子捣蛋。我一进门就瞅见他俩的诡秘的脸相，倒有点怯场了，那些不怀好意的脸相！

我立即走向那张四方教桌，偏不注意那几个扮着怪相的脸。我在父亲坐过的那把直背黑漆木椅上坐下来，腰似乎自然地挺直了，父亲就是这样挺着身坐。我回忆父亲的工作程序，坐下，先把桌上的四宝摆整齐，抹干净桌子，再掀开书本，或者在砚台里磨墨。一当听到教室里有异常的响动，就抬起头来，睃巡一遍，待整个学堂里恢复正常的气氛，再低头看书或者练习写字。

父亲一般是先读书的，后晌上学时才写字。我也应该这样做，只是今天例外，读书是难得专注的，写字肯定对稳定情绪更好些。我在父亲用过的石砚台上滴上水，三只指头捏着墨锭，缓缓地研磨。磨墨也该像个先生磨墨的姿势，不能像下边那些学生乱磨，最好的姿势当然只有父亲磨墨的姿势了。

墨磨好了。桌子角上压着一沓打好了格子的空影格纸，那是学生们递上来的，等待我在那些空格里写上正楷字，他们再领回去，铺在仿纸下照描。我取下一张空格纸，从铜笔帽里拔出毛笔，蘸了墨，刚写下一个字，忽然听到耳边一声叫：

"行娃哥——"

我的心一扑腾，立即侧转过头去，看见本族里七伯的小儿子正站在当面，耍猴似的朝我笑着："给我题个影格儿。"

教室里腾起一片笑声。唔！应该说学堂。

笑声里，我的脸有点发热，有点窘迫，也有点紧张。学童入学堂以后，应该一律称先生，怎能按照乡村里的辈分儿叫哥呢！可他是才入学的启蒙生，也许不懂，也许是忘记了入学前父母应有的教导吧！我就只好说："你放下，去吧！"他回到位置上去了，笑声消失了。

我又转过头写字，刚写下两字，又一个声音在我耳边响起：

"蓝袍先生——"

我的脑子里轰然一声爆响，耳朵里传来学堂里恣意放肆的哄笑的声浪。我转过头，看见一张傻乎乎愣笑着的脸，这是村子里一个半傻的大孩子。他的嘴角吊着涎水，一只手在背后抓挠着屁股，得意地傻笑着，和我几乎一般高的个子，溜肩吊臂，像是一个不合卯窍的屋架，松松垮垮。这个老学生，念了七八年了，字认不下二百，算盘打不到"三归"，只是家底厚，又是他爸唯一的顶门立户的根，就这么在学堂里泡着。这个傻瓜蛋儿，打破他的脑袋，也不会给我起下这样一个雅号的，我立即追问："谁叫你这么称呼我？"

教室里的笑声戛然而止，静默中潜伏着许多期待。

"他……他不叫我说他的名字。"傻子说。

"你说——他是谁？"我冷眼追问。

"我不敢说——他打我！"傻瓜怕了。

"我先打你！看你说不说！"我说。

我从桌上摸过板子，那块被父亲的手攥得把柄溜光的柳木板子，攥到我的手里了，心里微微忐忑了一下，我就毫不退让地说："伸出手来！"

傻子脸色立时大变，眼里掠过惊恐的阴影，把双手藏到背后去了。

我从他的背后拉过一只左手，抽了一板子，傻子当下就弯下腰去，用右手护住左手嚎啕起来："马娃子，×你妈！你教我把人家叫'蓝袍先生'，让我挨打……呜呜呜呜呜……"

我立即站起，一下子瞅住杨马娃，这个暗中专门出鬼点子捣乱的"坏头头"。不压住这个杨马娃，我日后就难得在这张椅子上坐安稳。我命令："杨马娃，到前头来！"

杨马娃虎不失威，晃一下脑袋，走到前头来了。他个子虽不高，年岁不小了，也是个老学生。他应付差事似的朝我草草鞠了一躬，就站住了。

"是你给他教唆的吗？"我斥问。

"没有。"他平静地回答，早有准备。

"就是你！"傻子瞪着眼，"你说……"

"谁能作证呢?"杨马娃不慌不急。

"……"傻子急迫地瞪着眼。

"不要作证的人!"我早已不能忍耐这种恶作剧还在继续往下演,"伸出手——"

杨马娃伸出手来。他的眼里滑过一缕冤枉的无可奈何的神色,既不看我,也不看任何人,漫不经心地瞅着对面的墙壁。

我抽一下板子,那只手往下闪了一下,又自动闪上来,没有躲避,也听不到挨打者的呻唤。我又抽下一板子,那只手依然照直伸着,我有点气,本想经过教训他解气,想不到越打越气了。那只伸到我跟前的手,似乎是一只橡皮手,听不到挨打者的呻吟,更听不到求饶声了,我突然觉得那只手在向我示威,甚至蔑视我。教室里很静,听不到一丝声响。我感到了两方的对峙在继续,我不能有丝毫的动摇,不然就会被压倒,难得起来。我也不吭气,谁也不看,只看着那只要击中的手。我记得父亲打板子的时候就是这样,从来不看被打者的脸,更不听他们的呻唤和求饶,只是打够要打的数字。我抽下五板子了……

傻子突然跪倒在地,抱住我的板子,哭喊说:"先……先先先生!马娃叫我叫你'蓝袍先生',我说你要打手的,他说不会,你和俺俩都是在一块念下书的,不会打手的。他就叫我跟你耍玩,叫'蓝袍先生'……我往后再不……"

我似乎觉得胳膊有点沉,抬不起来了,再一想,如果马娃一直不开口,我能一直打下去吗?倒是借傻瓜求情的机会,正好下台,不失威风也不失体面。

傻瓜先爬起来,深深地鞠了一躬,跑下去了。杨马娃则不慌不忙,文质彬彬地鞠了躬,慢慢走回到座位上去了。

我重新坐好,提起毛笔,题写那张未写完的影格儿,手却在抖。我第一次执板打人,心里却没有享受打人的畅快,反倒添加了一缕说不清的滋味……

萌动的邪念

无论如何，对杨马娃的一顿板子，彻底划开了我和同伴、同学之间的界线，那些心存侥幸企图开我的玩笑的人，那些想试试新上任的先生的脾气软硬的人，全都得出了自己应该得到的结论，学堂里的秩序按照父亲过去的模式继续下来了。

杨马娃退学了。挨打的当天后晌，他就没有再来上学，扛着镢头跟他爸上坡挖地去了。迅速地从村子各个角落反馈到我耳朵里的反应，却是绝对的一边倒。没有任何人同情杨马娃，听说连他爸也骂他不知深浅。执事杨步明当天下午跑到学校，给我撑腰："打得好！念了几年书，连个礼性儿也不懂，没有一点规矩！不打的话，明日该翻天了！"他故意用大声说话，让那些坐在学堂里的娃娃都听见。不光执事杨步明，几乎所有送子入学的庄稼人，在我来去的街巷里，一律支持我动板子的举动。不过，我心里明白，不尊师长的越轨行动是不会有人同情的，所以并不觉得意外。

对杨马娃的退学，我也不觉得遗憾。按照我爷爷在这个学堂里开创的独特的教程（后来又经过了我父亲的补充），启蒙生从一二三四五开始识字，然后学《百家姓》，中年级学《七言杂志》，大约三年时间。附加的课程是珠算，先学加减，后学《九归》。三年时间里，那些穷庄稼汉的后代，学会了日常生活惯用的杂字，会打一手算盘，就走出学堂跟他们的父兄做庄稼去了，或者到西安某个铺店、作坊当相公（学徒）去了。留下为数不多的一些富裕户的子弟，接着就开《论语》，步步深造。这一套教程，从爷爷创立，颇受庄稼人欢迎，可以说贫富皆宜，有普及也有提高，照顾了"面"又保证了"点"。杨马娃早该退学去做庄稼或当相公去了，只是生得矮小，父母疼其体力不支，就叫他在学堂多混几年……迟早是要走的。

俩月过去了，没有发生什么意外，秩序正常，执事杨步明对我父亲几次夸赞："栽培有方！"父亲自然很欣慰。我的自我感觉也甚好。我从村中走过去时，可以踏出缓急有致的脚步了，再不紧张了。我在教桌前端直坐一晌，看书或授课，不再觉得腰酸腿困了。人说，我活脱就是二十年前我爸的原样儿！连脾气也跟我爸一模一样了。

我也意识到我的脾性儿变了。我小时爱笑，妈说我长了一副笑面菩萨的脸儿，而且一笑脸颊上就有两个酒窝。我爸为我的爱笑没少训过我，说我长了一副没棱角的脸，尤其讨厌我脸上的那两个倒霉的酒窝……现在，我改掉爱笑的毛病了，酒窝自然也就极少出现了。我面对一伙性格各异的学生，没有威慑的力量是不行的，父亲说绝不能跟学生嘻嘻哈哈，笑了就失掉威势了。另一个不便说出口的原因，我自打媳妇一娶进门，就笑不出来了。

她是坐着轿子来的，在伴娘的搀扶下走进厢房，我一把揭开她的盖脸的红布，狂跳着的心一下子沉下去了，再也跳不起来了。我实在无法预料，父亲会给我娶回来这样一个媳妇。当然，父亲那种奇特的理论，我不敢顶撞，想想我现在在杨徐村的地位，想到徐家三代人在杨徐村所树立的威望，我觉得心里十分沉重，我不能给祖先丢脸，更不能耽于女色而使徐家的门楼上的"读耕"精神毁断于我手，这个女人的位置和比重一下子给划开了。

我从学堂放学回家，她就怯怯地招呼我："先生，用饭。"她从来也不敢正眉正眼地看我的眼睛。当我发觉她在注视我的时候，我一回头，她立即把眼光避开了。她不会撒娇，只会烧火、洗锅、刷碗、缝衣、做鞋。我不说话，她也不说话，大约是怕说得不合适。我见了她就没有话说了，所以小厢房里总是静悄悄的。

配偶的不甚称心和夫妻感情的不甚融洽，为新承担的教书工作的热情和兴味所冲淡，我觉得十分喜欢教学。这一方面的如愿与另一方面的不如愿掺和着，我就这么过，也没有感觉到活不下去，生活虽显得古板，却也平静。

我的平静的心境突然被打破了！

这天放学时，天下着雨，大雨点子在院子的积水上打出一片白花花的水泡。大学生们不顾雨大路滑，缩着脖子跑出学堂去了，院子里响起一阵杂乱的"噗哧噗哧"的脚步声，只有几个小娃娃躲在门口的房檐下，不敢出去。我站起来，舒展一下腰身，走到房檐下，劝那几个小娃娃再等一会，雨住了再走。这时候，一个穿着旗袍的女人走

141

进学堂院子来了，撑起的红纸雨伞遮住了她的头脸。我却早已认出，这是杨龟年的二儿媳妇。我返身走回学堂，在椅子上坐下。

这个女人走到学堂门口，她的儿子已经扑到她的膝前，抱住了她的腰。她摸着孩子的头，笑容可掬地说："把这把伞给你先生送去，你跟娘打一把伞行了。"

我立即从椅子上站起，推辞，要她和孩子一人打一把伞，我到雨住了再走。她的儿子把伞放到桌子上，跳出门，她牵着他的手，转身走了，在院子的泥水里，小心地挑选可以下脚的地方，走出院子去了。剩下的三五个小娃娃，大约估计到他们的父母不会送洋伞或草帽来，就冒雨跑了。

学堂里静下来。剩我一个人，看着桌子上那把红色油漆纸伞。我拿起伞掂掂，却嗅到一股淡淡的香味，那是脂粉一类东西的诱人的气息。我坐在椅子上，眼前浮现着两只水汪汪的眼睛，如果不是这样近距离地看见她的眼睛，我真不知道世界上有这样好看的眼睛。她穿一件紫红旗袍，披着卷发，细皮嫩肉，不过二十四五岁，旗袍紧紧包裹着丰腴的胸脯和臀部。我突然奇怪地想，如果我有这样好看的一个女人，难道真的就会荒废学业了？

雨小了，濛濛的雨雾从浓密的树梢笼罩下来，院子里昏暗了。我最后看了那把红伞一眼，终于没有用它，锁上门，走回家去。

大约过了十天，或者半月，她牵着孩子的手走进学堂来了。站在我的教桌前，斥说儿子想逃学，她把他亲手牵来了。我让她的儿子归座。她却不走，从腰间摸出一块纸，摊开在我眼前的桌子上，问："徐先生，这个字怎样念？"

我一抬头，发觉她并没有瞅字，而是瞅着我的眼睛，那眼里有一种令人动心的神色。我忙回答了那个字的读音，就把脸避开了。她笑笑，说声"劳驾"就走出门去了。

从这以后，每当我从杨龟年家门楼前走过的时候，就忍不住扭头瞥一眼那深宅大院了。往昔里，我和父亲一样，是不屑于瞅一眼这角亭式的阔绰的门楼的。瞥一眼，其实什么也没有看到。这一天，终于在门口撞见她了。我向她点一下头，就走过去了，她却又叫了一声：

"徐先生——"我停住脚，转过身。

"孩子肚子疼，后晌不能上学了。"

"那好。让娃儿在家养息。"

"缺下课……"

"娃儿病好了，我给补。"

"真麻烦你了！"

"不客气。"

我回到家中，那两只水汪汪的眼睛在我眼前忽闪飘浮；我在学堂，那两只眼睛又在字行间闪眨……

这天晚上，我回到家，看见父亲脸色不悦，从地里犁地回来，把犁杖重重地磕摔在台阶上。他回到家中，已经和大伯二伯一样亲身躬耕了。是累得心生烦躁了吗？

直到夜深人静，大伯二伯和堂兄弟们都睡定了，父亲终于把我叫进上房里屋，关了门，压住声儿，严厉得怕人："你和那个臭婊子有啥好说的？嗯？"

我像当头挨了一砖，眼前都黑了，说："她给孩子请假……"

"我不要你回话！"父亲站起来，可怕的鹰一般的眼睛，"我只想给你说一句，那个婊子再找你搭话，你甭理识！那是妖精，鬼魅！你自己该自重些！"

我低下头，简直无地自容，好像我已经和那个女人真有过什么苟且之事，其实不过就是说了二三次话，都是说的关于她的孩子念书的事，每一次也都是那么简单的几句。我想分辩，解释，不光是父亲盛怒之下，难于容纳，而是我自己感到有口难张，羞于启齿了。

"走吧！"父亲负气地一摆手。

我不知是怎样从父亲住的上房里屋回到自己的厢房的。躺下之后，怎么也睡不着，心里烧躁憋闷，脑袋"嗡嗡"响。

这个女人，是杨龟年的二儿子在河南娶下的小老婆，因为战事吃紧，送回老家来了。杨龟年压根儿不知道儿子在外已经娶下小婆娘，气得吹胡子瞪眼，无奈那女人引着一个可爱的小孙孙，毕竟是杨家的后代，才收容下来，心里却见不得这个操着异乡口音的女人。那个经明媒正娶的大婆娘对于这个妹妹，更是恨人牙根了。这个女人在杨家，没有援助也没有同情，活得没滋没味儿，村里人说她夜夜都偷着哭哩！村里人不明底细，纷纷传说，杨龟年的二儿子从河南送回来的洋婆娘，是抢霸的一位良家女子；有的却说得截然相反，说她原本是开封府里一家妓院的窑姐儿……云云。

无论父亲的态度怎样生硬，叫人难以忍受，但冷静之后，我就不能不暗暗慑服父亲那洞察细微的眼睛，我虽然没有和那个洋婆娘有任何拉拉扯扯的事，可从心里反省，那双水汪汪的眼睛确实弄得我有点神不守舍。如果不是父亲警告，长此下去，即使不会发展到做出什么有损门风的丑事，也极其危险，任何一点半句风言浪语都可能毁了我，毁了父亲，毁了徐家几代人守节持仪所建树起来的家风……父亲直接砸向我脑门的这一砖头是狠的，也是及时的。

我的心在收缩，被那个洋女人搅起的一缕纷乱的云霓，消散了。我再也不理睬那个被父亲骂作妖精鬼魅的女人，甚至连村中一切年龄尚轻的女人也都一概不予搭理。我不能让桃色亵渎徐家贞节的门楼……

杨徐村解放了，人民政府给杨徐村派来三位先生，真是令我大开眼界。他们穿四个兜的短褂，戴着八角制帽，废止了我的教程，给学生发下西北军政委员会编的课本，设语文和算术课，另开音乐、体育和图画，其中一位年轻的女先生，教孩子唱歌，张着嘴唱呀唱，令我目瞪口呆。

我自动辞职了。没有办法，我不会算术，连那些阿拉伯字也没见过；语文科的新课本，虽然是浅显通俗的白话文，我却教不了。我离开了那个祖孙三代执教的学堂，让位给那三位新派来的新先生了，跟父亲去种地。我的蓝袍脱下来了，做务庄稼穿它太不方便啰！

半年后，一天后晌，我和父亲在村西的官道边的田地里翻耕靠茬地，乡政府的通讯员送来一张通知，要我到城南的师范学校去进修。去不去？敢去不敢去？该去不该去？我拿不定主意，不知该怎么办。父亲也拿不定主意。自从那三位新先生进入杨徐村，父亲不只一次地讥诮说："蹦蹦跳跳，行走唱唱喝喝，男女不分，见谁都想搭话，啥好先生的样子！"现在他明白，师范学校培养出来的先生肯定都是那个样子，我将来也可能就是那个样子，他拿不定主意。为此事，他专门走访了一回县教育科，回来后就拍了板：去！

临行的前一晚，我坐在父母住的上房里屋里，悉心听取父亲的临行教诲，怎样和先生说话，该当如何与同窗相处，远离家乡，一切都需自己检点。母亲又接着叮嘱生活上的琐屑事，忌食生冷食物，加减衣服要注意。我的那位媳妇呆呆地站在一旁，惶惶不安的样子，一直没有插嘴，这时问了一句："我该给先生准备哪件衣服出门？"

我一愣。这是一个暂时被父母连同我自己都忽略了的事，该穿短褂呢，还是长袍？我想了想，没有主意。看看母亲，母亲又瞅瞅父亲，看来也是不知该穿哪样才合适。父亲正在桌上磨墨，沉思一下，抬起头来，对我说："穿蓝袍。"

我有点疑惑："爸，我看咱村来的那三个新先生，都没穿长袍。解放了，不兴穿长袍了。"

"解放了，没听说不准穿袍子！"父亲讥诮地说，"你看那三位洋先生，穿个短褂儿，又那么短！前裆后臀无遮无盖，有失大雅。为人师表，成何体统！"

结论定局了，穿蓝色长袍，我的媳妇就退出去，准备我明日的行装去了。

父亲已经磨好墨，拔开毛笔帽儿，在砚台盖儿上再三的顺着毛笔尖，然后猛然悬起手腕，在一张硬纸上写下两字：慎独。等得墨迹干涸，交到我手上，严厉而又含蕴不露地瞅着我。我双手接住那父亲题示的嘱咐，夹在那只折叠小皮夹里，装在贴身的内衣口袋里，表示一定要在远离父亲的陌生的环境里，一切都谨慎行事，尤其是独自一人，不在父亲的视觉之内的地方……

第二天晨曦中，我背着行装，上路了。走出村子好远的时候，我一回头，隐约看见村口的大路边，兀然站着父亲的高大的身影，因为背向从东山泛出的晨光，他像一截黑幢幢的古塔巍然不动……

我转过身走了，心里忐忑不安，脚步也有点慌乱，等待我的那个世界会是什么样子呢？我无法具体想象……无论如何，这次出门，成了我一生中的第一次重大的转折……

我不会说话，也不会走路了

当我站在教室的前头，班主任把我介绍给全班同学的时候，我简直都要窘死了。

班主任王先生领我走进插着"速成二班"木牌的教室的时候，整个教室里腾起一阵笑声，笑的声浪几乎把我掀倒了。我立即低下头，这个见面礼太令人难堪了。班主任挥挥手，缓声和悦地劝止大家，不要笑，然后简要地向大家介绍我的名字、年龄，希望大家和我互相帮助，搞好学习。我低着头，对班主任也不满了，面对一个生人，这些人这样狂笑乱说，太没礼仪了呀！你做先生的不予严厉训导，只是淡淡地劝止，像什么话？在你介绍的时候，教室四处仍在嘀嘀咕咕议论，这像什么话？什么教学秩序？太松懈了！

班主任介绍完毕，一位男学生站起来，表示欢迎我加入这个集体，他大约是班长。他也是随随便便的样子："欢迎徐慎行同学到我们班学习，为速成二班争光，为祖国的教育事业贡献力量！归结一句话：我代表全班同学，欢迎……蓝袍先生！"教室里立即腾起一阵喧闹的声浪，鼓掌声和笑声搅在一起，乱极了！

我听到班主任王先生也在笑。我不能容忍他的笑，他毕竟是先生。他笑毕说："同学们不要笑，也不要给新同学乱起绰号……"

我现在才明白大家嬉笑的原因了，笑我的蓝布长袍和头顶的礼帽。我一下子意识到我和所有同学的差异，男生女生一律穿制服或便衫，头顶八角制帽，女生留齐脖短发或双辫儿。在杨徐村，那三位新先生的装束成为众人稀奇和议论的话题，成为我父亲讥诮的怪物。在师范学校速成二班的教室里，我的装束却成为老古董怪物了！好在班主任此时指给我一个空位子，我立即从讲台上走下去，逃脱这个被众人嬉笑着的尴尬地方。我走到座位跟前，那个桌子上坐着一个女生，她朝我笑笑，表示欢迎与我同桌。我的心里猛地一跳，这女生长得太漂亮了，又是一双水汪汪的眼睛。我不敢多看一眼，脑子里立即反射出杨龟年二儿子从河南遣返回杨徐村的那个洋婆娘来，立即反射出我的父亲的警告：妖精！鬼魅！关于这个同桌女生，这个妖精鬼魅，却成了对我一生影响深重的人，我后头再说和她的纠葛吧！

我不看她，在自己的座位上坐下了。从书袋里取出学习用具，放在桌子抽斗里。这时，我的头皮一凉，礼帽被谁摘掉了。

我临行前刚刚剃过头，光光净净的秃头一定很难看，教室里又响起此起彼落的笑声。欺人不欺帽！我生气了，愤恨地扭过头，寻找恶作剧的人，我甚至不惜要撕破面皮，给他个对不起了，哪有这样开玩笑的？我没有找到帽子，却看见一张张开心的笑脸全都瞅着我的旁边。我一回头，看见礼帽正戴在她——我的同桌的头顶，装模作样地向大家扮着鬼脸。

我不知所从了。那顶黑呢礼帽扣在她的头顶，底下露出一排长长的黑发，似乎不觉滑稽，倒使她显得十分好看了。我聚集在心里的火气发不出来了，也不好意思从她头上动手取过来。正在我犹豫的短暂一刻里，不知后排谁从她的头顶揭去了，戴在自己的头上。之后，我的礼帽就被许多手抢来夺去，轮换戴在男生和女生的头顶。我无法忍受这样的侮辱，生气地端坐在凳子上，负气地不予理睬了。

她大约终于感觉到自己的行为有点过分，离开座位，从教室的一角里抢到帽子，从背后过来，扣到我的头上，说声"对不起"，就坐下了。

我一动不动，也没看她，以无言表示我的气怒：太没教养了！一个大姑娘，刚与人见第一面，就把别人的帽子抢过去，戴到头上，像什么话？疯张野教！

还有使人难堪的事，吃饭要赶到饭堂去，端上饭碗，拿着筷子排队，依次到窗口去打饭。我站在队列里，心里很别扭。前头已经打了饭的学生，因为没有餐厅，一堆一伙蹲在院子里，一边吃饭一边说笑，女学生也夹在一堆，张着填满饭菜的嘴巴笑。我很不舒服，这些经过两年速成进修的男生女生，很快都要为人师表了，却是这样不拘礼仪。我在家时，父亲自幼就训诫我关于吃饭的规矩，等上辈人坐下后，自己才能坐；等别人都拿起筷子后，自己才能拿筷；等别人动手在菜盘里夹过头一次菜后，自己才能夹；吃饭时不能伸出舌头，嘴也不能张得太大，嚼时不能有响声；更不能在填着饭菜时张口说话。现在，瞧这些将来的先生们吃饭时的模样吧！张着嘴笑的，脸颊上撑起一个疙瘩的，满院子里是一片吃喝咀嚼的"唧唧嚓嚓"的声音，完全像乡间庄稼人在村巷里的"老碗会"，没有一点先生应有的斯文。

我打了饭，捧着碗，怎么也蹲不下去，就索性端回教室里来。走过一排排教室，我听见背后有压抑的嘻嘻的笑声，猛一回头，看见屁股后头尾随着一串同学，在模仿我走路的姿势，挺着腰，仰着头，迈着可笑的八字步……他们轰然大笑了。我真没办法，我觉得他们粗野无礼，他们却觉得我好笑，处处拿我开心哩！我回到教室，气得食欲也没有了。

我至今忘记不了我在师范学校集体宿舍里度过的第一个夜晚。

这种集体宿舍，我第一次见到。一排房子，两边开窗，钉成两排木板通铺，中间留一条走道，楼上又有一层。每个人把自己的褥子折成窄窄的一绺，挤挤拥拥铺满了床铺。我在我们班的辖区里铺上了铺盖被褥。天气虽是深秋季节，却不见冷，一个个小伙子，脱得只穿一条裤衩，在走道上擦洗，光着身子把脏水倒到室外的渗水井里。

我心里更觉别扭，坐在床铺上，看着一个个男性特征暴露无遗的身体，很替他们难为情。我自懂事以后，就没有在外边过夜。即使夏天，父亲也不许穿短袖和短裤，连布袜布鞋也要穿戴整齐，不许不能暴露的肌肉露出来。现在，看着这么多赤裸裸的男性肌体，我更觉得难于当面脱下衣服、解开裤带了。

我悄然脱衣，迅速钻入被筒，却无法入睡，嬉笑吵闹声像戳乱了麻雀窝，好多人逞能说笑，引逗大伙发笑。

熄灯铃响过，马灯被宿舍舍长一口吹灭，宿舍里静下来。

一个细小沙哑的却是清晰的声音在宿舍里传播，像人们在夜静时听到的国外电台的播音——

"南山里有座古寺院，住着一个老和尚和一个小和尚。老和尚领着小和尚，终日念经诵道，修身养性，一心要修行成仙。小和尚原是老和尚拾来的被人遗弃了的一个孤儿，无家无根，在老和尚膝前长大

148

了。老和尚对他十分钟爱，管教也非常严格，每逢正月十五古寺的香火祭日，就把小和尚推到后殿，锁起来，不许他看见进香的女人，以免诱惑。小和尚长到二十岁，还没见过异性，十分纯真。老和尚非常得意自己培养出一个心灵纯净的真人，绝不会被世俗的情欲所侵染。

"为了试验这个小和尚的纯洁性儿，老和尚领他下山来，走进了繁华热闹的西安东大街。

"老和尚突然发现，小和尚不见了，一回头，小和尚站在十字路边，呆呆地盯着一个漂亮女子出神，口角的涎水吊到胸膛上。老和尚一见，气得脸都扭歪了，急步走上去，又不好当着大街上的人发作，就狠狠地说：'那是魔鬼！'

"小和尚傻乎乎地笑着：'魔鬼多可爱呀！我要一个魔鬼……'"

宿舍里，楼上楼下腾起一片压抑着的笑声。我的心里一悸，似乎那个说故事的人，是专门影射我的编撰。那个沙哑的声音还在继续——

"老和尚领着小和尚回到寺院，狠狠教训了三天三夜，说那个魔鬼如何可恶、可憎。小和尚不知心里如何，嘴头上表示憎恶那个魔鬼了。老和尚平气之后，就想到自己教育方法上的缺点，只采取隔离的方法不行，应该让小和尚在女人窝儿里锻炼出铁石心肠来。

"老和尚在进香之日，让小和尚和自己一样盘腿坐在祭坛两边，合手闭目。为了试探小和尚看见进香的女人是否春心浮动，他在小和尚的腿上平放了一只鼓。为了避免小和尚的疑心，他给自己的腿上也放了一面鼓。

"进香的女人络绎不绝，老和尚微微启动眼皮，看见小和尚两眼闭得紧紧的，自己就合上眼。不一会儿，老和尚听到对面'咚'的一声鼓响，心里一震，暗自骂道：'这小子春心动了！算我白费了训诫的功夫！'睁眼看时，那小和尚的眼还是闭得严严的，嘴角流出涎水来了。正气恨间，又连续听到两声鼓响……

"进香完毕，游人走尽。老和尚追问：'什么东西敲鼓？'小和尚低头不语，羞惭难当，不好说话。

"小和尚十分佩服师父练成了真功，始终未听到鼓响，就跪下请

149

罪。请罪之后，还不见老和尚起来，他就献殷勤，去搬老和尚腿上的鼓。不料——鼓的那一面，被戳了个大窟窿……"

突然爆发的笑声，终于招来了值勤教师的禁斥。

我的脸上热燥燥的，这些没有教养的人，将来要作为人师表的教员，却在宿舍里讲这样下流的故事，太粗野了！我总疑心故事的说者，是在影射我，不，简直是侮辱我的人格！

我很苦闷，孤单。我走路，有人在背后模仿，讥笑；我说话，有人模仿，取笑；我简直无所适从，连说话也不知该怎样说了，路也不会走了。我最头疼的是音乐课和体育课。我一张口唱歌，大家就笑，说我的声音是"撇"音，连音乐老师都笑。体育课更难受，我穿着长袍接受体育老师的篮球训练时，体育老师先笑得直不起腰来……每逢上这两门课，我就请病假。

漫长的一月过去了，我没有快乐，也没有温暖，一切习性全乱了套，为了躲避众人的讥笑，我整天呆在教室里不出门，以避免外班的学生讥诮的眼光。我失去学习下去的信心了，想想两年时间，真是难得磨到底。我终于下决心退学，回家当农夫务庄稼去。

早晨一进教室，我看到后墙壁的黑板前，围着好多同学在观看。这块黑板是《生活园地》，登载本班的好人好事的宣传阵地，大约有什么消息了。我走到跟前一看，在《新同学介绍》栏内，写着一段取笑我的话。因为这个速成班的学生，参差不齐，不断地有从各方介绍来的学员插入，所以这儿开了一方《新同学介绍》栏。有人把介绍我的文字作了修改，变成这样：

"徐慎行，字孔五十六。男性，二十三岁。籍贯：山东孔府。人称蓝袍先生，实乃孔家店的遗少……"

整个教室里的同学都咧着大嘴朝我笑。

我不好发作，走出教室，向班主任请了病假，回来收拾了书籍用具，就向班长说一声请过病假的话，回到宿舍。

我捆了行李，在校园里静寂下来的时候，背起行装，从后门走出去。匆匆走过学校所在的山门镇的街巷，就沿着小河的低矮的河堤向东走去。我像抖落了满背的芒刺，终于从那些讨厌的讥诮的眼睛的包

150

围中逃脱了。说真的，他们看不惯我，我还看不惯他们哪！他们容不下我，我心里也容不下他们那些粗野少教的行为！

走着走着，我听到背后有人呼叫我的名字，而且是一个女人的声音。我一回头，就惊奇地站住了，我的同桌田芳正气喘吁吁地奔上来。

"你……为啥要走？"她奔过来，站住，双手叉腰，气喘不迭，水汪汪的眼睛里，气愤，惊讶以及素有的柔情，"嗯？偷跑了？"

"我不想进修了。"我心死而气平。

"那不行，你得回去跟班主任说一声。"她放下一只手，另一只手还叉在腰里，"连纪律性儿都没有！"

"你是什么人？"我不在乎，"管我？"

"我是班干部！"她理直气壮。

我才记起，她是班里的宣传委员。我不屑地笑笑说："我要回家务庄稼去了！"

"国家刚解放，到处缺乏人民教员。"她说，"政府到处搜集有点文化的青年，集中培训，也满足不了乡村学校的需要。你倒好……当逃兵！"

我想，既然国家这样需要我，你们为什么欺侮我？我依然瞅着远处，执意要走。

"共产党毛主席领导我们闹革命，翻身了，解放了，自由了！大伙在一块学习，多高兴！"她在给我宣传，"咱们班的同学，都是些穷人家的孩子，要不是解放，能这么自由吗？你怎么能回去呢？"

这些大道理，早听惯了，然而由她一泻而出，却不是说教，有真情在。她见我还不回头，就从我的背上扯被子，说："我从山门镇看病回来，看见你从街东头走出去了，我就撵你。我不撵你，我就失掉班干部的责任心了。你要是一定要走，也该跟我回去，给班主任打个招呼……。"

我只好跟她走回学校。

自由多么美好

从师范学校的操场上朝南望去，可以看见挺拔雄伟的秦岭的峰峦；从眼前逐渐漫坡增高到山根的广阔的平原上，星散着大大小小的被树木的绿叶笼罩着的村庄；小河川道里，挑着稻捆的农民从木板搭成的便桥上忽闪忽闪走过去；田间小路上，农民拉着装满包谷棒子的小推车朝邻近的村庄走去。沉到平原西部的太阳，在落沉下去之前，向平原上的人们投射过来热情的最后的一瞥，把瑰丽的红光洒满村庄、田野、河水和挑担拉车的农民的脸上，秦岭陡峭的崖壁上红光闪耀。

我坐在操场边角的草地上，温习算术。我的语文课似乎不成多大困难，算术就吃劲了。因为是速成班，课程相当重。要命的是那些实际并不复杂的算题，我用心算就可以得出正确的结果，可是一用算术的严格的算式计算，就全乱了套。我自然把学习的重点搁在算术上。

"呀！你找了个好清静的地方！"

是田芳，不用抬头也听得出她的声音，不过，我还是扬起头来，而且很快。我慌忙站起，看着她抿着嘴嗔笑着，倒不知该说什么了，该请她在草地上坐下呢，还是就这么站着？我对于女性有一种无法克服的慌恐感，一见着女人，尤其是单独和一个漂亮的女人在一起，我总是感到心里很紧张。

"跟你商量一件事。"她说。

"好的好的。"我诚惶诚恐。

"坐下谈吧。"她先坐下来，"这么站着多难受。"

我在离她三二步远的草地上坐下，拘束得手脚不知该怎么摆着才好。她似乎很自在，双手拘着膝头，坐得很舒服，看着我，像欣赏一只惊疑不安的小兔子。她说。"想请你给咱们的《生活园地》板报写字，你愿意服务吗？"

她是班委会的负责宣传工作的委员，编排更换教室后墙上那块《生活园地》板报。我忙说："我……当然愿意服务。只是我的字儿写得欠佳。"

"'欠佳'！只是'欠'一点。"她笑着，没有什么讥诮的意思，扣我的字眼，"我的字写得根本说不上'佳'不'佳'！"

"我写得不好。"我已经注意自己口头用语中那些文绉绉的词句，尽可能和大家一样用生活常用的词儿，一紧张时就又冒出一个半个生涩的词句来，"真的，我的字写得不怎么好。"

"你的字写得多漂亮！"她感叹着，流露出欣然羡慕的神色，"咱们班主任王老师都说，你的字儿比他写得好，在整个师范里，也是首屈一指。你还谦虚什么呢？"

我没有再做谦让的姿态。她真诚地对我的书法的赞扬，尤其是由她传递的班主任王老师的溢美之词，使我很受鼓舞。我的字，从五六岁时起，父亲就有计划地对我进行训练了。先照父亲写下的影格描摹，然后临帖，先柳后欧，先楷后草，常常因为我一捺一竖不像真柳真欧而训斥我。在这个速成班里，我的字是无与伦比的。我说："我尽力为之。"

这件事已经谈妥，我想她该走了。她却坐着不动；忽然盯住我的眼，问："你为啥一天到晚不和我说话呢？"

我的心里又一悸，这样直截了当的问话，使我措辞不及，不知怎样回答。班主任王老师指定我和她同坐在一条长凳上，共用一张桌子，至今有两个月了，我没有主动和她说过一句话。到底是什么原因呢？我自己一时也说不清楚。

"我文化水平低。"她说，"你瞧不起我吧？"

我遭到误解了，连忙说："我……没有没有！"

"那……我是老虎、是魔鬼吗？"她讽讥地说，"怕我吃了你?!"

我的脸轰然发热了，不由地低下头。我想起了在宿舍里听到的那个老和尚和小和尚的故事；老和尚威吓小和尚时把女人说成是魔鬼，我似乎就是那个可怜的小和尚了。我和她坐在一条长凳上，听讲或做作业，我从来也没敢大胆地扭过头去注视她的脸。她长得太漂亮了，漂亮得使我不敢看她的那双水汪汪的眼睛。我只是在她不在意的时候，装作漫不经心地注视过她的眼睛和脸膛，其实我很想和她说话，和她对视，像她和班里的任何男生一样大大方方交谈或者开玩笑。我

153

不行。越有这样想法，我却越要摆出一副毫不在意毫不动心的神态。我的心里有一道森严的壁垒，坚硬的外壳，对一切异性实行习惯性的排斥与反弹，我只好掩饰说："我这人……不善辞令！"

"好啊！'不善辞令'！"她笑了，"你何必那么拘拘束束呢？你自个不觉得难受吗？我呀！一天不笑几场，不唱几场，心里就憋得难受。"

"我太……古板。"我说。她的话正说到我的痛处，其实我比她说的还要痛苦。我被她拉回学校，班主任王老师在班里严肃地批评了那位恶作剧的学生，大伙也不再当面把我当作笑料了，可也没有人和我亲近，我的孤寂的心并没有得到拯救。我说："我不会交际……"

她笑着，恳切地说："咱们速成班，在一块不过两年，大家难得遇在一搭，毕业后就各自东西南北地去工作了，再见面也难了。你甭摆出那么一副老学究的样儿好不好！甭老是做出一派正儿八经的样儿好不好？走路就随随便便地走，甭迈那个八字步！说话就爽爽快快地说，甭那么斯斯文文地咬文嚼字！你看……我心里有话都端给你了！"

我难为情地笑笑。我想象不出，我斯斯文文说起话来和迈着八字步、走起路来的样子究竟可笑到怎样的程度，却明白大伙对我摆出正儿八经的老学究的样子是不屑一顾的。我想告诉她，走惯了八字步倒不会随随便便走路了，咬文嚼字的说话习惯也难于一下子改过来，我的父亲苦心孤诣给我训诫下的这一套，像铁甲一样把我箍起来。我说："改是要改，一下子还是改不掉！"

"先把你的蓝布长袍脱下吧！"她说。

"那我穿什么？"我问。

"'列宁服'，而今时兴。"

"我能穿'列宁服'吗？"

"当然能。"她肯定地说，"你正年轻，身段也好，穿一身'列宁服'，保险好看。"

"有卖现成的吗？"我受到鼓舞，尤其她说我身段好，肯定在她看来，我的身材长得并不难看，"山门镇上能买到不？"

"你把长袍改一改。"她说，"山门镇上有个裁缝铺，花一点钱改成'列宁服'，还能省一点。"

"那我现在就去！"

"咱们一块去，我给你参谋。"

三天以后，吃罢晚饭，回到教室，她向我挤一挤眼，使我有一种暗中默契的喜悦。她在和我到裁缝铺去改做衣服回来时，给我说，暂时保密，一俟"列宁服"穿到身上，让速成二班的男女同学大吃一惊吧！我知道她挤眼的意思：今天是取衣服的时限日。我早已按捺不住一种稀奇的心情，就和她走出学校的大门。

那个秃顶的老裁缝，取出改好的衣服，又取出剩余的布头，交给我。

"试试。"她说，"看看合身不？"

我有点难为情，当着她的面脱袍子，不大雅观。就说："我回去试。"

"在这儿试试，有不合尺寸的地方，老师傅看了也好改。"她说。

"试试吧！"老师傅也这样说。

我不好推辞，就背过她，脱下蓝布长袍来，尽管我袍子下有两层衬衣衬裤，心里还是止不住惶惑，似乎这蓝袍一揭去，我的五脏六腑全部暴露无遗了。

她提起那件改制的蓝色"列宁服"，帮我穿上，又帮我结上纽扣，我感觉到了那只灵巧的手指的温柔。我一低头，胸前两排纽扣，一排是扣着的，另一排完全是装饰品。两条宽大的领条分别摆在脖下两边。

"到镜子前头去照照。"师傅说。

我站在穿衣镜前，自己看见了陌生的自己，竟然不好意思了。说真的，我在镜子里第一次发现，我的模样是很俊的，眉骨耸高了，脸上的棱角也明显了，再不是像我父亲骂我的那样一种女子气儿的少年了，只是那个酒窝，在我不好意思的羞怯中又隐隐现出来。我看见她站在我背后，一眨不眨地看着镜子里头的我的脸，她发觉之后，有点惊慌地摆开头去了。

"挺好。"她说，"刚合身。"

我听到她的话，有点不满足，甚至怅然若失。她怂恿我改做衣服时，曾经热烈地赞扬过我穿上"列宁服"一定很好，因为我的身段好。我现在穿上了，自己已经觉得确实很好的时候，她却平淡地只说"挺好。刚合身。"我希望听到她热烈的欢呼，却没有了。

无论如何，我感到一种从来没有过的轻松。我像卸下了钢铸铁浇的铠甲，顿然感到浑身舒展了。天呀！走出裁缝铺的门，踏上山门镇石板铺成的街道，我居然不会走路了！脱掉蓝袍，穿上"列宁服"，那个八字步迈不开了，抬脚举步十分别扭。她刚出门，看着我的走路的样子，"噗哧"一声笑了，像是压抑了许久似的，我才理会了，她在裁缝面前保持着与我的谨慎的距离，不敢说出太热情的话来。

"呀！衣服换了，路也不会走了！"我也自嘲地说。

"放开走！随随便便走！想蹦就蹦起来！"她说，像是和谁赌着气，"你敢不敢蹦起来？试试你的胆子，徐老先生？"

她在激我，开我的玩笑，我心里一急，伸手在她肩上打了一下，立即就愣住了。天哪！简直不可思议，在这个栈铺拥挤的街镇上，我居然和一个女生打打闹闹！

"好啊！蓝袍先生敢动手打一个女学生了！真是进步了，解放了！"她讥诮地斜过我一眼，使人感到亲切的讥诮呀！她说，"再勇敢一点，蹦起来！"

我鼓了鼓勇气，连着蹦起来三次，蹦起来，挥一下手臂，落到地上的时候，我脸红耳赤，索性不去看街道上那些市民的脸色。我对她说："我今天才解放了！"

"对对对！"她连声附和，也很激动，"为啥不蹦呢？为啥不说不笑不唱呢？旧社会，净让别人尽性儿蹦了，尽情儿笑了唱了，而今解放了，轮着我们妇女了！"

"我可不是妇女！"我分辩说。

"你比妇女还封建！"她哈哈笑着。

"我究竟是什么且不管，"我也笑着说，"反正我自由了！自由多么好哇！"

156

"唱歌吧!"她说,"有勇气,跟我唱着走过去!"

"我不会唱……"我不承认我没有勇气。

"跟我顺着溜吧!"她说着就唱起来。我和她并排走着,顺着她唱的音调溜唱:

> 解放区的天是明朗的天,
> 解放区的人民好喜欢。
> ……

临近校门的时候,她突然站住,回过头来,煞有介事地说:"你把八字步全忘了!"

我心里一惊,真的,唱着歌走过街道的时候,我的脚步从八字步里解放了,自由了!

第二天,我按照她的吩咐,在教室后边的黑板上换写《生活园地》的内容。她把一篇编成的稿子交给我,我要按照这篇稿子的内容和长短安排版面,在阅读这些稿子时,我发现了一个刺眼的题目:

蓝袍先生穿上了列宁服

我问:"谁写的?"

她说:"我。"

我不知我为什么要问谁写的!如果不是她写的,我就不愿意让它公诸于全班?我自己一时也说不清楚,反正我捏着粉笔走向板报了。

整个教室里,为这篇文章欢腾起来。

还 俗

田芳一天没有来上课,我的心里很不自在。

她病了,躺在女生宿舍里,一整天也没有进教室的门,也没有到饭堂里去吃饭。我看见班里几个女生在一起,给她打饭,送饭。我问一个女生,田芳怎么了?要紧不要紧?她支支吾吾,只说病了,像是有意回避别人的关心,我也不好意思再问下去。

我感到孤单了。一张长条课桌,过去坐着我和她,两个已经成年的速成班的大学生，感到了拥挤，也感到桌子的面积过于狭窄。现在，我一个人坐在长条凳上，觉得这桌子太宽绰了。

她的书籍和作业本子静静地躺在桌斗里，墨盒儿寂寞地蹲在桌子的右角上，这些被她的手指抚摸、使用过的工具，全都失去了生气，使我看见时就有一种惆怅之感。我挪过那只四方形的黄铜墨盒，打开，垫着的丝棉团儿上留下她用毛笔挤压的坑凹，墨汁干了，我便把刚刚磨好的一砚台墨汁倒了进去，干瘪的丝棉团儿被墨汁泡得膨胀起来。我把墨盒合上，重新放到她自己平常搁置墨盒的固定位置上——桌子靠墙边的右角上。我忽然在桌子与墙的夹缝里发现了一根头发，就用手指轻轻儿抽出来。

头发很黑，像墨，又很柔软，这是从她的头上脱落下来的，她自己大概很不注意，更不可惜，她有那么多的黑乌乌的头发，垂在脸颊和后肩上。我忽然真切地感到了用手抚摸她的脖颈上的头发的印象，就把那根头发悄悄地夹在日记本里。

没有了田芳的速成二班教室里，也显出明显的差别来。往常上课之前，教师走进教室门之前的三分钟的等待中，田芳领大家唱歌。她在我的耳畔唱出一支歌的头一句。叫声一、二，于是教室里就腾地响起歌声来。我分明感觉到她口中掀起的轻柔的气浪对我的耳朵和脸颊的冲击，随之就跟着大家唱起来。今天，第一节课前，因为没有人领唱而默然了，第二节课开始前，由班长临时代替田芳领唱，我总觉得有点别扭，燃不起大家唱歌的热情，纵然唱起来了，歌声却死气沉沉，缺乏生气。

我坐在课堂上，眼睛瞅着在讲台上讲得满头大汗的老师，心里却想，田芳病得一定很重，她那样热情奔放的人，怕是不病到十分厉害的境况，是不会躺下的，宽大的集体女宿舍里，现在只躺着她一个人，一定很孤寂，我要是陪坐在她的床边，肯定会使她的心情宽舒一点。我也乐于坐在她的旁边的。

我决定在午休时去看她。好容易上完四节课，草草吃完午饭，我回到教室，放下碗筷，班级篮球队长拉住我，要我写几张篮球比赛的布告。我只好埋头书桌，拔开毛笔帽。

球赛是一场校际比赛。由我们速成二班对县中的校队。我们班的篮球队是师范的冠军，威震县城。我们的篮球队队长有一个雄心勃勃的计划，要征服县城里所有单位的篮球队。我已经迷上篮球运动了，虽然我的球技水平根本不够上场的资格，却是这支生龙活虎的球队的一个不可或缺的成员。我每次写海报，我的字是可资赢人的，即使在藏龙卧虎的古县城里，我写的海报前常常围着一堆并不喜欢篮球运动的遗老遗少，品评我的墨迹，使速成二班的篮球队也增加了半分光彩。我的主要职责是替运动员们当衣服架子，他们上场时，匆匆地脱下衣衫或裤子，甩到我的怀里，我一律搭到肩上，不会弄脏，也不会丢失。我从开场一直看到结束，从不中途退走，让运动员放心。篮球赛结束后，我替他们用网袋背球儿，和他们一边议论着刚刚结束的战斗，走到小镇街道外边的小河里，洗一洗。为此，篮球队长破例吸收我为篮球队的球员，虽然根本不是指望我上场。我穿上了一个最大号码——二十六号的背心，胸膛上有两个用红布轧成的大字"速成"，既是我们班的班名，又意味着在赛场上速战速决的作风，自然是我的笔迹。

写完海报，我就急忙往女生宿舍走去，下午有球赛，我不能不去，缺了我，队员们的衣服搁哪儿去！走到女生宿舍门口，我有点犹豫起来，那个门里是女性的独立王国，即使再开通的人，甚或是冒失鬼，也会在这个门前放轻脚步，思考一下。我从来也没有进过女生宿舍，倒有点丧失勇气了。

"噢呀！慎行，快来！"我们班的王艾艾正好出门来倒水，看见我，快嘴快舌，"田芳刚才还问你哩！"

我的所有顾虑全都在王艾艾的几句话中烟飞云散了，跨上台阶，跟着王艾艾走进门，由她引着我一直走到田芳的床铺边，我却急得说不出一句话。

她倚在被子上，向我笑笑，说其实并不要紧，明天就可以上课了。我已学得稍微聪明了，知道女同学有些不便说出口来的疾病，也就只是关照她按时服药，悉心养息，不问病症。

我坐在她旁边的床边上，看见她的脸色有点黄，眼圈上有一道模糊的晕圈，头发有点散乱地压在被子上，病容的脸颊似乎更加婉丽动人，令人徒生怜惜之情。我忽然想到我早晨捡到的她的那根头发，不由得心悸了一下，竟然觉得鼻腔酸渍渍的，看着左右坐着的本班的几位女同学，我强忍住涌动的眼泪。

"我刚才还问你哩！"她淡淡地笑笑。

"有啥要我做的事吗？"我问。

"离元旦剩下一月时间了，校学生会要各班给元旦晚会准备节目。"她款款地说，忽然眼睛一亮，"咱们班出四个小节目，一个大节目，想排《白毛女》，让你参加演出……"

"啊呀！天爷！我……"我惊慌地摆手。

"其实，你的嗓子挺好的，只是没有训练。"她并不急，似乎早就料到我的反应，依然缓缓地说，"把嗓子练顺了，声音挺好。"

几个女同学也都附和着，说我的嗓门不错。我从来也没想到过登台演戏，很不踏实，仍然推辞。几个女同学七嘴八舌，简直说成了非我莫属的情况。王艾艾问："派他支哪个角儿呢？"

田芳笑笑说："黄世仁，怎么样？"

"不行不行！"我腾地红了脸。

"他不用排就会迈八字步！合适合适！"王艾艾冲着我，在走道上转起八字步，"慎行呀！演吧！"

"这次演出要评奖。"田芳说，"咱们要给速成二班争取荣誉。"

我忐忑不安地垂下头。

"我病好了咱们就开始排练。"田芳说，"你甭怕，我给你排戏！"

我支吾一声，自己也没听清说的什么。我想推辞，又怕她不高兴；接受吧，又实在觉得是笨鸭子上架，太难为了；想到在排戏时较多的课余时间里，我可以和她在一起，又觉得十分快乐，于是就算默认了。

我坐在她的床边，明显地感觉到女生宿舍的异常气氛，比男宿舍干净，整洁，飘着一丝淡淡的粉脂的气味。我诚恳地劝慰她安心养病，就告辞了。

晚自习时，我隐隐得知，田芳的家里大约出了什么事。她的父亲

160

昨天到学校来找她，送走父亲时，有人看见她和父亲憋着气，晚上在宿舍偷偷哭过，今天早晨就起不了床了。究竟发生了什么事，她没有给谁说过，属于一种猜测。

我想不出她会有什么大不了的事。

第二天早晨，她来上课了，我的心里竟是一种急切的期待之情。上早自习了，好多同学从教室里走到外头去，在庭院里的柳树下，在学校的围墙根，朗读或者背诵语文课文。我也喜欢在院子里早读，空气清爽，也不干扰别人。今天早晨，我没有出去，就坐在位子上，我在暗暗等待着田芳来上课。

她来了，走进教室时，屋里的几位同学都和她打招呼。问候她的病情。她笑笑，一律表示感激，说自己今天精神好多了，不要紧了。

她向自己的座位走来，我已经早早站起，像是迎接她归来。她走到我跟前，照例笑着，坐到靠墙的位子上。我忘了问她病况，也随之坐下，心里很踏实了。

"头不疼了吧？"

"不疼了。很好。"

她说她好了，我就再也找不出什么问候的话，不说又觉得心里别扭，很想说上一番热心的关照的话："天气凉了，要注意冷暖变化，甭大意。"

她有那么不长不短的一会儿时间，以一种异样的目光盯着我的眼睛，听我说话，忽而眼睛一闪眨，那种异样的光消失了，又恢复了和一般同学说话时一样普通的神色。那种异样的目光出现的时候，我的心忽闪忽闪跃动了，胸腔里阵阵发热，像一束电石的火光灼了一下，那是我有生以来从未有过的一种奇妙的心灵颤动。

"谢谢。"她说这句话时，虽然是诚恳的，却没有那种撞动我的心灵的目光。

又过了两天，晚饭后，她召开第一次排演会议，所有参与演出的演员和伴奏、服装、道具人员都参加了，四十来名学生的速成二班，几乎人人都派着了用场。伴唱组的女生，伴奏组的拉胡琴的，打大鼓的，敲锣打梆子的，人才应有尽有。那个拉头把胡琴的男同学，原先当过吹鼓手，喇叭和铙钹，全都能来两下，由他负责伴奏组的训练，缺少的人才由他教导。

我被分配演黄世仁，竟然成了真的。田芳饰演喜儿，在剧中我和她处于两个对立的阶级的地位，毫无感情上的共鸣，使我很遗憾。我甚至忌妒起班长刘建国来，他演大春，正面人物，脸上抹红，又有许多和喜儿表示特殊感情的戏剧情节。我还是服从了田芳的分工，使她不致为难，再去调整扮演角色，浪费时间。而要在一个月稍多点的时间里排出这一大本戏来，真是够紧张的。

田芳表现出她对文娱工作的非凡的组织才能。她要求在五天内全部背过唱词，一周后在一起对词，下来花十天时间排演动作，第四周结合伴奏全面排演。她精神振作，热情极高，同学们都愿意听她的吩咐。

她是够忙的了，既要指挥大家排演，又要自己支角儿，而且是贯穿全剧的主角。我们每个演员，在背会唱词以后，就给她打招呼，向她面背一遍。然后，她一边弹风琴，一句一句给我们教唱词，一句一句纠正音韵不准的唱段。我看不到她自己背诵喜儿的唱词的时候，但我并不担心，似乎整个剧本早就扎在她的脑子里。

黄世仁的唱词儿不多，却有点怪腔怪调儿，唱起来十分咬口。《北风吹》和《红头绳》两段，几乎每个同学都会哼会唱了，而生活中很少有谁喜欢哼一哼黄世仁的腔调的。我对扮演黄世仁这个角儿的兴味提不起来，音调更觉得唱不准了。

"甭急，慢慢来！"

她用脚踩着风琴踏板，双手按着琴键，侧过头来，对我说。大约是看出了我的不耐烦情绪，反倒不厌其烦地和着琴声，唱了一遍又一遍，给我示范，给我纠正。我一边跟着独唱，一边盯着她弹琴的动作，端庄、自然、优美，我的心情很快就稳定下来。

我的热情陡地高涨了，精神异常兴奋，心情特别舒畅，几乎每天晚饭后总是第一个走进学校的小礼堂这个临时借用的排练场，替她做些组织工作，做些零碎的杂事。由她提议增补我为剧团的副团长，大家一致拍手赞同。我和大伙相处得很好，进入我来到师范学校之后的最佳精神状态。

新年临近了，排练也进入最后的关键时刻。一场意料不及的事发生了，田芳——我们剧团的团长，《白毛女》剧中的灵魂，被什么一时搞不清的野蛮的家伙绑架了，在师范学校酿成了一场严重的"田芳事件"……

拳头之歌

上午的后两节课是作文。王老师在黑板上写下《第一场雪》的题目之后，简单地提示了几句，就走出门去了。

我正在起草稿，忽然看见一个老头走进教室门来，肩头背着褡裢，脸上冻得皱巴巴的，在教室里瞅着一个个男生和女生低垂写字的脑袋。我看他那倔倔的神气有点可笑，这是谁的家长来了呢？他瞅了半天，也没有瞅见要找的对象，就叫道："芳芳！"

田芳猛地扬起头，急忙搁了笔，显出慌慌的样子，离开座位，从走道上走到前头，把老头儿引出教室去了。

那老汉大概是她的父亲，我猜测，从他叫她名字的口气儿可以判断出来，村乡里那些老农民，叫自己的亲生儿女时都是这种神气，而且不分场合，一律像是在自家屋里呼儿唤女。他来找她，并不稀奇，班里的同学从四面八方汇拢到这个小镇上，一律住宿，一年半载不回家，常常有这个那个的家长找到学校来，少数是家里出了事，父亲或母亲病重了，需得回去看看；多数是给儿女送衣送钱，借机看看自己可爱的儿子或女儿。

田芳跟她父亲出门以后，我的心里却不安了。她的父亲找她，我有什么好说好想的呢？自己也奇怪了。她抬头看见她父亲的那一瞬间，眼里泄出一道惊恐的神光，随之转换为一种憎恶的气色了，随之一切都消失了。她的父亲，即使猛来乍到，也不应该令人那样惊恐吧？更不应该有憎恶的样子显现。我猜不出其中原因，心里却有点焦躁，有点担心。

我竟而至于不能继续描绘入冬以来第一次降雪的壮丽景色了，越想，心里越加焦躁了。人对于可能发生的祸事是不是有一种先兆性的心理反映，我说不清，反正我心里已经毛躁得难以在作文本的小格子里写字了。

我拿起茶杯，佯装到水房里去打水，走出教室，甬道上没有田芳和她父亲的影子，一排排教室里，传出这个那个教员的讲课的声音。她大概把父亲引到宿舍里去了，我在水房里打了水，慢步朝回走，忽然看见打铃的校工刘大根跑过来，朝我说："你们班的田芳给人拉走了！"

"谁？"我大吃一惊。

"一帮人！"刘大根说，"我从街道上过来，碰见一帮人把她往马车上拉！"

"在哪儿？"我的心里涌起一股火来。

"山门镇南头……"

我甩了水杯，拔脚就跑了。我蒙了，闹不清究竟是怎么回事，那个叫她的是什么人呢？她为啥要跟他走呢？我只觉得她不能被拉走，怎么会有这种事呢？我奔出校门了。

街道上似乎有人已经在议论什么，我直朝小镇南头跑去，果然看见围着一堆人，议论纷纷。我奔到跟前，大车上站着七八条大汉，扭着田芳，田芳在挣扎，又跌倒在车帮上，几个人趁势压住她。我大喊一声："不准抢人！"田芳猛地回头，哭喊："快——慎行……"赶车的人大约感到事不宜迟，"哗"的一声甩起鞭杆，马拉着大车跑起来了。

我追着马车跑。马车跑得并不快，我追到马前头，面对奔马，毫无办法，我自小没有摸过牲畜，更不会驾车，不知怎样才能使奔驰的马车停止下来。那个赶车的汉子，一挥长鞭，我的头顶一声响亮的鞭声，鞭梢正抽在我的左脸上，火辣辣地疼。在我被抽得晕头转向的一瞬间，马车"哗"的一声跑过去了。

我摸一把脸，继续追，愤怒与急迫中，我从地上摸起一块半截烂砖头，离开马车稍远一点，跑过奔马，回过头来，照准驾辕的红马的脑袋，鼓足全力甩出砖头，一下子击中了马的鼻梁骨。那红马尖叫一声，前蹄腾空跃起，前头挂梢的两匹马站住不动了。赶车人用鞭杆砸辕马的屁股，红马摇头摆尾，尥起蹄子乱踢，马车停下了。

我立即扑上马车，又被一个汉子推下车来。赶车人也跳下车，朝我愤怒地抡起拳头。我已经忘记了危险和孤身无援，迎着他冲上去。这是一位中年汉子，力气很大，却笨拙，我闪过他那沉重的一拳之后，就在他的脸上砸了一下，大约打中了他的眼睛，他立即丢下鞭杆，双手抱住眼睛，蹲在地上了。这是我平生第一次打人，还真的尝到了一点打击对手的痛快。

"打这个野男人！"

听到一声吼，从车上跳下三四个汉子来，从四面包围了我。我不知该怎样对付，头上一下，腰里一下，我被打得无法防备，忽然朝车上喊"田芳！快跑！"就被打倒在地上了。

"打这个野男人！"

我被打倒在地上，有人坐压着我的脊背，我爬不起来。他们在骂谁？野男人？是谁？是把我当田芳的野男人打吗？

街巷里一阵呼喊，一阵杂乱的脚步声。坐在我背上的那个汉子蹦走了，我爬起来一看，速成二班的男女同学赶来，正在大车周围的街道上摆开了打架的阵势。力量对比一下子发生了绝对的变化，那几个汉子被学生包围住，打得乱爬乱滚。

我跑到马车跟前，看见几个女同学已经解开田芳被绑捆着的双手，扶着她从车上走下来，我看见她的泪痕斑斑的脸颊，忽然心里难过了，流下泪来，一句话没说出口，就跌倒在地上，昏迷了……

我的手被一只温柔的手攥着，紧紧地攥着，我真舍不得那只手松开，离去。我睁开眼，是田芳握着我的手，周围坐着一伙男女同学，她当着大家的面攥着我的手，似乎没有什么不好意思，我也觉得这本来没什么，就该这么攥着。

我依稀记得，我是在山门镇的医疗所里被救醒的。大夫给我包扎之后，又给我吃了几片药，说是催眠的，我就睡到天色傍晚了。

我感到口渴，张张嘴，没有说话，她就意识到了，用一只瓷匙给我嘴里喂水。我看到她从盛水的搪瓷缸里舀起一匙水，用嘴吹吹凉，就准确地喂到我的嘴里。我静静地躺着，闭上眼睛，听着那"咝咝"

的吹气声，等待那挨近到嘴唇上来的匙子。我真想抱住她，把头埋在她的胸前，和她痛哭一场。

"你知道不？县公安局把狗日的逮了三个！"班长刘建国说，"我们速成二班这下打出威风啰，太不像话嘛！已经解放了，竟敢抢人！"

我心里很痛快，抓了他们三个，真是叫人痛快。我坐起来，浑身疼痛，背后垫着被子。

"哈呀！了不起，真是了不起！"篮球队长说，"咱们的蓝袍先生会打架了，真是了不起！想想你刚来时的那般斯文……"

大伙瞧着我笑，我也笑了。田芳抿着嘴儿，也瞅着我笑，说："他打什么呀！尽挨了打！"

我挨了打，被打得头破血流，鼻青脸肿，可我也打了一拳，砸了一砖头。我那一砖头砸得多准！正好击中了辕马的鼻梁骨，使飞奔的马车停住不转了。我仅仅打出的一拳又何等的威风，何等的准确，一下子砸得马车把式蹲到地上，双手捂住眼睛，抢不成鞭杆了。我平生没有跟别人打过架，没有体验过打人的滋味，现在才发觉，打人也有乐趣，特别是当你出于一种卫护弱者（这弱者又是你顶要好的同学）的义愤的时候，用拳头击中对方的身体，就会产生一种无与伦比的痛快的滋味。我久久地回味着那一拳击中马车把式时的情景，而把自己得到的几倍的报复忘记了。

"他们怎么敢在光天化日之下抢人？"我问，"田芳，到底是怎么回事？"

"那是她婆家来的一帮子蛮汉，要抢田芳回去拜堂——结婚！"一个女同学代替她说，"甭问了，让田芳又难过。"

我又忍不住问："到教室来找你的那个老汉是谁？你怎么就跟他走了？"

"那是我爸。"田芳说，"我爸在我十岁时就把我许给人家，卖了八石麦子。我而今不愿意这桩事了，他说让我拿出八石麦子还人家。我说我工作以后，逐年还，全部还清。俺爸这一关先打不通，跟人家合在一起，要把我送给人家哩！他不单是粮食问题，还说我丢人丧

166

德，损了他的面子……"

我大致明白了缘由，也不想再细问了，怕引她伤心。这样的婚姻状况，在我们速成二班，不仅是田芳一个人的痛苦，好多男生女生都有类似的遭遇，班里早已有几位学生解除了婚约，还有一些人正在酝酿，两个速成班正在形成一股离婚和解约的风潮。

"打这个野男人！"

那个从马车上跳下来的汉子呼喊着朝我奔来，把我当野男人打，现在想起来，似乎也并不觉得有什么不好意思。当时，田芳被绑在车帮上，不知听到这句恶毒的话了没？

"田芳……"我想安慰她几句，却又不知该说什么好，临到嘴边，却说到其他事情上去，"咱们的戏还排练不？"

"今天……停了。"田芳说，"你的伤势要是到时不能恢复，就难演出了。现在想调换谁来演，来不及了！"

"你先说你怎么样？"我担心她的精神刺激太重，能不能上台，"能上台吗？"

"我能。"她说，"我才不把他们当回事儿哩！反正甭想我进他们的门！"

"我也能！"我说，"你给大家继续排演吧！我一定能上台！"

元旦晚会通宵达旦，夜半时，食堂里给全体师生准备下一顿丰盛的年饭。《白毛女》是压轴戏，排为最后一个节目，吃过年夜会餐之后再化妆也是来得及的。我就坐在大礼堂里，欣赏着各个班里的文娱节目。田芳另有一个独唱，我期待着。

终于轮到她了。她站在台上。穿一件红袄，沉静而大方。几天前，由她引起的轰动一时的打架事件，使她成为全校瞩目的人物。现在，她站在台上，让全校师生瞩目，不知出于什么心理因素，哄哄乱乱的大礼堂里倏地静寂下来，她唱起来了——

　　旧社会
　　好比是黑咕咚咚的枯井万丈深
　　井底下

167

压着咱们老百姓
妇女在最底层
看不见太阳看不见天
数不清的日月数不清的年
做不完的牛马受不尽的苦
谁来搭救咱

会场里十分静，静得使人感到压抑，压抑得人想喊，想叫，想蹦起来狂呼狂喊！我的眼泪流下来了。我听见有人抽泣。不知是哪个班的女同学，开始附和着田芳在台下唱起来，很快地蔓延到各个角落，男生们也唱起来，整个大礼堂里，回荡着这曲《翻身歌》——

共产党，毛泽东
他领导咱全中国走向光明
从此砸断了铁锁链
妇女就成了自由的人
……

我扬起头，张着嘴，忘情地唱着，眼泪从脸颊上流进嘴角里来了，咸涩涩的。我是个先生。我是那个小和尚！我是受压迫的妇女！我是一个被父亲禁锢成了没有七情六欲的木偶！我……今天成了……自由的人……了！

新浪潮拍击下的老农民

积雪覆盖着原野。乡村间的大路上。午间融雪时踩踏得稀烂的泥巴，夜间又冻结成硬块了，路面坑坑洼洼，绊绊磕磕。道路朝南，沿着漫坡而上的原野延伸，在雪地上像一条随意丢下的皮绳，曲曲弯弯。

我们三人——班长刘建国、班主任王老师和我——一行，冒着渭河平原数九隆冬的清晨时分凛冽的寒风，正沿着这条乡村大路朝南走，要赶到一个叫田家寨的村子去，找田芳的父亲田茂荣老汉。我们将交给他四百块钱，由他再交给把田芳许订给的那一方的家长，偿还他接受过的彩礼或者说聘金，从经济上彻底割断捆绑着田芳的绳索。这是怎样一件令人鼓舞的壮举！

四百块钱装在我的书包里，沉甸甸地挂在我的肩上，那无异于几百颗腾腾跳跃着的心，我怎能不感到沉重呢！

新年晚会上，我们的《白毛女》歌剧获得了极大的成功，田芳的名字销匿了，那些认识或不认识她的外班的同学，那些教她或根本没有教过她的老师，见面都亲切地叫她白毛女了，我们班的同学更不用说了。戏剧里的白毛女已经获得了新的生活的权利，获得了幸福自由的爱情，现实生活中的白毛女——田芳，笼罩在心灵上的封建的乌云还没有消散。

虽然发生过轰动小镇的抢劫田芳的事件，她的父亲仍不改口，绝不许她毁弃三媒六证确定过的与大张村的婚约。对她压力最大的不是她的父亲，她说她将永不回家，甚至断绝父女关系，也决不回到"黑咕隆咚的万丈深的枯井"里去了。对她压力最大的是八石麦子，她的父亲把她许订给大张村所接受下的聘礼，早已被全家老少吃掉了，变成粪土，施到田地里去了。八石麦子，一石十斗，一斗三十五市斤，整整两千八百斤，折合人民币三百多块钱哪！

一场募捐活动在师范学校掀起来了！

想起这场募捐活动的前前后后，我至今仍然激动不已。起初，只是我们篮球队几个同学的举动，想不到竟然扩大到整个学校里去了。那天与县武装部的篮球赛结束以后，我和队长何长海回校的路上，闲扯着已经过去的田芳被抢劫的事。我说，我要是有三四百块钱，我就愿意拿出来，解除她心上的债务。何长海说，咱们球队凑一凑，能不能凑够呢？十来个篮球队员在一块凑来凑去，不过几十块钱，远远不够。回到学校后，消息传给班里的男女同学，大家纷纷向我捐款。紧接着，外班的同学也赶到我的宿舍、我的教室里来捐款，甚至有十几位老师也捐了……啊呀！短短的三四天内，我的书包里装进了五百多块钱，超过需要的数目了。我和班主任王老师商量之后，决定把多余

169

的一百多块钱退回给那些捐款数最高的老师和学生，留下四百元足够了。

"为了砸断封建锁链！我捐三块……"

"再不能容忍我们的姐妹做封建婚姻的牺牲品！我捐一块……"

"为了解放，为了自由！我捐……"

……

那一张张男生和女生的脸在我眼前叠印，那一声声慷慨激昂的话在我耳畔响着，永生难忘！大伙不仅是同情田芳的遭遇，而且是一种共同的时代要求。刚刚获得解放和自由的新中国的第一代青年，强烈的反封建的意识是共同的要求。这些师范学校的学生，尤其是速成班的学生，来自社会底层，不单是仇恨地主资本家，尤其仇恨封建的婚姻，好多人与田芳有类似的遭遇，离婚和解除婚约，在师范学校不仅不会被人耻笑，而且会得到普遍的支持和同情。

"你离婚了？"

"离了！"

"完全弄'零干'了？"

"'零干'了。你呢？"

"我刚提出来，正离哩！"

"赶紧离了！重新自由去……"

这是公开的交谈，不会令人议论……田芳这样的引人注目的白毛女，得到热烈的募捐就是不奇怪的事了。

我按按书包，四百块人民币正在手心，我的心止不住一阵发热，隆冬原野上清晨凛冽的寒风也不那么厉害了。

我们三人走进田家寨，几经打问，终于找到田芳家的门口。

两间厦屋，连个围墙也没有，一眼就可以看出，这是一家十分贫苦的农民。我们三人站在厦屋门口，一个女人走出来，大约四十出头，一眼就可以断定是田芳的母亲，脸形太相像了。她一看见这三个穿戴不同于庄稼人的陌生人，先愣怔了一会儿，有点惊恐地问："寻谁？"

王老师说明了我们的身份。田芳母亲脸上的惊恐立时消失了，却更加慌乱，把我们让进屋，却无法使我们坐下来。炕上的一张破烂的被子下，围坐着四个娃子和女子，地上竟然没有一个可供人坐下的凳子。她擦擦手，闪身出了门，再进门的时候，端着一条长凳，大约是从邻家借来的。不管怎样，我们三人挨排儿在长凳上挤着坐下了。

她张罗着倒水，取烟，取来了一只装着烟末的木盒子，却找不到烟袋。王老师点燃自己的纸烟卷，劝她再甭麻烦了。她在灶锅下的木墩上坐下，却不知该说什么好。没有经见过世面，也没有和公家的干部打过交道的农家妇女，常常都是这个样子。王老师尽管很和气，问她家里的状况，她头不抬，烧着火，简短地答上一句，半天又没话了。田芳的父亲拾粪去了，她告诉我们，随之就指使坐在炕上的儿子去找。

老汉回来了，头上裹着一条黑布帕子，鼻子冻得红红的，一进门，大声说："三位先生来了！抽烟——"把那个短杆旱烟袋依次让给我们三人，随之在门槛上坐下来。

"三位有何贵干？"他仰头问。

王老师和他谈起田芳的婚事，给他解释新社会婚姻自由的道理。老汉低着头，抽着烟，做出一种耐心听着的姿态。一当王老师停住口，他仰起脸，做出深明大义的神气，说："新社会好，咱农民拥护共产党。儿女的婚嫁之事，应该由家里管，政府和学校管这些事做啥？"

王老师又耐心给他解释学校应该管的原因。

"人而无信，不知其可也。"田芳的父亲说，"你们都是有知识的人，比我懂得多。我跟人家说下一句话，三媒六证，邻里皆知，而今一水冲了，我在田家寨还算不算人？"

我心里暗暗吃惊。这个老农民，一身黑色家织粗布棉袄棉裤，补丁摞着补丁，肘头露出变成黑色的棉花絮子，一脸皱折，鼻尖上吊着清凌凌的水一样的鼻涕子，捉着烟袋的手指像树皮一样裂开着口子，嘴里却吐出一串一串半生不熟的词句。我早已从田芳口里得知，她的父亲是个一字不识的粗笨庄稼汉。一个大字不识的粗笨庄稼汉子，谈起话来，却要讲信义，夹杂些半通不通的古文词。如果是我的父亲这样讲话，也不足怪，而田芳的父亲却叫我奇怪了。

王老师索性问起八石麦子的事。

"有这事。"田芳的父亲一口应承，"家家的女子都卖钱，家家的儿子订媳妇都花钱。我吃了人家的麦子，我不昧良心……"

王老师又讲道理，说那根本不是昧良心的事。我也就一手掏出四百元钱来："这是我们同学和老师的一点心意，目的只有一个，让田芳能安心读书，再甭逼她上轿了……"

老汉瞪大眼睛，瞅着我递到他眼前的一厚扎票子，愣住了。他显然没有料到我们的这个举动。愣了半天，忽然醒悟了似的，猛地伸出双手，把我的手推开，并且站起来："这不能，这不能呀！"

"我们是为了田芳的前途……"我说。

"为了啥也不能失信！"老汉说。

"你要是不收，我们就——"王老师看看说服不下，就使出我们路上商量好的最后的一着，"交给乡政府，由乡政府交给大张村那家人。当然，这样一来，媒人和你难免就不好看了。你知道，上次抢人，县上扣了大张村三个人，刚刚释放……"

"唉呀！"田芳的父亲颓然坐在门槛上，双手抱住头叹息。

王老师示意我把钱放下。我瞅瞅那张破烂的用麻绳扭着腿儿的小桌子，上面摆着盆盆罐罐。我把钱放下了。

"我们走了。"王老师站起来说。

田芳的父亲抬起头，看见桌子上的那一摞钱，没有推辞，脸上露出愧疚不堪的神色，张开双手，挡住门："说啥也不能走……不吃饭了，再坐坐……"

我们又坐下了。

"唉，三位同志……"他摆摆头，一脸诚恳的又是慌愧的神色，"解放了，以往的礼性全部不合适了吗？"

王老师笑了："也不是这么说。你，一个贫农，翻身了，扎实种你的地，把日子往好里过，顾那么多臭礼性做啥？"

"解放了好！确实好！不拉兵了，不抽税了，官人不欺百姓了，确实好！可这新社会——"田芳的父亲现在显出一个老庄稼的天真来，说，"全都没大没小了吗？男女不分了吗？不顾脸面了吗？"

王老师哈哈笑着，摇摇头。

"你看——"老汉举出例证来，"俺田家寨，有五个姓氏，田姓是主，其余是后来添进来的。人说，'歪胡家，捣秦家，恶鬼出在刘、李家，仁义礼智大田家'。而今，田家人也不讲礼义了！你看看，那些男男女女，这个离婚呀，那个自由呀！闹得全都乱了套……当然，咱连咱的女子也没管得住！"

"你为啥要管人家哩？"王老师笑着问，"人家年轻人，听啥不听啥，自己有主意了！你拿那些老封建思想管人家，肯定管不住！"

田芳的父亲叹息："咱们人老几辈儿没跟人胡说八道过，穷是穷，可没做下让人指脊背的事……"

"你把我压迫了一辈子！"田芳的母亲说，"而今孩子压不住了……才好！"

"你——"田芳的父亲红了脸，"我看我活不成了！"

"穷得丁当响，臭礼性倒多！"女人更加壮起胆子，"土改时，工作组分给咱一张桌子，两把椅子，他呢，晚上悄悄给人家送回去，让民兵抓住了，审了半夜，说他跟财主有勾搭，他只说……我不能白受不义之财……你们三位听听，这就是他的礼性！"

……

告别了田芳的父母，我们三人重新返回来。太阳升起在冬日灰蓝的天际，寒气消散了，道路上开始松冻，泥泞布满乡间大道。我们三人回味着刚才和田芳父亲的有趣的谈话，说着笑着，走到漫坡顶上。

眼前是渭河平原的壮丽的原野，坦坦荡荡，一望无际，一座座古代帝王、谋士、武将的大大小小的墓冢，散布在田地里，蒙着一层雪。他们长眠在地下宫殿里，少说也有千余年了，而他们创造的封建礼教却与他们宫廷里的污物一起排到宫墙外边来，渗进田地，渗进他的臣民的血液，一代一代传留下来，就造成了如我的父亲和田芳的父亲这样的礼义之民吗？

173

归来已觉不是家

接到父亲一封信，我才记起，离开家庭已经四五个月了。父亲关心我的学业，我的身体，问我是否恪守着"慎独"的嘱咐。父亲的很合规范的文言体书信，功夫独到的小草墨迹，把一个遥远的记忆勾回到我的心里来了。那么熟悉，却又那么陈旧。

班级之间的篮球比赛正在进行，我继续履行我的衣服架子的职责，父亲的信装在口袋里，赛场上激烈的竞争牵动着我的神经。有人在拉我的胳膊，我一回头，是田芳。什么事，等不到球赛结束吗？我实在不能从这紧要关头走开。她却拉着我的袖子，硬把我从人窝里拽出来。

"告诉你一件事。"她说，"县宣传部来人通知学校，让我们的《白毛女》歌剧下乡宣传演出。"

"真的吗？"我忙问。

"真的。"田芳说，"王老师刚才告诉我，让我叫你去，商量一下。"

"什么时候演出呢？"我问。

"寒假里。"田芳说，"马上要放假了。"

我和田芳找到王老师的住处，完全证实了这件事。这无疑是一件光荣的任务，王老师也很高兴，问我有什么困难。我说什么困难也没有，只是应该回一趟家，放假后就没有时间了，王老师批给我两天假，让我考试前赶回学校，下周就要期终考试了。

"你这次回去，你爸可能要认不出你了。"王老师笑着说，"你把老先生能吓一跳！"

田芳瞅着我，抿着嘴笑。我也笑了。

从王老师房子出来，我又朝操场走去，仍然惦记着速成二班的最后的胜输。田芳狠狠拽了我一把："那么球迷呀！我还有事儿跟你说。"

我只好站住。

"你把募捐时记下的花名单给我。"她说。

"要那做啥?"我问。

"有用。"

"干啥用?"

"你别管。"

"你不说清楚,我不给你。"

她无奈了,只好说:"我要保存下来。待我毕业以后,有了工资收入,我要加倍给每一个募捐的同学偿还!"

"噢!这样——"我说,"这样……不好。"

"为什么不好?"田芳说,"我心里实在过意不去,很不安呀!"

"那样……起码在我,就伤心了!"我说。

"你伤什么心呢?"她问。

"我们募捐,完全是出于一种对封建婚姻的反抗。"我说,"那些外班的同学,有的根本和你连一句话也没说过,你也不认识他们,他们为啥自动捐款呢?你想想……"

"我明白。"她说,"即使这样,我也应该偿还。同学们的心意我明白……"

"当然,怎么处理这件事,由你决定。"我说。"不过,你千万别给我……偿还什么钱!"

"那……好吧!"她沉吟说,"你把那个名单给我,我要保存,比什么东西都珍贵了!"

"这倒好!"我说,"我抄出一份给你,我也保存一份。过多少年,看见这名单的时候,心里会是怎样呢?啊……这是几百颗心呀!"

"你说得多好!"田芳眼里浮出动人的泪光,声音低低的,抖颤着说,"比金子还贵重的心呀!"

从学校吃罢早饭就动身,回到东塬上我的老家杨徐村的时候,暮云四合了。冬日天短,又是步行,八九十里路走回来,整整用了一天时光。我的心情很好,离家几近半年,家里会是一种什么样子呢?

我站在门口,门楼兀立在寒冷的暮色里,那令整个家族引以为自

175

豪的"读耕传家"的门匾题字，有点孤寂，也有点过时黄历的冷漠。我走进院子里去了。

院子里发生了很多变化。我和我的媳妇住的那间厢房，传出牛粪和牛尿的混合气息，我一探头，就看见一头黄牛正在槽头嚼草舔料。走进上房，父母住的房子从中间隔开了，分成两间住屋了。父亲正在小小的南间屋的火炕上坐着，抽着烟，母亲在炕的另一头坐着。天气寒冷，人都坐在炕上了。

昏黄的煤油灯焰下，父亲伸着脑袋，辨认着我。我叫了他一声。他惊喜地从炕上下来，坐在椅子上，就从头到脚打量着我。母亲也溜下炕来，走出门去，从门外领着我的媳妇进来了。

"先生，你擦擦脸。"她把洗脸水放到我面前。

她还叫我先生，这是结婚以后她对我的称呼，而今我不是先生，是师范学校的学生了，她还那么叫，听来已经恍若隔世了。

"先生，你想用啥饭？"她在身后问。

"随便做点吃的。"我说，听见她又在问母亲，究竟该做什么饭。我的答复反倒使她为难了。母亲总算点出清汤细面的食谱，她轻轻走出屋子去了。我心里清楚，她的言语和行为举措，全是结婚后到我家里养成的。请人洗脸叫"擦脸"，洗手叫"净手"，吃饭也说成"用饭"，全是我父亲的家规。这些我过去司空见惯的东西，现在听来倒有一种好笑的味道了。

父亲在灯下伸着脖子，瞅着我的衣服。我这才想到，我从家里走出去时，穿的是一件蓝袍，小包袱里装着一件备换的蓝袍，头上戴的是礼帽。父亲现在是第一眼看见我穿着的列宁服和头上的八角帽子，就那么狠看。

"你把蓝袍换了？"父亲问。

"换了。"我心里有点忐忑，父亲会生气吗？"我是用蓝袍……改的这身衣服。"

"改了好！嗯，改了好！"父亲笑着点头说，"而今先生不兴穿袍子了。"

我的心里高兴了，父亲也在随着生活的变化而变化，我坐在炕边

176

上，和父亲聊起家常。

在我离家的半年里，家庭分化瓦解了。父亲很伤心，说人心不古了，民风不纯了，连我的两位伯父也在家庭内部捣他的鬼。土改时，兄弟三人感激涕零地抱着我爷爷的神匣儿哭笑一场之后，看看再无什么风险，政府一股劲鼓励庄稼人发展生产，二位伯父把爷爷死时留下的遗嘱统统忘记了，要买牛，要置地，要增盖房屋，再不听父亲的指挥了，把爷爷确立的我父亲的主事位置不当一回事了。争论时有发生，矛盾难以掩盖，终于分化瓦解了。

"鼠目寸光！"父亲简单地给我叙述完这种变故，不屑地说，"你大伯、二伯，全是鼠目寸光！"

我一时弄不清家庭里的谁是谁非，不好搀言，也觉得没有多少意思，既然过不下去，各家过各家的日月，也没有什么大不了的事。

"不管怎样，你该去给大伯、二伯问安。"父亲说，"家里分家归家里，你在外边读书，全当过去在一起过那个样子，该走的路要走到，该行的礼要行全，不要跟这些人一般见识。"

我点点头，就去看大伯。

大伯住在上房东边里屋，正在吃晚饭，放下筷子，忙让我坐。一句关于家庭矛盾的话也不提，只是夸赞我出息了，完全像个新社会的干部的模样了。

"这新社会真是好！"大伯说，"国民党的官人一进村，吓得百姓鸡飞狗跳墙，躲的躲了，跑的跑了，跑得丢了鞋子也不敢拾！而今共产党的干部一进村，老百姓一呼啦就围上了，胡拉乱谝，到饭时争着往屋里拉……我的天，那天正在碾子上说闲话，老杨同志顺手从我嘴里拔下烟袋，塞到嘴里就抽！你看看而今的公家干部多亲……"

我也很感动。解放初期，受惯了国民党官匪欺压的老百姓，对共产党干部的作风最敏感，谈论也最多，我虽已不惊奇，却仍然很感动。

"好好念书，日后好好干工作。"伯父说，"你能在外边干事，咱徐家人都光彩！"

我告别大伯父，又走进二伯父的屋门。

二伯父正在给牲口拌草，扔下搅草棍子，把我引到他住的厢房里："屋里地方窄，没处坐，你坐炕边上。"

"你走时咱是一家，回来变成三家了。"二伯父笑着。这样毫不掩饰地说出分家的现实，反倒使我觉得实在。他笑着说，"天下水朝东流，弟兄们再好难到头。我看呢，分了也好，免得好多麻烦。谁有啥本事谁就成自家的精去！"

我与二伯的想法很接近，就笑着赞同他。

"二伯一辈子说话不会拐弯。"二伯直着脖子说，"你爸过去管家还管得住。而今管不住了，咋哩？新社会了嘛！他在家里想当家作主哩，人家公家干部大讲大唱男女平等哩！所以，过去你爸在屋里说话，没人不服，而今就不服了！惹得他自己也是一肚子气……我说分了好！"

"分了好！"我附和二伯说，"我爸那些管家的规矩，肯定行不通了，越往后越行不通。"

"对！大侄子，你跟二伯看了一步棋。"二伯说，"比方说，政府派干部到咱村，成天宣传说，要发展生产哩！你爸还是按照你爷爷在世时的主意，'房要小，地要少，养头老牛慢慢搞。'不合党的政策嘛！我也不满意。这不，刚一分家，我就买下一头好母牛，一年生一头牛犊，就是半个家当……"

二伯是个耿直的庄稼汉子，我一向很喜欢他，对他坦诚的说话也特别觉得实在。

"做梦也想不到的太平年月！"二伯父说，"不拉兵，不收税捐，一年交屁大一点公粮，庄稼人做梦也没敢想的好世道呀！大侄子，二伯说句结实话，而今谁再过不好日月，不光得不到邻里同情，反而要被人耻笑！咋哩？肯定是懒家伙！"

我被他的憨气逗笑了，弟弟过来叫我吃饭。

我回到父亲住的上房里屋，坐下吃饭、一碗清汤细面，十分可口。吃罢饭，我向父亲汇报了师范学校的学习情况。父亲也不显出惊奇，他大约对新社会的诸多变化已经习以为常了。他淡淡地说："人家新学堂那样教，你就那样学吧！反正，不管新学堂老学堂，总而言

178

之一句话，还是韩愈说的，'传道授业解惑也！'当学生，求学问，还是要记住'业精于勤荒于嬉，形成于思毁于随。'这话，新学堂不至于反对吧？"

"学校里提倡努力学习，老师抓得很紧。"我说，"我们的学习还是很紧张的。"

"紧张了好。"父亲说，"要成学问，不刻苦不行。"

我问他分家后，忙得过来忙不过来。

"屋里的事都有我撑着，你弟也行了。"父亲说，"你专心念你的书。记住，要处处留心，别胡乱张狂！"

我的心一震。我在学校的生活状况，父亲显然还不了解，还在给我打预防针。

"村子里有些人好张狂！"父亲鄙夷地说，"一个大字不识，满世界跑来跑去开会！有几个年轻女人，黑天半夜跑着开会，张狂得要上天了！前日听说，那个杨发奎入党了！那么一个二杆子货，共产党居然看中那号人……"

我的心里潜入一股冷气。父亲看不惯的人和想不通的事，我却在师范学校也是有过之而无不及。他对于那些满世界跑着去开会的男人和女人的非难，令我反感，我听不顺他对这些人的讥刺，就劝他说："农民刚刚翻了身，高兴……你可是别给人家泼冷水，别说风凉话儿……"

"我说他干什么？"父亲不屑地说，"我只看着这些人张狂，啥也不说！你——"父亲瞅着我，"在学校里，要慎行慎言！我看到村里这些人的疯张劲儿，才提示你……甭张狂！"

我低头喝水，避开了父亲的逼人的眼光。

"我给你写的那张'慎独'的字，还记着没？"

"记着。"

"你去歇息。"父亲说。

我走向自己的住屋。原来的厢房变成牛圈了，我的住屋迁到和父亲一墙之隔的上房西屋的北间。

"先生，你喝茶。"我的媳妇说。

"我自己倒。"我说。

"先生，你洗脚。"

"我自己一会儿再洗。"

我坐下，还是接住她倒下的茶水。她坐在炕边上，又捞起鞋底儿，并不看我。我坐在椅子上，一时也没说话。我忽然想抽一支烟，尽管我从来没有尝过烟味儿，现在却很想抽一支烟。我对她说："你以后不要叫我先生了。"

"那……"她抬起头，旋又低下，"叫什么呢？"

"叫我名字。"我说。

"那像啥话？"她慌然说。

"早就不兴叫先生了！"

"我在屋里叫。"她说。

我不再坚持了，她对我的过分尊敬，甚至带着根深蒂固的畏怯，使我很难受。她自愧貌丑，又没有文化，那种卑怯的眼光使我浑身都不自在。我忽然想到田芳，那手按琴键给我一句一句纠正唱音的姿态，那在师范学校礼堂里唱《翻身歌》的动人情景……一个念头在我脑子里像一道电光闪耀了一下，匆匆消失了，我自己也被震住了：如果我提出和她离婚，她会怎么样？我的父亲会怎么样？这个家庭会怎么样呢？

第二天，我就离开了，而且心情是那样急切，渴求立即回到那个温暖的集体之中去。

六十年里的二十天

短短的二十天寒假里，按照县宣传部安排得满满的演出顺序和路线，我们在乡下演出歌剧《白毛女》。我记忆最深的一件事，是第一场演出，我就挨了一砖头。

那个村子叫歇驾村。传说唐朝一位皇帝打猎跑到这里，人困马乏，在此作过一段休息，进了午餐之后，就奔马追猎到终南山下去了。现在，歇驾村变成薛家村了，其实村子里连一家姓薛的人家也没有。

薛家村住着一位县委的副书记，在那儿搞互助合作的试点工作，群众觉悟高，各项工作都是县上的一面红旗，第一场演出搁在薛家村，是理所当然的。在县委副书记的眼皮下，在这样先进的村子演出第一场，我们演出时的心情是不难想象的，认真极了。

薛家村是个大村，又是一个行政村里的中心自然村。村中间有个年久历深的老戏楼，台下坐着或站着黑压压一片人，临近的房顶上、矮墙上、树杈上，全都爬着观众，这样大的场面，我心里真有点怯场。

整个演出还是顺利的，群众秩序也很好，百十名民兵在维持着哩！事情出在《娘娘庙》那场戏里。当我（黄世仁）和狗腿子穆仁智到娘娘庙里避雨，遇见白毛女，被白毛女追打时，台下骚动起来了，像雷一样滚动着"打！打！"的吼声，我已忘记了自己是徐慎行，我像黄世仁一样胆战心惊，假戏真做了。当我逃到台角时，我听到一声怒吼："打这狗日的！"随之，我的腿上就挨了重重的一击，跌倒了。

事态很快被民兵控制住了。我必须立即爬起来再逃，不然就给白毛女抓住了，抓住了就不好办了，剧情无法往下发展了。我看了一眼脚下的半截砖头，却没有站起来，慌急中，我用手爬着，逃进后台去了。

演出结束后，县委副书记在台上和我们一一握手，他对我说："你挨了一砖头，说明你演得像。这一砖头，是群众对你的最高奖赏！"他的生硬的陕北口音，使我觉得亲切极了。

短短的接见之后，那些给我们管饭的社员已经拥在台前，争着领我们去吃饭，田芳被几个姑娘拉拉扯扯，争着往她们的屋里拉，发生争执了。我是一个恶霸的扮演者，自然不会是受欢迎的角色。这时间，一个小伙子挤上前，问："谁个刚才演黄世仁来？"我一应声，他拖住我的胳膊就走。

黑暗里，我跟他走过陌生的村巷，进入一个小小的独间住屋，只有他的母亲在坐。我刚一落座，老人要我把腿伸出来，在一只粗碗里倒下白酒，用火点燃，敏捷地在碗里蘸上燃烧着的酒液，在我的伤口上擦洗。她的指头上带着蓝色的火苗，一下子捂到我的挨过砖头的青疤上，灼烫得我龇牙咧嘴。

"我……"小伙子很难受地说，"我实在忍不住了……扔了一砖头！"

哦呀！原来打我的竟是他！

"你打得好！"我拍拍他的背，"这是给我的最高奖赏！"

他不好意思地笑了，就给我端上饭来。

鸡蛋臊子面，我吃得好香，也确实饿了。

母子二人看着我吃饭，说给我一个令人流泪的伤心事。他的姐姐，给村里一家财东的二少爷糟践了，跳井了！他的父亲一气之下，卧炕不起，年底也去了……他把戏台上的我当成残害得他家破人亡的薛家村的恶霸打哩！

田芳来了。

她看我的伤，用手轻轻按按，问我要不要到临近的镇卫生所去看大夫，我说大娘已经给我治过了。她不知道这儿刚刚讲述过一个悲惨的往事，随口问："大婶，屋里就你娘儿俩？"

"噢！"大娘应着。

"你媳妇呢？到娘家去了？"田芳问。

"还没哩……"小伙子红着脸说。

"你怎么还不给人家娶媳妇？"田芳笑着说，嗔怪的模样，"你真性凉呀！"

"正……自由哩！"大娘瞅一眼儿子，"我说他，你自由也自由快一点！慢格腾腾的，还不如老早时包办来得快……"

他羞怯地低下头，我和田芳都忍不住大笑了。屋子里洋溢着喜悦的气氛，我的心头十分轻松，田芳坐在哪儿，哪儿就特别欢乐。

"让我看看你的对象，行不行？"田芳问。

小伙子嘿嘿笑着说："俺妈乱说的……"

大娘却捺不住嘴了："刚才跟我在屋做饭，这面……就是人家闺女擀下的……"

"好哇，慎行，你真有福！"田芳冲我笑着，"你吃了那位新人的

182

面条了，肯定香吧？我来晚了……哈哈哈！"

告别了那母子二人，我和田芳往回走。

街巷里很黑，看不见路面，坑坑洼洼的村巷里的道路，夜间走起来，低一脚高一脚，垫得我挨过砖头的腿一阵阵疼痛，我小心翼翼地迈着脚。她走在我的旁边，很自然地用手搀住了我的胳膊。

我没有拒绝，倒希望这段通到我的住处的路更长点，好让那只温柔的手多搀扶我一会儿。我反倒不想说话了，静静地走着。她也没有说话，扶着我的左臂的手抓得更紧了。

她被什么东西磕绊了一下，往前一跪，险乎跌倒，抓着我的手，把我也拽得踉跄两步，黑暗中踩到一块石头上，垫得我的腿伤钻心似的疼痛，疼得我"哦哟"一声，弯下腰去，半天站不起来。

她轻轻地惊叹一声，双手扶住我的胳膊，把我扶起来，就把我的胳膊架到她的肩膀上，另一只手搂着我的腰，几乎背着我往前走。我的腿伤不痛了，却舍不得让她松开手。我感觉到她的腰部的体温了，温馨的气息扑到我的耳根。我的心在胸膛里狂跳，浑身热烘烘的，脚下乱踩乱踏，也不知道疼痛了。我有一种莫名其妙的想法，如果就这样互相抱扶着走向断头台，我会从容得连一丝痛苦都没有。

我抬起左手，大胆地搂住了她的腰。她似乎轻微地颤栗了一下，没有说话。我感到呼吸不畅，心要跳出喉咙来了。我猛然折过身，把她搂住了，在我的嘴唇碰到她的嘴唇的时候，我几乎昏厥过去……

我躺在炕上，无法入睡，身下是房主人烧得热呼呼的火炕，同炕挤着的几位演员已经拉起鼾声，油灯下，可以看见鼻尖上泌出的细密的汗珠，我吹熄灯盏上的昏黄的煤油焰火，躺在被窝里，心还在"咚咚咚"地狂跳。这就是爱情吗？这样的爱情产生的心火，简直要把我溶化了！

我的父亲按照他的家规和独创的理论，给我娶回来的那位媳妇，即使新婚之夜，我们连一句话也没有说，各人抱着各人的胳膊睡到天明，我连一丝"邪念"也没有产生。

有一个倾心的人儿，怎么可能荒废学业呢？怎么可能都变成沉溺于淫乐而失掉江山的商纣王或唐明皇呢？我现在不仅觉得父亲的理论荒谬无稽，简直令人可笑，令人憎恶了！我翻身坐起来，点着了油灯。

我穿着衬衣衬裤，也不觉得冷了，跳到炕下，打开那只小提箱，翻出那张临行时父亲写给我的嘱咐。

慎独！

看见这两个字，我的心里紧缩了一下，昏暗的灯光里，似乎隐现出父亲的严峻的脸色。我最后看了一眼，就把那张书页大小的又细又薄的宣纸提起来，在灯火上点着了。

"折腾啥呀！还不睡——"同炕的王友民咕哝了一句。

"咒符！"我说，"咒符！"

他翻了个身，又呼呼睡去了。王友民早已离婚了，正在跟饰演大嫂的郑王莲恋爱，早已谈妥了，只等两年期满，就去领结婚证。他万事如意，睡得好香。

我看看脚下，那张烧过的宣纸变成一团黑色的纸灰，在地上滚动，滚动，碎了。我的心里松解了，束缚我的心的最后一道咒符粉碎了。

我没有心思入睡，就着煤油灯的灯光，我打开日记本，记下了这个终生难忘的日子。一个结过几年婚的人，爱情却刚刚苏醒……

我翻翻日记，查到了我寄出离婚申请的日子，正好十天了。从家里返回学校的路上，我就在八九个钟头的步行中思索着这件事，而终于下了决心了。回到学校的当天晚上，我就写下了离婚申诉，第二天就从山门镇的邮政代办所发出去，寄给县法院了。我已经得知，法院接到的此类民事案子堆积如山，最快也得两个月以后才能传审，那时候该是第二年春天了。

可怜的媳妇！我再也憋不住，心里哀叹着，要恨，你恨我爸去！要骂，你也该骂他！他不仅苦害了你，也苦害了我！他把你和我塞进一间屋子，就完事了！如果不解放，我和你就糊里糊涂过一辈子了！解放了，兴得自由了，我的心箍不住了，我要是不享受自由的权利，就亏负了这个梦想不到的解放了！但愿你……也能找个可心的男人，俩人都好……

第二天，我们到史家坪去演出。演出结束后，我和田芳走到村后的小山坡前来了，这是我和她头一次有意的约会，而且是她约我来的。

我挨着她的肩膀坐下，搂住她的肩头。

她挣脱我的手："我给你……看样东西。"

她打开手电，从口袋里取出一沓折叠着的格子纸，写满密密麻麻的钢笔字。她只露出末尾一页的名字。我一看，是恭恭正正的刘建国三个字，心里一惊，忙问："这是什么？"

"他给我写的信。"田芳沉静地说，"这是第五次了！"

"你……怎么办？"我急忙问。

"你还用问吗？"她瞅我一眼，从口袋里掏出一匣火柴来，划着了。

刘建国的信在燃烧。

我的心也在燃烧。

我高兴得像狂了一样，抱住田芳。我能听见自己的心跳的声音，也听见了她的心跳的声音，我的手叉进她的松软的头发，比丝绸还要柔软的头发。她静静地伏在我的胸前，闭着眼睛，两只胳膊像铁箍一样搂着我的脖子，我才知道这个爱着我的人的手臂，这样有劲。

在这个县所辖属的广阔的平原上和深深的秦岭大山里，都留下我们速成二班演出队员的脚印。每一个演出点的村子里，平原上的大路边，山区的小溪旁，也都留下了我和田芳的亲吻和偎依。压抑得愈久愈重的心，一旦获得自由，就以加倍强烈的热情迸发出来。有几次，我吻过她的脖子上，留下了瘀血的痕，整得她给脖子上围上一条毛巾，遮掩过去，她却并不责怪我吻得太狠，照样把脸颊、脖颈和我偎贴在一起……

二十天寒假的巡回演出，太短暂了。春节也是在陌生乡村的演出中度过的，我也不觉得有什么遗憾。这是我一生中最愉快的时期。当然，你只有了解了我的后来的不幸，才会觉得这二十天时间，事实上是我一生六十年生活中活得真正像个人的二十天！

185

父与子

阴历四月，中午的太阳已经很有力量，我和同学们围蹲在食堂外的浓荫下吃饭，父亲来了。

他站在院子里的阳光下，四下里瞅着，我看见了，连忙跑上前。我要给他打饭，他坚决不要。我引他到宿舍里去歇息，喝水，他也不去。他要我跟他到山门镇上去。

我跟他走出校门，在山门镇的青石铺成的街道上走着，我发现他苍老了，大约刚交五十，鬓发全白了。从见面到进小镇的一家茶棚，他没有露出一丝笑颜。我的心里乱猜测着，出了什么事呢？

叫了一壶茶，他喝了一口，放下茶盅，也不看我，也不说话，直到一壶茶喝完，站起身又走。我问他要到哪里去，他说走走看吧！

走出街道，在小河边的一棵柳树下，父亲站住了脚，从肩上取下布褡裢，放在地上。我也在他旁边坐下来。

"我今日来，只问你一句话。"父亲说。

我没有话说，期待着。

"你要离婚？"父亲直接问。

"嗯。"我觉得没有必要隐瞒，同时又奇怪，法院还没有传票给我，父亲怎么知道了呢？

"不离行不行？"父亲冷静地问。

"爸，你听我说……"我想给他摊开思想。

"不，其他闲话可以不说。"父亲说，"我只要你说声'行'或'不行'。"

"不行。"我只好也直言相告。

"那好！"父亲伸手从口袋里摸出一把剃头刀，拉开锋利的刀刃，"你先收了我的尸首，办了白事，再去离婚，再去办红事！"说罢，就抬起了握着刀柄的手。

我大惊失色，一把抓住父亲捉刀的手，吓得魂飞魄散，连忙说："爸！有话好说……"

他依然不动声色，冷声静气地问："没有多余的话好说！你只说

186

'离'或'不离'！"

"不……离……"我无所选择了。

"不离的话，你跟我到县法院去。"他说。

"做啥?"我问。

"撤回你的状子!"父亲说。

"我不离婚就算了，撤不撤没关系!"我说，"或者改日我写信去，销了案就完了。"

"不!"父亲说，"我要亲眼看着你把状子撤下来，交给我，我好存着。待我死的时候，好做蒙脸纸啊……"

父亲已经"哇"的一声哭了。这是我平生头一次看见父亲的哭。他哭了三声，突然收住，用手帕擦擦脸和眼，从地上背起褡裢，又恢复了素有的冷静，说："走!"已经扯开步子走了。

如果近旁有一口水井，我可能会一扑跳下去!我的脑子里嗡嗡乱响，是绷紧的神经折裂的声音。我想到了田芳，我的心爱的人儿，我不能跳井，也不能一气之下撞死在身旁的柳树上，下来再说下一步吧!我硬着头皮，费了多大劲儿，才跨开了这屈辱的一步。

"咱们父子今日也许是最后一次见面。"父亲说，"我也不是小娃娃，我知道，今日撤回状子，明日你还会再寄，我今日给你把话说透彻，日后不管何年何月何日，一旦我在家接到法院的传票，就是我的丧期死日。我好坏是个懂点文墨的老朽，说这不是吓唬你!"

我的心沉到冰窖里去了。

他说，昨天晌午，县法院两位办案人员到家里调查时，他都要气疯了。等那俩干部一走，他给褡裢里悄悄装进一把剃头刀，就上路了。走了半天一夜，找到学校，本没打算再回去。他说我的离婚案件，把徐家几辈人积下的阴德全给羞辱了，他再没脸在杨徐村见人了!

我信父亲的话不是吓我，他是注重面子的，讲究礼义的，我提出的离婚的事，对他无异于晴天霹雳。我说服不了他，他也觉得无法再说转我，于是就只有拿出剃头刀子来。

我和父亲都搞错了，法院里欢迎自行销案，却不发还诉状，要存

187

档的。父亲看着人家注销了案子，才咂着舌头走出门，他想死时做蒙脸的纸是得不到了。

回到学校，已经放晚学了。

田芳一眼就看出我的神色不好。晚饭后，我和她顺着小河弯曲的河岸蹓跶。夕阳涂金，河岸边齐膝高的麦苗，绿茸的稻秧，叶儿上闪着晚霞的金光。散落在麦田里的桃树，毛桃儿结得蒜瓣儿似的，招人喜欢，我的心里却泛不起诗意来。

"老人来，出了什么事呀？"她着急了，"你说呀！我也好帮你出个主意。"

我说不出口。

"你觉得不好说的事，就不要说了。"她很贤明地说，"我只是劝你一句，无论什么事，都想得开一点，不要愁眉愁眼的。新社会了，还能有多大的事呢？"

她显然没有料到我的困难的严重性。这种局面，迟早要让她知道，再为难也不能不说清楚。我终于向她叙说了今天父亲来的举动。

"哈呀！这么点事，就压得你抬不起头来了？"她撇撇嘴笑笑，嘴角荡出一缕不在乎的神气说，"老封建家长都是这一套办法！我要跟大张村解除婚约，我爸把铡刀提起来，先往我脖子上砍，我跑了。他又砍自个儿，我妈一拉，他就扔下了，谁也没砍！全是这一套……"

"我的父亲，跟一般庄稼人不一样。"我向她说明我父亲的心性和脾气，"那可不是吓人的。"

"动真格的也甭怕！"田芳说，"慢慢来。没有斗争，就没有自由。我来上学时，俺爸就是挡道。他料定我一上学，订下的婚事就毕咧。我跑到我姑家，要了一床被子，就上学来了。现在，我上学了，和大张村的包办婚姻也解决了。要是我无论在哪个节口上一退让，我就被大张村圈住了。"

"我爸的思想，特顽固！"我说，"我没见过他那样顽固的人。"

"慢慢来。"田芳说，"再顽固的人，经得多了，见得广了，会慢慢开窍的。"

188

"我想毕业以后，咱们就结婚。"我说，"我是一天……也离不得你……"

"你给我念过一句古诗，意思说只要俩人心心相印，在不在一块，没啥关系。"她盯着我的眼睛说，"那句诗怎么说？"

"两情若是久长时，何必在朝朝暮暮。"我说了一遍，似乎觉得憋闷的心里透出一点松活的缝隙来，"我……像一只关在笼子里的鸟儿，好容易飞到蓝天上去了，哪怕被雷电击死在空中，也不会自己重新钻进笼子去！"

"那你愁什么呢？"

"我只怕离开你，毕业后……"

"毕业了，分配了，都在本县，见面有多难呢？"

"我想天天见到你，永不分离！"

"你又来了……何必在朝朝暮暮！"

……

父亲接连着写来三封信，要我回家，而且要我至少每个月回一次家。我不能忍受了，我找到舅家，向我舅舅说明了原委，我已经向他作出了让步，如果他对我逼得太紧，我也可能拿起剃头刀子的；他的下一封逼我的信，可能就是我的蒙脸纸；他把我逼死了，那个媳妇也就不会在徐家门楼待下去了；把我逼死了，他可能在杨徐村更不好活人了！

舅舅是个胆小人，怕真的酿出人命来，劝了我，又立即跑到杨徐村去找我爸我妈，把我的话传过去……果然有效，父亲再没有来信催逼我回家。

僵局就这样保持着，谁也不退让，也不进攻。任何一方的进攻或退让都可能打破僵局，但谁也没有这样的表示。我相信我会撑到底的，甚至用年龄的优势来等待对方——父亲。一直到我在师范学校修业期满，甚至在我工作了两年的时间，这种僵局一直维持不动。

毕业离校的前一晚，我和田芳难分难离。我们坐在山门镇旁边的小河边的一棵大柳树下，有多少话要说呀，临了却什么也不想说，啰嗦的嘱咐显得毫无必要，彼此完全已经心知了。一切最动人的语言都

189

显得那么不精确，也缺乏力量，都不足以确切地表述我的依恋之情，一切依恋之情都融化在无声的信任之中了。初恋时的心的探询，如山瀑一样迸发的热烈的倾慕的话，颤抖着的感情的波浪，全都归于一种生死相依的明彻的无言状态里。她偎依着我，我偎依着她，亲吻是深沉而强烈的，却不像初恋时那么疯狂和如痴如呆，心的交流要比语言的交流准确得多。

　　我们挽着手，在河边的沙滩上漫无目的地走着；在沙滩的草地上坐下来，仰望星空，倾听河水在夜间发出的清脆的响声；感受大地在夜幕笼罩下的均匀迷人的呼吸……直到黎明的晨曦照亮秦岭群峰当中最高的那座峰巅的时候，我把一条精心写就的纸签送给她，那上面写着她喜欢的一句古词：两情若是久长时，何必在朝朝暮暮。她送给我的，也是那一句古词；而且是用绿色的丝线绣扎在一块白布上的。那块白布中间，两颗重叠在一起的心的图饰，用的是红色的丝线扎成的。

　　有这样一件信物揣在我的怀里，父亲怎么能撑持得过我呢？

　　我没有料到，生活急骤发展的浪潮，一下子把我冲得丧魂落魄，完全隐入灭顶之灾……父亲竟然胜利了！

惑　惶

　　我成了右派。

　　详细告诉你我怎么当了右派的细枝末梢意思不大。不过，于今想起来我只觉得我当时太傻了！

　　仅仅只是因为一句话，我说了校长一句"好大喜功"的话，却付出了二十多年的代价——生命的代价呀！

　　我真是太傻了！那年暑假，县里把小学教师集中在县一中里"鸣放"时，当时报纸上已经对右派进行反击了，我是抱着反击右派的决心去参战的，结果自己被弄成了右派。

　　我们学校新提拔的校长，就是我在师范进修时的同班同学刘建国，我俩一同分配到县西的牛王砭小学，他在速成二班当班长时，已经是学校里为数不多的几个学生党员之一。毕业后工作了一年就转正

190

为正式党员了，第二年就提拔为牛王砭小学的校长。他鼓励我要大鸣大放，要起带头作用。我很信任他，不仅因为他是我的老同学，重要的是他是我的入党介绍人。我经他介绍，已经获得通过，正在预备期经受考验，他的话我是完全信赖不惑的。我除了猛烈地反击储安平对新社会的污蔑之外，对改进我们学校的工作也鸣放了一些意见，说校长刘建国有些好大喜功的话，就是那些意见中最尖锐的一条，祸就从此惹下了。

我现在也搞不清这是不是刘建国对我设下的圈套？他当时鼓励我"鸣放"是十分真诚的。说我们不仅是老同学，而且是在同一个岗位上战斗，应该把珍贵的礼物——意见，直言不讳地讲出来，帮助他改进牛王砭小学的领导工作，这不仅是老同学的关系，而且是对我的重要考验。我信下了。我和他在速成二班进修时，同学们对他在政治上的坚定，工作上的积极表现，没有不佩服的，只是有点好大喜功，这影响了他在同学中的威信。到牛王砭小学工作以后，尤其是在他当了校长以后的半年中，教师们私下的议论就很明显了，主要还是这一点毛病。我曾经不止一次在和他的闲聊中给他提示过，他也不反感。可是，当我在"鸣放"大会上正式当作一条意见讲出来以后，居然变成了"攻击党的领导"！

刘建国找我谈话，说他冒着风险替我辩解，领导小组才将我定为"中右"，要是搁在其他人身上，有十个我就会定成十个"极右"了。我没有被发落到农场去劳改，而是仍回原单位接受监督改造。

我重新回到牛王砭小学的时候，这所我十分喜欢的小学对我来说变得陌生了。我的预备党员被取消了。我也不能再任高年级毕业班的班主任，而是代一些"地理"、"自然常识"之类的副课。没有多久，任何课也不能代了，让我打铃，烧开水，扫院子，完全变成工友了。

世界上的许多事，都是第一次留给人的印象最深刻，三五次以至数年累月以后，就习以为常了。我第一次牵着麻绳撞击吊在学校院中那棵槐树上的铜铃的时候，看着一个个男女教师走出办公室，端着教案和粉笔盒走向教室的时候，我想应该立即去自杀！当工友还有一件重要职责，每天给校长和教务主任送三次开水，教员们的开水是自己到开水房里去打。我第一次给校长刘建国送开水的时候,提着水壶,站在门外;又想到了自杀!我硬着头皮推开门,他从办公桌上拧过头来,也有点不好意思,慌忙站起,接住我的水壶,说:"我的水……你甭送了!"我的心里感到一种被知的委曲,真想痛哭一场。当我再送去开水的时候,我也自然了,他也自然了,随后就一切都习以为常了,甚至我推开门,放下水壶,直到走出门,他连头都不抬起来。

小学校设备简陋,没有餐厅。我打过吃饭的铃声,教员们就到小灶房里买了饭,围成一个圆圈,蹲在院子里吃饭。这个时候,是学校里教师们之间最活跃的时刻,一边吃一边聊,尽是各班学生中的洋相和趣闻。我没有勇气再和大家蹲到一起去度过这轻松愉快的时刻,我总是等那些熟悉的说笑的声音消失以后,才拉开门,端上碗,到小灶房里去吃最后一份饭,好在炊事员杨师傅总不会忘记我。当我端着已经不那么热乎的饭菜走回自己的住屋的时候,我又想到了应该自杀!

我能得到的唯一安慰,是田芳留给我的那件信物。我晚上打过熄灯铃之后,躺在我的小住房里,趴在枕头上,就摸出那个绣扎着那句动人心魄的古词的白布,眼泪就涌流出来,滴在那两颗重叠着偎依着的心的图案上。

我们最后一次见面,是在县一中的"鸣放"会期间,那是我们毕业以后的又一次难得相聚的机会。后来,当我被宣布为"中右"时,她的惊恐并不在我之下。那天晚上,我被监护着,无法与她相会。我想立即向她诉叙这一切变化的由来,心情十分迫切,却不能单独自由来去了。直到"鸣放"会结束那天,她来到我们小组住宿的地方,帮助我捆被子,却不说话,我看见一滴一滴的泪水滴在捆扎被子的白色线绳上。捆完之后,我没有勇气看她一眼,低着头,懊丧地等待她开口。她没有告别,就走了,当我抬起头来,只看见她闪出门口时的一个背影。

当我回到学校,打开被子,发现有一张小纸条:

我真想打你……你太叫人想不到了!
我永远等你!

192

我真希望她抽打我，不是用手，而是用皮绳或者木棍，狠狠地抽打我，我在这亲人的抽打中才能得到一点负罪的解脱。

我天不明就爬起来扫地，而且尽量不扫出声响，以免惊醒正在酣睡的教师。我一天不是三次而是不计次数地给主任和校长打水，接着给所有教师都送水到房间。我打扫了院子，又自动去打扫厕所，教员厕所和学生厕所。我捡来好多烂砖头，把小灶房和走道之间的泥路铺接起来，使教师们下雨天来打饭时不踩泥水。我烧完开水，就拣尚未烧烬的煤渣儿，节约开支。我帮炊事员杨师傅洗菜，刷锅。总之，从天不明爬起来到打过熄灯就寝的铃声，我不使自己有一刻钟的闲歇时间。我想向全校一切人，校长、教导主任、男女教员、学生以及炊事员，用我的不懈的努力，证明我改造的诚心。我的老同学刘校长给我谈过，要认真改造，争取重新做人。我要用诚恳的行为，赎回我的原罪。我渴望重新做一个人的心情越强烈，我表现出来的改造的心意就越诚恳。我甚至觉得这个六七百名师生的学校里的杂务太少了，不够我表现。

过了一年，没有人找我谈一谈我改造得怎样了？我有点急，又不敢流露出来。这天，刘建国把我叫到他的房子，对我说：

"你这一年的表现不错，同志们反映好。"

我的心扑扑直跳，做人的出头之日到来了吗？我按捺不住激动的心情，向他做出一个感激涕零的笑，却说不出话来。

"你的行动表现了你的决心。"刘建国说，"可你心里怎么想的呢？你应该向党表示一下。"

我的心又慌乱了，行动和内心难道不一致吗？我忙说："什么时候表决心呢？"

我知道，这个时候，社会上已掀起一个"向党交红心"的运动，学校里早已刷上大红标语了。教师们每天下午开会，向党交心，我没有资格参加会议，只是埋头杂务。刘建国校长让我向党交心，我终于有了一个向全体教师剖白自己的机会。我一夜没有睡好觉，把那个发言稿看了一遍又一遍。我一定要把自己的错误思想深刻地自我批判，争取早日拿起象征着人的标志的教案本来。

第二天下午，当我把自己狠狠地批了一通，狠得我痛哭起来的时候，我觉得我的确轻松了一下。紧接着是大家的评议，第一个人的发言之后，我就没有眼泪可流了，随之而起的争先恐后的发言，一个比一个激烈。没有一个人提及我做了许多不属于我做的事，没有一个人说我表现过哪怕是一分的改造的诚意，而是对我说过的那句反党言论——好大喜功的话，重新进行批判，甚至比"鸣放"会上定我"中右"时的气氛还要严厉，火力还要猛烈。有人在分析我的反动言论的根源时，说我本身就是一个不纯洁分子，生活作风有问题……

我彻底垮台了。我回到自己的小房子里，一头就栽倒了。我又犯了一个错误，把自己的罪行看得太轻松了，尤其是把时间的概念完全弄错了。想重新做人，远得看不到头哩！我浑身没有一丝儿劲了。人的绝望，就产生于这种迷茫之中。我坚决自杀！

打过熄灯铃儿，我插了门，第一件事就是给田芳写信。我拔开毛笔帽儿，在红格白纸上写下一个"芳"字的时候，眼泪就糊住了眼睛。我听见敲门声，慌忙收拾了纸笔，拉开门扣儿，门外站着刘建国校长。

这是他第一次走进我的"工友室"，坐在一只椅子上，很关切地问："思想压力很大吧？"

我抬起头，看见他很诚恳的关切人的脸色，不过，我觉得实际上已经没有压力了。当我一心想通过无休止的劳作来争得重新做人的权利的时候，我的心头压力很沉重；当我从"交红心"会上走回小房子，觉得永远也难得出头之日的时候，就绝望了；绝望了，反倒没有压力了。我苦笑一下，垂下头。

"同志们的分析，不是完全合乎实际。"刘建国说，"关键是你应该有一个正确态度，有则改之，无则加勉。"

我没有抬起头，又苦笑一下，我该怎样做到"无则加勉"这样纯正的心理修养的境界呢？我现在希望他走开，不要跟我谈话。我要处理我急切处理的事，给田芳写信。我应酬说："我明白。"

"明白了就好，你明天继续'向党交红心'。"他说。

"还……"我猛然扬起头，还没完呀？我只说这就完了，明天还要……我说，"我今天讲了我心里话，明天还讲什么呢？我把自己心里的话都交出来了……"

"同志们不满意啊！意见很大咧！"他用一种假借的口吻说，"比如你的婚姻问题，好多人议论纷纷，你……"

"这与我的罪有啥相干呢？"我打断他的话，"我是包办婚姻，婚姻法上规定过的不合理婚姻。我在师范进修时，你完全了解情况，你当时也支持我离婚……"

"情况在不断地发展变化嘛！"刘建国说，"同志们现在认为你不仅政治上反动，生活作风也有问题，看来任何事情都不是孤立的。生活作风的腐化，必然导致政治上的……你应该在明天'交红心'时，深刻地挖一挖思想根子……"

"怎么能说成生活作风腐化呢？"我说，"田芳，我和她的关系好，可俺们没有……越轨的行为。再说，田芳也是贫农的女儿，她怎么会将我腐化了！我搞不清了。"

"你不了解她。"刘建国说，"这个人，有很多优点，也比较轻浮。她向我……我拒绝了！后来，在她入团时，我到她村里去了解情况，党支部介绍说，她爸旧社会在西安混荡，收拾下一个没来历的女人，有人说是……窑子！"

我的天啊！田芳的母亲有人说是窑子，田芳被刘建国看成了轻浮的女子，于是就将我腐化成反党的右派了！难道就是要我明天在"交红心"会上这样去揭根子吗？我忽然记起，田芳当着我的面，焚烧刘建国的第五封求爱信的情景，谁更可靠呢？

刘建国走了以后，我再次插上门，掀开墨盒，拿起毛笔。坚决割断和田芳的关系，越早越快越好。我无出头之日的指望，田芳不能真的等我一辈子。我知道，任何劝解她的道理都无济于事，只会招来她对我的更深的依恋。必须找到最狠毒的恶言秽语，骂她一个狗血喷头，才能遏止她朝我跳动的心。我找不出这样一个词来，我想给她安一个不好的毛病也找不到。我忽然想到刘建国刚才的话，只有他才能想到的话，此刻帮了我的忙。我咬着牙，大约把嘴唇都咬破了，血滴在信纸上，却没有感觉到疼痛，信纸上留下一行罪恶的墨迹：

"你妈是个窑姐，你把资产阶级思想传给我，将我腐化了……"

第二天，在又一次"交红心"会上，我只是机械地重复着一句话："我没有红心。我是颗黑心，反党的狼心狗肺，请大家批判……"我成了一节没有知觉的木桩，任凭四方的污言秽语朝我脸上泼来，而于心不惊了。

这天晚上，我用一条捆书的细绳合了几股，使它可以负起我的重量，接上了房梁，在我把头伸进去的时候，心里竟是安详的。当田芳接到我的信时，也许同时就听到了我的死讯，她会憎恨我；憎恨我，比恋着我好；于她也好。

我没有死。当我恢复知觉时，才知道把我从另一个世界拉回这一个世界的人，竟然又是刘建国。他是一个细心的人，成熟的人，早已看出我"神色反常"，悄悄地防着我了。我不想感激这位救命恩人，倒憎恶他了。

死讯惊动了几十里外的父亲，他惊慌失措地赶到牛王砭小学里来了，一来，先抽了我两个耳光……

这下该信我的话了

父亲推开门，在门口站住了。

我正坐在桌前，抬起头，看见父亲苍白的鬓发，惊急气恨的眼色，就慌忙站起来，去找椅子。我的房子，变成学校的小库房了。办公桌上堆满一摞摞教案本和剩下的课本，全着粉笔盒子，墙角堆着一捆稻黍笤帚和葛藤编成的簸箕，地上放着两只木箱，装着篮球、杠铃、跳绳一类体育用具，那把椅子上，也搁着前几天刚购置回来的羽毛球拍和跳棋盒儿。整个小房子里，只有我栖身的一块窄窄的床和一把坏腿椅子闲着。我想把那稍好点的椅子腾下来，刚走出一步，父亲的巴掌就抽到我的脸上了——

"啪！啪！"连续两下。

父亲第三次举起巴掌的时候，被陪着他走进门来的刘建国校长拉住了。他按着他的肩膀，使盛怒的父亲在那把坏腿儿椅子上坐下。他说了一席安慰父亲也安慰我的话，就走出门去了。

我在凌乱得像个狗窝的床铺边坐着，垂下头，挨过抽打的脸颊烧辣辣的。我没有料到父亲会以耳光和我见面，却也没有惊慌失措。我第一眼看见他从门口走进来，真慌乱得不知如何是好，该怎么向他说明白我的处境，这一切的由来？他的两巴掌打过之后，我的心反倒安静了，不必再向他作任何解释了。我的父亲，在我的记忆中，很少对我表示过亲昵，微笑都稀少得像旱季的雨星儿，更没有通常家庭里父子间的嘻嘻哈哈了。然而他也没有动过拳脚，没有像一般粗庄稼汉和儿女们亲近时没大没小，生气时又动手动脚，骂出一串串秽言污语。他不苟言笑，也不打骂，常是冷着脸教给我怎么说话和待人。今天，他抽我耳光了，两下。

我坐着，低垂着脑袋，我成了右派，成了打杂的工友，我刚刚被旁人从房梁上的绳套里救下来……我开不得口。父亲也没有开口。我能听见他很粗的喘气声。

父亲端坐在椅子上，没有问我为啥上吊，也没有劝解，用压抑着的口气说："你把我写给你的那两字拿出来。"

慎独！我到师范学校去进修的前一晚，父亲临行时写下的嘱言，我后来当作可笑的废物焚烧了。现在想到这个嘱言，我的心猛然一震，更加抬不起头来，就支吾说："毕业时……弄丢了……"

"丢了！哼！丢了！"父亲悻悻地自问自答，"这下你该明白那两字的意思了！"

我早就明白那两字的意思，要谨慎，尤其是单身独处时，一切都要慎重，时时刻刻都要谨慎从事，包括言，也包括行。我的名字是父亲给起的，慎行就是这意思；我弟弟的名字也是父亲给起的，叫慎言，还是这意思。我在进入师范学校进修以后，父亲自幼给我心理上设起的防护堤，被新的生活的浪潮一节一节冲垮了。我既不慎言，也不慎行了。老师和同学们都说我从封建桎梏下脱胎成一个活泼泼的新人了。现在，父亲以毫不疑惑的语气说的话，证明了他的正确和我的失败。叫我想，他此刻有更多的话可以说了。譬如说，如果在说话时慎重地考虑一番，什么话该说，什么话不该说，那么今天就不会是这样的局面了。如果在决定给新任的刘校长提意见之前，慎重地考虑一下这种行动的不好的后果，那么，今天也就不会落入这种尴尬的局面。如果……那么……父亲完全可以以胜利者的姿态教训我：如果把我的话在心里稍微当一点子事儿，那么也就不会自寻苦吃了。我想，父亲一定想这样说，也完全可以这样说，可他没有这样说，只是问他写下的"慎独"的嘱言，让我自己去想想。

"病从口入，祸从口出。"父亲沉吟着，"谁都明白这道理，谁也难身体力行。图得一时馋嘴而染病，图得一时畅快而招祸……"

我心里痛苦极了，自从遭祸以来，我耳朵里灌进的全是严厉的批判反驳的正言义辞，没有一个人解析我的提意见的真实动机。现在，父亲用他的处世哲学来替我刨根溯源时，我仍然不能服气，心里有一个可怜的声音在叫着"冤枉"。我对父亲说："'鸣放'会上，县长，教育局长，都到会上来作报告，动员我们要'大鸣大放'，'帮助党整风'，'是每个党员和干部的革命责任心强不强的大问题'。我是人民教员，革命干部，又是预备党员，怎能不听党的话呢？我……"我又说不清了。

"我一辈子只求自己善处独身，不问人过。"父亲说，"我管不了别人，哪怕男盗女娼，我也无力管约。我只求自己做一个正人君子……"

"党章上批评的就是这样的思想。"我不能同意父亲的话，抱屈地说，"党要求每个党员要开展积极的思想斗争，不能只是洁身自好，我是预备党员，我听党的话……"

"这个话你该问自己，怎么回事？"父亲并不觉得我有什么委屈，反而直挖我的心底，"我不是预备党员，不懂党的规矩；你是，你也懂，你说为啥？"

我说不清为啥。我虔诚地拥护"大鸣大放"和"反右派斗争"，却没有想到自己会是一个右派。我自己成了右派，也没有丝毫的异议怀疑反右斗争的偏颇。这样，我处于痛苦之中。即使处于痛苦之中，也不能重新接受早已听得心烦耳腻的父亲的处世哲学，那已经从我心里被荡除出去的陈腐发霉的东西了。但是，不管造成我的这种结局和处境的原因如何解释，而结论却正好证明了父亲的正确。

"我也不想再说这事了，说也迟了，无用了，于事无补了。"父亲此刻平静下来，一种世故的平静，"我想过了，君子不吃后悔药。你也甭太难过。不能做先生，那就当农夫。回乡务农，自食其力。'人到无求品自高'哇！"

我苦笑一下，告诉他，新社会的人民教师，是有组织性儿的，不像旧社会做私塾先生，愿意受聘即去，不愿受聘就不干，一切要听从教育局的调拨安排。

"那么，现在安排你做什么事？"

"打铃，扫地……"

"打铃扫地就打铃扫地，总没判你死刑吧？"父亲倒显得不大在乎，"你愿意打铃扫地就在学校打铃扫地，不愿意打铃扫地了回家去务农。你要再想死，先给我招呼一声，让我跟你娘先死，你把俩老人埋葬了，再死不迟。让我跟你娘给你抬棺下葬，你良心上能过得去？"

我的心里阵阵发酸，终于忍不住，哭出声来。我们父子间平时很少这类骨肉情长的交谈。我看见了他的白发，他的苍老的脸，虽然像过去一样严峻而死板，毕竟因为垂暮的神色令我醒悟出自己的家庭责任了。我真想放声痛哭一场，无遮无掩，痛痛快快地放开喉咙大哭一场。

"我没有力气来搬你的尸首了。"父亲淌着泪，却说着这样凄惨绝情的话，"我也不会让杨徐村的乡亲来搬尸。你日后怎样活人，自己想想吧！我的话你不听，'子大不由父'。我也管不上了！"

他要走，我也没有实心挽留。我在学校的这种低下的处境，他也没有脸面再呆下去。我送他走上那条爬上东塬的官路时，看着他拄着一根粗劣的手杖——实际是一根树枝——缓缓走去的步态，我可怜起他来了，狠狠地捶打自己的胸脯。我落到一种怎样的地步？学校里把我当作不忠诚分子，父亲也把我当作叛逆者，我算一个什么东西呢？

晚饭以后，校园里呈现出一种松懈下来的恬静的气氛，教师们有的提着水壶，懒洋洋地迈着步子到水房里去打水，或泡茶喝，或鬶成温水擦身，再不像上课时那匆匆急急的样子了。有的教师在槐树底下下象棋，有的在井台上洗衣服，谁的舒悦的笛声在一排排教室之间缭绕。我关好开水炉，就提上铁锨和扫帚，去打扫厕所，这是清除师生们排泄物的最佳时间。

"徐慎行，你出来——"

天哪！田芳在喊我！我手中正在便池里掏挖的铁锨掉在地上，眼前一黑，我差点跌到屎尿池子里去了。我跌靠倒在墙上，那炸雷一样轰击我耳膜的余音还在回荡，心儿慌乱不止，我几乎被震昏了。

"徐慎行，你出来——"

我无处躲，又无处逃，从再次响起的声音判断，她就堵在男厕所的门口。我自发出那封臭骂她的信以后，就没有再想过还会和她相见，偶然的相遇也许不能排除，有意找我的事，大大出乎我的预料，我捂着良心和为人的道德，向她脸上泼去了多么脏的东西！我无脸见她，也不想再做解释。我要她永远恨我，甚至鄙视我，都比依恋我更好……我惶惶然从厕所门里走出来，做好了挨耳光的精神准备。

我一走出厕所门，就看见一双愤怒的火燃烧得痛苦不堪的眼睛，我立即低下头，再不敢看了。她在看见我的最初一瞬，身子微微颤抖了一下。不容我多想，我就听见一声吓人的喝斥：

"我要批判你！到这边来——"

她的非常举动使我忐忑不安，她要批判我？我当了右派也有一段时间了，她现在才想起来要批判我？我机械地走到那个小花坛前头，随她站住了。这是学校里最显眼的地方，房檐下的墙壁上挂着一只大钟，下面写着四个仿宋红字：按时到校。有几个教师站在远处看着。

"徐慎行，你身为人民教师，预备党员，恶毒反党，攻击社会主义，我坚决要批判你——"

她站在那里，离我有两米远的地方，一本正经地对我进行面对面的批判。我垂下手，低着头，不做任何表示。我听见从两边纷沓而来的脚步声，好多教师围过来看热闹了。

"你想自绝于人民，愚蠢透顶！党和人民花了多大代价培养了你，你不知向人民向党报答恩情，反而反党、自杀，你的良心何在?"

我的心在颤抖，头上冒出汗来，这些司空听惯的批判语言，今天由她亲口说出来，我痛苦极了，惭愧极了！周围已经围了许多教师，凡是闻听到消息的人，都来看热闹了。我不知道校长刘建国在不在场？我没有抬头的勇气。

"你不服气吗？说你反党，你不服气，用自杀来威胁别人，谁吃你那一套！你要明白，党不是抽象的存在，在学校，代表党的就是校长，你恶毒攻击校长，就是反党——"

"田芳，你啥时间来的？"我听见刘建国校长的声音，稍抬一下头，就看见他走到田芳跟前，一副老同学间热诚的口气，"你胡来啥哩！走，快到我房子坐……"

"我是专门来批判他的坏思想的。"田芳说，"我和你是老同学，和他也是老同学。他和你分配在牛王砭小学，不协助你好好工作，反而攻击党！我看哪，他这个家伙纯粹是想往上爬！借着整党之机，攻击你，自己再爬得高些……"

我的天哪！我想爬高吗？我想借着整风弄倒别人自己往上爬吗？我明白我有许多毛病，却还没有如此恶劣！

"唔！你的心情可以理解……"刘建国说。

"你多虚伪啊！"田芳指着我说，不听刘建国的劝解，而且气更足了，"我们同学两年，我怎么当时就没有发觉呢？你假装积极，实际是想往上爬，不惜攻击同志和领导，踏着别人爬上去，你多虚伪啊！你……速成二班出了你这个右派伪君子，是全班同学的耻辱……"

"行啦行啦！田芳——"我听见刘建国的声音，似乎有点尴尬，不自然，"走吧走吧！到我房子坐坐——"

"我要赶回学校去，没时间坐了。"田芳说，"我以速成二班同学的名义警告你，老老实实交待，老老实实改造，老老实实做人！历史从来不包庇虚伪的人……"

她走了。我听见她的脚步声朝门口走去，才敢抬起头来，她又回过头，给刘建国说："我一有空儿，就来批判他！"说罢，昂起头，走出学校大门去了。

我一回头，看见刘建国有点发黄的脸色，眼里罩着一层憎恨的气色，气呼呼地走了。那些围观的教师们，有的莫名其妙，有的在神秘地交头接耳，不光是在嘲笑我吧？

我又走回男厕所，抓过锨把儿，心里猛然豁开，似乎此刻才完全醒悟，她是在旁敲侧击，痛骂的并不是我。骂我批判我，用不上伪君子这个名词。对这个名词更敏感的人，应该是他——刘建国校长。我竟然有一种从未有过的痛快，好像我骂了我想骂的人一样解气、痛快。我的胳膊上陡然涨起力气来，戳得那装着屎尿的便池"咂嘟咂嘟"响……

大约过了十天，她又来了，故伎重演。这次她来时，我正在房子里躺着。她在门外叫我的名字，大喊大叫要我"接受批判"。我慌忙跑出来，又站到挂钟下的小花园旁边。她又把我狠狠地批判一番，痛骂一番，挖苦讽刺，比第一次更尖酸了。我低着头，听着她的连挖带损的话，心里舒服极了。

刘建国这回也不客气了："你不能随便来批判人呀！要批也得通过组织……"

"我一看见这个虚伪的家伙，眼都黑了！连组织手续也忘了……对不起！"

她走了，没有去刘建国的房子办组织手续，也没有进我的房子，竟自走了。

她又来了两次，几乎所有教师都知道她举动中的真实含义，刘建国也更是恼恨。这样下去，又怎么办呢？她第五次来的时候，我在房子里听见她叫我的声音，便从后窗跳出去，逃走了。

她再没有来。

自觉进入

我收到田芳一封信。她只字不提她几次赶到牛王砭小学来批判我的事，既不解释这种举动的真实动机，也不询问后来产生的效果，纯粹是对于我的那封恶毒地骂她的信的答复。

她在信中说，如果不是信的末尾附着我的名字，她会百分之百地判断成刘建国写的呢！在她拒绝了刘建国的求爱信以后，刘建国就说过一句类似的话。狐狸吃不着葡萄，就说葡萄是酸的，甚至说葡萄的祖宗更酸。她不计较我，是因为她认为那恶毒的信并非我的真心……

我实在忍受不了这种感情的折磨。我应该立即奔到她的面前，跪下，说明我的真心，让她抽我，打我。我抓着信纸，贴在脸上，像贴着她的手，饮泣不止。我流够了眼泪，冷静一点之后，我就给她写回信了。

我写道，我仍然坚持前信的看法，解释也没用。而且宣布，从今往后，我再也不写回信，不看来信，接到即投之以炬；我再不和她见面，一切都到此为止……

不要骂我心硬吧！我成了什么人？简直不是人了呀！我怎么能牵连着她跟着我受苦？只有用最冷酷的斧头砍断两人的纽带，除此无法使她和我的心分开。我只能这样做。

她又来过几封信，我咬着牙扔进烧水的炉膛里，连拆也不拆开。她后来又找我两次，我仍是从后窗逃避了……我相信我的举动是为着她好。

她到牛王砭小学来批判我的行动，完全撕开了我和刘建国之间的那一层老同学的关系。即使我当了右派，刘建国表面上仍然是关心我的，他说，要不是他关照，我不会定为"中右"，早该定成右派，发落到农场去劳改了。他说，他并不在意我当众说他"好大喜功"的话，只是我的话说得不是时候，在右派猖狂向党进攻的时候，我的话正投合了右派的需要，性质上就变成右派反党大合唱的一个音符了，并不是对他刘建国本人的威信有何伤害……我最初相信这些话，也相信刘建国，即使我当了右派，我也相信他说的主要是在非常的背景下说了不合适的话。现在，自从田芳来过几次以后，刘建国再也不对我说什么了，他冷着面孔在院子里喊："怎么搞的？院子脏成这样？"那无疑是在大庭广众中谴责我没有尽到扫地的义务。

他对我给他每天送水再也不觉得不好意思，甚至连头也不从报纸上抬起来。

每月一次的改造汇报，他都亲自主持，在全体教师面前，我把自己骂一通，让教师们再批判。尽管我觉得那些污水脏物是自己吐到自个儿脸上的，教师中有几位总是还嫌我吐得少。刘建国过去还要肯定我一点进步，越到后来，反倒一丁点儿也不肯定了，总是强调我思想深处的东西尚没有触动。我已经从记不清多少次的改造检查中得出一个结论，真诚的检讨和应付差事的检讨得到的实际效果是一样的。你真诚地批判自己，他说你没有"触动思想根子"；你应付差事地乱骂自己一通，他照样说你没有"触动思想深处的肮脏东西"。我索性不再伤脑筋了，居然也能做到面对众人检讨时"脸不改色心不跳"了。

我烧水，打铃，扫地，打扫厕所，替炊事员杨师傅烧火，择菜，洗锅刷碗。我与任何人也不主动说话，而当别人问我一句话时，我竟然感到一种荣幸，似乎我的身价也提高了。久而久之，我完全接受了"右派"的既成事实，自己也没有一丝信心把自己当人看了。过去，有的学生骂我一声"右派"，我心里忐忑一下，现在已经于心不惊了，甚至莫名其妙地对喊着"右派"的学生笑一笑，讨好似的笑一笑。

和我接触得最多的是炊事员杨师傅。本来，帮他添煤看火，洗锅刷碗，是我为了表示改造的诚意而主动承担的额外的事，时日一长，他倒把我当成半个炊事员了。活儿稍一紧，他就叫我，甚至骂骂咧咧地在院子里喊："徐慎行，你狗日的钻到老鼠窟窿去了吗？火灭球咧！"或者是："徐右派！没水咧！你不绞水，挠球去啦吗？"我一听见他的喊声，就去烧火，就去井台上绞水。我也不恼，也不说明我正在忙着其他活儿，好像我真的躲到老鼠洞里偷闲，或者是在做下流的事——挠球去了。

他也有对我好的时候，那往往是他受了校长的批评的时候，就会对我十分诚恳，把两倍于定量的饭菜塞到我面前，赌气地说："吃！不吃白不吃！你不吃，指望刘建国那个杂种说你的好话吗？妄想！甭那么不顾死活地干！你指望刘建国给你说好话，摘帽子吗？妄想！那个杂种没有人的心肝！狼心狗肺！你怕他，我不怕他……"

他有时对我又十分恶劣，那往往是他受了刘校长表扬的时候，就会对我瞪起三棱子眼睛："你狗日的一天磨磨蹭蹭的，不好好改造，你死到阴司也不是个好鬼！人家刘校长跟你是同班同学，瞧人家而今在啥位位上敬着？你而今在啥洞儿里蜷着？共产党是人民的大救星，你敢反党，真没看出，你后脑勺上长了一根反骨……"

然而更多的是他既没受到刘建国的批评也没受到表扬的时间，他就一边揉着面团，一边斜着眼儿，说着损我的话。他一个人做饭，许是太寂寞；教师们一般不屑于和他有过多的交往，没有共同的语言；他于是就把我当作开心的对象："徐慎行，听说你的本事很大的咧！能写能画，吹拉弹唱，是个全才咧！听说你能倒背《论语》，学问深沉咧！你没事干了，挠挠球去嘛！怎么就要长嘴长舌地提意见？这下倒好！放着人民教师的位位不能坐，跟我这号下苦人烧锅燎灶，侍候人家。本来该着我这号受苦人侍候你哩！"

他有时又显出很下流的样子："你这家伙艳福不小哩！那个装模作样来批判你的女先生，长得多疼人哪！听说你跟她念书时，'咕咚'在一搭？嗨！你说实话，你跟她×来没有！哈呵！甭脸红哇！只要摸她一把奶，死了也值了！"

我要是不能忍受而抽身走掉，他就会大喊大叫："这贼驴日的右派又钻到哪达去了？不看看火都灭咧！真是顽固……"

我索性不说话。无论他骂，他损，我都权当是狗放屁。我最怵火的，是他到刘校长面前对我的揭发。刘校长经常通过他了解我的言行。祸从口出，我记下了这个千古名言。时日一长，我甚至能对着他骂我损我的脸孔傻傻地笑笑，讨好地笑笑。

我的妻子的变化更富于戏剧性。

我自那年暑假成了右派，就没有回家去过。我怕见父亲，怕见杨徐村的父老兄弟，尤其怕见我的妻子淑娥。我不知该怎么办，和田芳断绝了，我更愿意孤身独处。在这种情况下，我觉得最难处理的关系是她。离婚吧，我正是政治上遭难的时候；回去与她凑合着过吧，我心里觉得自己太下贱了，连个人味儿也没有了。

寒假里，我没处去了，想在学校呆着，刘建国安排了轮流护校的人员，居然没有我，更不容许我整个一个假期都呆在学校了。他不放

205

心我，怕我纵火或爆炸吧？我在寒冷的腊月里，回到了有点陌生的家乡杨徐村。

村子里的临着街巷的墙壁上，有用白灰刷写的大幅标语："社会主义好"，"保卫社会主义江山，反击右派进攻。"我几乎再不敢东张西望，低着头溜进了自己的门楼。

我踏进院子，听见小灶房里有"啪哒啪哒"的风箱声。我的妻子淑娥大约听见脚步响，从小灶房里探出来，看见我，站直了身子，问："你找谁？"

她装作不认识我了。我也不知该怎么对付这种局面，避开她的恶恨的眼光，径直往里走。

"噢！这是有名有望的徐老先生的好儿子呀！我这笨人笨眼，倒认不得了！"她在灶房门口拍打着手，拍打着膝盖，大吁小叹，揶揄着说，"听说你干阔了，从左派升成右派了！真气魄呀！给徐家争下光了！"

我的心像是给扎了一锥子，疼得几乎窒息了。我走进自己的住房，瘫痪似的跌坐在椅子上，脑子里麻木了。

她又赶进房里来，手插在腰里，站在门口，嘲弄地撇着厚厚的嘴唇："你怎么一个人回来了？你的白毛女呢？那个野婆娘呢？"

"你……"我的血一下子冲到脑顶，忽地站起，拳头捶在桌子上，"你再……胡说一句？！"

"在我面前凶，算啥本事？"她根本不怕，反而挺挺腰，"有本事在学校里发凶去！"

我想到我在学校的屈辱，顿然软了，坐了下来。

"你的右派，也不是我给定的，在我跟前凶啥呀！"她得势了，"你压迫了我成十年，欺侮了我成十年，我低声下气跟你快十年了！够了！你而今落下个大右派，跑回老窝儿来了，要是不当右派，你还是钻在野窝儿不回来……"

"那……"我说，"你也用不着这样。你不愿意了，随你的便！"

"离婚！"她随口说，"我找个农民，他也不弹嫌我人丑没文化。我早受够了，离……"

206

"好，既然离婚，再甭说了。"我说，"明天去办手续，各走各的。"

"谁不离就不是娘养的！"她跳起来，更加不可抑制，"我现在就去社主任那儿开介绍信！"

她走出门去了。

屋子里很静。父母亲不知做啥去了，屋里没人，我一个人坐在屋子里，开始抱怨父亲，如果当初不是他用剃头刀威胁，何至于此！这个张淑娥，过去像个绵软的蛾子，总是怯怯地看我，从来也没有高声说过一句气话，开口总是叫我"先生"，像旧戏里的侍女一样低声下气地服侍我。现在，她变成一只凶恶的黑蛾了！扑拉着翅膀，大喊大叫着要和我离婚，从门口沿着街巷喊过去了！我想，这下子，杨徐村人都知道我们的家丑了。

父亲和母亲走进院子，脸色惊恐，问了我和她闹仗的原因，哀叹一声，也不再说谁是谁非，只是母亲连连挥手："快去快去！把她拉回来。让她在街道里大喊大叫，打粪场上的人跟戏台下一样，真是丢尽人了……"

直到天黑，母亲也没能把她拉回来。她在粪场喊，说她坚决要离婚，随之又赶到社主任家，哭一阵子喊一阵子，说要是社主任不给她开离婚介绍信，她就不回家……

连续三天，她从早骂到晚，到社主任家要离婚介绍信。我的父亲是个好面皮的人，这下气得躺下了，茶饭不进。母亲跟前撵后，给儿媳妇说好话，劝解，急得都哭了，仍然不济事。俩老人惊叹：怎么也想不到腼腼腆腆的淑娥，一眨眼变成羞耻不顾的母老虎了。唉唉！

最后只得由我出面，去给社主任说话。我说了话，他才给她开了介绍信。

第二天一早，她洗脸梳头，催我到县法院去离婚。我心里冷冷地跟她上了路。

走进县城，走过一家饭馆，她说："给我买饭，我饿了！"

我忽然有点难受，可怜起她来了。她跟我结婚成十年了，这是第一次进饭馆吃饭。我忽然觉得我过去对她太……我买好饭，炒了几个

207

小饭馆里最好的菜，从窗口取出来，放到桌子上。她倒神气，右腿压着左腿，二郎担山坐在桌旁，等着我端来菜又端来米饭，像是报复似的瞅着我：你来服侍一回我吧！

"给我取盐来！"她支使我。

我从另一张桌子上取来盐碟儿，给她。

吃罢饭，她率先走出去，我在后面跟着。走到县百货公司跟前，她走进去了，站在柜台前，对售货员说："取一双雨鞋。"她试试大小，然后对我说："开钱！"我连忙给售货员开了钱，心里不由地又酸酸地像潮起醋了，这是我跟她结婚以来第一次亲手给她买东西。

"走，你领路。"她出得门来，精神抖擞，"你认得法院的路。"

我走到法院门口，回头一看，不见她的影子。她大约是第一次进县城，该不是在大十字路口走错路了吧？我慌忙去找，跑遍了县城的东关西关，又跑了南关和北关，没见她的踪影。从午间找到午后，我的两腿酸困，只好往回走。走过十里平川，路经一条小河的时候，我在桥头上看见她冻得发紫的脸。

"你……"我站在她跟前，气呼呼地说不出话，"你……怎么在这儿？"

她缓缓地站起来："我在这儿等你。"

我看见她的脸色不好，说话也柔气儿了，忙问："你不是要我跟你到法院吗？"

"到法院做啥？"她装傻卖呆。

"离婚呀！"我说。

"离婚？我才不干那号傻事！"她说，"我要叫杨徐人都知道，我也敢离婚！这几年你要跟我离婚，女人们都下眼看我，说男人不要我了。现时，我也不要男人了！其实，我哪能真真儿去离婚哩！"

我一下子瘫坐在河边的枯草地上，她在村子大叫大喊，到社主任家大哭大闹，原来是为了挽回她的可怜的面子啊！

她哭了，用袖子揩揩眼泪，一甩头，就踏上了木板搭成的独木桥。

我从干枯的草地上站起，走过去，踏上小桥。冬日惨淡的夕阳的

208

红光，在蓝色的河水里投下淡淡的血红……

我的那间小房子

　　牛王砭小学坐落在一道砭坡下，门前是一条小河，砭坡上排列着大大小小几十个村庄。缓坡上是纵横摆列着的极不规则的田地。陡坡上生长着一岁一枯荣的杂草酸枣棵子。那些随处可见的红石子堆砌的卯坎，一年四季都裸露着干燥的红色，令人看了难受。村庄周围那些低洼的土层厚而水分足的地方，一团团桃杏的花云，象征着这贫瘠砭坡地带四季中最轻松活泼的季节，冬天里有大雪降落的日子，这砭坡也会呈现出刚柔互济的气魄。顶入不得眼的是夏末秋初，一场旷日持久的干旱，把坡地上的草木渴死了，干枯了，树木早早落了叶子，玉米苗儿尚未抽出缨花来，就拔掉喂牛了。整个山坡上，像火烧火燎过一样，看去使人难受。

　　只有学校门前的这条河川，一年四季里都使人能感受到大自然的美的韵味。即使在干旱炙烤得砭坡上到处冒烟起火的焦灼时节，河川里也生机盎然。

　　一条条自流灌渠，把河水曲曲折折地引进玉米地、棉花田和瓜园里。一架架黄牛或青骡拉着的丁当丁当响着的解放式水车，把清凉的地下水车上来，灌进刚刚显旱的田地。

　　我常常打开后窗，坐在我的小房子里，看砭坡和河川四季景色的自然转换。

　　学校坐南向北，三排土木结构的房舍，用木橼裹打起来的黄土围墙上，春天有小草小蒿冒出来，入夏稍遇干旱，便率先枯死。校园里有粗大的洋槐，阴凉极厚，春五月的洋槐花香透校园的每一个角落，晚饭后常有教师在树阴下品茶或下棋。三排房舍，教室与教室之间夹着教师的寝室兼办公室，因为房舍欠少，皆是三人或四人一室，一人一张床，一张办公桌，中间只留一个走道出入。似乎没有谁嫌太挤，条件限制，只能如此。只有校长刘建国一人一室，因为是一校之长，负有某些秘密的工作责任的需要，大家也没有异议，也更不会说成特殊化。

我最初在后排的一间房子，因为是小学高年级的班主任，所以稍为优待，三人一室。初年级的老师和科任老师，一般是四人聚居。自从我当了右派以后，就搬出了那个三人一室的办公室，颇有点依依不舍。三人虽然拥挤点儿，因为脾气相投，处得挺和睦，早晨不怕睡过头，晚上熄灯后可以聊天听闲话，从来不觉得孤寂。

　　学校的东边，有一排坐东向西的小房子，不做教室，只让人住的小房间。南头两间是灶房，接住两间是水房，第五间就是我后来搬入的房子。第六间是原来的工友韩民民的住房，他因为我的替代而升为事务员了。最后一间是炊事员的住屋。

　　韩民民是从农村招聘的工友，只在扫盲班里粗识一些常用字，会拨算盘珠儿，人却极灵聪。除了打铃搞卫生，因为上级没有拨调专职事务员，每逢开学结业的大忙日子，常是韩民民帮助买课本以及教案、粉笔、墨水一类杂物。他最喜欢的是替校长刘建国传达开会或什么临时通知，到各个房子去说一遍。小伙子年轻，有点爱面子，常在上衣口袋里插两根钢笔，小分头，用水抿得熨熨帖帖，努力要把自己提高到一个教员的规格，而不致使人觉得他不过是勤杂工。我的落难，使他得到了做梦也想不到的天赐良机。我来打铃、烧水、扫地之后，他就成为专职事务员了。他住在隔壁，杂物却依旧堆在我住的房子里，不腾不挪，每逢给教员发教案、粉笔和笤帚，就到我住的房子里来拿。令我感到安慰的是，他尚相信我这个右派不会破坏公物，也不担心我偷盗。

　　"徐慎行——"他过去一直称我徐老师，说不上尊敬，这是学校里教师之间的习惯称呼。现在他直呼其名了，我也能想得通，"我在供销社把炭买好了，你去拉回来，这是票据。我还要去……"要去办的事自然很多，他很忙。

　　我就拉起那辆学校里甚为宝贵的架子车，从牛王砭供销社把炭拉回来。

　　每一次我做改造汇报的时候，第一个站起来说我交待不彻底的总是韩民民。他说某日某次我的铃儿晚打了整整一分钟，又说某日我打扫过的厕所里把脏物遗在了站台上，还有某一回的开水没有足滚。他

210

是看见刘校长把鸡蛋冲成了一碗糊汤得到反证的，因为足滚的开水冲出的鸡蛋是呈絮状的。他的揭发往往使刘建国显出不耐烦，大约是他的讨好太显露，又在众人面前，而且讨好讨不到点上。不管怎样，我也无法记清某日某次的铃儿是否准时，水是不是足开，厕所里是否遗落下脏物，我都一律做出诚恳接受的姿态：我一定改正，欢迎大家监督……

出门干活，闭门思过，谁的房子我也不想去，怕因此而玷污别人，于自己也惹是生非。我关住门，躺在窄窄的床铺上，看吊着蛛网的顶棚，看房子里堆得满满的杂物，废弃的粗壮的麻拧的井绳，破了口的蔫瘪的篮球，散了架的克朗球盘，缺杆少珠儿的毛算盘，都从墙壁上，地角里，桌子下朝我瞪着可笑的眼睛。我初来时的寂寞，而今觉得这堆积有用和无用物品的小库房，是我借以安身立命的最恬静的角落了。

如果韩民民推门进来取什么东西，我立即从床上翻起来，站到地上，等着他取到东西走出门去，我再闭上门。他进这间小房，从来也不打招呼，推门而入，端直而出，如入无人之境，我也不觉得他对我有什么不恭。我有一条理由可以排解这种疑惑：房子本来就是韩民民的库房，他进自己的库房，自然不必敲门或打招呼这一套麻烦手续了。

我躺在床铺上，不由地思索回味我的父亲给我起下的这个名字：慎行，由此又联想到弟弟的名字慎言，以及父亲临别时嘱咐我的座右铭：慎独。言语和行为，在一个人单身独处的时候，应该慎而又慎，就是这个意思。这个意思，我只有现在才体味到它的颠扑不破的正确性。回想在师范学校的生活，我真有点不敢相信自己，我多么轻狂啊！想唱就唱，想说就说，想玩就玩个痛快，简直跟疯了一样啊！如果我当时起码在心里给父亲的嘱言保留下一个小小的角落，在"鸣放"会上有一点警策的作用，我就对自己的言论谨慎了，就不至于说出刘建国"好大喜功"的意见来，就不会有今天的这种蹲不下又站不直的难受处境了。

我如果彻底被打成右派，不是"中右"，跟右派们一起劳改，也许猪崽不笑老鸦黑了。唯其因为我是"中右"，比右派在性质上有轻重的差别，倒成了糟事，把我继续留在学校使用，改造，生活在许多好人中间，我就愈加顾影自怜了。我的体会是，站不直也蹲不下的这种屈腿弯腰的姿势，比站着或蹲着都更难忍受，大约是人的姿势中最难耐久的一种姿势了。

我再不能不慎言慎行了。

我取出笔和墨盒，墨盒干涸了，毛笔也干涸了，用水泡一泡。我找到一块书页大小的硬纸蘸了墨，写下了对自己的警告：慎独。我把它贴在床头，使我无论坐着或躺着都能看到。我感到了内心的惶恐，绝对需要这样一张护身护心的神符来佑护我，再甭出乱子。

过后两天，刘建国走进我的房子，一来就瞪着两只煞有介事的眼睛，在我桌边的墙上睃巡，而终于停在床头的墙上。他严肃地看一阵子，并不是欣赏我的书法，转过身说："这个东西给我。"他未经我应诺，已经从墙上撕下来了，一句话也未说，径自走出门去了。

当天晚上，临时召开教师会，提前让我作改造汇报。没有人对我的汇报感兴趣，对"慎独"两字的批判一下子就成为会议的中心主题。我预知，会议之前，教员们早已得到批判的目标了。其余人的分析可以略去，刘建国的分析是校长的水平，自然高了一筹，深了一层——

"'慎'什么'独'？你的错误难道是不'慎'的结果吗？如果不从思想根源、阶级立场上彻底改造，怎么'慎'得住呢？这种封建修养的方法，怎么能救得了你的反动灵魂呢？"

我的头上冒汗了。这些尖锐深刻的批判，使我连喘气的力气都没有。我回到房子，躺在床上，我父亲尊为至明的处世哲学，也不管用了，我想钻在这张护身符下求得安宁，反而招灾惹祸了，怎样才能拯救我的小命？

我清楚记得，这张座右铭贴上床头后，只有韩民民来过我的房子，一定是他报告了。为了这个座右铭，我整整交待了三个晚上……

三四年过去了。

我被通知说，可以任课，按教师对待了。

212

我竟然感动得热泪盈眶。

不过，半月没过，我就陷入自身的烦恼。为了体现按教师对待的精神，把我从那间小库房调出来，插入一个二人居住的教师宿舍。学校里增添了一些房舍，教员住得稍松了。我在这个宿舍里不仅黑天睡不着，白天也不自在。我总是处于一种高度的紧张状态，惶惶不可终日。莫名其妙地对人家笑，对同宿舍的老师或到这个宿舍来的老师说下的话，一律说："对对对！"其实许多话我根本就没听清内容，嘴里却不由自主地"对对对"地应诺着，惹得大伙发笑。我越发窘了，也越紧张了。

我去上课，突然觉得我不会说话了。我的脑子里的语言仓库全部关闭了，一个词儿也拿不出来，而且十分紧张。尽管我教的是地理课，也不敢讲，急得头上冒汗，只会照课本往下念，学生已经乱得像一窝雀儿了。

一按教师对待，我就要参加许多会议，这是更难受的时刻。往常，我是右派，一月里做一次改造汇报，坐在一个偏旁的角落。现在，和别人坐得近了，我很紧张；坐得远了，又显出我不太合群，会议室没有我坐的座位了。尤其是非做不可的表态性发言，我未说先流汗，总怕说错了什么……

我向校长赵永华提出要求：让我做事务工作，让我再回到我的那间兼作库房的小房子。我再三解释，不是使性儿，也不是有什么不满意见，而是事务工作更适宜于我干，保证干好。

刘建国在一年多以前，调县文教局当人事干部去了。赵永华调来也一年多了，我很少跟他有什么接触，只是偶尔听见韩民民在炊事员杨师傅跟前嘟嘟哝哝新校长的什么话，我就觉得他可能在赵永华跟前不如在刘建国手下感到畅快如意。赵永华听了我的要求，很随便地说："你如果觉得事务工作更合适，你就干，别人还看不上这工作哩！"他告诉我，正好韩民民要调走，到县文教局的物资供应点上去，学校正好缺事务员。

一经赵永华允诺，我当下就把被卷行李搬回了我的那间小库房卧室。一躺下来，我闭上眼睛，浑身都舒适了。我忽然想到了蜗牛，蜗牛钻在它的壳里一定很舒适。要是打碎螺壳，把它牵出来，它可就活不了啦。我刚搬进这小库房时，感到压抑，感到杂乱，感到孤寂，想到和高年级那两位教师同居一室的愉快时光。久而久之，我像蜗牛一样适应了螺壳，蜷缩在螺壳式的小库房里才舒服，到别的房子里反而觉得活不了啦！

我去买煤，买了煤就亲自拉回来，绝不让从生产队里雇来的校工小朱干这些。我常常抢在小朱前一步打了铃，打罢又向小朱道歉，全是我过去打铃打下习惯了。尽管如此，我觉得十分满意，我虽不代课，却是事务员，事务员也是教职工，和教师一般对待。

有一件事伤了我的心。

大伙都去县上听报告，赵永华让我看门。看门其实正适合我的心愿，我怕开会，怕在会上遇见熟人，更怕遇见速成二班的老同学，尤其是怕碰见田芳。可是那天晚上，大伙听完报告回来，我才知道，会上有一个震动全国人民的消息，说我们国家发现了一个"大庆油田"。教师们为猜测这个油田的具体地址而争论不休，谁也说不服谁。我后来才知道，这样重要的报告，上级规定有几种人不能听，以免给帝修反泄密。我自然属于那几种不准听的人中的一种。

我暗暗警告自己，老老实实蜷在螺壳里吧！甭张狂，还是没有资格和一般教师同样对待哩！还要——慎独！

哦！故园，故园

徐慎行同学：

　　定于本月二十日上午在母校举行学友聚会，请您拨冗参加。

　　专此

致礼

速成二班
1980.8.12

我的手颤抖着，泪水模糊了眼睛，擦一擦，又涌流出来了。速成二班……速成二班……我的那个速成二班啊！像一道急骤的电闪的亮光，把我尘封的脑壳炸乱了，把我的心抖底搅翻了。

多么遥远而又亲切的记忆——速成二班！速成二班——多么温暖而又自由的天地！我的心里一闪出这个名称，几乎承受不下它带进我霉腐的心室里的清新温润的春风，要昏厥了。

田芳，一想到速成二班，第一个蹦到我面前的就是田芳。那个白毛女，那个从我身上揭掉了蓝袍礼帽的田芳，她肯定要参加这个老同学的聚会的。缺了她，该会多么令人扫兴。不会缺她的，我安慰自己，甚至猜度这个别出心裁的聚会就是她出的点子呢。

八月二十日，一年中极其普通的一天，不是新年佳节，也不是纪念性节日，我渴盼这一天的到来，比小时候盼望过年的心情还要焦急。

微明中，牛王砭小镇掠过凉飕飕的晨风。我乘头班公共汽车进了县城，又换乘去山门镇的公共汽车，终于站在师范学校的门口了。

校史悠久的师范学校已经改为师范专科学校，属于大专建制了。砖拱木顶门楼变成了四方水泥立柱的钢条大门，从大门通到教学区和宿舍楼的窄窄的砖铺甬道，已经改换成水泥路面了。迎面是一幢三层教学大楼，外观十分漂亮，原先的一排排平房大多已拆除。二十五年的时间，毕竟使我感到了惊奇的变化。

树杈上挂着一块硬纸板，画着一只箭头，把聚会的地点指向后操场。暑假里没有学生，路道上和花坛里，落着一层树叶，有点荒凉和空寂，而我的心仍然止不住激动起来了。

操场的围墙根，高大的洋槐树组成一道屏障，在草地上投下浓密的阴凉，这是我们亲手栽植的，栽时不过酒杯那么细，而今已经桶粗了。草地上，站着或坐着一堆人，在聊着天。我走到跟前，听见有人在叫我的名字，有几个人跑上来，握手，搂肩……老天爷，一个个全都变成老汉老婆了！

我止不住热泪滚滚，和伸到我面前的一双双手紧紧握着，看着一副副皱皱巴巴的脸，我无法与印象中的那些青春焕发的脸膛联系起来，流逝的岁月给我心里留下的巨大的差异无法弥合；他们的心里也

215

是这样感受这四分之一世纪的时间差的吧？我从他们一个个瞧着我的惊异的眼神里看得出来：你怎么老成这样子了？哈呀！瞧你，秃顶多厉害！

我握住了一双手，心里一震，那双细软的手也在用劲儿握着我的手。我相信，闭上眼睛，我也会准确地判断出田芳的手来，她的眼角有细密的几缕纹络，鬓角有几丝银白，而那双眼睛，似乎还是二十五年前的那双眼睛。当我们的眼光相碰的一瞬，我的心似乎一下子沉下去了，脑子里也中止了一切思维。我没有向她问好。她也没有问我好。我们竟然相对无言，默默地呆站着，手却握得粘在一起了。

我和她在草地上坐下。几位同学围住我，问我平反了没有？问我的孩子的安置状况，我也很关心他们的工作和家庭。田芳坐在我旁边，她什么也不问。我也没有问她，丈夫在哪儿工作，几个孩子，工作或是上学。我不问不是因为我了解，其实我什么也不知底，不知底儿也不想知底儿。

"你……身体……好吧？"我终于问。

"还好。"她笑笑，"你也……好吧？"

我点点头，又流泪了。

录音机在播放着优雅的舞曲，篮球队长何长海已经和一位老太婆——二婶的饰演者跳起舞来，又有三五对儿舞伴也跳起来了。田芳对我说："咱们跳跳吧？"

我有点慌乱，连忙摇头摆手。

有几个同学在吆喊，催促我和田芳上场，他们或多或少知道我和田芳的遭遇，催促的意思是很明显的。我涨红了脸，对田芳说："你跟他们跳吧，我上不了场了！"

田芳跳起来，和另一同学跳起来了。我坐在草地上，点燃一支烟，看田芳踏着舞步。

有人又出新点子，让大家每人出一个节目，或唱或说，或演或变魔术，谁也不得脱空儿。

有人提议，让田芳演唱白毛女。她不客气，跳起来，也不扭捏，有点遗憾地说："就我一个人唱？"

216

我这才想到，饰演大春的刘建国没有来。他没有来，也没有谁提及，我也不想在这个场合提到这个人。这个饰演正面角色的人啊，在生活中几十年来也一直是正面角色，而大伙现在谁也不想问他为什么不来。饰演杨白劳的人儿已经进入另一个世界，听说在七八年前患下了肺癌。大伙也不愿意提及他，因为太令人伤惨了。于是，有人提出，让我和田芳演唱《扎红头绳》一节。我又慌恐万分，连连摇手，多少年来，我连话都说不顺口了，岂能唱歌？

　　"唱吧？"田芳看着我说，"你太拘束了。"

　　我摇摇头，又摆摆手。

　　田芳无奈了，也不勉强，就唱了一段。唱完，她又走回来，坐在我的旁边，说："你太拘谨了！拘谨得……叫我又想到'蓝袍先生'！"

　　我的心里一悸。我身上的蓝袍早已脱掉了，而我的心哪，又被蓝袍罩得死死的了。我苦笑一下，说不出话。

　　有人在接着唱，有人即兴赋诗吟诵。有人说幽默笑话。有人耍小魔术变戏法。喊啊笑啊，气氛热烈极了。轮到我，我什么也拿不出来。有人出恶招："什么也不会，那就学熊猫儿在地上打个滚好了！"

　　我窘迫得六神无主。田芳也笑着，随口说："讲句笑话吧！你真的连一句笑话也不会讲？"她提醒了我，急迫中，我首先想到了《老和尚与小和尚》的笑话故事，那是我在刚到师范学校来的头一晚，在集体宿舍里听到的……我刚讲完，有人在哄笑中大喊：

　　"让老和尚永远寿终正寝！"

　　"小和尚们，去和'魔鬼'拥抱哇！"

　　……

　　有几位同学尚未赶来，野炊午餐还得再等一会儿。我已得知，午餐是大伙随意带来的罐头、面包、点心、饮料和各种水果。我是空手来的，想到山门镇上去买点礼物，田芳就和我散步同去了。

　　我和她走进校园，不约而同地走到速成二班的教室前，那里的平房虽然没有拆除，也已经隔间垒墙，分为三室，变成教师宿舍了。门口垒着蜂窝儿煤，火炉上蹲着小锅，"吱吱"响，我默默地瞅着这座房子的窗户，又想流泪。我的神经变得如此脆弱，简直不能抑制了。

田芳敲响了一间房子的门板。

门开了，一位年轻白净的小伙儿站在门口。

"这儿……原来是我们的教室。"田芳说："我们想进去再看看……打搅您了。"

那青年初听时有点惊诧，随之就点头笑了，爽快地邀我们进屋。

我随着主人走进门。屋里一张双人床，一只双人沙发，靠墙的地方支一张桌子，桌上摆着钟表，花瓶，电视机。一个披着长发的女子从沙发上站起，礼让我们坐下。

"我们俩的那张课桌，大约就在这个位置上吧！"田芳站在那个桌子旁，回过头来问我。

"唔……就在那儿！"我应了一声。

"你过来……坐坐……"田芳说着，把一只椅子挪好，自己坐在靠墙的位置上，"让我们再回味一下……当年的学生生活……"

我走到桌前，在椅子上坐下了。我坐得端端正正，扬起头来，却看不到黑板，墙上挂着几张笔迹欠火候的条幅。我的胳臂肘碰到田芳的胳臂肘了。我不由地回过头，看到了她的一汪注满泪花的眼睛，从遥远的天空传来了一声声动人心魄的声音——

……你为啥不跟我说话？

……你的字儿写得多好呀！

我们静静地坐了一会儿，站起来，向男女主人歉意地笑笑，就走出这间屋子。

"再不会重返……当年的情景了！"我说。

"梦……二十五年……"田芳摇摇头。

我和她踏着走道上的落叶，走出校门，进入山门镇街道了。街道依旧狭窄，沿街的破旧的木房子有的拆除了，竖起一座高楼，鹤立鸡群似的。走到一家服装店门口，我和她都停住脚。现在，无论如何比当时那个一间门面、一个裁缝师傅、一台缝纫机的小裁缝铺气魄得多了。

田芳拉着我，到这个小铺店里来，把那件蓝袍脱下来，由裁缝师傅改成了列宁装。我穿上列宁式新装，戴上了八角帽，路也不会走了，八字步全乱了套。田芳和我走着，看着我的样子直笑。她说："跳起来吧！蹦啊！你敢不敢？"我跳起来了，蹦起来了，街巷里的行人把我当疯子看，我也不管，只觉得我轻松了，自由了，再也不能按八字步迈步了，蹦蹦跳跳起来了……

"你现在又拘谨起来。"田芳瞅着我说，"使我又想起你穿着蓝袍时的样子……"

我悲哀地叹口气，说不出话。

"你现在还敢蹦起来不敢？"她笑着问。

我惶惶然连忙摇头。

她没有使我为难，朝前街走去。

我和田芳再回到操场草地上的时候，聚会的主持人宣布午餐开始，各式罐头打开了，糕点包子解开了，酒瓶盖子被咬开了。一切可以临时做为盛酒的瓶盖、水杯全都注上了酒，一齐举起来：速成二班万岁！

主持者向大家宣布了一个数字：

师范速成二班：四十一名学生。死亡四人，其中一人死于"文革"武斗，三人死于疾病。现在本地区工作三十人，另七人随家随夫调外省或外地。聚会通知了三十人，实到二十九人，其中三人抱病赶来。

唯一的缺席者：刘建国。

谁也没问刘建国为什么不来。

主持者在大伙的静默中提议：为死去的四位同学祭酒。

清凌凌的酒液泼在草地上，散发出一股清香。

主持者又进行下一项动议：向县委提出一项意见，请领导人把刘建国从教育局调开，随便调到县委所属的任何一个部门去，只要不在教育系统就行。他现在还在任教育局副局长，有他在那个位位上，我们会觉得心里不舒服。就是这一条要求。至于全县的中小学教师有多少人被他整了，不必计算，应该向前看，不究前账。但请把他调开，让教员们再不要听见他的令人讨厌的声音……

鼓掌。呼叫。一个个全都签上了名字。

我捉着笔的手在发抖，终于写上了我的名字。二十五年来，我第一次向这个老同学表示了愤怒……

咒　符

一觉醒来，老鼠在顶棚上奔马。

一只老鼠跑起来，像野马驰过草原；一群老鼠奔跑起来，追逐起来，拼杀嘶咬，就像万马奔腾。

我刚刚从梦里醒来，一身虚汗，月亮照在南窗的窗格上，屋里静得可以听见窗外大地的呼吸，老鼠的追逐和嘶叫把一切都破坏得淋漓尽致。

我在黑暗中摸到烟，摸到火柴，火柴划着的一瞬，顶棚上的老鼠收敛了。我抽着烟，闭眼躺着，等待天明……

我平反以后，孩子顶替我去工作了，女儿早已出嫁，屋里只剩下我和老伴。老伴早已不再称我为先生，看我也不再是怯怯的神色。她手插在粗壮的腰里，指挥我去种地，干一切过去由她自觉承揽的家务，初时有报复的意味，后来就成了习惯。

"你一天唉声叹气做啥？"她问我，"想那个野婆娘了吗？"

我说我背着右派的包袱，叹气成了习惯了。

"右派怕啥？只要给工资，啥球派还不是一样叫！"她不在乎地说，"我看当个右派倒不错，你变得规矩了，再不敢跟野……"

我不能发火。我要是一张口分辩，她会大喊大叫，故意让左邻右舍都听见。

"你去洗衣服吧？"她吩咐我，"我腰疼了。"

农村里，男人洗衣服的习惯还不普遍，我抱着衣服走向井台的时候，男人女人都在拿眼睛瞟我。我硬着头皮也就过去了。

"你来擀面吧。"她说。

我学会了做饭。

我明白，她不光是为了享受，其实她倒不是懒女人。她要我洗衣，要我做饭，就会在村人尤其是女人伙儿里提高她的身份，她觉得

220

过去的状况太叫别人瞧不起她了。

我退休回家之后，她也变得好起来了："咱俩种那二亩地，够吃了。你领下的退休钱，够花了。只要你再不想野……我好好待你，咱欢欢乐乐过到死……"

说下这话一年，她突然死了，跌了一跤，心肌梗塞。

我一个人躺在这个祖传的屋子里的炕上，听老鼠奔马。

别人给我介绍下一个女人。连子女都反对，说我快六十岁的人了，难道连面子也不顾了？娃他舅更是怒气冲天，说我败坏了徐家读书识礼的门风……

我的老姐和小妹子看我生活艰难，劝我的儿子和女子，加上你给我大女儿做工作，总算勉强同意了。

我的这件事，按说该办成了。可是，事到临头，要我办这事的时候，我又动摇了。你问为啥？我也说不清……我总觉得我还在牛王砭小学那间小库房里蜷着。那间小库房，容不得旁人进去，打破里面凝结的空气。同样，我也在离开那个小库房以外的其他地方，感到了不自在。尽管我退休回到家里，我的心，似乎还在那个小库房里蜷曲着，无法舒展了。田芳能够把我的蓝袍揭掉，现在却无法把我蜷曲的脊骨捋抚舒展……

我送我的启蒙先生到山坡下。

春风吹绿了河川，也吹绿了塬坡，又是杏花纷谢桃花呈艳的阳春三月。坡地上的麦苗绿色葱郁，塄坎上的杂草蓬蓬勃勃，只有沟壁间的断崖的红石土色，显露着黄土高原地区残破丑陋的面貌。

他朝坡上走去，回他的塬上那个杨徐村去了。他的背脊躬起来，一步一踩，缓缓地沿着蜿蜒的坡间小路走上去。

我的心似乎也被什么东西箍住了。

1985 年 8—11 月 草改于西安东郊

四妹子

从延安发往西安的长途汽车黎明时分开出了车站的铁栅大门。四妹子额头贴着落了一层黄土尘屑的窗玻璃，最后看了送她出远门上长路的大大和妈妈一眼——妈跟着车跑着哭着喊着甚叮嘱的话，大也笨拙地跑了几步，用袖头擦着眼泪——脑子里却浮现出妈给她从尻子里掏屎的情景。

妈把碾过小米的谷糠再用石磨磨细，就成了黄沓沓的糠面儿，跟生长谷子的黄土的颜色一模一样。妈给糠面里儿搀上水，拍拍捏捏，弄成圆圆的饼子，在锅里烙熟的时光，四妹子爬在锅台上就闻到一股诱人的香味。待她把糠面饼儿咬到嘴里，那股香味就全然消失了，像嚼着一口细沙子，越嚼越散，越嚼越多，怎么也咽不下去。妈就耐心地教给她吃糠饼子的要领：要咬得小小一点儿，慢慢地嚼，等口里的唾液将糠面儿泡软了，再猛乍一咽。她一试，果然咽得顺当了，尽管免不了还是要伸一伸脖子。糠饼子难吃难咽倒也罢咧，顶糟的是吃下去拉不出来，憋得人眼发直，脸红青筋暴突，还是拉不下来。拉屎成了人无法克服的困难，无法卸除的负担，无法解脱的痛苦。无奈，她

222

只好撅起屁股，让妈用一只带把儿的铁丝环儿一粒一粒掏出来，像羊羔子拉出的小粪粒。

妈妈一边给她掏着，一边叮嘱她，糠饼子一次不能吃得太多，多了就塞住了。而且一定要就着酸菜吃，酸菜性凉下火。她不相信。既然妈妈能教给她合理吃糠的办法，妈自己为啥还要大给她掏屎呢？有一次，在窑洞旁侧的茅房里，她看见妈撅着白光光的屁股，双手撑着地，大大嘴里叼着烟袋，捏着那只带把儿的铁丝环儿，一边掏着，一边说着什么怪话，逗得妈哭笑不得，狠声咒骂着大。大一看见她，忽地沉下脸，厉害地呵斥她立马滚远。又有一回，她又看见妈给大掏屎的场面，大的架式很笨，双手拄在地上，光脑袋顶着茅房矮墙上的石头，撅着黑乎乎的屁股，大声呻唤着。她已经懂得不该看大人的这种动作，未及妈发现，就悄悄躲开了。

小时候，让母亲给她掏屎倒也罢了，甚至觉得妈那双手掌抚摸着屁股蛋儿时有一种异常温暖的感觉，及至她开始懂得羞丑的时候，就在母亲面前脱不下裤子来了。她找到邻居的娥娥姐姐，俩人躲到山旮旯里，让娥娥姐给她帮忙，娥娥姐也有需要她帮忙的时候。

公共汽车在山谷中疾驰。四妹子一眼就能看出，车上的乘客大致可以分成两类，一种是穿戴干净的公家人，一种是本地庄稼人，倒不完全是服装的差异，也有几个穿四个兜干部装的农村小伙子，一搭眼就可以辨出也是吃糠的角色，那些干部或者工人，总之是公家人的那一类乘客，似乎比庄稼人这一类乘客消化能力强，从一开车不久，这类人就开始嚼食，有的嚼点心、蛋糕、面包，有的啃苹果啃梨，嚼着啃着还嘟哝着不满意的话，延安的点心没有油，是干面烧饼啦！延安的蛋糕太次毛，简直比石头还硬啦！那些和四妹子一样的庄稼汉乘客，似乎都吃得过饱，吃得太满意，不嚼食也不埋怨，只是掂着旱烟袋，吐出呛人的烟雾。

四妹子自然归属不嚼不怨的这一类。看别人吃东西是不体面的，听别人嚼蛋糕（尽管硬似石头）和苹果的声音却是一种痛苦，再听那些嘟嘟哝哝的埋怨的话简直使人要愤怒了，她就把眼睛移向窗玻璃。秃山荒梁闪过去，树蓬子闪过去，贴在地皮上的黑羊白羊也闪过

223

去了。

　　她能记得的头一件事是替妈抱娃娃。娃娃总是抱不完，刚抱得弟弟会跑了，母亲又把一个妹妹塞到她手里；她刚教得妹妹会挪步，炕上又有一个猴娃娃哭出声来了，等着她再抱。生长在农民家里的老大，尤其是女孩子，谁能免得了替妈妈抱引弟弟妹妹的劳举呢！当妹妹能抱更小的弟弟的时候，大把一只小背篓套在她的肩膀上，装上灰粪上山，装着谷穗下山，晚上躺在炕上，肩膀疼得睡不下。妈说，时间长了就好了。背了两年，她的肩膀还是疼。大说，背过十年二十年就不疼了，而且亮出自己的肩膀。四妹子一看，大的两边肩膀上，隆起拳头大两个黑疙瘩，用手一摸，比石头还硬。大说，只有让背篓的套环勒出这两块死肉疙瘩来，才能背起二百多斤重的灰粪上山。四妹子很害怕，肩膀上要是长出那样两个又黑又大的死肉疙瘩真是难看死了。

　　她的贴身同座是一位中年女人，属于爱嚼的那一类，特别爱说话，不停地询问四妹子是哪个县哪个公社哪个村的人，又问她到西安去做什么，问得四妹子心里发惷了，会不会是派出所穿便衣的警察呢？她只说到西安找亲戚，再就支吾不语了。

　　在她背着妹妹在小学校里念五年级的那年，家里来了一个陌生的跛子，说一口可笑的外乡话，第二天就引着二姑走了，妈叫她把跛子叫姑夫。她瞧不起那个跛子，凭那熊样就把可亲可爱的二姑引跑了。她也瞧不起二姑了，再嫁不下什么人，偏偏就要嫁给那个一条腿高一条腿低的跛子吗？这年春节前，跛子姑夫来了，带来了满满三袋白面，四妹子平生第一次给肚子里装满了又细又韧的面条，引着跛子姑夫满山满沟去逛景，再不叫跛子了，只是亲热地叫姑夫。姑夫告诉她，他们那儿一马平川，骑自行车跑两三天也跑不到头；平川里净产麦子，麦秆儿长得齐脖高，麦穗一拃长，一年四季全吃麦子，半拃厚的锅盔，二尺长的宽面条，算是平常饭食。左邻右舍那些曾经讥笑二姑嫁了个跛子的婆姨们，纷纷串到窑里来，求妈给二姑捎话，让二姑在一年净吃麦子的关中平原地方给她们的女子找个婆家，跛子也成，地主富农成分也成。即使是两条长腿的贫农后生能咋？还不是伸长脖

224

子咽糠，撅着屁子让人掏屎！四妹子十八九岁了，现在搭乘汽车到西安，二姑和跛子姑夫在西安的汽车站接她，然后再转乘汽车，到二姑家住的名叫杨家斜的村子去，由二姑给她在那儿的什么村子找一个婆家……为着这样一个卑微的目的，四妹子怎么好意思开口说给同座那位毫不相干的中年女干部呢？

同座的女干部不仅爱嚼食，而且爱嚼舌，听口音倒是延安本地人。她说她离开延安二十几年了，想延安呀，梦延安呀，总是没得机会回来看一看。这回回来，真是重新温习了革命传统，一辈子也忘记不了。四妹子却听得迷迷糊糊，不知这位女干部何以会有这样奇怪的心情。四妹子知道，单她们刘家峁百十户人家中，现在在外做县长以上的官儿的人就有三十多个，他们回到刘家峁的时候，也说着和这位女干部相像的话。四妹子却想，如果现在让他们吃糠饼子，撅着屁子让人给掏屎，他们就……

车过铜川以后，四妹子猛然惊叫一声——哦呀！在她眼前，豁然展开一个广阔无际的原野，麦苗返青，桃花缀红，杨柳泛绿。这就是跛子姑夫吹嘘的那个一年四季净吃麦子的关中平原吗？呀——麦苗多稠！呀——村庄多大！呀——多高的瓦房！唔！老家那些沿着崖畔排列的一孔孔土窑，在这平川地带连个影子也寻不到了……

二

四妹子在杨家斜二姑家住下来，没出半月，相继有四家托人来提亲。

对每一位跨进门槛来的提亲说媒的男人或女人，二姑一律都笑脸迎接，热情招呼，款声软气地探问男方的家庭成分、兄弟多少、住房宽窄、身体状况，结果却没有一家中意的。四家被提起的对象中，一户地主，一户富农，成分太高。另两户倒好，都是目下农村里最吃香的贫农成分，其中一个是单眼儿，一只眼蒙着萝卜花。对前三户有着无法掩饰的缺陷的家庭，二姑当面对媒人回答清楚，不留把柄儿，然而谢绝的语言是婉转的，态度十分诚切。结亲不成人情在，用不着犯恼。第四户人家是贫农，又是独子，男娃也没有什么大缺陷，二姑动

225

心了，专门出去到一位亲戚家打问了一下，才知那男娃是个白脸瓜呆子，顶多有八成，人叫二百五，小时害过脑膜炎。二姑回到家，当下就恼了，当着跛子姑夫的面发泄恶气："尽给俺侄女提下些啥货呀？地主富农，瞎子瓜呆子，乌龟王八猴的货嘛！俺侄女这回寻不下好对象，就不嫁……"

听到这些候选者的情况，四妹子难过地哭了，太辱贱人了！二姑转过脸，换了口气，安慰四妹子说，物离乡贵，人离乡贱哪！要不是图得杨家斜村一年有夏秋两料收成，她才不愿意嫁给跛子姑夫做媳妇呢！跛子姑夫呷着旱烟袋，听着二姑毫不隐讳的奚落他的话，也不恼，反而在喉咙里冒出得意的"哼哼唧唧"的笑声，斜眼瞅着二姑笑着，那意思很明显，说啥难听话也没关系，反正是两口子了。

二姑告诉四妹子，关中这地方跟陕北山区的风俗习惯不一样，人都不愿意娶个操外乡口音的儿媳妇，也不愿意把女子嫁给一个外乡外省人，人说的关中十八怪里有一怪就是：大姑娘嫁人不对外。近年间乡村里运动接连不断，无论啥运动一开火，先把地主富农拉上台子斗一场。这样一来，地主富农家的娃子就难得找下媳妇了，人家谁家姑娘爱受那个窝囊气呀！高成分的子弟在当地寻不下媳妇，也不管乡俗了，胡乱从河南、四川、甘肃以及本省的陕北、陕南山区找那些缺粮吃的女人。这些地方的姑娘不择成分，甚至不管男方有明显的生理缺陷，全是图的关中这块风水地。四妹子听着，心里就觉得渗入一股冷气，怪道给她提亲说媒的四家，不是高成分，就是人有麻达。既然关中这地方的人有这样的风俗，她最后的落脚怕是也难得如意。想到这儿，四妹子低头伤心了。

二姑说，事情也不是死板一块，需得慢慢来。二姑表示决心说，反正绝不能把侄女随便推进那些地主富农家的火坑，也不能操给那些缺胳膊少眼睛的残废人。有二姑做靠山，有吃有住，侄女儿尽可放心住下去，等到找下一个满意的主儿。跛子姑夫也立即表态，表示他绝不怕四妹子夺了口粮，大方地说："甭急！忙和尚赶不下好道场。这事就由你二姑给你办，没麻达！你在咱屋就跟在老家屋里一样，随随便便，咱们要紧亲戚，跟一家人一样，甭拘束……"姑夫倒是诚心

226

实意，四妹子觉得二姑嫁给这个人，虽然腿脚不美，心肠倒还是蛮好的。

此后，又过了十来天，居然没有谁再来提亲。二姑说，村里已经传开，新来的四妹子眼头高，不嫁有麻达的人。甚至说，不单地主富农成分的人不嫁，条件不好，模样不俊的贫农后生也不嫁。这显然是以讹传讹，歪曲了二姑和四妹子的本意。二姑倒不在乎，说这样也好，免得那些乌龟王八猴的人再来攀亲，也让村人知道，陕北山区的女子也不是贱价卖的！四妹子心里却想，再这样仨月半年拖下去，自己寻不下个主家，长期在二姑家白吃静等，即使跛子姑夫不厌弃，自个也不好受。口粮按人头分，虽然关中产粮食，也有标准定量。她却苦于说不出口。

焦急的期待中，第五个媒人走进门楼来了。

连阴雨下了三天，"滴滴答答"还不停歇，四妹子正跟二姑在小灶房里搭手做饭，跟二姑学着用擀面杖擀面，有人在院子里喊跛子姑夫。二姑探身从窗口一看，就跑出灶房，笑着说："刘叔，你来咧，快坐屋里。"随之就引着那人朝上房走去。四妹子低头擀面，预感到又是一个说媒的人来到，心里就咚咚咚跳起来，那擀面杖也愈加不好使。在陕北老家，虽然有个擀面杖，却长年闲搁着，哪里有白面擀呀！年下节下，弄得一点白面，妈怕她糟践了，总是亲手擀成面条。现在，二姑教她擀面，将来嫁给某一户人家，不会擀面是要遭人耻笑的。关中人吃面条的花样真多，干面、汤面、柳叶面、臊子面、方块面、雀舌头面、旗花面、麻食子、碱面、乒乓面、棍棍面……

四妹子擀好了面，又坐到灶锅下点火拉风箱，耳朵不由地支棱着，听着从上房里传来的听不大清楚的谈话声，耳根阵阵发烧，脸蛋儿阵阵发热，心儿咚咚咚跳，浑身都热燥燥的了。

"四妹，你来一下下！"

四妹子脑子里"嗡"的一声，手脚慌乱了。往常有媒人来，都是二姑接来送走，过后才把情况说给侄女儿。今日把她喊到当面，够多难为情！她拉着风箱，说："锅就要开了——"

"放下！"二姑说，"等会再烧……"

227

她从灶锅下站起来，走出小灶房的门，拍打拍打襟前落下的柴灰，走进上房里屋了，不由地低下头，靠在炕边上。

二姑说："这是冯家滩的刘叔，费心劳神给你瞅下个对象，泥里水里跑来……你听刘叔把那娃的情况说一下，你自个的事，你自个尺谋，姑不包办……"

"我把那娃的情况给你姑说详尽了，让你姑缓后给你细细说去，我不说了。"刘叔在桌子旁边说，口气嘎巴干脆，"这是那娃的相片，你先看看是光脸还是麻子。"

四妹子略一抬头，才看见了刘叔的脸孔，不由一惊，这人的模样长得好怪，长长的个梆子脸，一双红溜溜的红边烂眼，不住地闪眨着，给人一种极不可靠的感觉，那不停地闪眨着的红眼里，尽是诡秘和慌气。她急忙低下头。

二姑把一张相片塞到她手里："你看看——"

四妹子的手里像捏着一块燃烧着的炭，眼睛也花了，她低头看看那照片，模样不难看，似乎还在笑着，五官尚端正，两条胳膊有点拘促地垂在两边，两条腿一样长，不是跛子……她不敢再细看，就把那相片送到二姑手里。

"等我走了，再细细地看去！"刘叔笑着说，"就是这娃，就是这个家当，你们全家好好商量一下，隔三两天，给我一句回话。愿意了，咱们再说见面的事；不愿意了，拉倒不提，谁也不强逼谁。大叔我说媒，全是按新婚姻法办事，自由性儿……"

"好。刘叔，我跟娃商量一下，立马给你回话。"二姑干脆地说，"不叫你老等。"

"那好，把咱娃的相片给我一张。"刘叔说，"也得让人家男方一家看看……"

唔呀！四妹子居然没有单人全身的相片。二姑哀叹自己也太马虎了，四妹子到来的一个多月里，竟然忘记了准备下一张全身单人照片。叹息中，二姑忽然一拍手，记起来去年她回娘家时，和哥哥嫂嫂以及四妹子照的全家团圆的相片来，问媒人，能行不能行？

"行行行！"刘叔说，"只要能看清楚都成！"

二姑迅即从厦屋里的镜框中掏出相片，交给刘叔。四妹子很想看看这张相片，又不好意思再从刘叔手里要过来，记得自个傻乎乎地站在母亲旁边，笑得露出了门牙……

刘红眼吃了饭，又踩着泥水走了。

二姑这才告诉她，刘叔说的这门亲事，是下河沿吕家堡的吕克俭的老三。家庭上中农，兄弟三个，老大教书，老二农民，有点木工手艺，老三今年二十二三岁，农民。

姑婆这阵儿插言说："吕家堡的吕老八呀，那是有名的好家好户，人也本顺。"

四妹子想听听二姑的意见。

二姑说："上中农成分，高是高了点，在农村不是依靠对象（作者按：依靠贫农，团结中农，斗争地主富农），也不是斗争对象，不好也不坏，只要不挨斗也就没啥好计较的了。反正，咱们也不指望好成分吃饭。这个娃嘛！从相片上看，也不难看，身体也壮气。农业社就凭壮实身体挣工分。你看咋样？"

四妹子已经听出话味儿，二姑的倾向性是明显的。她琢磨一下，这个成分和这个没有生理缺陷的青年，已经是提起过的几个对象中最好的一位，心里也就基本定下来。她说："姑，你看行就行吧！"

"甭急。"二姑说，"待我明日到吕家堡背身处打听一下，回来再说，可甭再是个二百五！"

第二天傍晚，二姑汗流浃背地回来了，说："我实际打问了一程，那家虽然成分稍高点，那娃他爸人缘好，德行好，确是个好主户。那娃也不瓜，听说是弟兄仁里顶灵气的一个……"

四妹子看着二姑高兴的样子，溢于眉眼和言语中的喜气，心里就踏实了几分，羞羞地说："二姑要是说好，那就好……"

"咱先给刘叔回话，约个见面的日子。"二姑说，"见了面，谈谈话，要是看出他有甚毛病，瓜呆儿或是二愣，不愿意也不迟！"

当晚，二姑就把跛子指使到冯家滩去了，给刘红眼叔叔回话，约定见面的日子。

三

二姑说，头一回跟男方见面，叫做背见。

四妹子这才明白了关中乡村里目下通行的订亲的程序。背见是让男女双方互相看一看，谈一谈，如果双方对对方的长相基本满意，同意定亲，随后就举行正式的见面仪式。因为头一次见面的实际目的只是使双方能够直观一下，带有更多的试探的性质，成功的把握性不大。所以，背见时不声张，不待亲朋好友，不许左邻右舍的人来凑热闹，也不管饭招待，只是清茶一杯，香烟一包，悄悄来，悄悄去，时间一般都选择在晚上，以免谈不拢时反而造成风风雨雨，于男女双方都不好听。

背见虽然不声不响，却是顶关键的一步，一当男女双方都给介绍人说声"愿意"以后，终生大事就这样定下来了，随后的订婚和结婚的仪式，虽然热闹，终究只是履行一种形式或者说手续罢了。四妹子感到了紧张，压抑，甚至莫名的慌慌张张，和她前来见面的会是怎样一个人呢？

二姑一家人也都显出紧张和神秘的气氛。天擦黑时，二姑早早地安顿一家大小吃罢夜饭，洗了碗，刷了锅，把案板上的油瓶醋瓶擦拭得明明亮亮，给两只暖水瓶里灌满开水，就着手扫了里屋，又扫了前院。从前院到后院，从地上到案板上，全都干净爽气了，一扫平日里满地柴禾、鸡屎的邋遢景象。

跛子姑夫从二姑手里接过一块票儿，摸黑到村子里的代销店买回来一盒大雁塔牌香烟，连同剩余的零票儿一齐交给二姑，就坐在木凳上吸旱烟。二姑把零票儿装进口袋，就对姑夫说："你也要看一眼呀？"那口气是排斥的，很明显，二姑不希望跛子姑夫在这种场合绊手绊脚。跛子姑夫也不在意，憨厚地笑笑，叮嘱二姑说："我看啥哩！只要四妹子愿意，我看啥哩！虽说婚事讲个自由，年轻人没经验，你好好给娃把握一下，甭弄得日后吃后悔药，让乡党笑话，就这话。我到饲养场去了。"二姑也意识到事情的分量，诚心诚意对跛子姑夫点点头。姑夫掮着烟袋，低一脚高一脚走到院子里，出街门的时候，沉稳地咳嗽了两声。

姑婆也不甘心被排除在这件重要的事情之外，混浊的眼珠里闪出温柔慈爱的光来，对四妹子叮咛着，像是对自己亲孙女一样说："娃家，这是你一辈子的大事，不敢马虎。会挑女婿，不挑那些油头粉面的二流子，专挑那些实诚牢靠的后生，跟上这号后生过一辈子，稳稳当当，不惹邪事。你看哩么！实诚人和滑滑鱼儿，一眼就能看出来……"四妹子羞涩地笑笑，低下头，心中更加慌惶，一眼怎能辨出实诚人或是滑头鬼呢？

"妈吧！"二姑亲切地喊，又明显地显示出逗笑的口气，"你有这好的眼头，好呀！今黑请你给看看，是实诚人还是滑滑鱼儿……"

"看就看，当我看不来！"姑婆嗫嗫皱纹密麻麻的嘴唇，回头却叫孙子和孙女，"铁旦儿，花儿，跟婆睡觉！没你俩的事，甭蹦来蹦去尽绊搅人！让人家生人见了，说咱家娃娃没规矩……"

铁旦和花儿正蹦得欢，不听姑婆的话。二姑在每个屁股上狠狠地扇了两下，厉声禁斥："滚！跟你婆睡去！胡蹦跶啥哩！刚扫净的地，又弄脏了！刚收拾整齐的桌面，又拉乱咧……"

姑婆把孙子和孙女牵到里屋火炕上去了。

二姑坐下来，瞅着四妹子的脸，像不认识侄女似的，愣愣地瞅着。四妹子看出，二姑眼里有一种异常沉重，甚至是担心的神色。这种神色，四妹子很少发现过。自到二姑家近乎俩月里，她明显地可以看出，二姑精明强干，早已熟知关中乡村的一切风俗习惯，连说话的口音也变了，夹杂着关中和陕北两地的混合话语，她在这个家庭里完全处于支配者地位。钱在二姑手里攥着，一家人的穿衣和吃饭以及日常用度，统由二姑安排。跛子姑夫一天三晌回家来吃饭，吃罢饭就回饲养室去了，晚上也歇息在那里。姑婆一天牵着两个孙子和孙女，像母鸡引护着小鸡儿，在村子里转，任一切家务和外事，都由二姑决定，去应酬。二姑已经变成一个精明强干的家庭主妇了，许多事都是干干脆脆，很少有优柔寡断的样子。

二姑压低声儿，对侄女说，"四妹子，今黑定你的大事，姑心里扑扑腾腾的，总也搁不稳定。你看，你妈你爸远在山里，把你送到姑

231

这儿，姑想跟谁商量也没法商量。这事要是定下，日后好了瞎了，咋办？好了大家都好，瞎了我可怎样给你大你妈交待……"

"姑！"四妹子当即说，"我来时，跟俺大俺妈把啥话都说了，不会怨你的。我也不是三岁五岁的鼻涕娃娃……你放心……"

"四妹子！"二姑更加动情地说，"话说到这儿，姑就放心了。一会儿人家来了，你大大方方跟他说话，甭让人家小瞧了咱山里人。那娃我也没见过，你看姑也看，你愿意姑也就愿意，你不愿意姑也不强逼你……"

"二姑，我知道……"四妹子有点难受了，像面临着生死抉择似的，而又完全没有把握，为了不使二姑心里难受，她说，"我知道……"

"好。"二姑说，"去！把你的头发梳一梳，把那件新衫子换上，甭让人说咱山里人穷得见面也穿补丁衫子……"

四妹子有点不好意思，忸怩了一下。

"去！洗洗脸，搽点雪花膏。"二姑催促她，"怕也该来了。"

四妹子走进二姑的厦屋，洗了手脸，从一只小瓶里挖出一点儿雪花膏，搽到脸上，感觉到脸发烧。她找出化学梳子，梳刺上糊着黑乌乌的油垢，就把它擦净，化学梳子又现出绿色来。镜子上落了一层尘灰，也擦掉了，她坐在电灯下，对着这只小圆镜，看着映现在镜片里的那个姑娘，嘴角颤颤地笑着。

她像是第一次发现自己长得这样好看，眼睛大大的，双眼皮虽不那么明显，却确实是双眼皮；鼻梁秀秀的，不凹也不高，恰到好处，只是脸颊太瘦了，要是再胖一点……她不好意思地笑着，一下一下梳着头发，头发稍有点黄，却松松散散，扑在脸颊两边；她心里对镜子里那个羞涩地笑着的人儿说，啊呀！今日给你相女婿哩！也不知是光脸还是麻子……

院子里一阵脚步响，随之就听见二姑招呼说话的声音，接着听见刘叔的嘎巴干脆的搭话声，最后是一个陌生女人的声音。脚步声响到上房里屋去了，四妹子的心在胸膛里咚咚咚跳起来，放下梳子，推开镜子，双手捂住脸颊，不知该怎么办了。

她给自己倒下一杯水，喝着，企图使自己的心稳定下来，上房里传来二姑和那个陌生女人异常客气的拉话声，心儿又慌慌地跳弹起来。难挨难耐的等待中，四妹子听到二姑唤她的声音。

　　四妹子走出厦屋，略停一停，就朝上房里走去，踏进门坎，一眼望见电灯下坐着四五个人，她就端直盯着介绍人说："刘叔，你来咧！"

　　刘红眼哈哈一笑，立即站起，指着一个坐在条凳上的小伙子说："这是吕建峰，小名三娃子。"那小伙子也羞怯地笑笑，忙低了头。四妹子心里扑轰一下，其实根本没敢看他。刘红眼又指着一位中年女人说，"这是三娃子的大嫂子，今黑你俩要是谈好了，也就是你的大嫂子……"四妹子羞得满脸火烧，忙坐到一边的凳子上，浑身不自在，也不敢看任何人，其实心里明白，她自己才是别人相看的目标，那个吕建峰就是跟着他大嫂子来相看她的。

　　"一回生，二回熟，三回就不要我老刘了！"刘红眼坐在桌子边正中的位置上，对着那边的吕建峰和他的大嫂子，又转过头对着这边的四妹子和她的二姑，说着联结两边的话，"事情也不复杂。新社会，讲自由自愿，咱们谁也甭想包办，让人家四妹子和三娃子畅开谈。这样吧！四妹子，三娃子，你俩到前头厦屋去说，省得俺们在跟前碍事。俺们在上屋说话……"

　　二姑以主人的身份，引着客人和四妹子回到厦屋里，礼让客人在椅子上坐下，倒下一杯茶水，递上一支烟，客人接过又放下，说他不会抽。二姑看一眼侄女儿，就走出去了。

　　四妹子坐在炕沿上，看着自己的脚尖，不好意思抬起头来，那位坐在椅子上的客人，从压抑着的出气声判断，他也十分紧张和局促。

　　四妹子等待对方开口。

　　对方大约也在等待她开口。

　　小厦屋里静静的，风吹得窗户纸"嘶嘶嘶"响。

　　四妹子稍微抬起头，看一眼桌旁椅子上的客人，心中一惊，连忙低下头，是那样一个人呀！黑红脸膛，两条好黑好重的眉毛，一双黑乌乌的眼睛正盯着她的脸。她突然想到一块铁，一块刚刚从砧子上锻

233

打过的发蓝色的铁块。她想到这人脾气一定很硬，很倔，很……

"俺屋人口多，家大，成分也不怎么好……"

四妹子终于听到了对方的一句话，实实在在，净说他家的缺短之处，人口多而家大，是女方选择对象时的弹嫌疵点，人都想小家小户吃小锅饭，成分高就更是重大障碍了。可这些问题，四妹子早就知道，已经通过了。她没有吭声，等待对方再说，第一句话就给她一个印象：这人挺实在……

一句话后，客人又沉默了。四妹子心里一转，会不会是因为自己没搭腔，没对他说的话表示态度而顿生疑窦了？要不要赶紧表白一下？

"我对你……没意见……"

四妹子想搭腔表白的想法顿时打消了。她想笑，几乎有点忍不住，就用一只手捂住嘴，不致笑出声来，令客人难堪。刚刚说了一句话，第二句就表示"没意见"了，是太性急了呢？还是太老实了呢？老实得令人可笑。啊呀！四妹子的脑子里顿然飞来一团乌云：这小子大概是个傻瓜蛋儿吧？

二姑前几天曾经给她说过一个真实的笑话。杨家斜一个姑娘跟邻近村一个小伙去背见，谁也不好意思开口，呆坐了一袋烟工夫，那小伙忍不住了，就要开口，他想拣一生中最有趣的事说给姑娘，显示一下自己的见识，想来想去，想到了他舅舅领他在西安动物园看过一回老虎。他想，姑娘肯定没见过老虎，用老虎镇一镇她，就说："我见过老虎，嗐！比牛犊还高还大！你见过吗？"姑娘一愣，俩人谈婚事，关老虎屁事呢？小伙子得意了，说："咱俩一结婚，叫俺舅把咱俩引到动物园，再看一回老虎……"姑娘瞅着那个得意忘形的傻眼傻样儿，心里起疑雾了。正在姑娘心中纳闷叫苦的时候，小伙突然站起来，耸起鼻子，左嗅嗅，右闻闻，随之就释然傻笑起来："怪事！我说这屋里今黑怎么有一股香味儿？原来是你身上香……"姑娘一听，吓得蹦出屋子，丢下媒人和陪她去的老婶子，一口气跑回杨家斜来。

四妹子听了二姑说的笑话，笑得肚子疼。现在，她似乎有一种不

234

祥的预兆，眼前的这位小伙，活脱就是那位用老虎吓人的傻爪蛋儿。她瞧一眼他，他低着头看着自己的手，不开口。如果他继续说话，她就可以进一步观察他的成色，如果他就这么坐下去，怎么办？四妹子拿定主意，要引逗他说话。

"你今年多大咧？"

"二十二。"

"你在哪儿念过书？"

"初中刚念了一年，就停课闹革命了。"

"后来呢？"

"后来就回吕家堡了。年龄小，队里不准去上工，我就割草挣工分，到年龄大了些，就跟社员干活。"

她不问了，他也就不说了。看来不是瓜呆子，四妹子的疑雾消散了。他是害羞呢？还是那号不爱说话的闷葫芦？她此刻倒是希望他能问她点什么，可他依旧不开口。

"你还没说……对俺……有意见没？"

他大约只关心这一句话。四妹子心里又有点想笑，决定不立即正面回答他，逗一逗这位长得魁武壮大的汉子，看他会怎样？她说："我至今连你的名字都不知道，能有什么意见呢？"

"噢！我叫吕建峰。"他红了脸，解释说，"我是说……你愿意不愿意……"

"你好性急呀！"四妹子说。

客人腾地臊红了脸，更加局促不安了。

刘红眼出现在门口，把她和他又叫回上房里屋。刘红眼眨巴两下眼皮："长话短叙，夜短，明日还都要劳动。现在，你俩见也见了，谈也谈了，三对六面，只说一句话……"

屋里静声屏息。

"我没意见。"吕建峰先说了。

四妹子立即感觉到所有人的眼睛都盯着自己了，终身大事就这样定了！一旦定了，甭说结婚后离婚，订婚后要解除婚约也不光彩哩！她对他现在说不上什么，说不上缺点也说不上优点，没有什么能促使

235

她迫切地要求与他结合，甚至没有什么能促使她急切地说出"我没意见"的话来。她终于没有说出话，只是点点头。

"好！顺顺当当，大家欢喜。"刘红眼一拍手，从凳子上跳下来，站在屋子中间，宣布说："扯布，定亲！"

得到了最满意的结果，刘红眼领着吕建峰和他大嫂，走出院子，消失在村口朦朦的月光里。

姑婆也很满意，兴致勃勃地拍着四妹子的脊背，发着感叹："新社会多好！先见面，再说话，后出嫁，心里踏踏实实。俺那会……唉！直是进了人家厦子，盖头一揭，才亮宝……"

四妹子觉得，毕竟比姑婆那会儿好多了。

四

背见之后是正式见面。背见在女方家悄悄进行，正式见面仪式在男方家里举行，要待承亲戚和好友。亲朋好友来时要带礼物，一件成衣或一节布料，主家要摆席面，仪式是庄重而严肃的。

四妹子跟着二姑，到吕家去出席见面仪式。

麦苗吐穗了，齐摆摆的麦穗直打到人的胸脯上。太阳冒红，四妹子觉得身上热燥，脸上渗出细密的汗珠子。

"见了人家老人，要叫爸，要叫妈，甭学那硬嘴子，和人白搭话。"二姑叮嘱她说，"我新近得知，这家人讲究礼行，家法规矩严，甭让人家头一回见面就说咱山里人不懂礼行。"

"嗯。"四妹子应着，心里不由得毛乱起来。上回背见，她是主家，他是客人；这回她是客人了，实际是供吕家大小以及他们的亲朋好友看的，看他们的三娃子瞅下了个什么模样的媳妇。啊呀！听说吕家人口多，家族大，亲戚朋友也不少，这种被人观赏的场面该是多么难堪……

"放稳当，甭慌！"二姑说，"人都有这一回难场，过去了也就过去了。"

三天前，按照刘红眼约定的日子，二姑陪着她，跟吕建峰和刘红眼到西安去扯布，这回由吕建峰的二嫂陪着。经过两头周旋，刘红眼

236

告知二姑，由男方出二百块钱扯衣料，不管买多买少，质量好坏，以二百元为限额。五个人厮跟着，坐公共汽车进西安，转一座百货大楼，又转一座百货大楼，买了几件衣服之后，二姑悄悄提示她，要拣两件值钱的料子，吕家兄弟三个，妯娌们多，日后过门了，要再添件好衣服，不说大人舍不舍得花钱，单说妯娌们咬得你就受不了，这是最浅显的道理。必须在订婚扯布时，狠心买几身好衣服，男方受疼也得硬受。四妹子担心，不是说定二百块钱吗？二姑说她傻，那不过是个纸糊的围墙，你要买，他就得买，不买了，他们首先怕婚事塌了火。当然，也不能没个远近乱要。

四妹子茅塞顿开，勇敢地向毛料柜台走去，她一眼瞅中那卷毛哔叽，就站住不动了。

"走，四妹子。"刘红眼并不走上前，远远地喊。

四妹子站住不动，抚摸着毛哔叽布卷。

"四妹子，到北大街去，那儿刚修建下一座百货商场，货全好挑。"二嫂走上前来说。

四妹子故意不看她，站着不动。

四妹子听到刘红眼和二嫂在窃窃商议。她依然站着，如果她硬要买，他们会怎样继续耍花招儿？二姑也悄声给她壮胆："不去！就要这！"

刘红眼和二嫂以及吕建峰三人都围上来。轮到吕建峰说话了，他是主事人："这太贵，不扯！"

四妹子说："我就喜欢这布料。"

吕建峰说："喜欢你去买，我不买了！"说罢，转过身，把皮兜往二嫂怀里一塞，走掉了。

四妹子像是受了侮辱，转过身，把二姑一拉，说："刘叔，俺也走咧！"

刘红眼急忙拉住四妹子的胳膊。

二嫂从楼梯口把吕建峰也拽过来。

"这主意我坐了！买！"二嫂说，"四妹子喜爱这料子嘛，爱了就买么。为这点事闹别扭，划不来。买买买！"

一件哔叽料儿扯下来了。

　　吕建峰皱着眉头掏了钱，老大不高兴。

　　……

　　四妹子想到这事，心里觉得挺伤心。一抬头，猛然看见村口拥着一堆大姑娘小媳妇，几个小女子唱歌似的叫着四妹子的名字，她们在村口必经之地截住看她……

　　"抬起头走路，谁也甭搭理。"二姑说。

　　四妹子跟着二姑，从"叽叽咕咕"、"嘻嘻哈哈"的夹道中走过去，直到刘红眼把她们引进吕家院子。

　　刘红眼引着四妹子，先走进上房里屋，指着一位老汉说，"这是你爸。"四妹子看也不敢看一眼，轻轻从嘴里挤出一个"爸"字。刘红眼又指着一位老婆说："这是你妈。"四妹子又叫了一声"妈。"刘红眼又引着她到正堂客厅，这儿聚着好多人，刘红眼一一指给她：这是你大嫂，二嫂，大哥，二哥，姨妈，姨伯，大姑，大姑夫，二姑，二姑夫……她就一一叫过，那些人听着她叫，不好意思地应着。随后，刘红眼把她交给吕建峰，让他把她引到僻静的厦屋去。

　　他引着她，推开厦屋门，招呼她坐在椅子上。他从暖水瓶里倒下一杯水，递到她面前，说："喝点水。"

　　四妹子没有抬头，接住了水杯。

　　他在把茶杯递到她手里时，歪一下头，悄声怨艾地说："那晚在你家，你给我连水也没让一杯。"

　　四妹子一抬头，看见他佯装生气的眼睛，立即争辩道："倒了水咧！"

　　"那是二姑给我倒的，不是你。"他说。

　　"谁倒都一样，只要没渴着你。"她说。

　　"不———样！"他拖长声调，煞有介事的郑重的口气，一板一眼地说着，随之俯下身，眼里闪射着热烈的神光，"不管咋样，我今日完全彻底为你服务。"他对她滑稽地笑笑，就走出门去了。

　　四妹子坐在小厦屋里，心在别别地跳，这个陌生的家，就是她将来的家，她将与刘红眼刚才一一介绍过的那些爸呀妈呀哥呀嫂呀在一

238

个大锅里搅匀把儿，在一个院子里过日月。他似乎不像背见时留给她的憨乎乎的印象，而变得有点像另一个人了。是的，在他们家里，他出出进进都活泼泼的，说话还有点滑稽，竟然记着她没有亲手给他倒茶水的事，可他那晚只会说"没意见……"

这间小小的厦屋，盘着一个土炕，炕上铺着粗家织布床单，被面也是黑白相间的花格家织布料，桌子上和桌子底下的地上，堆着两三个拆开的马达的铁壳，红紫色的漆包线、螺钉、锥子、钳子等，混合着机油和汽油的气息充斥在小厦屋里。四妹子虽然嗅不惯这股气味，却对屋子的主人顿生一种神秘的感觉。

大嫂进来了，拉她去吃饭。

早饭是臊子面，听二姑说，关中人过红白喜事，早饭全是吃臊子面。她和那些亲戚坐在一张桌子边，二姑坐在贴身的同一条长凳上。吕建峰跑前奔后，给席上送饭。他把一碗臊子面先送到坐在上首的刘红眼面前，然后送给二姑，然后送给四妹子，然后送给其他亲戚，次序明确。四妹子又想起他说的没有给他倒水的话来。他又端着空盘出去了。

大家都十分客气，彬彬有礼，互相招呼，推让，谁也不先动筷子，只有刘红眼带头发出第一声很响的吸吮面条的声音之后，随之就响起一阵此起彼落的吸食面条的声浪，声音像扯布，"哧啦——哧啦——"四妹子最后才捉住筷子，轻轻挑动面条，尽量不吃出声音……

刚刚吃罢饭，四妹子又被大嫂引进厦屋，背见时已经见过一面，并不陌生。大嫂长得粗壮，大鼻子大眼阔嘴巴，完全以主人的神气说话："四妹子，你看看，你的女婿娃儿给屋里净堆了些啥？你一看就明白，我三弟是个灵巧人儿哩！"

门外腾起一阵"叽叽嘎嘎"的笑声，大嫂忙迎出去。四妹子从门里看见，一伙姑娘媳妇拥进房里，正在看那些布。那些几天前扯回来的布，现在放在上屋里的桌子上，供人欣赏。想到那天扯布时为那件毛哔叽发生的纠葛，她心中至今感到别扭，他一甩手竟走了！为了节省几十块钱，他宁愿与她吹！她就值那一件毛哔叽料子吗？

那些媳妇姑娘看够了，议论够了，就像洪水一样涌进厦屋来，欣赏她来了。她们全都用一种奇怪的眼光盯着她看，压着声儿笑着，窃窃私议着，不知谁从门口叫了一声："多漂亮的个人儿呀！"全都"哈哈嘎嘎"笑起来。她们也不坐，互相搭着肩，拉着手，只是从头到脚盯着她看。四妹子被看得不好受，也无法回避，不过没有人调笑，二姑说，订婚时是不兴许胡说乱闹的，只许来看，看买下的衣料，看媳妇的人品，那就让人看吧！

这一拨姑娘媳妇看够了，嘻嘻笑着议论着走出门去了，另一拨媳妇姑娘又涌进来看……整整一个大晌午，川流不息，四妹子和买下的那些衣物展览在这儿，供吕家堡的女人们欣赏，品评，嘻嘻哈哈笑，直到摆上午席来，那些女人才哗然散去。四妹子又被大嫂拉上饭桌，没有食欲。她顿然悟觉出来，订婚的这种场面，是一种舆论形式，向全体吕家堡村民以及吕克俭的新老亲友宣布，吕建峰订下了这个媳妇，日后要再反悔，那就承担众人的议论吧！

午饭以后，又有人来继续观赏。四妹子实在受不了了，悄悄催促二姑："回吧！"二姑劝她耐心，说这里就是这号风俗，谁家女子都免不了这一回，尽管她们看别人，她们终有一天也要被人看，被人欣赏的。

直到日压西山，四妹子和二姑在吕建峰全家人和亲戚簇拥中走出门来。两位老人在门口停步了。几位亲戚送到街巷里也停步了。大嫂和二嫂一直陪送到村口，再再道歉，说没有招待好客人，再再叮嘱，路上慢行。出村以后，四妹子长吁一口气，身上的芒刺全都抖落干净了。她忍不住说："刘叔，你也回吧。"

刘红眼哈哈一笑："我的任务还没完成哩！"

吕建峰落在最后，胳膊上挎着一只大红包袱，说："刘叔，让她们顺手捎回去……"

"胡说！"刘红眼瞪起眼睛，"哪有让人家自己带回去的道理？这是你娃子给人家四妹子的聘礼聘物，必得由你送去才见诚意。你只图简单，连规矩也失丢了……"

……

十天没过，刘红眼又踏进二姑家门来，是一家人正在吃夜饭的当儿。刘红眼带来吕家的动议："五一"结婚。只是出于一条非常现实的考虑，赶在夏收前结了婚，可以分一份口粮，而夏季的麦子是一年的主要口粮。刘红眼设身处地地说："其实，这样也好，吕家多分一份口粮，你这儿也减少了负担。四妹子在你这儿住着，既不能分口粮，连工分也挣不成；吕老大倒是想得周到，迟早是一家人喀……"

"先让四妹子说话。"跛子姑夫倔倔地说，声明他并不嫌弃妻子的侄女吃他的口粮，"咱不管粮多粮少，有咱吃的，就有四妹子吃的，这能见外？四妹子在咱家，就是咱家的娃嘛！"

"赶得太紧！"姑婆也发表声明，"订婚上下才几天……"

"你看呢？"二姑瞅着四妹子。

"姑……你看着办……"四妹子低着头。

"你说结就结，你说不结咱就不结。"二姑很干脆，"反正在咱家住一年半载，有你的吃，也有你的穿。你姑夫刚才说了……"

四妹子想，反正迟早都要过吕家去，在那儿名正言顺分得一份口粮，就是吕家堡一个社员了，可以上地挣工分了。住在二姑家，虽然姑婆和姑夫不会怕她吃了粮食，终非长久之计。关中这地方粮食虽则比陕北富裕，也是按人口定量分配，谁家也没有三石五石的储存。有点剩余粮食，看得宝贝似的，悄悄地都卖给粮贩子了，一斤麦子卖到五毛多，一斤包谷也卖二毛八。她若住仨月半年，吃掉的粮食卖多少钱呢？"五一"结婚虽然紧迫了点儿，终究有这回事。她头没抬，却是很肯定地说："就按刘叔说的办。"

刘红眼又急忙忙赶到吕家回话去了。

跛子姑夫站起来，慨然说："既然这样，也好，早结了早安心过日月，两头都好。"他又专门说给二姑，"人家吕家不是送给三个礼吗？"二姑点点头。

四妹子不知姑夫提这礼钱干啥，一愣。那是二百四十元钱，一个是八十块，正好三个。关中订婚专门施用的单位，一个礼等于八十。

"这些礼钱，一个也甭留，全部给四妹子办成嫁妆。"姑夫说，"四妹子是咱侄女，远离二老，咱就给娃办得体体面面的，甭叫人笑话！"说罢，就朝饲养场去了。

二姑深情地望着走出门去的姑夫一拐一歪的身影，忽然流出泪来，搂住四妹子的肩膀，动情地说："看见了没？你姑夫脚腿不好，心好。姑就是这点福分……"

五

"五一"出嫁！

一家人全都自觉地投入到四妹子出嫁的准备事项中去了。二姑把吕家买下的衣料，一包袱提到杨家斜大队缝纫组，给四妹子量了身材，把春夏秋冬四季的衣服就交给缝纫组去做了。二姑再三叮咛缝纫组会计，必定要在四月三十日以前交货。二姑又跑到大队木工房，定做下一对箱子，尺寸要大号的，颜色要油漆成红色，黄色镀铜锁扣，必须在四月三十日前漆干交货。定价五十块，二姑叮嘱会计，年终从分配中扣除。跛子姑夫毫无怨言，再三说这是应该的。吕家给的三份聘礼二百四十元，一分未动，由二姑指使姑夫到镇上邮政代办所寄回陕北老家去了，这儿终究比那儿日子好过点。每办完一件事，二姑都要掐着指头计算一下距离"五一"所剩的时日。她与一般庄稼汉男女一样，习惯用农历计时，农历和公历的时日差异弄得她糊里糊涂，说这个鬼阳历把她倒给弄颠了。她亲自到镇供销社去扯被面，选择洋布床单，不惜花费自己的库存。嫂子和哥哥离得远，照顾不上，她是四妹子的姑姑，权当是父亲和母亲，一定要按村里一般人家打发姑娘的规格打发四妹子，要尽量弄得体面。

四妹子也不知自己该做什么。二姑给她说，要给吕家老人做一对枕头，给两个哥哥和两个嫂子一人做一双单鞋，还要给吕建峰做一双单鞋，作为进吕家门的见面礼，在结婚那天要供宾客欣赏，一看新人的孝心，二看新人的针线活儿手艺，马虎不得。四妹子扎鞋帮，纳鞋底，麻绳勒得掌心里麻辣辣疼。她给二姑说，眼看要到"五一"了，太紧张，干脆买塑料鞋底算了。二姑严肃地告诉她，这见面礼必须手工做，不能用机器制品代替，不然人家会说你心意不诚，还要说你不会针线哩！关中人讲究大，得入乡随俗，不能马虎。看看四妹子的难

242

色，二姑又瞅见了跛子姑夫，把一副纳鞋底的夹板塞给跛子姑夫，叫他喂过牛闲下时赶一赶紧。跛子姑夫欣然从命，笑笑说，我纳得不好，将来怕毁了四妹子在吕家的名誉！姑婆自觉担当起做饭扫地和管娃娃的家务，她说她一生没抓养过女儿，没享过打发姑娘出嫁的福，这回算是尝到了。四妹子现在更多地体味出来，二姑嫁了多好的一户人家，跛子姑夫人厚道，姑婆待人也亲畅，再也不觉得姑夫的腿脚有什么不好了。她扎着鞋帮，心中暗暗祈愿，要是吕家的老少也像跛子姑夫一家人就好了，就算四妹子烧了香、念了佛了！

时光老人脚步不乱。"五一"国际劳动节，全世界劳动阶级的喜庆节日，姗姗到来。

四妹子被二姑叫醒，爬起来就穿衣裳，刚抓起衫子；却瞥见枕边整整齐齐搁着一摞新衣服。这是二姑昨晚特意叮咛过的，今天要从里到外全部换上没上过身的新衣。她把手里的那件黄色仿军衣上衫搁下了。

她脱下了日夜不曾下身的背心，就看见了自己的赤裸的胸脯，心跳了。似乎从来也没有留意，胸脯这样高了，那两个东西什么时候长得这样大了！她捞起新背心，慌忙穿上了。

四妹子不知道自己该去干什么。她蹲到灶下去烧火，二姑把她拉起来，说一会儿就会落下满头柴灰。她去扫地，姑婆又夺了扫帚，说她今天压根儿不该动这些东西，应该去好好打扮一下，静静坐着，等着吕家迎亲的马车来。

她坐在屋子里，透过窗户，可以看见院子里的葡萄架上的叶子嫩绿得能滴下水来。天空高远，白云和蓝天相间。窗户吹进凉丝丝的晨风。她忽然想到大了，也想到妈了，连同弟弟和妹妹。大也许和妈正在窑洞里念叨着哩！他们无法来看着女儿出嫁，把自己的责任完全放心地交给二姑了，又怎么能不操心呢？

四妹子又想到妈妈给她掏屎的情景……

"怕该来了！"二姑说，"四妹子，把脸再洗洗，把头发梳梳……"

四妹子猛然倒在二姑怀里，想哭，眼泪随之就涌流下来："姑，

243

我想大，想妈咧！”

二姑紧紧抱着她的肩膀，也哭了："你就哭几声吧！我的苦命的女子……"

四妹子再也忍不住，哭起来，出了声。

二姑贴着她的脸，一动不动，让她哭一场。女儿离娘，难免痛哭一场。她现在既是姑又做娘啊！看着侄女儿哭得浑身颤抖，她劝她要节制，哭红了眼睛就不雅观了。

"姑……"四妹子哭溜着声儿，"我离不得……你……"

"傻话！"二姑疼爱地说，"天下女子都要出嫁……"

"姑……"四妹子说，"我总觉得……跟梦里一样……"

"都这样。"二姑平静地说，"都这样。"

都这样，四妹子止了哭声，还在抽泣，既然都这样，她也就这样。

门外有人慌急地说，吕家迎亲的马车来了。四妹子一惊，脑子里迷蒙蒙变成一片空白。二姑把她一推，说："快！快去洗脸梳头！拿出高高兴兴的样儿来。我去招呼人家……"

四妹子坐在马车上，周围坐着二姑家左邻右舍的姑娘们。她们被二姑拉来，陪伴她出嫁，也到吕家堡去坐一次席，吃一顿好饭。

马车在关中平原的公路上行进，马蹄铁在黑色的柏油公路上敲出清脆的有节奏的响声。沿着公路两边排列的高大的白杨树，叶子闪闪发亮。路边一望无际的麦子，麦穗摆齐了，现出灰黄的颜色。布谷鸟从头顶上掠过去，留下一串串动人的叫声。进入初夏时节的关中平原，正如待嫁的姑娘一样青春焕发，有一种天然的迷人的气韵。

快要进入吕家堡的时候，马车赶上了那些抬彩礼的小伙子。他们给吕家兴致勃勃来帮忙，抬着她的全部嫁妆头前走了。哎呀，看看，他们把被单围在腰间，花枕巾搭在头上，粉红色门帘围成裙子，花衫花袄穿在身上，打扮得妖里妖气，嘻嘻哈哈朝村里走去。陪伴她的一位嫂子说："这是这儿的风俗，你甭恼。都这样。"二姑把隔壁一位媳妇请来陪伴她，保驾她，不懂的事由这位嫂子指导，应酬。

吕家堡村口被人围得水泄不通。四妹子低下头，听不清那些人的笑声和议论的话。马车从一街两行夹道欢迎的吕家堡男女中间一直走过去。鞭炮声"噼噼啪啪"骤然爆响，马车停了，四妹子抬头一瞧，车正停在吕家街门口。

四妹子朝车下一看，两位已经见过面的嫂子，笑逐颜开地伸出手来，扶她下车。车下的地上，铺着一层麻袋，两位嫂子搀着她，缓缓踏过一条麻袋，又一条粗线口袋接着向大门铺过去，踏过的麻袋被陌生的汉子揭起来，又铺到前头去了。昨晚上，二姑告诉她，按照关中地方的风俗，出嫁时从娘家到婆家的路上，新鞋的鞋底是不能沾土的，从娘家屋被人背上马车，再踏着铺垫的口袋、麻袋一类东西，一直走进洞房里去。旧社会是讲究铺红毡的，而且坐轿；现在马车代替了花轿，红毡也被装粮食用的麻袋和口袋一类东西代替了。二姑特别叮嘱说，如果下车时发现没有铺垫物，那就给他们不下车，请也不下，拉也不下，直抗到主家铺好路，不然就失了身价。四妹子沿着麻袋和口袋铺就的小道儿走到门口，往前就断了，既没有口袋，也没有麻袋，两个汉子腋窝下挟着口袋和麻袋，示威似的乜斜着眼睛，仰头抱肘望天。搀扶她的大嫂在她耳根悄悄说："快拿出'份儿'来！"四妹子心中顿然醒悟，从口袋里掏出两个用红纸包着五毛票儿的"份儿"，交给大嫂。大嫂给那两个汉子一人手里塞一个，在他们的头上和腰里抽一巴掌，嗔骂着："快铺！贪货！"那俩汉子得意地把纸包塞进衣袋，就猫下腰去铺道儿了。当四妹子抬脚跨进大门的一瞬，心里咯噔一下，这就是自己的家了，真跟做梦一样啊！

走到厢房门口，两扇漆刷成黑色的门板关死了，几个女子在门里喊着要"份儿"。二嫂又从她手里接过两个红纸包，从启开的门缝塞进去，同时用肩胛一扛，门开了，一把把四妹子拽进去。门口忽啦一声涌进来一伙青年男女，几十双手一齐伸过来，喊着"给份儿！"喊着她们的功劳，挪了嫁妆了，挂了门帘了，抬了箱子了，打了洗脸水了……四妹子被挤在旮旯里，动不得身，几个女子已经动手在她兜里掏，混乱中，不知哪个没出息的东西在她屁股上狠狠捏了一把……

四妹子由大嫂二嫂引到院子里，空中架着席棚，临时搭成的主席台前，他已经早站在那儿了，拘束不安地歪着身站着，席棚下的桌子边，已经坐满了亲戚友人，准备开席吃饭。婚礼是新风俗和旧礼仪的生硬的搀和。她和他先朝领袖像三鞠躬；再由主持婚礼的一位干部模样的人宣读结婚证书，更是绷平脸儿的官腔官调；再接着由她和他合声朗读贴在领袖像两侧的语录。一边是"千万不要忘记阶级斗争"和"农业学大寨"两句，另一边是领袖赞颂"青年人是八九点钟的太阳"那段。这三段语录，四妹子早就听顺耳了，可是临到自己要一个字一个字去朗读的时候，却结结巴巴起来。她不敢不念，就嗫嚅着，蒙混过关了，好在并没有人讲认真，婚礼一项一项进行下去，也没有太难堪的事，她照着勉强都做了，没有多少意思，晕晕乎乎还是像在做梦，梦中又想起妈给她掏屎的情景……

院子里的席棚下，十张方桌上的食客全都操起竹筷，紧张地在盘里碟里抄菜，客客气气地推让着烧酒瓷壶，腾起一片杂乱的咀嚼食物和说话的声响。大嫂牵着她，二嫂牵着她，去向客人敬酒。刘红眼坐在主席台前首桌上席，得意洋洋接过四妹子斟下的一杯酒，脖子一仰，红眼眨闪几下，忙坐下吃菜去了。他撮合成了这一桩婚姻，理应受到客主宾朋的尊重，现在是最荣耀光彩的时刻。四妹子手里提着烧酒壶，吕建峰提着酒瓶，一席挨一席敬过去，大嫂和二嫂向她介绍席面上的所有重要的亲戚，大舅、大妗子、二舅、二妗子、大姑、二姑、姨妈、姨夫，一一介绍下去。四妹子一下也记不准这么多亲戚，只顾给小小的酒盅里斟了酒，再走到另一个桌子边……

四妹子被两位嫂子牵着，一一送亲戚出门，上路，到村口，把回着糕礼的竹笼或提兜交给大舅或姨妈，看着他们在村外的土路上姗姗走进落日的昏光里，再转回家来，送另一家……

天刚落黑，街门口不断走进吕家堡的男女。吕建峰和他的两个哥哥，分头到村子西头和南巷去邀请那些行过"份子礼"的乡亲乡党，他们花了一块钱的份子礼钱，作为乡亲情谊。现在悠悠走进院来，在老公公热情而毕恭毕敬的招呼声中，款款落坐，说着逗笑的话。一会儿，席间坐得满盈盈的了，菜和酒都端上去了。刚开席，院子里大声笑闹起来，那些老庄稼人把老公公抱住了，压倒了，涂抹了一脸红颜色，像个关公了。老婆婆也被女人们封住了，从锅灶下摸来锅底的烟墨，抹得老婆婆满脸就像包公，院子里的笑闹的声浪简直要把席棚掀起来……吕建峰领着她，到席间又去敬酒，那些老庄稼汉友好地伸出巴掌，打吕建峰的脑袋，说些笑骂的话，他一律笑笑，缩头缩脑躲避那些来自左右的友好的袭击。待他领她逃回新房里的时候，天啊！窄小的厦屋里已经拥满了年轻人，炕上横七竖八躺着的、坐着的，炕下脚地上拥挤得没有她站脚的地方了。她站在门外，正迟疑间，被一只手猛力一拉，拽进门去了，七嘴八舌一齐朝她进攻：

"来！给我点烟。"

"唱歌唱歌！"

"哈！给我勒一下裤带，新娘子……"

她被簇拥着，和他站在人窝中间。她很紧张，无所适从，好多张嘴脸朝她嘻嘻笑着，有的嘴角叼着纸烟，撅着嘴，伸到她脸前，要她给他们点火。她不知该不该点，他立时划着火柴，要去点，被谁打掉了。他只好把火柴塞到她手里，让她满足闹房者的要求。她划着火柴了，刚够着烟，却被叼着烟的调皮鬼吹灭，好不容易才点燃了一支支烟卷，后面又有人挤过来……

"掏长虫吧！"有人喊。

"掏雀儿吧！"又有人叫。

四妹子低下头，不好意思看任何人，心儿抖抖地跳。昨晚，姑婆给她说，关中结婚的风俗，三天不分老少辈分儿，可以说笑耍闹，特别是闹房，是新娘子最难熬的一关。顶难为的就是"掏长虫"、"掏雀儿"几个花样。"掏长虫"是要新娘把一块手绢从新郎的一只腿脚塞进去，从另一条腿下拉出来。同样，"掏雀儿"却是要新郎把一块手绢从新娘的一只袖口塞进去，从另一只袖口掏出来。两只手交接手绢的部位，正是人身体最隐秘的羞耻地带。姑婆说，这是老辈子传留下来的鬼花样，而今不兴这么闹了，有些村子还在耍，得防备防备，免得临场惊慌失措，不到万不得已，决不从命。姑婆又千万嘱咐，无论如何，不准变脸也不兴恼怒，得罪下人是要伤主家面子的，这也是老辈子传留下来的规矩……现在，吕建峰被闹房的小伙子压倒了，扭胳膊的人使劲扭住他的双臂，压腿的人压死了他的双腿。有人把一只

247

手绢塞到她的手里，推推搡搡，吆喝着要她去"掏长虫"。四妹子臊红了脸，低着头，扔掉了手绢，怎么好意思呀！这当儿，门口挤进一位干部模样的青年，说："让她唱唱歌儿吧！甭要那些老花样了。要是传到公社去，当心挨头子！现在正在批'回潮'哩！甭在风头上惹祸……"

厦屋里鸦雀无声了，扭着压着他的胳膊腿脚的人同时松了手，也没有人推搡她了。小伙子们互相瞅着，做着鬼脸。四妹子此刻倒真的觉得无所适从了，突然，不知谁喊了一句："绑了！"几个人一齐动手，不由分说，一条麻绳把她和他面对面捆绑在一起，推倒在炕上。哗的一声，小伙子们涌出门去了。那位干部模样的青年立时红了脸，悻悻地转身走去了。

她和他捆在一起。她压在他的身上，动弹不得。他羞红了脸，喘着粗气，一股陌生的男人的气息扑到她的脸上。她别过脸，不好意思看他，她的脖子又酸又疼，稍一松懈，就会碰到他的鼻子。大嫂哈哈笑着走进来，解开了绳子。她抚摸着被捆得烧疼烧疼的胳膊，不好意思说话。大嫂说："咱爸叫你俩去一下……"

里屋正堂的方桌上，一对红漆蜡闪闪发亮，墙壁上贴着一张画，是一只回头吼叫着的老虎。桌上支着两个神匣，匣子里各有一根木板主柱，写着一行黑字。老公公坐在桌旁的椅子上，庄严地说："给你爷和你婆烧一炷香，让你爷你婆在阴世知晓，他们的三孙子完婚了。"

吕建峰从香筒里抽出三支香，在漆蜡上点燃，恭恭敬敬地又显得笨拙地插到香炉里了。

四妹子也抽出三支香，在漆蜡上点烧的时候，胳膊抖抖地晃，插进香炉时，却把一支弄折了，她的心里更慌了。

她和他并排站在神桌前，鞠躬，下跪，磕头，三叩首。

做完这一切，老公公一句话也没说，就挥手示意她和他退位。

重新回到厦屋，还没坐稳，二嫂端来两碗饭，递给她和他，说："合欢馄饨，快吃。吃了睡觉。"她不饿。从早晨起来到现在，她没有一丝一毫饥饿的感觉，看着他已经端起饰有金边的小碗儿吃起来，她也挑动了筷子，刚一张嘴，"咯蹦"一声，咬出一枚一分钱的硬币来。二嫂惊叫说："啊呀！有福气，头一口就咬上了……"大嫂也蹦进来了，嘻嘻笑着，惊叹她是个有福气的媳妇。四妹子才明白，吃到这个硬币的人，是福气的象征，不过似乎以往并没有享过什么福，吃糠饼子不算福气吧？让妈给自己掏屎算什么福气呢？也许，从今天开始，预示着她将要享福了吧？

"吃下去！快吃！"大嫂催促着。

"这是规矩，不吃不行，日后不吉利。"二嫂说得很严重。

四妹子看见，他很为难。二嫂把她咬出来的硬币塞到他手里，要他吃到嘴里去。他不好意思把那只粘着她的口液的硬币填进嘴里去。大嫂催促他，二嫂已不耐烦，疼爱地打他的脑勺，逼他。她心里一阵发紧，偷偷盯着他，他究竟吃不吃呢？他要是不吃，就是……四妹子一侧头，看见他把硬币一下子填到嘴里，不知为什么，她的心儿忽激一闪，身上热躁躁的了。两个嫂子哈哈笑着，收拾了碗筷，走出去了。

她坐在炕上，低着头，心里有些紧张，胸脯感到憋闷，呼吸不畅。结婚仪式完了，给死去的爷和婆烧过香叩过头了，合欢馄饨也吃下了，现在，还有什么新的或老的风俗习律要她去做呢？二嫂刚才说"吃了馄饨就睡觉"，大约再没有什么事了？她坐在炕边上，瞧一眼坐在桌旁的他，他有点失神地盯着对面的墙壁，也不说话。

"咣当"一声，临街的大门关上了，院子里响过一阵沉稳的脚步声，响到上房里屋里去了，有一声威严的咳嗽，是老公公。

又接连着两声"吱扭吱扭"的门扇响，大约是大嫂和二嫂在关门。

哄闹熙攘了一天的小院，完全静息了，五月夜晚的温馨的风，送来洋槐花的香气，小院里静极了。

他站起来，转身关上门，咣当！小厦屋与小院也隔绝了。

"铺炕。"他对她说。

她没有抬头，略一迟疑，就转身上炕。炕上的被子、褥子和单子，被闹房的小伙子揉搓得乱糟糟的。她动手扯平了褥子，又铺平了床单，绽开了被子，把一只绣花枕头摆平，又抱起另一只枕头的时候，作难了，两只枕头该摆在一头呢？还是该摆到炕的那一头？

她正犹豫间，越觉胸脯憋闷，呼吸不畅了，稍一回头，突然看见，他已经脱得一丝不挂，正转过身去摸电灯开关拉线，"叭"一声，电灯灭了。她随之被他抓住胳膊，压倒了。他撕她的衣服，撕她的裤带，一只粗硬的手伸到胸脯上来了，他那么有劲地搂抱住她，那么莽撞蛮横地进入她的身体了。她几乎晕昏了……

六

太阳挨近地天相接的地方，变得双倍的大起来，整个西部天空都变成了红色，远处的地面上腾起一层红色的雾障。头顶的天空，缕缕轻纱似的云似动非动。绿色的麦穗和麦叶，也变成紫色的了。顺着灌渠排列的杨柳林带，静静地在蓝天上扯开一排绿色的屏障。渭河平原初夏时节的傍晚，呈现出富丽堂皇的气度。四妹子在田间大路上走着，又想起家乡此时的情景，太阳早早被门前那座荒草丛生的黄土山峁遮住了，天却久久黑不下来。

他——吕建峰，她的女婿，现在和她并排走着，一副漫不经心的散散涣涣的神气。

按照这儿的风俗，结婚的第二天，夫妻双方要到女方的娘家去回门，带上好酒、点心等四样礼物，去看望养育过女儿的老人。丈母娘和丈人爸必定要欢天喜地地热情接待女婿和女儿，七碟子八碗不屑说，临告别时的一碗荷包鸡蛋是断不能少的。四妹子的大和妈远在陕北，千里之遥，无法向心爱的女婿娃儿表一番老人的心意，也没有福分接受女婿的敬奉之情，这一切全都由二姑来代替，二姑真是跟大和妈一样亲哪！现在，她和他到二姑家回门完了，正双双赶天黑前回到吕家堡去。

她在他身边走着，尽管已经有过昨天晚上的夫妻生活的第一夜，人生最神秘的大事已经失去了神秘的色彩，她依然感到局促。从她和他背见到昨晚，不过一个月时间，统共也就说下不过十来句话。她不摸他的脾性，也没有达到那种离不得的程度。她想和他说话，仍然羞口难开，说不清的重重顾虑。

"二姑待人好哇！给我吃那么多的鸡蛋，我都要吃不进去了！"他说。

"可你……还是吃下了。"她说。

"呃！你知道不知道？"他神秘地闪着眼皮，作出一副认真的模样，"丈母娘为啥要给女婿吃鸡蛋？"

"你是新客呀！"她不在意地说。

"不对不对。"他摇摇头，诡秘地笑笑说，"那是给女婿加料，盼得女婿上膘，晚上好多来几回……"

"啊呀……"四妹子听见这样赤裸裸的丑话，立时飞红了脸，羞得蹲下去，双手捂住脸，在路边的杨树下呆住了。

他哈哈一笑，走过来拉她的胳膊，爬在她的耳边说："话丑理端，跟庄场上给种牛加料是一回事……"

"啊呀！"四妹子听见他越说越粗鲁，忽地站起来，用手打他的脊背。他笑着跑着，她追着他打。

一条大渠横在眼前。

他一跷脚，从大渠上飞越而过。她站在渠边，看看又看看，没有勇气跷过去。

"叫声哥，我背你。"他在对岸说。

她转过身，朝原路往回走去，她给他示威，看他怎么办。她头也不回，加快了步子，一副回娘（姑）家去的死心塌地的走势。一阵奔跑的脚步声响起来，他终于堵在她面前了，嘻嘻哈哈笑着，装出一副可怜相："好你哩！你要是走了，我今黑可只好搂着枕头睡了。"

四妹子真是哭笑不得，那么腼腆的吕建峰，现在尽是酸溜溜的话往外冒。她用拳头打他的肩膀，他不躲避，哈哈笑着："用劲打！真舒服啊！女人打人真舒服哟……"

她和他顺着渠沿走，柳树浓厚的阴凉里，幽暗起来。他说下一串串粗鲁的话，着实叫她羞了，却也叫她和他亲近了。她很想贴着他的肩膀走，却不好意思，而第一次想亲近这个关中男子的心思，毕竟萌生了。

251

"你知道这个大渠叫什么吗？"他指着大渠里的悠悠的清水问她。见她不答，他就炫耀起来，"这是泾惠渠的一个大支渠。泾惠渠，你听说过吗？嗬！历史书和地理书上都有记载，是我们这儿的李先生修的。李先生，关中地方的农民都知道……"

"不就是一条水渠！"她故意淡淡地说。

"一条水渠？一条什么样的水渠呀！"他被她轻淡的口气反而激将起来，"多大呀！多长啊，浇多少地啊！打多少粮食啊！有了这条渠，关中地方才旱涝保收咧！你想想，这是在解放前，在清朝吧？啊呀，反正是在旧社会修起来的，容易吗？听说李先生在北京念过书，还留过洋，是大水利专家。你们那儿……有这样的水渠没有？"

四妹子哑口了。陕北家乡有一眼望不透的黄土山包，光秃秃的，旱季里连草也枯死了，哪儿有这样平的地，这样清冽冽的渠水，这样为民造福的李先生？如果有这样好的水和地，她会跑到这儿来找他吕建峰吗？

"你们陕北有'信天游'。"他讨好她说，"真的，我在初中念书时，语文老师说'信天游'是陕北的民歌。我听广播上唱，真好听。不过，老是只唱那五首，听多了也就烦了。"

"我们陕北的好东西多着咧！"四妹子自豪地说，"就说这信天游吧，多得谁也数不清，哪儿只是广播上唱的五首！"

"你唱一段给我听。"他很诚恳地说。

"你叫我一声……姐吧！"她有机会报复他了。不过，刚一说出口，自己先脸红了。

"姐——吧——"他大声嘶吼起来。

四妹子猛然一惊，惊慌失措地瞧瞧四面，正在引水浇地的农民正愣愣地瞧她俩。

"姐吧——"他又连着叫，而且回过头来，抱怨地说，"你为啥不应声哩？"

"啊呀！快别叫了！"四妹子恐慌地说，"旁人要把你当疯子了！"

"那……该你唱歌了。"他装出傻瓜相。

四妹子被他撩拨得真的想唱歌了，心儿忽闪闪跳，瞄一眼身旁这

252

位关中大汉，故意装出的傻愣愣的模样，她觉得挺有趣，挺可爱。她略微镇静一下，压低声儿唱起来——

> 提起个家来家有名
> 家住在绥德三十里铺村
> 三哥哥爱见个四妹子
> 你是我的心上人
> ……

"啊呀！真好！"他眼里闪着奇异的光彩，感叹着，"这是你随口编的不是？"

"不是。"四妹子说，"老早就有的。"

"那怎么把咱俩都唱上了？"他问，"你是四妹子，我在俺家为老三，人都叫我三娃子，你倒亲得叫我三哥哥……"

"啊呀！我可不知道你叫啥……三娃子！"四妹子抱屈地说，"俺可只知道你叫吕建峰。"

"巧合巧合！"他大大咧咧地说，"再唱一首吧！最好……唱段更酸的。"

四妹子不由地瞟他一眼，唱起来——

> 你想拉我的手
> 我想亲你的口
> 拉手手呀嘛
> 亲口口
> 咱二人旮旯里走
> ……

他突然站住脚，抓住她的手，两只大眼里烧着火焰，痴呆呆地说，声音都抖颤着："你唱得……真好！四妹子，我想拉你的手，也想亲你的口，咱俩好好过一辈子！"

四妹子瞧瞧四周，悄声说："人来了。"

他丢开她的手，颤抖着声音："四妹子，我知道你受了苦，你们陕北人日子都苦。我会好好照顾你的。"

四妹子的心忽闪忽闪跳起来，这个粗壮的关中大汉尽管说得笨拙，却很真诚，她现在真想扑过去，贴在他的宽阔的胸脯上，使自己的心儿有个牢靠的依托。在她还没有鼓起勇气的时候，他已经把她抱离地面，搂到他的怀里，那双胳膊简直要把她的腰搊断了。

天色完全暗下来。

四妹子就伏在他的怀里，双手勾着他的脖子。她的心里踏实极了，幸福极了。她达到自己那个想来确实卑微的目的——与能吃难拉的糠饼子告别——了。她找下一个可心的女婿，身体壮健，不是残疾人，而且喜欢她，这比那些众多的同乡女子（包括二姑）只能找到一个聋子或跛子的境况好出得远了。

今晚回到吕家堡，在那个已经并不陌生的小院里，明天将开始她的新的生活，不再是客人，而是吕家的一个成员了，是吕家堡大队一个正儿八经的社员了。可以想到，今晚睡在那间小厦屋里有新被褥铺盖的土炕上，将要比昨晚美妙得多……

中　篇

七

乡谚说，老子少不下儿子的一个媳妇，儿子少不下老子的一副棺材。

给三娃子建峰的媳妇娶进门，游结在克俭老汉心头的疙瘩顿然消散了。三个儿子的三个媳妇现在娶齐了，作为老子应尽的义务，他已经完满地尽到了；至于儿子回报给他和老伴的棺材，凭他们的良心去办吧！他今年还不满六十，身体没见啥麻缠病症，自觉精神尚好，正当庄稼人所说的老小伙子年岁，棺材的事还不紧迫，容得娃子们日后缓缓去置备。

真不容易啊！自从这个操着陕北生硬口音的媳妇踏进门楼，成为这个三合院暂时还显得不太谐调的一个成员，五十八岁的庄稼院主人就总是禁不住慨叹，给三娃子的这个媳妇总算娶到家了，真是不容易啊！

吕家堡的吕克俭，在本族的克字辈里排行为八，人称吕老八，精明强干一世，却被一个上中农成分封住了嘴巴，不能畅畅快快在吕家堡的街巷里说话和做事。上中农，也叫富裕中农，庄稼人卑称大肚子中农。政府在乡村的阶级路线是依靠团结中农，打击孤立地主、富农。对上中农怎么对待呢？没有明文规定，似乎是处于两大敌对阵营夹缝之中，真是说不清是什么滋味了。队里开会时，队干部在广播上高喉咙粗嗓门喊着，贫下中农站在左边，地富反坏右站到右边，阵势明确，不容混淆。这种时候，这种场合，吕老八就找不到自己应该站立的位置了。在这样令人难堪的时境里，吕克俭已经养成一种雍容大度的胸怀，心甘情愿地瞅到一个毫不惹人注目的旮旯蹲下去，缩着脑袋抽旱烟。

这种站不起又蹲不下的难受处境，虽然不好受，时间长了，也就习惯了。最使老汉难受的两回事，毕竟都已过去了。一九五〇年土地改革定成分，三十出头的年轻庄稼汉子吕克俭，半年时间，把一头黑乌乌的短头发熬煎得白了多一半，变成青白相杂的青丝蓝短毛兔的颜色了。谢天谢地，土改工作组里穿灰制服的干部，真正是说到做到了实事求是，给他订下了富裕中农的成分，而终于保住了现有的土地、耕畜和三合院住房。他拍打着青丝蓝兔毛似的头发，又哭又笑，简直跟疯了一样，只要不被划成地主或富农，把这一头头发全拔光了又有啥关系！

万万没想到，十来年后又来了"四清运动"。这一回，历时半年，吕克俭的青丝蓝兔毛似的头发脱掉了一多半，每天早晨洗脸时，顺手一搓，头发茬子刷刷掉在水盆里。吕家堡原有的三户富裕中农，一户升为地主，一户升为富农，两位已经佝偻下腰的老汉，被推到那一小撮的队列里去了，作为惩罚，每天早晨清扫吕家堡的街巷。谢天谢地，吕克俭又侥幸逃脱了，仍然保持着原有的上中农成分。这一回，他没有丝毫的心思去感激那些"四清干部"的什么实事求是的高调了。没有把他推到地主富农那一档子里去，完全出于侥幸，出于

255

运气，从贴近工作组的人的口里传出内幕情报，说是为了体现政策，不能把三户上中农全部升格为地主富农，必须留下一户体现政策，不然，吕家堡就没有上中农这个特殊地位的成分了。

"四清运动"结束后，吕克俭摸着脱落得秃秃光光的大脑袋，对老伴闪眨着眼皮，说出自己的新的人生经验："你说，工作组为啥在三户上中农成分里，专选出咱来'体现政策'？咱一没给工作组求情，二没寻人走门子，为啥？"老伴不答，她知道他实际不是问她，而是要告诉她这个神秘的问题。果然，吕老八很得意地自问自答："我在吕家堡没有敌人！没有敌人就没有人在工作组跟前乱咬咱，工作组就说咱是诚心跟贫下中农走一条道儿的。因此嘛！就留下咱继续当上中农。"

这是吕克俭搜肠刮肚所能归结出来的唯一一条幸免落难的原因。得到这个人生经验，他无疑很振奋，甚至抑制不住这种冲激，跑到院子里，把已经关门熄灯的儿子和媳妇以及孙子都喝叫起来，听他的训示：

"看明白了吗？甭张狂！你只要一句话不忍，得罪一个人，这个人逢着运动咬咱一口，受得！人家好成分不怕，咱怕！咱这个危险成分，稍一动弹就升到……明白了吗？咱好比挑了两筐鸡蛋上集，人敢碰咱，咱不敢碰人呀！我平常总是说你们，只干活，甭说话，干部说好说坏做错做对咱全没意见，好了大家全好，坏了大家全坏，不是咱一家受苦害，用不着咱说长道短。干部得罪不起，社员也得罪不起。咱悄悄默默过咱的日月，免遭横事。这一回，你们全明白了吧？不怪我管家管得严了吧？"

一家人全都信服老家长了。

"四清"收场，"文革"开锣，吕家堡村的工分一年年贬值，成分却日渐升价。贫农下中农的成分越来越值钱，地富成分且不说，中农也不大吃香了，上中农几乎无异于地主富农。吕克俭为三娃子的媳妇就伤透脑筋了，旁的条件且不谈，一提上中农这个成分，就使一切正常的女子和她们的家长摇头摆手。谁也拿不准，说不定明天开始的某一运动，就轻而易举地把上中农升格为富农或地主了，谁愿意睁眼

256

走进这种遭罪的家庭？眼看着三娃子上唇的汗毛变成了黑乎乎的胡须，脸颊上日渐稠密地拥集起一片片疥子疙瘩，任何做家长的都明白孩子的身体发育到了该结婚的紧迫年龄，却只能就这么拖着……谢天谢地，杨家斜村突然来了这个陕北闺女，不弹嫌上中农成分，他抓紧时机，三下五除二，当机立断，办了。

　　经过对新媳妇进门来一月的观察，克俭老汉发现，这娃不错，勤苦，节俭，似乎是意料中事。从贫瘠的陕北山区到富裕的关中来的女人，一般都显示出比本地人更能吃苦，更能下力，生活上更不讲究。四妹子已经到地里开始上工，干活泼势，不会偷懒，尤其在做计件工分时，常常挣到最大工分。这个新媳妇的缺陷也是明显的，针线活儿不强，据说陕北不种棉花，自然不会纺线织布了。灶锅上的手艺也不行，勉强能擀出厚厚的面条，吃起来又松又泡，没有筋劲儿。据说陕北以洋芋小米为主，很少吃麦子，自然学不下擀面的技术的。所有这两条，做为关中的一个家庭主妇，不能不说是两个令人遗憾的不足，不过，有精于纺织和灶事技能的老伴指教，不难学会的。最让吕老八担着心的，是这个陕北女子不太懂关中乡村甚为严格的礼行，譬如说家里来了亲戚或其他客人，应该由家长接待，媳妇们在打过招呼之后就应退避，不该唠唠叨叨。四妹子在大舅来了时，居然靠在桌子边问这问那，有失体统。譬如说在家里应该稳稳当当走路，稳稳当当说话，而四妹子居然哼着什么曲儿出出进进，有失庄重。所有这些，需得慢慢调理，使得有点疯张的山里女子，能尽快学会关中的礼行，尤其是自己这样一个上中农家庭，更容不得张狂分子！

　　不管怎样，吕老八的心情，相对来说是好的。在棉田里移栽棉花苗儿，工间歇息时，队长向大家宣传大寨政治评工的办法，他坐在土梁上，噙着旱烟袋，眼睛瞅着脚旁边的一个蚂蚁窝出神。蚂蚁窝很小，不过麦秆儿粗细的一个小孔，洞口有一堆细沙，证明这洞已经深及土层下的沙层了。有几只蚂蚁从洞里爬出来，钻到沟垄里的土块下去了，又有一只一只小蚂蚁衔着一粒什物钻进洞去了。他看得出神，看得津津有味，兴致十足，把队长说的什么政治评工的事撂到耳朵后边去了。

吕老八继续悉心观察蚂蚁。这一群小生灵，在宽阔的下河沿的田地里，悄悄凿下麦秆粗细的一个小洞，就忙忙碌碌地出出进进，寻找下一粒食物，衔进洞去，养育儿女，快快乐乐的。蚂蚁没敢想到要占领整个河川，更没有想到要与飞禽争夺天空，只是悄悄地满足于一个麦秆粗细的小洞。人在犁地或锄草的时候，无意间捣毁了它们的窝洞，它们并不抱怨，也没有能力向人类发动一场复仇战争，只是重新把洞再凿出来，继续生活下去。

　　吕老八似乎觉得自己就是一只蚂蚁了，那麦秆粗细的窝洞无异于他的那个三合院。在宽阔肥沃的下河沿的川地里，他现在占着那个仅只有三分多地的三合院，每天出出进进，忙忙碌碌。随便哪一场运动，都完全可能捣毁他的窝洞，如同捣毁这小小的蚂蚁窝一样。

　　吕老八不易让人觉察地笑了笑，笑自己的胜利，外交和内务政策的全部胜利。他和他的近十口人的家庭成员，遵循忍事息事的外交政策，处理家门以外的一切事宜，几十年显示出来的最重要成效，就是没有在越来越复杂的吕家堡翻船。只是保住这一条，吃一点亏，忍一点气，算什么大不了的事呢？

　　在村子里，他是个鳖一样的人，不争工分，骂不还口，似乎任谁都可以在他光头上摸一把。而在家里，吕老八却是神圣凛然的家长。他治家严厉，家法大，儿子媳妇以及孙子孙女没有哪个敢冒犯他的。媳妇们早晨给他倒尿盆。媳妇们一天三顿给他把饭双手递上来。媳妇们没有敢翻嘴顶碰他的。十口之家的经济实权牢牢地掌握在他的手中，一切大小开销合理与否由他最后定夺。这样富于尊威的家庭长者，在吕家堡数不出几个来，就说那个队长吧，讲起学大寨记工分办法来一套一套的，指挥起社员来一路一路的，可是在家里呢？儿媳妇敢于指名道姓骂他，他却惹不下。吕老八活得不错。

　　他的眼睛从蚂蚁窝上移开了，漠然盯着农历四月晌午热烘烘的太阳，心里盘算已定：该当给三儿子进行一次家训，让他明白，应该怎样当好丈夫，这个小东西和媳妇刚厮混熟了，有点没大没小的样子。一个男人，一旦在女人眼里丢失了丈夫的架势，一生就甭想活得像个男人，而且后患无穷。吕家堡村里，凡是女人当家主事的庄稼院，没

258

有不多事的。女人嘛，细心倒是细心，就是分不清大小、远近、里外。必须使这个明显缺乏严格家教的山区女子，尽快接受吕家的礼行，使她能尽快地谐调统一到这个时时潜伏着危险的庄稼院里来……训媳莫如先训子。

八

晚饭吃罢，帮大嫂洗涮了一家人的碗筷，把小灶房收拾清白，锁上门，四妹子揭开自家厦屋的洋布门帘，看见三娃子正坐在椅子上看书，她轻脚蹑步走到他背后，双手蒙住他的眼睛。三娃子从底下伸过手来，在她腰里搔了一把，她不由地放开手。他却就势把她按倒在炕上，搔她脖窝和胳肢窝，痒得她忍不住"嘎嘎嘎"笑着，在炕上打滚、讨饶，他却不饶，依旧使劲挠她搔她。这时候，屋里传来老公公呼叫"建峰"的声音，他吐一下舌头，缩一下脖子，走出门去了。

四妹子整理一下衣襟，跳下炕来，捞起纳布鞋鞋底的夹板。婆婆在把麻和抹褙子的布交给她的时候，郑重交待了，从今往后，三娃子的衣服鞋袜统由她管了，要是穿得太脏，或者穿着露出大拇指的烂鞋，村人不笑男人，而要笑话他的媳妇了，男人的穿戴是女人的面皮。婆婆又婉言替她计划，应该在新婚的头一年里，抽空做下够男人和自己穿五年的布鞋和棉鞋，以防一年后怀里抱上娃娃，就忙得捉不住夹板了。这是任何一个新媳妇都难得避免的事，趁早准备好，做得越多日后越轻松。四妹子很感激老婆婆对她的指教，决心在孩子出现以前，先把鞋准备充足，免得日后发紧迫。

进得这个家庭以后，她和建峰很快混熟了，熟悉了，便更喜欢他了。这个关中小伙子，身体长得健壮，模样也不赖，高眉骨，高鼻梁，条形脸，很有男子汉气魄。他不大说话，尤其在村子里，从不多嘴多舌参与队里的什么纠纷。他在屋里也不大说话，尤其跟老公公说话更少。他在小厦屋里，和她枕在一只枕头上，却轻声细语说这说那，说他在中学念初中时，物理和数学总是考满分，毕业那年，刚碰上"文革"，没能参加高中和中专考试，就回家来了。他家的成分高点，自知不敢在村里参与什么活动，就在家里看闲书，竟然对电机摸出门道了，学会修理马达了。

四妹子初到这个家庭一月来的印象，没有什么不满意的事。这个家庭的生活是令她满意的，早饭一般喝包谷糁子，午饭总要吃一顿细面条，晚饭也是喝包谷糁子，馍馍通常是玉米面捏的，但逢年过节，总会吃到麦子面馍馍，粗粮虽然多了点，总都是正经粮食啊！不像在老家陕北，总吃糠，顶好是洋芋，而洋芋在关中人的餐桌上，是菜不是主食。

她的建峰身怀绝技，常常给队里修马达，挣一份技术工，他原来就在自己的小厦屋修理，婚后挪到大队一间空房里去了。没有马达需要修理的时候，他就去大田里出工。晚上，他从来不出去串门，也不和其他小伙子们凑热闹，只是抱着那本电工技术书看得入邪。她就坐在他旁边的小凳上，抱着夹板缝纳鞋底，轻轻哼他喜欢的陕北民歌的曲调，小两口热热火火。这个十口之家的大家庭的大事，比如用粮计划，比如经济收支，比如应该给某一家亲戚应酬的礼物，统由两位老人操心，用不着她费心。她在这个看来庞大的家庭里，其实最清闲了，轮着她上工的时候，自有妇女队长来通知。要说当紧的事，倒是该尽快学会各种面条的擀法，以及纺线织布的技术。关中产棉花，人为了省钱，不买洋布，仍然习惯于纺线织布，穿衣做鞋或做被单。

家里的饭，是由三个媳妇轮流做的，每人一月。现在轮大嫂做饭，她有空就给大嫂帮忙，一来自己闲着，干点烧锅洗碗的活儿也累不了人，二来是跟大嫂学习擀面做饭的技术，熟悉熟悉这个家庭吃饭的习惯。轮过二嫂之后，就该轮着她了。她已大致明白，每顿饭动手之前，大嫂先请示老婆婆，做啥饭呀？老婆婆负责调节食谱。饭做熟之后，先舀出两碗，第一碗先端给老公公，第二碗再端给老婆婆，自然都需双手；然后再给孩子们舀齐，一人一碗，打发完毕，才给平辈的弟兄和妯娌们舀了。第一茬舀过，第二茬则由各人自己动手，大嫂只负责给两位老人续舀，以及给够不着锅沿的孩子舀饭，这是规矩，难也不难，四妹子渐渐就懂得了。

没有了吃的忧愁，又有一个基本可心的女婿，四妹子高兴着哩。至于这个家庭的上中农成分的高低，于她似乎没有太大的关系，入党

260

才讲究成分，招工才论成分的好坏，这些事儿她压根想也没想过，只是希求有粮吃有衣穿有房住，有一个能得温饱的窝儿活下去，原本就是抱着这样卑微的目的从陕北深山里跑到这大平原上来的呀！

建峰被老公公叫进里屋去好久了，还没见回小厦屋来，说甚大事，要这么长时间呢？

一阵焉踏踏的脚步响，门帘一挑，建峰进来了。四妹子一眼瞅出来，他皱眉耷眼，不大高兴，和刚才出门去的时候相比，两副模样。家里遇到甚事了吗？四妹子猜想，也有点紧张。

建峰从暖水瓶里倒下一杯水，坐在椅子上，喝了一口，叹了口气，出气声不大匀称。

四妹子忍不住，小心地问："咋咧？"

"咱爸训了我一顿。"建峰悻悻地说。

"训你甚？"四妹子问，"你做下啥错事咧？啥活儿没干好是不是？"

"说我没家教。"建峰说。

"没家教？"四妹子听了，不由地问，"怎么没家教了？"

建峰叹口气，又喝了口水，没有解释，半晌沉默，才说："日后，你甭唱唱喝喝的了。"

"咋哩？"四妹子睁大眼睛，突然意识到老公公一定说了自己的好多不是，忙问，"我口里哼个曲儿，犯着谁啦？"

"咱爸说咱家成分不好，唱唱喝喝，要让别个说咱张狂了。"建峰传达老家长的话说，"咱们成分不好，只顾干活，甭跟人说东道西，指长论短，也甭唱唱喝喝……"

"统共就轮着我上了三晌工，只有那天后晌放工时，我回家走在柳林里，哼了几句。"四妹子说，"咱家成分不好，连一句曲儿都不能哼呀？我在自家厦屋哼几句，旁人谁管得着呢？管得那么宽吗？"

"咱爸讨厌唱歌。"建峰说，"咱爸脾气倔，见不得谁哼哼啦啦地唱喝。"

"那好，不唱了。"四妹子叹口气，试探地问，"除了不准唱歌，咱爸还说啥来？"

"咱爸说，走路要稳稳实实地走，甭跳跳蹦蹦的。"建峰说，"让人见了说咱不稳重。"

"不准唱，不准蹦。"四妹子撇撇嘴，"还有啥呢？"

"还有……甭串门。"建峰说。

"我没串过门呀！"四妹子说，"连一家门也没串过，我跟左邻右舍不熟悉，想串也没处去。"

"咱爸说，大嫂二嫂的屋里也尽量甭串。"建峰说，"各人在各人的厦屋里做针线活儿，别没大没小的。"

"还有啥呢？"四妹子赌气似的问。

"咱爸说，男人要像个丈夫的样儿，女人要像个媳妇的样儿。"建峰说，"不准嘻嘻哈哈，没大没小的。"

四妹子不吭声了，麻绳穿过布鞋鞋底的"咝咝"声在小厦屋里格外清晰，不准唱歌，不准嬉笑，不许在村里和人说话，也不许在自家屋串大嫂和二嫂的门子，那么，她该怎样过日子？她在陕北家乡，上山背谷子背得腰酸肩疼，扔下谷捆子，就唱喝起来了。在娘家时，虽然吃的糠饼子，油灯下，她哼着忧伤的曲儿，哼一哼也就觉得心肠舒和了。有时候，她哼着，母亲也就随着哼起来了，父亲坐在窑外的菜园子边上，也悠悠地哼起"揽工人儿难"来了。她没有想到，哼一哼小曲儿会不合家法，甚至连说话、走路，都成了问题，是关中地方风俗不一样呢，还是老公公的家教太严厉了？

她现在才用心地思量这个家庭成员的行为举措来，才有所醒悟。老公公早晨起得早，在院子里咳嗽两声，很响地吐痰之后，大嫂和二嫂的门随着也都开了。老公公一天三晌扛着家具去出工，回家来就喂猪，垫猪圈，起猪圈里的粪肥。他噙着短烟袋，可以在猪圈里蹲上一个多钟头，给那两头克郎猪刮毛、搔痒、捉虫子。

老公公总是背着一双手进院出院，目不斜视，那双很厉害的眼睛，从不瞅哪个媳妇的开着或闭着的屋门。四妹子进得这个家一月多来，没见过老公公笑过，对大嫂和二嫂那样的老媳妇也不笑，对大嫂和二嫂的五个娃娃也不笑。娃娃们总是缠老婆婆，很怯爷爷，甚至躲着走。大哥在外村一所小学教学，周六后晌回来，和父母打过招呼，

262

晚上和大嫂在自家的厦屋里，也是悄没声儿的，住过一天两晚，周一一早就骑着车子上班去了。二哥是个农民，有木工手艺，由队里支派到城里一家工厂去做副业工，一月半载才回来一回。二哥回来了，也是悄悄默默的，不见和二嫂说什么笑什么，只是悄没声儿地睡觉。

四妹子回想到这些，才觉得自己确是有点儿不谐调了。她曾经奇怪，一家人整天都绷着脸做啥？说是成分不好，在队里免言少语也倒罢了，在自个家里，一家人过日月，从早到晚，都板着一副脸孔多难受啊！现在，她明白了，老公公的家法大、家教严。这个上中农成分的家庭，虽然在吕家堡灰下来了，可在那座不太高的门楼里，仍然完整地甚至顽固地保全着从旧社会传留下来的习俗。她不能不尊奉老公公通过她的女婿传达给她的教诲，这是第一次，如果再这样下去，可能就会发生不愉快的事。她刚到这个家庭才一月，不能不注意老公公对她的看法和印象……

"这有啥难的？"四妹子轻淡地说，"从明日开始，我绷着脸儿就是了。"

"咱家的规矩，凡家里来了客人，亲戚也罢，外边啥人也罢，统统都由老人接待，晚辈人打个招呼就行了，不准站在旁边问这问那。"建峰继续给她传达老公公的家法，"咱爸说，前一回二舅来了，你在旁边说这说那，太没得礼行……"

四妹子臊红了脸，她想分辩，又闭了口，建峰说的是老公公的旨意，向他分辩有什么用呢！那天二舅来了，她给倒下茶水，问候了两句，本打算立即退下来，好让老公公陪二舅说话。可是，二舅问她在陕北哪个县，哪个公社，离延安多远，还问那儿的气候、物产，社员的生活。二舅在西安一家什么信箱当干部，人挺和气，不像老公公那样令人生畏。她在回答了二舅的问话以后，也问了些二舅在西安的生活情况的话，平平常常，之后就赶忙给二舅做饭去了……万万没想到，老公公对这件事上了心，说她不懂礼行了。看来，除了上工劳动和做饭吃饭以外，在这个家庭里，最好什么也甭说，什么也甭管，想到这儿，四妹子加重语气，带着明显的赌气的口吻说："赶明日我绷紧脸儿，抿着嘴儿就是了！"

263

九

和老公公的一次正面冲突终于发生了。

夏收夏播的大忙时月过去了，生产队里的活儿却不见减少，只是比收麦和种秋这些节令极强的活儿不显得那么紧火罢了。天旱得地上冒火，建峰日夜轮流在河川浇灌刚刚冒出地皮的包谷苗儿。她和两位嫂子常常同时被派到棉田里去锄草，去给棉苗"抹裤腿"，"打油条"，"掏耳屎"。老公公自不必说了，也是一日三晌不停歇。老婆婆坐在场院里的树阴下，看守刚刚分下的麦子，要撵偷吃的鸡或猪，要用木齿耙子搅动，晒得一咬一声嘎蹦脆响，就可以放心地储藏起来了，不出麦蛾子也不生麦牛了，一家人的粮食啊！

这天晌午，四妹子正在棉花行子里给棉花棵子"掏耳屎"，一个回家给娃喂罢奶来到棉田的嫂子告诉她，二姑来了。四妹子给妇女队长请了假，奔回村子来。

二姑坐在街门外的香椿树下，四妹子叫了一声"二姑"，就伸手从街门上方摸出钥匙，开了锁，把二姑让进院子。屋里没有人，她引着二姑坐进自己的小厦屋。三句话没说完，她抱住二姑哭了，竟然忍不住，哭出声来了。

"是建峰……欺侮你来？"二姑问。

"呜呜呜……"她摇摇头。

"公公婆婆……骂你来？"二姑又问。

"呜呜呜……"她仍然摇摇头。

"俩嫂子……使拐心眼来？"二姑再问。

"呜呜呜……"她哭得身子颤抖着。

二姑搂住她，就不再问了，眼泪扑踏踏掉下来，滴在侄女的头发上。

四妹子想哭。一家老少，没人打她，也没人骂她，吃也是尽饱吃，没有什么能说得出口的委屈事，可她说不清为啥，只是想哭。她躺在二姑怀里，痛痛快快哭起来，倒不想说什么了。

她绷着脸上工，绷着脸在小灶房里拉风箱或擀面条，绷着脸给两

264

位老人双手端上饭去，绷着脸跟大嫂、二嫂说一句半句应酬话，甚至和建峰在自己的小厦屋里也绷着脸儿……她觉得心胸都要憋死了。

自从那晚老公公对建峰训导之后，建峰的脸儿也绷起来了，比她还绷得紧，挺得平。他不仅跟她再不嬉笑耍闹了，连话也说得少了，常摆出一副不屑于和她亲近的神气，即使晚上干那种事的时候，也是一句不吭，生怕丢了他大丈夫的架子，随后就倒过去呼呼大睡，再也不像刚结婚那阵儿搂着她说这说那了。

四妹子感到孤单，心里憋闷得慌，吃饭无味，做活儿也乏力，常常在田间歇息的时候，坐在水渠边上，痴呆呆地望着北方，平原远处的树梢和灰蒙蒙的天空融为一体。她想大了，也想妈了，只有现在，她才明显地感觉到了公公婆婆和亲生的大大妈妈的根本差别。在这宽阔无边的大平原上，远远近近数不清的大大小小的村庄里，没有她的一个亲人，除了二姑，连一个亲戚也没有。她常常看见大嫂和二嫂的娘家兄弟姐妹来看望她们和孩子，她俩也引着孩子去串娘家，令人羡慕。她们可以把自己的欢心事儿说给娘家亲人，也能把自己的委屈事儿朝父母发泄一番，得到善意的同情和劝慰，然后又在夕阳沉落时回到这个令人窒息的三合院来。四妹子无处可去，只有一个二姑家，又不能常常去走动，二姑一人操持家务，也不能经常来看她。她的心胸间聚汇起一个眼泪的水库，全部倾泻到二姑的胸前了。一家人全都出工去了，时机正好，她可以痛痛快快哭一场，而不至于被谁听见。

哭过一场，心胸间顿然觉得松泛了，头却因为哭泣而沉闷，和二姑说了会子话，问了跛子姑夫和姑婆的身体，又问了杨家斜夏收分得的口粮标准，劳动日带粮的比例，看看太阳已经移到院子中间，该做午饭了。她要去请示婆婆，中午做什么饭，为了不致使婆婆看出她哭过，就用毛巾蘸了水，擦了脸。

因为二姑的到来，因为倒出了胸间聚汇太多的泪水，她的心情舒悦了，轻盈地走过吕家堡的街巷，来到村子北边的打麦场上。刚刚经过紧张的夏收劳动的打麦场，现在清闲下来了，一页一页苇席把碾压得光光净净的场面铺满了，新麦在阳光下一片金黄。她远远望见，婆婆正和一位老婆婆在阴凉里说闲话。走到当面，她欢悦地向家庭长者

265

报告："妈，俺二姑来咧。"

"来了好。"婆婆盯她一眼，说，"你招呼着坐在屋里。"

"妈，晌午做啥饭呀？"四妹子问。

"做糁子面。"婆婆淡淡地说。

四妹子心里一沉，忙转过身，快快地朝回走。屋里往常来了客人，不管是大舅二舅，或是俩嫂子的娘家亲戚，免不了总要包饺子，擀臊子面，最起码也要吃一顿方块干面片子。四妹子的二姑来了，也算得吕家的一门要紧亲戚，婆婆却让她做糁子面。糁子面，那是在糁子稀饭里下进面条，是庄稼人节约细粮的一种饭食，大约是普遍重视的中午这顿饭里最差池的饭了。

四妹子往回走，心里好不平啊！这是对她亲爱的二姑的最明显的冷淡接待了。论说二姑也不稀罕吃一顿饺子或者臊子面，人家在自家屋也没饿着。这是带着令人难以承受的冷淡和傲慢，甚至可以说是把亲戚不当人对待的明显的轻侮。她的刚刚轻松了的胸膛，现在又憋满气了。

她重新回到屋里时，注意掩饰一下自己的愤恨，不使二姑看出来，免得使她难受，万一让二姑觉得受到怠慢而一气走掉，那就更难收拾了。她让二姑歇在屋里，自己钻进灶房去做饭。

大嫂和二嫂从棉田里放工回来了。二姑从屋里出来，和两位嫂子说话。俩嫂子见有客人来，都洗了手，到灶房里来帮忙。这也是一条家规，凡有客人到来，不管轮着谁值班做饭，大家都要插手帮忙，以表示对客人的敬重，也给任何客人造成一种三妯娌齐心协力，家事和谐的气氛。

"你咋给锅里拂下糁子了？"大嫂惊问。

四妹子低头在案板上擀面，没有吭声。

"咋能给二姑吃糁子面呢？二姑常不来。"二嫂也责怪她。

四妹子呐呐地说："咱妈叫做的……"

俩嫂子互相看一眼，再不说话了。

四妹子切好面条，听见院子里响起熟悉的脚步声，知道公公回来了，就把下面的事交给两位嫂子，自己走出小灶房，向公公低低地说:"爸,俺二姑来……"话音未落,二姑已经从小厦屋出来,笑着搭话问候:"你放工了?"

老公公"嗯"了一声,放下手里的铁锨,没有朝里屋走,转过身说:"你歇下。"随之就走出二门,跳进猪圈里,蹲下身去了。

四妹子愣住了,老公公的冷淡与傲慢是这样毫不掩饰,甚至故意给客人难看的举动,使她无所措手足了。二姑脸上立时浮出尴尬的神情,悻悻地笑笑,只好再转身走进小厦屋。

往常里,家里有亲朋来,老公公平时绷紧的脸上就呈现出热切的笑颜来接待,立即放下手中正在忙着的一切活儿,把客人领到上房里屋去,喝茶,抽烟,拉家常。现在,老公公蹲在猪圈里,矮墙上冒起一缕缕蓝色的烟雾,不见有出来的征兆。

直到舀好了饭,老公公才在她的催促下跳出猪圈,走回里屋,坐在他往常招待客人的桌子旁。二姑也在两位嫂嫂的谦让中走向桌子的另一侧。

"快吃。"老公公总算开口招呼客人了,"家常便饭,甭见怪。"

二姑装出毫不在意的样子,端起碗来。

大嫂提出让她去替换婆婆回来,老公公立即制止了:"算了,你给她端去一碗算了,她说她不回来了。"

四妹子心里又一沉,老婆婆连二姑的面也不见,这更是注意礼行的老婆婆所少有的举动。

别别扭扭吃罢饭,二姑就告辞了。

送走二姑,四妹子回到厦屋,趴在被子上,哭不出也吃不下饭,越想越觉得窝气,太下贱人了呀!

后响,她在地里干了一后响活儿,仍是想不通。晚饭后,她走进老公公的里屋,低着头:"爸,我明日想到俺姑家去……"

老公公盯她一眼,没有说话,低头点燃一袋烟,扬起头来,就佯装出毫无戒备的口气说:"好么!按说夏忙毕了,去散散心也对。可眼下队里正浇地,棉田管理也紧火,等忙过这一阵儿,棉花打杈过头遍,地也浇完了,你再去。"

四妹子靠在婆婆的炕边没有说话。

吕老八很满意自己对这个小媳妇的回答。今天中午，他放工回来，顺路到麦场上看看麦子晒干的程度，老伴告诉他，三媳妇的二姑来了，三媳妇和她二姑在厦屋哭成一团。她说她回家去喝水，听见人家哭，没敢惊动，悄悄又退回到晒麦场上来了，吕老八一听就火了。

吕老八心里说，你三媳妇在你二姑怀里哭，必是说俺吕家亏待了你嘛！让邻舍左右听见了，还不知猜疑什么哩！再说，你作为二姑，到俺屋来不劝自己侄女，竟陪着哭，好像俺吕家真的压迫你的侄女了！再说，亲戚来了，不先与主人打招呼，钻在自己家侄女厦屋，成啥礼行？你侄女不懂礼行，你做大人的也不懂？你既然不尊重俺屋的规矩，我就不把你当上宾待！

他很赞成老伴的举动：用糁子面招待！

作为回敬，他拒不邀她进上房里屋，躲在猪圈里，你晾着去！

吕老八盯着朝他提出走娘（姑）家要求的三媳妇，心里已经意识到，她给他示威。他慢待了她的二姑，有气说不出，要走娘（姑）家去了。他不硬性拒绝，只是说活儿忙，这在任何人听来，都是完全站得住脚的理由。让她和她二姑都想一想，为啥主家慢待了她？往后就不会乱哭一气了。

四妹子站在炕边，话从心里往上攻了几次，都卡在嘴边了，她想问，为啥慢待二姑？又不好出口。要求到二姑家去的示威性的举动，被老公公轻轻一拨，就完全粉碎了。她转过身，往出走去，决心留给他们一副不满意的样子，也让老公公想想去。

婆婆却在她出门的时候说："三娃子的棉衣棉裤该拆洗了，甭等得下雪才捉针……"

十

四妹子躺倒了。

昨天晚上，老公公婉转而又体面地拒绝了她的要走姑家的要求，她的第一次示威被悄无声息地粉碎了。她回到厦屋里，早早脱了衣裳，关了门，拉灭了电灯，躺在炕上，眼泪潜潜流下来，渗湿了枕头。

268

院子里很静，大嫂和二嫂，一人抱一张席箔，领着娃子到街巷里乘凉去了，老公公和婆婆也到场边乘凉去了，偌大的屋院里，现在就剩下她一个人了。三伏天，屋里闷热得像蒸笼，她的心里憋满了太多的窝囊气，更加烦闷难忍。她想放声痛哭一场，却哭不出来，如果哭声震动四邻，惊震了聚集在街巷和场边乘凉的男女老少，那么，她和老公公的矛盾就公开化了。她似乎还没有勇气使这种矛盾公开化，如果公开化了，很难有人同情她的。到这个家庭几个月来的生活，她已经大致了解到这个家庭在吕家堡是富于实际威信的。庄稼人被接连不断的政治运动和频频更换的政治口号弄得昏头晕脑，虽然不能不接受种种运动和种种口号对人们生活秩序和习惯的重大影响，可是对于绝大多数农民来说，他们依然崇尚家庭里的实际和谐。吕克俭虽然作为大肚子中农被置于吕家堡的一个特殊显眼的位置上，时刻都潜伏着被推入敌对阵营的危险，令一般庄稼人望而心怯，自觉不自觉地被众人孤立起来了。然而，对于吕家的实际生活，却令众多的庄稼人钦敬，甚至奉为楷模，用一句时兴话说，是模范文明家庭。人都说老公公知礼识体，老婆婆是明白贤惠人，两位老人能把一个十多口人的家庭拢在一起，终年也不见吵架闹仗，更不与村人惹是生非，这在吕家堡的中老年庄稼人眼里，简直羡慕死了。这样一个在众人眼里有既定影响的家庭，如果因为自己的到来而吵架，而闹别扭，她即使有理也说不清了，她将会很自然地被人看作是搅槽鬼了。

二姑受到带有侮辱性的待遇，她说不出口，说了别人也还是要说二姑不懂礼行的，她只有眼泪，悄悄默默地淌。

四妹子听到脚步声，又听到敲门声了，是建峰。他白天黑夜在地里浇水，匆匆回家来，抱着大碗扒饭，嘴一抹就下河川去了。他负责四五眼机井上抽水泵的安全运转，发生故障及时修理，正常运行时，就躺在井台的树阴下睡觉，浇地的社员三班倒换，他是白天黑夜连轴转。听见他的脚步声，她没有拉灯，摸黑拉开了木门闩，随即爬上炕去，面向墙壁躺下了。

她听见他走进厦屋，顺手闩上门，拉亮了电灯。明亮的电灯光刺得她的眼睛睁巴不开，她用双手捂住，心里却在想：你老子今日把我二姑作践了！他也许不知道这件事，她猜不准，他的老子究竟给他说过没有？她一时又拿不定主意，要不要向他诉诉委屈？

他坐在椅子上，咕嘟咕嘟喝下了她晾在茶缸里的冷水，啪的一声关了电灯，咣当一声关上了木门栓子，她就感到了他的有劲的双臂。她依然面向墙壁，双臂拘着胸脯，拒绝那双手的侵略。

他一句不吭，铁钳一样硬的手掌把她制服了……他满足了，喘着气又勾起短裤，溜下炕，拉开门，一句话也没说，脚步声又响到街门外去了。

没有欢愉，没有温存，四妹子厌恶地再次插上门，几乎是栽倒在炕上。婚后的一月里，她对他骤然涨起的热情，像小河里暴涨的洪水一样又骤然消退了。自从那晚老公公对他训导之后，他就变成一个只对她需要发泄性欲的冷漠的大丈夫了。他不问她劳动一天累不累，也不问她身体适应不适应关中难熬的三伏酷热，更不管她吃饭习惯不习惯，总之，他对她的脸儿绷得够紧的了。她的月经早已停了，她几乎减少了一半饭量，有几次端起碗来，呕得汤水不进。他知道她怀上了，却说："怀娃都那样。听说过了半年就好了……"她想吃点酸汤面条，老婆婆没有开口作出这样的指令，她也不敢给自己做下一碗，一大家子人，怎么好意思给自己单吃另喝呢？她想吃桃儿，桃月过去了，一颗桃儿也没尝过。她想吃西红柿，这种极便宜的蔬菜，旺季里不过四五分钱一斤，老公公咬住牙也不指派谁去买半篮子回来。现在，梨瓜和西瓜相继上市了，那更是不敢想象的奢侈享受了……他从来也不问她一声，怀了娃娃是不是需要调换一回口味？

她到这个家庭快半年了，大致也可以看出来经济运转的过程，老公公把生产队里分得的粮食，统统掌管在自己手中，一家人吃饭的稀稠和粗细粮搭配，由老婆婆一日三顿严格控制。上房里屋的脚地，靠东墙摆着四个齐胸高的粗瓷大瓮，靠南墙和西墙摆着两只可墙长的大板柜，全部装着小麦，玉米则盘垒在后院的椿树和榆树的树杆上。据说每天晚上脱鞋上炕以前，老公公像检阅士兵的总统一样，要揭起每一只瓷瓮的凸形盖子，打开木柜上的锁子，看看那些小麦，在后院的玉米垒成的塔下转一圈。不过她没有发现过，许是村里人的戏谑之言。她确实看见过老公公卖粮的事，那是夏收前的青黄不接的春三二月，人睡定时光，屋里院里一阵自行车链条的杂乱响声之后，悄悄地灌了小麦，又灌了包谷，那些陌生人的自行车货架上搭着装得圆滚滚的粮食口袋，鱼贯地从院子推出街门去了。她趴在窗台上，约略数出来，十一口袋。她明白，时下粮食交易的市价，小麦卖到六毛，包谷卖到二毛七八，各按一半算，也有五百多块。这时候，建峰从里屋回到厦屋，头发上和肩头扑落着一层翻弄粮食的细末尘土。老公公做得鬼，一次瞧准时机，把全部要卖的粮食一次卖掉，神鬼不知。不像村里一般庄稼人，见了买主就想卖，一百也卖，二百也卖，反显得惹眼。每年的这一笔重大收入，压在婆婆的箱子底儿，难得再出世。

另一笔较为重要的收入，就是养猪。政府禁止社员养羊、养牛、养蜂，视为资本主义的"尾巴"，只允许养猪。毛主席"关于养猪的一封信"，用套红的黄色道林纸印出来，家家户户屋内都贴着一份，是县上统一发下来的。老公公从地里回到屋里，扔下家具，就蹲到猪圈口的半截碌碡上，点燃旱烟袋，欣赏那头黑克郎，直到交给公社生猪收购站，装着七八十块钱回来，再愈加耐心地侍候那只两拃长的小猪崽。

第三笔重要收入，是大哥的工资。听说大哥的工资是三十九元，每月七日开支以后，必定在开支后的那个星期六回家来交给老公公，然后再由老公公返还给他十九元，作为伙食费和零用钱，抽烟，买香皂或牙膏一类零碎花销。老公公留下二十元，做为全家统筹安排的进项。老公公禁止儿子回家来买任何孝顺他老两口子的吃食，一来是家大人多，买少了吃不过来，买多了花销不起，于是在家里就形成了一种大家都能忍受的规矩，无论谁走城上镇回来，一律都不买什么吃食，大哥二哥的娃娃自然也不存任何侥幸。屋里院里从早到晚，从春到夏，都显得冷寂寂的，没有任何能掀起一点欢悦气氛的大事小事。

大嫂和二嫂，渐渐在她跟前开始互相揭短。二嫂说，这个屋里，大嫂一家顶占便宜了。大嫂一家五口，四口在吕家堡吃粮，每年的口粮款几近三百，而大嫂做不下二百个劳动日，值不到一百块，大哥交的二百来块钱，其实刚刚扣住自己家室的口粮，谁也没沾上大哥的什么好处。老公公明明知道这笔账该怎么处，还是器重大哥，心眼偏了。二嫂还说，大哥最精了，小学教员的伙食，月月没超过十块，而给老公公报说十五块，一月有九块的赚头了。二嫂说他们两口子最吃亏了，俩人一年挣五六百个劳动日，少说也值三百元，而四个人的口粮不到三百元，算来刚好扣住，而六百个劳动日秋夏两季可带的小麦和包谷就有六百斤，六百斤小麦和包谷黑市卖多少钱？老公公心里明白这笔账怎么算着，却不吭声，老也不记老二的好处。

二嫂这样算，大嫂却有自己的算盘。大嫂说，二哥订娶二嫂的七八百块钱，全是她的男人的钱，老二不记大哥的好处，有了媳妇就忘了拉光棍的难受，反倒算计起大哥了，跟着二嫂一坡滚！大嫂说，老二人倒老实，净是二媳妇鬼精。老二有木匠手艺，跟队里的副业组在城里十八号信箱做工，每月五十七块钱，给队里交四十块，计三十个劳动日，留十七块伙食钱，而实际上连五块钱也用不了。咋哩？民工自己起伙，粮由家里拿，自己只买点盐醋就行了，十七块钱伙食费都给自家省下了。更有叫人想不到的事，民工利用星期天或晚上加班，挣下钱就是自己的，不交队里，也没见过老二给老公公交过。二嫂搂下的私房钱谁也摸不清。净是苦了她的老大，被老公公卡得死死的，每月上交二十块，一年到头也买不起一件新制服，她的男人是小学校里的教员中穿戴最破烂的一个……

四妹子心里反倒有了底：这个家庭里，其实最可怜的是她和男人建峰了。两位嫂嫂，都有一点使老公公无法卡死的活路钱，而她和老三建峰真是被彻底卡死了。她和他在队里劳动，年底才决算，不管长出短欠，统由老公公盖章交办。这个家里通过各个劳动力挣来的粮食，也由老公公统一管理，卖下的余粮钱不作分配。她和老三连一分钱的支配权力也没有，而俩人的劳动所得在这个家庭里却是最多的，花销却是最少的……吃亏吃得最多了。

结婚几个月了，公公和婆婆没给过她一分钱，老公公且不说，老婆婆难道不知道，起码需得买一沓卫生纸吧？总不能让人像老辈子女人那样，在潮红时给屁股上吊一条烂抹布吧？从二姑家出嫁时，二姑塞给她五块钱，就怕她新来乍到，不好张口向老人要钱，买沓纸啦，买块香皂啦。五块钱早已花光用尽，总不能再去朝二姑开口要钱吧？建峰睁开眼爬起来去上工，放工回来抱着大碗吃饭，天黑了就脱衣睡觉，从来也不问她需要不需要买一沓纸，纯是粗心吗？

他对她太正经了，甚至太冷了，他只是需要在她身上得到自己的满足，满足了就呼呼呼睡死了。她没有得到他的亲昵和疼爱，心里好委屈啊！

在老家陕北，有个放羊的山哥哥，他和她一起放羊，给她上树摘榆钱，给她爬上好高的野杏树摘杏子吃。她和他在山坡上唱歌，唱得好畅快。他突然把手伸到她的衣襟下去了，在她胸脯上捏了一把。她立时变了脸，打了他一个耳光。山哥哥也立时变了脸，难看得像个青杏儿，扭头走了。她自己突然哭了，又哭着声喊住他。他走回来，站在她面前，一副做错了事的愧羞难当的神色。她笑了，说只要他以后再不胡抓乱摸就行了。他跑到坡坎上，摘来一把野花，粉红色的和白色的野蔷薇，金黄金黄的野辣子花，紫红的野豆花，憨憨地笑着，把一枝一枝五颜六色的花儿插在她的头发上，吊在发辫上。可惜没有一只小镜子，她看不到自己插满花枝儿的头脸，他却乐得在地上蹦着，唱着。

她想到他了，想到那个也需要旁人帮忙掏屎的山哥哥，心里格愣跳了一下。

这样过下去，她会困死的，困不死也会憋死的。没有任何经济支配能力，也没有什么欢愉的夫妻关系，她真会给憋死的。

她终于决定：向老公公示威！

她睡下不起来，装病，看老公公和婆婆怎么办？看她的男人吕建峰怎么办？

窗户纸亮了，老公公沉重而又威严的咳嗽声在前院的猪圈旁响着，大嫂和二嫂几乎异口同声在院子里叮咛自己的孩子，在学校甭惹是生非，孩子蹦出门去了。院里响起竹条扫帚扫刷地面的嚓嚓声，那是二嫂，现在轮她扫地做饭了。老公公咳嗽得一家人全都起身之后，捞起铁锨（从铁锨撞碰时的一声响判断），脚步声响到院子外头去了，婆婆和大嫂也匆匆走出门上工去了，院子里骤然显得异常清静，

273

只有二嫂扫地时那种很重很急的响声。没有人发现她的异常反应，他们大约以为她不过晚起一会儿吧？这倒使四妹子心里有点不满足，她想示威给他们看看，而他们全都粗心得没有留意，没有发觉，反倒使她有点丧气了。

"四妹子，日头爷摸你精尻子了！"二嫂拖着扫帚从前院走到她的窗前，笑着说，"快，再迟一步，队长要扣工分了。"她催她上工。

终于有人和她搭话了，不过却是不管家政的二嫂，她的主要目标不是二嫂而是老公公和老婆婆，转而一想，二嫂肯定会给两位家长传话的。她没有搭话，长长地呻唤一声，似乎痛苦不堪，简直要痛苦死了。

"噢呀！那你快去看看病。"二嫂急切的声音，她信以为真了。二嫂又说，"你现时可不敢闹病，怀着娃儿呀！"

"不咋……"她轻淡地说，却又装得有气无力的声调，"歇一晌……许就没事咧！"

"可甭耽搁了病……"二嫂关切地说，"不为咱也得为肚里的小冤家着想……"

四妹子又呻唤一声，没有吭声，心想，必须躺到两位老家长前来和她搭话，才能算数。看病？空着干着两手能看病了吗？二嫂即使不是落空头人情，属于实心实意的关照，也解决不了她的问题，她能给她拿出看病的钱吗？

四妹子决心躺下去，茶不喝米不进，直到这个十几口的大家庭的统治者开口……

十一

清晨的空气凉丝丝湿润润的。河川里茂密的齐胸高的包谷苗子梢头，浮游着一层薄纱似的轻柔的水雾。渠水哗哗流淌，水泵嗡嗡嘶叫，浇地的庄稼人互相问答的声音，听起来格外清爽。这是三伏溽暑里一天中最舒服的时辰。

四妹子的示威取得了决定性胜利，老公公支使三娃子带她到县地段医院去看病。

四妹子坐在自行车后架上。她的男人吕建峰双手紧握着借来的这辆已经生锈的自行车车把，有点紧张又有点吃力地踩着脚踏子，在吕家堡通往桑树镇的土石公路上跑着。路道坑坑洼洼，两条被马车碾出的车辙深深地陷下去，铺着厚厚的被碾成粉末的黄土。自行车车轮颠颠蹦蹦，几次差点把她颠跌下来，尽管这样，四妹子的心情还是畅快的。她在打麦场上，在棉田的垄畦里，常常听见村里那些媳妇们津津有味地叙说男人带她们逛西安、浪县城的见闻，她现在就坐在三娃子的腰后，去桑树镇逛呀！想到自家去桑树镇的公开理由是看病，四妹子又有点懊丧。

　　前日早晨，她躺在被单下，一直躺到一家人纷纷收工回家吃早饭，也没起来。先是建峰回到厦屋，听说她病了，倒是一惊，让她到大队药疗站去看看病，她翻了个身，没有吭声。他催得紧了，她才冷冷地说："没钱。"他说大队药疗站免费医疗，看病不收钱。她听了，更加冷声冷气地说："要五分钱挂号费。我没有，你有没？"顶得他半天回不上话来，他身上也是常年四季不名一文。

　　老婆婆撩起门帘，走进来问："害咋？"

　　四妹子软软地欠起身："头疼，恶心……"

　　"到医疗站去看看。"

　　"……"

　　老婆婆在桌子上搁下一枚五分硬币，丁当一响，转身走出去了，尽到了老辈子人对晚辈儿媳很有节制的关怀。

　　她到医疗站去了，交了五分挂号费，那两位经过公社卫生院短期训练的医生，热情而又大方地给她开下不下两块钱的药片和药水，回家又躺下了。一直睡到昨天天黑，她忍着饥饿，没有吃一口饭，早饿得四肢酸软，头晕脑胀，口焦舌燥，嘴唇上爆出一层干裂的死皮，真的成了病人了。建峰惊声慌气地问："医疗站的药不投症？"她呻唤一声，不予回答，何必回答，其实那些药全都塞到炕洞里去了。老婆婆又来问过一次，随之就把建峰唤回上房里屋，终于传达下老公公的决定，让他带她到桑树镇的县地段医院去看病。

　　费了这么大的周折，付出了两天难耐的饥饿作代价，才争得了今日逛一逛桑树镇的机会，想来真叫人心酸。如果不是她装病，而是老公公大大方方给她几块钱，让她出去畅快一天，她大概会不停声地要叫"爸"了。无论如何，她达到目的了，尽管争得的手段不那么光明正大，她还是感到了一种报复后的舒心解气。

从土石公路转上通桑树镇的黑色柏油公路以后，车子平稳了。两天没有吃饭，心里饿得慌慌，腰也直不起来了。她觉得自己变得像一片落叶，轻飘飘的，在那儿也站立不稳。她倚势趴在他的后背上，一只胳膊搂住他的腰，乳房抵着他的单衫下蠕蠕扭动着的脊梁骨，离开吕家堡村很远了，熟人见不到了，不怕难为情了。路面平整了，车子也平稳了，他踏得也轻松了，这才问："你难受得很吗？"

"嗯……"她恹恹病态地应着。

"再忍一下，马上到医院了。"他脚下踏得更快了，车子呼呼呼飞驰。

四妹子的脸无力地贴靠在他的宽阔的脊背上，他当她真的病下了，急慌慌带着她往桑树镇医院赶着。他虽然对她冷冷淡淡，却怕她病，更怕她死。他老实，一丝一毫也没有觉察出她的用心来。她问："咱爸给下你多少钱？"

"五块。"他轻轻喘着气，不假思索地说。

"要是不够开药钱呢？"她问。

"那……"他略微顿一顿，"咱爸说，一般头疼脑热的病，五块够咧。咱爸说，要是麻烦病，需得再看，那他再给咱……"

"要是花不完呢？"四妹子试探着问，"剩下块儿八毛的，还要交给咱爸吗？"

"当然……按说应该交给老人。"他说，"咱屋家大人多，没有规矩不成。用时朝老人要，花过剩下的该交回去。"

"咱爸还查验药费发票吗？"她挑衅地问。

他不吭声了。似乎于此才意识到她的问话里的弦外之音，含有对他老子的某些讽喻，某些嘲弄，某些不恭，他不回答了。

她也不问了，盘算着怎样充分地使用装在他口袋里的那五块票子，如果花去一大部分买下些她并不需要的药片和药面儿，太可惜了，县地段医院不是吕家堡医疗站，每一粒药丸都要算钱的。

桑树镇逢集日，男人和女人把街道上拥塞得满满的。她跳下车子，扶着他在人窝里挤。走到医院门口，她拽住了他的车子，说："先吃点饭，我饿了。"他说："看完病，消消停停地吃饭，再迟，怕要挂不上号了，"她执拗地说："不要紧。先吃点饭。"他无可奈何地调转过自行车来。

她终于睃巡到一家国营食堂，走进门口一瞅，她的胃猛地掀动起夹，扭得心口儿微微地痛了——她瞧见了饸饹。在一只大瓷盘子里，堆着小山一样高的饸饹，紫红色的条子，在服务员抓起时颤悠悠地弹着，她觉得自己完全可以吃掉那一座饸饹垒成的小山。饸饹是用荞麦面压的，而荞麦正是陕北家乡的产物，在家时，过年过节总能吃上一顿。关中不产荞麦，饸饹成为食堂里的商品饭食了。大热天，吃一碗凉饸饹，她该多惬意啊！

他买下两碗，搁在桌上，诚恳地催她快吃。

她多多地调上醋，凉生生的饸饹从冒烟起火的喉咙滚进翻搅着的胃部，她噎得打起嗝来，这才抬起头，不好意思地瞧瞧他，她才发觉他自己并没有吃，手里捏着一块干得炸开口子的馍馍，啃着，看着她吃。她停住筷子，紧紧地盯着他的眼睛："你咋不吃饸饹？"

他歉意地笑着说："我……吃馍就行咧！"

她心里忐忑一下，他只给她买下两碗，自己啃干馍，想省下几个钱来。她心里动了一动，随之就愤怒了，从他手里夺下馍来，塞到布袋里，把那一碗饸饹推到他面前，狠狠地瞧着他，直到他端起碗，提起筷子，憨憨地笑着低头吃起来。

她看见他吃得很香，很馋，一碗饸饹只挑了三五次筷子就挑光了。她伸出手不容置辩地说："把钱给我。"他没有吭声，从口袋里掏出钱来，交到她手上。

她接过那一沓折叠整齐的整块票儿和零毛毛票子，转身就走到买票的窗口，一下子又买下四碗来，堆到桌子上，对着他惊恐的眼睛说："你吃，我也吃。"

他小声嗫嚅说："要是不够看病咋办？"

277

"吃饭再说。"她埋头畅快地吃起来。

她吃下三碗饸饹，似乎肚子里还可以装进三碗。她没有再去买，留下空隙再吃点别的久已渴盼的东西。她走在前头，他推着自行车跟在她后面。她在一个卖西红柿的小车前停住了，问了价，又还了价，买下三斤，装进帆布袋里，等不得用水洗，只用手绢儿擦一擦，就吃起来了。她塞给他两个，他满眼疑虑，没滋没味地吃着。直到她停站在一个西瓜摊子前，而且花掉一块八毛钱买下一个整个西瓜的时候，他吓得简直要哭了："看病咋办呢，钱花完了……"她说："我有办法，你甭急，先吃瓜……"

她和他蹲在瓜摊前的小桌前，三下五除二，吃完了一个西瓜。

她吃饱了，浑身都恢复了力气，心满意足了，做梦时不知多少回梦见吃着杏儿，桃儿，西瓜，醒来时枕头上泌着一片口水，今日算是畅畅快快地享了口福。看着郁郁不乐的他，她觉得他太傻了，傻得令人可怜，令人憎恨。再次走到医院门口，他咕哝说："药费肯定不够了！"

"算咧！不看病咧！"她说。

他回过头，惊疑地瞪大了眼睛。

"我的病……好咧！"她笑着说，"西瓜和饸饹，比药灵哩！"

他大概现在才明白上了她的圈套，一下子没有了力气，顺势在医院门口旁的槐树下蹲下来，深深叹了一口气，有点生气地低下头。

她也想歇一歇，就在地上坐下来，瞅着他有苦难言的样子，悄悄说："怎么办？买吃了这些东西，没开下一张发票，回去怎么给咱爸交账呢？"

他不计较她的挖苦，反倒问："你真格没病？"

"现在……有病也没钱看了。"她揶揄地说，"想想回去怎么交账？"

他闷下头，又不吭声了。

"这样——"她说，"你甭做难。这五块钱，算是我借咱爸的，你给他说响，我迟早给他还了。"

"不不不——"他尴尬地笑笑，"不是这个话嘛！"

"建峰——"她低低地叫，"我说的是真话，不是要笑你。我今日敢花五块钱，实在是馋得受不了啦！你知道，我有了，三四个月了。我也不知道，自肚里有了这东西，嘴里馋得……"

"你该早说……"建峰说。

"早说啥？你不知道，咱妈也不知道？"她说，"可我连……"她说不下去了，委屈得想流泪。看着街道上拥拥挤挤的男男女女，她忍住了泪，说，"你不替我想，也该替自个的后代想想。我要是生下来个瘦猴猴，你就后悔了！"

建峰闷下头，轻声哀叹一声。

"我给你怀了娃娃，瞎好没人问我一句。我恶心得吃不下饭，你妈不管，你也不管。"四妹子气恨地诉说着，"你爸养的那头老母猪，怀下猪娃了，他一天三晌给喂食饮水，给搔痒痒捉虱子……我连一头母猪也不如！"

"四妹子，你听我说——"建峰急了，忙解释说，"我实在没一分钱，有心也用不上，再说……我也不懂该做啥。"

"没钱归没钱，话该有一句吧？"四妹子并不接受他的解释，"你爸封建到连一句话也不许你跟我说吗？"

建峰又低下头，难受地哀叹着，闷了半晌，委婉地说："咱爸脾气不好，面冷，家法也大，我也没法子，可你慢慢就知道了，咱爸心好，昨黑给我说，看病剩下钱了，叫我给你买些想吃的东西。咱爸说，屋里家大人多，不好给你另喝单吃，借这回看病，想吃啥买啥……"

"啊！多大方！"四妹子冷笑一下，"就给下五块钱，真要看了病，能剩几毛？还'想吃啥买啥'哩！"

"咱家……唉！没钱！"建峰说，"粮食卖下五百块，全给亲戚还了账，是为我娶你拉下的烂账……"

"穷也罢，富也罢，反正我进你家门楼快半年了，今日头一回花下五块钱。"四妹子淡淡地说，"你给老人说，今日我乱花的钱，算我借下的，我日后还给他。这样——你也好交账咧！"

十二

　　五块钱，把一个和睦贤良的十口之家搅得人仰马翻了！自信而又威严的家长吕克俭老汉，气得心口疼了，躺在炕上起不来了。

　　克俭老汉躺在炕上，脑子里不时浮出那不堪回味的一幕场景——他刚从地里走回村子，就瞅见自家门楼下围挤着一堆人，这是乡村里某个家庭发生了异常事件的象征。他心里一紧，外表上仍然不现出慌张，走到门楼下的时候，就听见院子里的对骂声：

　　"看你也是个野货！山蛮子！卖×换饭吃！从山里卖×卖到平川来咧！"二媳妇的声音。

　　"我卖×，你也卖×，你妈也……"三媳妇的声音。

　　"你×大揽得宽！把人嘴缝了！山里货！"大媳妇的声音。

　　吕老八气得脖颈上青筋暴突起来，走进院子，扔下手中的家具，凛然天神似的站立在院子中央，瞅着三个正搅骂成一团的儿媳妇。尽管他凝眉怒目，架势摆得凛凛然威风，三个媳妇仍然不见停歇，谁也不饶过谁一句，这就使他气上加气，火上添火。往常里，要是谁和谁犯了口角，甚至是老大和老二的孩子吵架，只要他往当面一站，眼睛冷冷一瞅，交火的双方立马屏声敛息，停口罢手。现在，三个媳妇居然当着老公公的面，嘴里争相喷出不堪入耳的秽言恶语，把老家长不当一回事。他劝又不想劝，骂又不好骂，一时又断不清谁是谁非，看着街门口拥来更多的看热闹的婆娘女子，吕克俭家的门风扫地了，关键是应该立即停止这种辱没家风门面的臭骂。他气急中捞起一只喂鸡的瓦盆，"哗啦"一声摔碎在台阶上，随口喷出一句："难道都不知道顾面子了哇！"

　　这一摔一吼，果然有效，大媳妇率先闭了口，走回自己的屋子。二媳妇也不见出声了，在案板上擀着面，使用了过多的力量，撞得案板咚咚咚响。最后收场的是三媳妇，在两位嫂嫂已经不出声的时候，还喊了一句："想合股欺侮我，没像！"说罢，扭转身回厦屋去了。吕克俭对三媳妇最后多骂一句的表现，留下很糟糕的印象。吵架的双方，除了是非曲直之外，总是老好的人先停口，最后占便宜的一般都是歪瓜裂枣。他对三媳妇的印象尤其反感，虽然三个媳妇都骂得不松火，但三媳妇用蛮声蛮气的山里话骂人更难听。甚至到他后来弄清了这场家务官司的直接责任并不在三媳妇的时候，仍然不能改变对她的那个不好的印象。

吕老八当晚就弄清了原委。二媳妇听村里人说，三媳妇根本就没进医院门，小两口进了馆子又坐西瓜摊子，尽吃海浪了一天，就无法忍受了，先说给大嫂，俩人说着说着就骂起来，说这"外路货不懂礼俗家规"啦！"山蛮子不会居家过日子"啦！"吕家倒霉就该倒在这小婊子身上"啦！正说得骂得热呼，四妹子下工回来，到灶房里去喝水，听见了，随之就开火了。

吕克俭老汉当着三个媳妇的面作了裁决，大媳妇和二媳妇不该私下乱骂，对谁有意见，要说给他或她们的婆婆，由家长出面解决。三媳妇花钱太大手大脚了，下不为例。老汉很开明地说，他给三娃子已经说清白了，看病交过药费，剩下块儿八毛，吃点瓜瓜果果，主要是有了身子。而把五块钱全部吃光花净，太浪费了。大媳妇和二媳妇都不吭声，算是接受了他的裁决，三媳妇呢？居然当着他的面说："这五块钱，我给建峰说了，日后我还。"老汉对她印象更坏了，听不进道理的蛮霸货嘛！

老汉躺在炕上，一道无法摆脱的阴影悬在心中：分家。这个由他维系了几十年的家庭，一个在吕家堡难得再找出第二家来的和睦的家庭，现在出现了无法弥补的裂口。老汉明白，无论妯娌，抑或婆媳，即使夫妻之间，一旦破了口，骂了娘，翻过脸，再要制止第二次和第一百次翻脸骂娘，就不容易了，就跟第一次通过水的渠道一样顺流了，要紧的是千万不能有翻脸破口的头一遭。这种事发生发展的最终结局，只有一条路可寻，那就是分家，兄弟们拔锅分灶，各人引着各人的婆娘娃娃过日月，吕克俭几十年来看着吕家堡百余户人家都这样一家分成两家或三家，全无例外，现在，轮到他自个主宰的这个庄稼院了。

必须采取切实的措施来堵塞这种事件重演，虽然艰难，为时尚未太晚。他在把三个媳妇当面裁判一番之后，立即采取第二步措施，让队里进城办事的会计捎话给二娃子，叫他礼拜天回来，无论如何也要回来。

星期六晚上，大儿子从学校休假回来了，二儿子天擦黑时也回来了，三娃子本身就在家里。喝罢汤后，他把三个儿子叫进里屋，瞅着三个横看竖看都十分顺眼的儿子，老汉一下子觉得不好开口了，鼻腔里潮起一股酸渍渍的东西。大儿静淑，二儿暴烈，三儿焉扑拉沓，他熟悉他们的秉性简直比对自己更清楚。不管他们在外工作或在家务农，也不管他们与外人如何交往，回到家中，他们对他一律恭敬，听说顺教，没有哪个翻嘴顶撞，这也为吕家堡的一切老庄稼人羡慕。现在，他对他们怎么说得出那句"分家"的话呢？

未等他开口，大儿子先做了自我责备，把责任揽到他的内人身上，进而推到自己对家属教育不严的根源上。二儿子效法其兄，说自己做工在外，没有能够制止自己的婆娘。只有老三蔫蔫地低坠着脑袋，没有说话。

老汉却估计出来：儿子们尚没有分家的明显征候，于是就说："我看……趁早分了，免得日后搅得稀汤寡水，倒惹人笑……"

未及说完，三个儿子一齐反对，词恳意切。克俭老汉这才使出最真实的用心："既然你们兄弟三人都不想分，那我就给你们再掌管一段家事；既然你们都不想分，那就把自家屋里人管好，再不准像前几天那样混骂混闹了……"

此后多日，这个家庭从骤然而起的僵硬的气氛中渐渐恢复过来，恢复了平素那种不淡不咸的气氛，一月之后，就看不出曾经发生过的矛盾的痕迹了。

一件意料不到的打击突然降至，把吕克俭老汉一下子打蒙了——他的三娃子的媳妇被推到吕家堡的戏楼上，斗争了一家伙！

看着三儿媳妇被民兵拉上吕家堡村当中的那幢戏楼，吕克俭老汉吓坏了，也气坏了。他很快得知，三儿媳妇偷偷贩卖鸡蛋，投机倒把，走资本主义道路，被公社里抓获了。

半月前，落了一场雨，秋田的旱象缓解了，包谷也开始孕穗了，农活少了，除了管理棉花，再没有什么大的活路了。为了缓解家中的

282

矛盾，他让老伴以关怀的姿态支使三媳妇去杨家斜二姑家住一住。万万没料到，她在二姑家跟着二姑偷偷干起了贩卖鸡蛋的违法的营生。

吕老汉胆战心惊，终日价一副大祸临头的不祥心理。天爷！解放二三十年来，吕老八经历了多少运动而保住了上中农的成分没有升格为富农或地主，全凭的是严谨和守法。这个陕北来的三媳妇，居然敢于冒险惹祸，势必殃及这个十口之家的老老少少的安全，怎么得了！

尤其令老汉气恨的是，斗争会后的第二天，在一家人惊魂未定的情况下，她居然天不明起来，又贩鸡蛋去了。

吕老八扶着犁把儿，吆喝一声黄牛，心里盘算着怎么办。他忽然意识到，这种灾祸的根源，全是自己铸成的大错！

自己原来想，陕北人日子过得苦，来到关中，不过是为了混一碗饱饭吃，有包谷馍馍和白面面条，那些山里女人就觉得进了天堂了。现在看来大错特错了，这个四妹子不仅不懂关中的礼行和规矩，而且性子野，爱唱歌，花钱大手大脚，骂人比本地女人骂得更难听。老汉忽然联想到"闯王"，那个东奔西杀的李闯王就出在陕北。穷则乱世。这个自小生在吃糠咽菜的穷山沟里的三儿媳妇，自然无法养成遵规守俗的涵养了，活脱就是个失事招祸的女闯王！

这样下去，怎么得了？她自己脸皮厚，挨斗争不在乎暂且不说，由此而引起整个家庭的灾祸，怎么办？上中农这个岌岌可危的成分，说升就升高了。老汉近三十年来没有一天敢松懈过对全家成员的警告：甭张狂！咱的成分麻达！现在，这个灾星倒自己寻着祸闯……

当夕阳从塬塄上消失以后，暮色渐渐浓了，他卸了牲畜，扛着犁杖下坡的时候，一个主意形成了：坚决分家。尽快尽早分开，免得一个老鼠害了一锅汤。这个山蛮子媳妇，看来压根儿就不是个顺民百姓，是一匹从小没有驯顺的野马，一个祸害庄稼院的扫帚星！

十三

满天星光，没有月亮，星星很稠很密，大的小的明的暗的，闪闪眨眨，像搅乱了的芝麻、麦子、黄豆和包谷，大大小小的颗粒混杂搀和在一起，互相辉映又互相重叠。

人说地上有多少人，天上就有多少颗星。一个人占着一颗星，一颗星就在天上注册着一个人。一颗星儿落了，那是天爷从他的大注册簿上把一个人抹掉了，地上的那个人也就死了。四妹子抬头瞅瞅天空，哪颗星星是她的呢？无法辨认，谁也无法帮助她确认出属于自己的那一颗星来。不过，小时候听大大说过，人大了星儿也就大了亮了，人小了星儿也就小了暗了。天上那些顶大顶亮的星星，就是当今世界上那些大人物的象征，主席，总理，总统，省长们都占着一颗。庶民百姓呢？自然只能占有那些稠如牛毛缺光少亮的芝麻粒儿似的星星。四妹子究竟占有哪一颗星星无法确认，也无关紧要，总是有那么一颗吧！不亮就不亮吧！自己原本不是总统，也不是省长，怎么会指望占有一颗大而又亮的星星呢？令人心里窝气的是，老公公和婆婆在背地里咒她为扫帚星，那是一颗带着晦气的令人讨厌又令人毛骨悚然的灾星！

北岭高低起伏的曲线和南塬的刀裁一样的平顶，划开了天上和人间的界线。沟坡间那些奇形怪状的崆坎沟豁，都变得模糊难辨了。川道里似乎更黑，分不清棉田和包谷地。沿着灌渠和河堤排列的杨柳林带，像一道道雄伟的城墙巍然屹立在河川里，只能辨出树梢像锯齿一样参差不齐的轮廓。青蛙在河滩的水草里吵成一片，夜越显得静了。山坡上偶尔传来一两声狐狸的难听的叫声，在山崖上引出回声，回声倒显得柔气了。

四妹子左胳膊上挎着竹条笼儿，右手甩荡着，在河川的土石大路上急匆匆跨着步子。她刚刚卖掉一笼子鸡蛋，攒下一笔款子，走起来脚下生风。她想放开喉咙，在夜风湿润的河川里亮一亮嗓子，无疑是很惬意的，又能给自己壮一壮胆子。然而她终于没有开口，要是被躲在某个旮旯里的歹徒听到了闻声赶来，反而自招麻烦。她更加有劲地迈开双脚，更加欢势地甩开右臂，急急赶路。

感谢二姑，指给她这样一条生路。

她天不明时爬起来，趁黑溜出吕家堡村子，沿着河川越来越细的土石路，一直走进去，到那些隐藏在山坡背沟里的村庄去收买鸡蛋；或者涉过小河，走过川道，爬上北岭，到老岭深处的人家去进行此类

284

交易。越是交通阻隔的偏远的山村，鸡蛋也就越便宜，河川里一块钱买七个八个，在那儿就可以买到十个以上了。收买下一笼子鸡蛋，在夜深人静时分赶回吕家堡，睡过一觉，就爬起来，又趁着天黑溜出村子，赶到城郊去，那儿有几家聚居着工人和他们的家属的大工厂，他们需要鲜蛋。她成全了他们家需要用鲜鸡蛋补养身子的老人和孩子，她也就赚下钱了。一天收购，一天出售，两天完成一个赚钱的周期，除去风雨天和必须到生产队出工的日子，一月里总可以完成六七个这样的周期，每一个周期可以赚下十块左右，有这样的收入实在不错了。

跑路，她不在乎，忍饥受渴，也都罢了，最大的危险是被人抓住后没收了"赃物"，就会把一月辛苦的赚头全部贴赔进去了。到处都是警惕的眼睛，任何意料不及的凶兆随时都可能发生。她现在已经完全深谙此道，一次又一次成功地收买下鸡蛋，一次又一次地出手，也就一次又一次地达到赚钱的目的了。她不无得意。

她已经熟悉塬坡和北岭上大大小小的百余个村庄，那些村庄大致的经济状态和人际关系。哪个村庄富裕，哪个村庄穷困，哪个村庄干部管得紧，哪个村庄干部闹矛盾，还有哪个村庄压根没人管，到收麦子时还扶不起一个队长来。在这方面，四妹子也许比县委书记或公社的头儿们还要善于用心，还要了解得多哩！那些干部强而又管得紧的村子是禁区，说不定一个什么积极分子一瞪眼就抓住她的笼子，就全完蛋了。鸡蛋是被定为统购统销的仅次于粮棉油的二类物资哩！她小心地躲开那些村庄，而放开胆子走进那些干部不大先进或根本没有干部的村子，像走亲戚一样大大方方走进某一户山民居住的小院，借喝一碗水的时间，与那户男当家或女主妇聊起家常，如果观察判断出这个家庭里没有共产党或共青团的成员，她就提出买鸡蛋的事来。一般说来，这些人是乐于把自家瓦罐里攒下的宝贝鸡蛋捡出来，装进她的笼子里的，因为她比公家收购的官价要高一些，一块钱有二至三个鸡蛋的差别。山民们除非迫不得已，是不会放过高价而低就的。尽管到处宣传说鸡蛋交售给公家光荣，是支援革命，支援亚非拉，直到她把这些宝贝鸡蛋"支援"给城里人的肚子以前，时时都潜伏着危险。

285

供销社的人在车站和渡河的甬道口值班，专门检查偷贩鸡蛋的二道贩子。进入工厂家属区域，常有好事的工人或是居委会的干部出面拦截。很难说他们是为了支援亚非拉或是自己图得便宜，因为他们往往把拦截得到的鸡蛋就地分赃，按公家的价格给她付钱。她可就倒霉了，两天的工夫和往返二百余里的艰难全都白费了，真正是无代价地"支援"给那些比她生活更有保障的工人老大哥或老大姐了。

她被公社供销社的管理人员逮住过一次，从此就只走小路而避开大路了。她在工厂家属区被拦截过两次，从而更加小心翼翼了，对心怀不轨的家伙绝不揭开竹条笼上的蓝布巾子。一次又一次成功地冲过层层封锁堵截，她愈加老练周密，愈少出现差错。因为已经赚下了一个令人鼓舞的数目的票子，即使偶遇不测，也不会过分伤悲，全不像刚起手时被没收了鸡蛋那样难过。权当没有这一次买卖，权当这两天在生产队出工了，权当自己被小偷割了腰包，跑路受累又算得什么了不得的事呢？权当没跑！

至于吕家堡大队批判她的投机倒把的大会，她才不在乎哩！批判一下有什么关系？站一站戏楼怕什么？批判完了，她回家照样端起大碗吃饭，掰开馍馍蘸上油泼辣子吃得有滋有味，她兜里有钱啦！那些批判她的人，尽管说得天花乱坠，却不能供给她买一沓卫生纸的票子！她的公公气得吓得吃不下饭，却照样不给她一块零用钱。两位嫂子叽叽咕咕，蹙鼻子咧嘴讥笑她，却绝不会把她们的私房钱匀出百分之一来给予这个陕北山区来的穷妹子。她不指望他们，也不想在他们跟前低声下气，她要自己去挣钱。只要不抓进监牢，批判一下算什么大事哩！脸皮算什么？就是抓进新社会的大牢，一天还要管三顿饭呢！

四妹子发觉，不仅她的公公婆婆哥哥嫂嫂胆小怕事，谨小慎微（上中农的成分压在头上，情有可原），而吕家堡的男人女人似乎都很胆小，一个个循规蹈矩，安分守己，极少有敢于冒犯干部的事。在陕北老家，学大寨没人出工，干部们早已不用批判这种温和而又文明的形式了，早已动起绳索和棍子。公社社长和县上的头头脑脑亲自下到村子里来，指挥村干部绑人打人，逼人上水利工地。四妹子虽然没受过，见的可多了。地处关中的吕家堡的村民，一听见要把某人推到戏楼上去批判，全都吓坏了，全都觉得脸皮难受了。似乎这儿的人特别爱面子，特别守规矩。

四妹子心里感激二姑。她跟二姑寻到了这个不错的挣钱的门路。二姑悄悄跟她谋算说，你甭太傻！你跟姑不一样，你姑夫兄弟一个，打烂补圈全是我和你跛子姑夫的家当。你家里兄弟三个。俗话说，天下的水朝东流，弟兄们再好难过到头。终究是要分家的。人家老大老二都有收入，分了家不怕。你和建峰最小，没有私房，说一声分家，你连一双筷子都买不起，那时再看俩嫂子瞅你的恓惶景儿吧！你的那个公公，叫"成分"给整怯了，又摆一身臭架子，你犯不着跟他闹仗打架，免得人笑话，可也不能空着两手傻乎乎地往下混。你得给自己攒钱，以备分开家来，手头不紧，心里不慌。

二姑给她的谋划是最实际的了，比她自己所能想到的还要长远，她只不过是因为买不起一沓纸一块手绢仨桃俩枣闹气罢了。她现在完全不依赖二姑的"传帮带"了，自己独立行动，进山爬岭收买，钻进工厂家属区出售鸡蛋，而不需跟着二姑。俩人目标太大，行动不便。

说来好笑！吕家堡那个大队长组织社员开她的批判会，他的老婆却偷偷来朝她借十块钱，说是二女儿坐月子，她要买四样礼物去看望。一个慷慨激昂地念着发言稿批判她的女团员，她的母亲也来朝四妹子借过十块钱，说是最小的儿子日渐消瘦，脸皮发黄，要到大医院去检查。一般来说，她不给任何人借钱，不致造成自己有很多钱的印象。但是，这俩女人来借的时候，她很爽快地借给她们了。她暗暗地怀着一种报复的恶毒心理，把钱塞到对方手中。让你们的大队长老汉和会写批判稿子的女儿想想吧！四妹子不大光彩的赚钱行为，给你们却帮上忙了！下回批判我的时光，再多用几个厉害的词儿吧！

……

四妹子走着，甩着胳膊，因为两头不见日头，往返一百余里，全是逃躲大路而专寻小径，她累了；远远眺见吕家堡村子里尚未熄灭的一两个亮着灯光的窗户，腿越觉沉重了。她看见一个人对面走来，不由地停住脚，要不要躲避一下？是不是队长派了民兵来堵截？

四妹子正猜疑不定，却听见那人远远地呼叫她的名字，竟是建峰。他来干什么？来接她吗？从来没有过的举动呀：村里又要抓她吗？不管怎样，她走不动了，扑塌一下坐在路边的青草堎坎上。

建峰走过来，站在她当面，难受地说："分……分家了！"

四妹子一愣，猛地站起："啥时候分了？"

"今黑间，"建峰说，"刚刚分毕，我就出村来找你了。你看，咱俩……咋办呀？"

四妹子不屑地盯了建峰一眼，很不满意他那难过的神情，对着黑天的旷野大声说："分了好！好得很！我就盼这一天哪！"

十四

四妹子头上包着一块布巾，避免刷墙的浆水溅到头发上，身上和脸颊上却已经溅满一片白土合成的白色泥浆了。她站在一个条桌上，桌上搁一盆白土浆水，用一把短柄糜子笤帚蘸上浆水，再漫刷到墙壁上去。已经刷过而且干涸了的黄土泥巴墙壁，闪现出一缕淡雅的白色。白色中似乎有一缕不易察觉的极淡的绿色，愈加显得素雅了。

"建峰！给盆儿里添点浆水。"

她站在桌子上，看着门外台阶上的建峰喊着。他正在那儿盘垒锅台，听见她的叫声，放下瓦刀，搓搓粘着泥巴的手，走进门来了。他有点不大悦意地说："你看，我也正忙着。你从桌子上下来，添了浆水，再上去刷，省得你停着我也停着。"

她斜瞅他一眼："你不知道？我上下方便吗？"

他瞅瞅她的腹部，缩一下脖子，做出一副顿然悟觉的神气，快活地笑笑，把浆水从铁桶里舀出来，倒进桌子上的盆儿里。

"给我把头巾扎紧。"她说着蹲下身。

建峰又转过身来，笨拙地扯开她的头巾，拴着。她又喊太紧了。他笑笑，又给她再松一松。他问："还有什么事吗？"随之压低声儿，调笑地问："裤带儿松了没？要不要我给你拴一拴？"说罢，爱昵地在四妹子的腰里捏了一下，又把手伸到她的脸上摸着。

288

四妹子没有拒绝，突然惊声叫道："你爸来咧！"

建峰立即缩回手。四妹子看着他难堪的神色，却"嘎嘎嘎"笑起来，揶揄地说："老人家这下管不着我们了！"她又把糜子筶帚蘸上白土浆水，在墙壁上漫起来。

四妹子昨晚就弄清了分家的始末。

由老公公出面，请来了大队里的调解委员和小队队长，作为官方代表；又依照族规，请来了本族里的长辈和婆婆的娘家弟弟——建峰的三舅，由这三方面的人共同裁决这个即将土崩瓦解的家庭的重大事宜。依照约定俗成的村规，分家时必须由家长出面约请干部和长老儿，晚辈人是无权的，也请不上场来的。

在家庭内部，老公公只允许三个儿子出席，三妯娌连列席的资格也没有。在老汉看来，分家是吕家父子兄弟间的事，商量也罢，吵闹也罢，总而言之都是一母所养，他总是比较好控制他们。妯娌们毕竟是外姓人，没有一个共同的奶头连接她们呀！不能让她们来多嘴多舌，争多论少。

在干部、长辈人和舅舅面前，吕老八外表上没有一丝沮丧和气恨的神色，而是和颜悦色，谦恭地给客人让烟递茶，像是请他们来恭贺吕家的什么喜事似的。他提出分家之事时，也不像一般庄稼人唉声叹气，悲愁满面，一开始就陈述家庭的全部矛盾，说明非分不可了，而且总是责怪儿子不孝，媳妇不贤。吕老八笑容可掬，精明练达，闭口不提儿子和媳妇的不是，反倒夸了大媳妇，又夸二媳妇，连他痛恨的三媳妇也冠冕堂皇地夸赞了几句，随后便把分家的原因统统归于"自个老了，想过几天清静日子"上头来。这是一个绝妙的中性的理由，不伤害任何人。老汉诚恳而又质朴地说："各位！我这个家庭，现在十几口人哪！十几口人的家当不简单咧！啊呀呀！我都六十岁了，管这么大的家务，实实劳不下来喀！记性差迟远了！比方说，前日上街去，一路都念叨着给老二媳妇兄弟结婚要买的被面，一进街，在猪市上转了一圈儿，背着个小猪娃回来了，把被面忘得死死的了……你看看，丢三忘四，怎么能成……"

老汉说得动情，把想分家的真实原因隐藏在心底。

三个儿子，不管心里怎样想，表面上一致反对分家，全部责备自己没有尽到应尽的家庭责任，也没有管教好妻子和儿女，让亲爱的父母费心太多了。

大队的调解委员和小队的队长无意间相对一瞅，眼目交流着这样一种意思：人家父子如此融洽，兄弟间这般通情达理，好像咱们来故意要拆散人家……

只有三个儿子的舅舅敢于面对现实，他早已不耐烦姐夫和外甥们的虚伪唠叨，插言道："啥话甭说了，就说分家怎么分吧！"他转过头，对吕老八说，"哥，你把你的想法说出来，合适了，就那样办！不合适了，再商量。说吧！"

克俭老汉早已谋划好了分家的方案。其实，而今分家是最简单不过的事了，没有土地，只有房屋，储存的粮食一家几斗都几斗，没什么意思。关键在于老人的赡养，必须搁到实处。经过多日的反复思谋，他终于把经过无数次修订和斟酌的方案从心里端了出来——

"咱家三间上房，四间厦子。你们兄弟三人，按说分成三份就行了。我跟你妈说了几回，你妈说，'三个娃子都是好娃，三个媳妇都是好媳妇，跟哪个都亏不了咱俩老人。可跟着无论哪家，都要加重负担。所以说嘛，俺俩人干脆谁也不跟，在俺俩老能干动活儿的时候，不要你们侍候。'我一想，你妈说的对着哩！这样，暂时得按四家分。怎么个分法哩？三间上房，一明两暗，实际明间是走道，不能住人安铺。这两间大房，归我和你妈住，明间给老三建峰。四间厦房呢？老大老二，你俩一家占两间。这个明间说是分给老三，实际不能住咋办？老大老二，你俩每人给老三筹备一间厦房的材料，让老三朝队里申请一块新庄基地，盖两间厦子。我和你妈，活着时单吃另做，死了时由老大老二负责后事。老大管我，老二管你妈，我跟你妈下世以后，这三间上房，你俩一人一间半，算是补偿给你们的埋葬费，棺板钱……"

老汉声音颤抖，说不下去了……

四妹子听着建峰的话，对后来的结局不甚关心了。她能看出，建峰在叙述这一切的时候，除了要告诉她分家的经过和结果以外，还有一个重要的目的，就是诚恳地解释和劝诫，让她接受这个结果。他说："好儿不在家当，好女不在嫁妆。全凭自己挣哩！不能指靠老人……" 四妹子只是想了解一下分家的情况，而对结果却不甚重视。她嗤笑一下，说："即就咱爸偏心眼，把三间上房和四间厦子全都给咱，又能怎样？那些房子是些什么好房呀！椽朽了，墙歪了，我还看不上眼哩！" 建峰听了，惊疑地瞪起了眼睛。

"你一会儿去给咱爸说，分给咱的那间上房（明间）咱不要，也不要大哥二哥给咱准备材料。" 四妹子盯着建峰说。建峰眉头拧着，越拧越紧。她说，"咱们自己盖。要紧的一件事，倒是该当立马给队里写一份申请，要求给咱拨划一院新庄基。"

"钱呢？" 建峰睁大眼睛。

四妹子爬上炕，打开箱子，取出一厚沓人民币来，摔到建峰怀里："我挨批判斗争，就换来这些钱……"

建峰捏着钱，却没有扭动指头去数它，久久地瞅着，泪花涌出来了。他的妻子，他的媳妇，他的这个四妹子，背着公家人，也背着自家屋里的老人和兄嫂，甚至背着自己，起早摸黑，做贼一样地贩卖鸡蛋，攒下了这么多钱！他不仅没有疼爱过她，而且冷言冷语地训斥她，怕她给他家惹下灾祸……现在，他捏着这沓大大小小的票子，手儿抖了，心儿也颤了。他猛然把刚刚爬下炕来的四妹子搂进怀里，贴着她的脸啜泣起来。

四妹子一早爬起来，就走进四婶家里去。四婶三女一儿，女儿出嫁了，儿子上完大学，恋爱下一位女同学，在西安居家过日子。四婶在西安住了不到一月，就跑回吕家堡来，说她住在城里，顶困难的是拉屎，在那个房屋里的小厕所蹲不下去……四婶一个人住了一院房，两间厦屋空闲着。她一张口，四婶就应承了，而且爱昵地打了四妹子一巴掌，说什么给房租的话，太小瞧她了。四婶说难得她来住，有个伴儿，也能拉闲话了。

她立马动手打扫厦屋，指使建峰盘垒锅台。当她和建峰整整忙到天黑时，所有的家当都从老屋搬迁到村子西头四婶家的厦屋里来了。一切安置停当，她最后才收拾炕面，铺上苇席，铺上褥子，单子，今黑夜就要在这里下榻了。这里，远离那位家法甚严的老公公，她可以和建峰说话，可以说甜蜜的悄悄话，可以笑，也可以唱，再不担心老公公训斥了。她从心底里感到解放了。

她在他盘垒的新锅灶上点燃了麦草，冒出一股黄烟。风箱是临时借来的，锅也是借下的。她轻轻拉着风箱，心里舒坦极了。她在老家陕北没拉过风箱，那里全是吸风灶。她在公公的眼皮下拉风箱，心里总是很紧张。现在，她悠悠地拉着风箱，火苗一扑一闪，第一次觉得作为一个家庭主妇的自豪了。建峰蹲在锅台前，看看前边，又站起看看后边，问她吹风顺不顺。她不说话，只用眼睛回答他，妩媚而柔情：很好很好！一切都好极了！

她温下一锅水，舀下一盆，让他洗一洗身子。他坐在矮凳上，吸着一支烟，说："我累死了，先歇一下。你先洗吧！瞧哇，四妹子，你浑身上下抹得像个灶王婆了！"

她关了门，与四婶隔绝了，四婶有早睡早起的习惯，已经睡下了。她脱了衫子，又脱了裤子，在电灯光亮里，脱得一丝不挂，在水盆里畅快地洗起来。

"转过来，对着我洗。"建峰说。

她依然背对着他，说："你不怕冒犯……你爸的家法吗？"

一句话顶得建峰没法开口了。

她痛快淋漓地搓洗着身子，已经明显肥胀起来的乳房抖颤着。她听见建峰走到她背后的脚步声。他讨好地说："我给你擦擦脊背……"

"你不怕冒犯你爸的家法……"

"不许再提说那些话！"

她听见一声吼。她被他铁钳一样硬的双手钳住了肩头。他把她猛然扳转过来，她看见他一张恼羞成怒的脸孔。她吓住了。稍一转想，她又喜了，从来没见过他的这一副凶相，倒是像个凶悍的男人！"不准再说……"他紧紧瞅着她的眼睛，依然凶悍。她意识到自己几次三番的揶揄的话，惹恼了他了。她瞬间变得缠绵而又温柔，撒娇似的撅起嘴唇，眉眼里滑出并非真心挖苦他的忏悔。在他涨红的脸上亲了

292

一口，就把毛巾塞到他的手里，呢喃地说："要给人家擦背，还这么凶呀！我的三哥哥……"

夏夜的温热的风，吹动四婶家院子里的梧桐的叶子"嚓嚓嚓"响。屋后坡崖上的蝈蝈"吱吱吱"叫。屋里刚刚刷过的白土浆水，散发出一股幽幽的泥土气息。

"四妹子，再甭说那些话了……"

"嗯……"

下　篇

十五

在四婶家的厦屋里借住了半年时光，秋收一结束，四妹子就在生产队拨划给她的新庄基地上盖起了两间新厦屋。到阳历年底，新屋的地面还没有完全干透，她就千恩万谢过四婶，与建峰高高兴兴搬进自己的新屋。虽然四婶真心实意地挽留她们继续住下去，坚决把她塞给的房租钱再塞回她的口袋，四妹子还是毫不动摇地搬进自己的新厦屋里住下了。她已经临产了，隆起的肚子十分显眼，按医生推算的预产期已经到了。关中乡村有一大忌讳，孩子必须生在自家炕上，绝不能不自觉不知趣而惹人心里烦恼呀！也真是神差鬼使似的，刚搬过来的头一晚，黎明时分，孩子落草了。

四妹子疲倦极了，躺在炕上，一动也不想动。屋子里新鲜的泥腥味儿，混合着屋顶的新椽新檩条所散发的木头的气味。孩子有了，那个满脸黄毛的小小子就躺在身边。房子也有了，她的血就渗在这土木结构的新厦屋尚未完全干透的脚地上。她终于有了自己的窝，自己亲手筑成的窝呀！多不容易！

老婆婆在院子里那间草草搭成的小灶房里扯着风箱。一会儿，她给她端来一碗煮成豆腐脑一样软的鸡蛋。一会儿，她又给她端来熬煮得恰到好处的小米米汤，一碟用熟油泼过的咸菜，几块烤得金黄酥脆的白面馍片儿。她吃着，嚼着，看着婆婆露出头帕下的银白的头发，慈祥虔诚的神态，她涌出眼泪来了。她的亲爱的生母远在陕北的山旮旯里，尚不知她已经给她生下一个小外孙了。按照关中地区乡村

293

的风俗，婆婆服侍月婆是义不容辞的责任，因为儿媳给她生下了孙子，把本门里的继承人又朝前延伸了一代。四妹子礼让婆婆和她一起吃饭，婆婆拒绝了，她推诿说一会儿还得给老公公做饭，急匆匆地走了。婆婆够忙的了，一双解放脚要来回奔跑在老屋和新厦之间的村巷里，一天要做六顿饭，然而看不出她有什么厌烦情绪……一个新生命的诞生，把她和她的积怨冲淡了。

"这碎崽娃子的鼻子多棱骨呀！"

四妹子坐在炕头吃着饭。婆婆已经解开孙子的包单，重新换上一条尿布，瞅着孙子的脸儿，笑盈盈地赞赏那个鼻子。四妹子一扭头，那小子挤眯着双眼，满脸是茸茸的黄毛，鼻子也看不出有多么棱骨，甚至有点丑不堪睹。她第一次看见刚刚脱离母体的婴儿，真是不大好看，婆婆却看不够似的笑盈盈地看着。

"你爸让我看看娃儿的鼻子高不高。"婆婆动情地说，借机也巧妙地传达了老公公对这件喜事的问候。尚未出月，他一个男人家不能进入儿媳的"月子屋"。婆婆说，"你爸那人穷计较，他说自小看大哩！凹凹鼻子的人，多是苦命人，没得大出息。高鼻宽额的男娃娃，才能出脱个男子汉大丈夫！唔——这崽娃子的额颅也宽得很！"

"妈吧！你干脆说他日后能当省长算咧！"四妹子说。她也动情了。不管这孩子将来成龙成虫，老婆婆和老公公的真心疼爱已经在孩子刚刚落草的第一个早晨就表现得够充分了。她恨不起婆婆也恨不起公公了。她一把抱住婆婆的脖子，亲昵地呢喃着，"妈……妈吧……"

两位嫂嫂也拿着鸡蛋来了，礼仪性的探望。

二姑当天后晌就来了，破了俗，本该三天之后才能来。她迫不及待，带着小米、大米、红豆、鸡蛋和红糖以及上等细面馍馍，装满了两个竹条笼儿，用挑担挑来了。

建峰皱着眉头，看着儿子的脸："好难看呀！一脸黄毛！"他傻愣愣地说，"电影上那些刚生下的娃儿，又白又胖……"他又笑了，猛地贴着她的脸说，"不管怎样，咱的种嘛！"看见二姑进来，他仓惶地站起来，羞得不知所措。

294

二姑夜晚没有回家，和四妹子睡在一起，叮咛她怎样给孩子喂奶，换尿布，决不能在坐月子的时日里做活儿做饭，更动不得冷水，那是要留后遗症的。其实，这些事儿婆婆早给她叮咛过了。二姑又悄悄说，不准建峰和她来那事，为了保险，让婆婆晚上和她陪睡，也好照管孩子……

这个小生命来到这间泥瓦小屋的时候，中国大地上刚刚发生过一场惊天动地的震动，"四人帮"垮台的强大冲击波，在一幢幢新墙老壁上回荡。然而这个鼻梁骨多棱骨的碎崽娃子，却无法领受他的年轻父母和备受艰辛的爷爷、奶奶心头的强烈感受。

儿子睁眼了，眼睛好大。儿子会笑了，咧开漂亮的嘴唇。黄毛早已褪净，白格生生的脸蛋子招人忍不住吻他。鼻梁隆起，像爸爸更像爷爷。儿子会翻身了，翻到炕底下，摔得额头上隆起一个疙瘩，婆婆狠声骂她不经心。儿子会坐了，会立了，会牵着大人的手挪步了……终于，他自己在新庄基前的土路上能跑步了。

整整一年半的时间里，四妹子怀里挟着娃娃，为他擦屎，给他喂奶，防备他翻跌摔倒。她出不了远门，连工分也挣不成了。她管孩子。她做饭扫院，完全成了出不了大门的家庭妇女了。她真有点急了。

吕家堡的世事全乱了套。那些在"四清"和"文革"中受整挨挫的干部和社员，那些被补定为地主富农的"敌人"，白天黑夜跑上跑下，跑公社，跑县政府，在吕家堡东跑西跑更不在话下，急头急脑地要求给自家平反，甄别，赔偿损失，退还房屋。那些整过人的人终日里灰头灰脸了。那些受过整的人，自然结成了一种联盟，在一切场合里互相呼应，互相撑腰，对付那些整过他们的人还在继续玩弄的新的招数。为了扩大阵线，几次有人走进四妹子的新屋，可着嗓子骂那些还在台上的干部简直不是人，简直连六畜也不如，把他们整惨了，譬如四妹子贩鸡蛋的事，他们也斗她，没收鸡蛋，现在应该要求公开平反，退还损失。

四妹子表示热烈的响应，然而却没有实际行动。她无心。她想，斗了批了已经过去了，平反也给不了她任何实际的好处。没收过的十来块鸡蛋钱，退了也没多大意思，她已经瞅着了一笔生意，无心管球平反不平反的事了。

她从旁人口中得知，南张村大队为了给平过反的人退赔经济损失，把库存的储备粮拿出来卖哩，每斤二毛钱，却不零售，嫌麻烦，最少起数是一千斤。好多人看着便宜，却没有现款。四妹子的心按不住了。

她把娃子塞给婆婆，说她要出远门了，娃子已经断奶，只需给他喂点羊奶和馍馍就行了。她跑到二姑家，开口借下五百块钱，当天晚上就到南张村买下了一吨半小麦；装上了雇来的北张村大队的小拖拉机，连夜晚拉到桑树镇面粉加工厂，小麦就变成了一袋一袋摞得山高的面粉。赶天明，她站在小四轮拖拉机驾驶员的后边的连轴上，不断地叮嘱小伙子小心驾驶，在车辆行人越来越稠密的城市近郊的公路上奔驰，目的是火车西站。那儿聚居着铁路工人，搬运工人，大多是重体力劳动者，比农村人的饭量还要大，公家定量配给的粮食常常吃不到月底。她在过去卖鸡蛋的时候，曾经义务为几户搬运工在村子里偷偷买过粮食。

市场早已解冻，活跃起来，粮食也上市了，小麦降到三毛五一斤，她现在决定把面粉按小麦的价值出售，因为她购买的小麦便宜。关键要快快出手，多拉多跑一次，比在价格上死扣要有利得多了。果然，满载面粉的小拖拉机在那些小草棚区一停下来，就有人打问，就成交了，一顿饭工夫，倾销一空了。

她脖子上挂着一只帆布包，收来的钱全都塞进去，来不及清数。直到卖完，她看着装得鼓鼓的帆布包，竟不敢动手数了，更不敢从脖子上卸下来。

她把驾驶员领到就近一家饭馆，管饱吃了一顿，又回到车上。她把一张大团结塞给驾驶员，作为对他的犒赏，至于运费，将来与北张村生产队一次结清。

她对他说："赶回南张村，再买一吨半小麦，连夜到桑树镇加工，赶明日一早再来，我再给你十块，怎样？两天两夜不睡觉，撑住撑不住？要是撑不住，我另找拖拉机。"

"没问题，嫂子！"小伙子把钱装进腰包，恭敬地叫她嫂子，虽然以前并不认识。他说，"加工小麦的时光，我正好可以睡觉，你可是连轴转啊！只要你撑得住，我没一点儿问题，走吧！直接去南张村？"

"南张村。"四妹子说。

"你不回家去看看？"

"不回了。"

连着三天三夜，车轮子不停转，人也不停手脚。第四天清早，她卖完了面粉，照例给小驾驶员在小饭馆买了饭吃。她破例塞给他二十块钱，小驾驶员毫不客气地塞进腰包说："感谢嫂子！我送你回家吧！"她摇摇头说："不。到桑树镇。"他就头也不回地开到去桑树镇的路上了。四妹子坐在小拖斗里，瞅着小驾驶员落满黄尘的脑袋，心里想，她给他钱，叫他开哪儿他就开到哪儿，他开北张村生产队的拖拉机，队里给他计工分，每天有一块钱出车补贴，连工分价值合起来超不过两块钱，她给他十块，最后这回给二十块，他自然能算得来哪个多哪个少。他帮她卖面，还叫她嫂子。她扶着拖斗上的栏杆儿迷迷糊糊睡着了。

她被他摇醒，桑树镇到了。她把小麦加工后的麸皮存放在面粉加工厂的仓库里，有一千多斤哩。她给公社牛奶场打电话，依公家的价格卖给奶牛场。奶牛场场长喜悠悠骑着自行车跑来，办完转了手续，把钱交给四妹子，就去提货了。四妹子把钱同样塞进帆布袋里，旋即跳上拖拉机，给小驾手说："现在开到你们北张村，给队里交车费，一切手续全完了。"

天擦黑，四妹子脖子上挂着那只鼓鼓的帆布袋儿，走进吕家堡村子。广播上又在传人开会，大约还是给什么人平反的事。她冷漠地转过身，从一条背巷走向自己的小院。她一脚踏进门，建峰从炕上翻身跳下来，像看一个不速之客一样从头到脚打量着她，惊吓得眼里失了神："我的天啊！你干啥去了？我就差点没去监狱寻你了！你看看，你成了啥模样？"

她坐在木凳上。成了什么鬼模样呢？她从柜子上拉过小圆镜儿一

297

照，自己也认不出自己了。她的头发像从面粉和黄土里摆拂过一般，黄里透白，污垢把鼻梁两边的洼儿都填平了。嘴唇燥起一层干黑的皮屑，而眼睛像是充了血的火球。三夜四天，她没有睡觉，也没有洗脸，卷入一种疯狂的兴奋之中，直到南张村的储备小麦处理完毕。

建峰已经端来一盆水，放在脚地，让她洗。她草草洗了脸，把脖子上的书包卸下来，扔给他，说："你数数。"自己就势倒在炕上。

建峰解开书包，吓得奔得炕边，把她猛地拉起来，搂着她的肩膀："你抢人来？"四妹子淡淡地笑笑，推开他的手，就躺下了。

建峰数完钱，码完大票小票，锁进箱子。把四妹子的鞋袜脱掉，把低垂在炕边的腿脚扶上炕去，帮她脱了棉衣，棉裤，再把被子盖严。他脱了自己的衣服，贴着她睡下来，把她搂在怀里，轻轻地捶着她的背说："我的……你呀！你……真个是个……闯王！"

四妹子睡得好死！

建峰突然想起父亲。妈妈和爸爸，一天三回跑过来，问她的确凿消息，现在还悬着心哩！他爬起来，穿好衣服，外锁上门板，急匆匆跑回老屋里，悄悄告诉两位老人，说她完完整整地回来了。从她头上和身上落下的面粉看，她确实是做了那桩生意。建峰在四处打问媳妇的下落时，有人说在去西安的路上见到她坐在拖拉机上，车上装着面粉，而南张村处理储备粮的事无人不晓，这是很容易联想到一起的事。爸和妈都吓得什么似的，一再叮嘱说："挣下几个钱算了。心甭太狠！目下乱世，甭看政策宽了，说不定啥时月又杀回马枪！"

妈说："快把娃娃抱回去，跟他妈睡去。娃儿三天三夜没见妈妈的面，刚才还跟我要他妈哩！"

建峰笑笑说："算咧！她已经睡下了。她太累了，回到家，没脱鞋就睡着了。让她好好歇一宿，甭叫这碎货捣乱……"

妈妈的嘴角撇了撇，不言而喻的眼色在说，你倒会心疼媳妇……

十六

这一年的春节，小两口过得红火，过得热闹。四妹子给自己和建峰制做了一身新衣新裤，都是当时乡村里最时兴的"涤卡"布料，而头生儿子更不用说了。酒肉衣食的丰盛和阔绰，并不能掩盖小两口之间的分歧，从大年三十晚上包饺子时开始争论，一直到过罢小年——正月十五元宵节，这场争论仍在继续。四妹子打算办一个小型家庭养鸡场，她既可照管孩子，又能免去四处奔波，收入也不会错的。建峰则主张到桑树镇开一个电器修理铺店，让她给他记账，管孩子，做饭，根本用不着养什么鸡呀猪呀的。

"让我去当老板娘？哈呀！我这心性可服不下！早晨给你倒尿盆，一天三顿给你做饭，晚上给你数钱，这……舒服倒是舒服，可我会闷死的。"

"你养鸡能挣多少钱嘛！那些刚出壳的小鸡，买十只活不了一只，你去问问隔壁邻居的婶婶嫂子就知道了。"

"这你就甭管了。我已经把一本《养鸡知识》念得能背过了，我按科学办法养鸡。婶子和嫂子们只会老土办法……"

这种争论一直在进行。大年初一，两口子吃着肉馅饺子，互相都想说服对方；两口子抱着孩子，背着礼物去给二姑拜年的路上，又争得七高八低；眼看着过了正月十五，新年佳节的最后一个小高潮也过了，还是谁也说服不下谁；最后，双方只好互相妥协又各自独立：建峰到桑树镇去办他的电器修理门市部，四妹子在家里创办她的家庭养鸡场。她和他达成两条协议：一是在他去桑树镇之前，帮她盘垒两个火炕，作为饲养小鸡的温床，她一个人干不下来。二是她要求他每天晚上都回家来睡觉。他说，那么下雨下雪呢？她说，下雨下雪也要回家来。他说，这规程订得太死了吧？稍微灵活一下行不行？她说，不能灵活。她和他结婚好几年了，吵也吵过嘴，闹也闹过别扭，晚上总是在一个炕上睡觉，成了习惯了，他要是不回来，她就会睡不踏实。他仍然希望能有百分之一的灵活性儿，或者说特殊情况。她干脆一句话说死，百分之一的机动灵活性儿都不许有，想拉野婆娘了吗？一句话噎得建峰红了脸，再不争取什么灵活性儿了。

正月十六日，一般乡村男女还都没有从新年佳节的醉意和慵怡中振作起来，欢乐的气氛还没有从乡村的街巷里消散殆尽，四妹子和建峰已经干得大汗淋漓了。

她给他供给泥巴。他提一把瓦刀在盘垒火炕。他是个聪明的乡村青年，心灵手巧，她只要说出关于这个火炕的用途和想要达到的目的，他就能合理地安排火口的烟囱，而且能调节火炕的温度。看着已经初具雏形的火炕。她是满意的。她用铁锨挖泥，送到他的手下。他需要一块瓦碴垫稳土坯，她立即递给他。他给她帮忙，她显得驯服而又殷勤。

他接住她递来的瓦碴片子，垫到土坯下，稳实了。他说："晚上要能这么听说顺教就好啰！娃他妈，明白吗?"

她猝不及防，正在干自己一心专注的事儿，他却说起晚上的事儿。她在他脸上爱昵地拍了一巴掌，就把手上的泥巴抹在他的脸上了，随之哈哈大笑，笑他的五花脸儿的滑稽相。

四妹子一次买回来五百只小鸡，把吕家堡的男人女人都惊动了。这里的女人，虽说家家养鸡，顶多也不过十来只，全是春天用老母鸡孵化出来，小鸡借着老母鸡的温暖的翅膀渐渐长大，谁也没有把握把那些用机器孵化的小鸡抚弄长大。人们全涌进她的院子，挤进她的厢屋，伸手摸摸炕壁，瞧着炕上拥来挤去的雏鸡，出出进进，在小院里，在大门外的土场上，议论纷纷。

三间厢屋，只留一间作为她和建峰睡觉生活的用地，而把两间都辟做鸡舍了，三条大火炕，占据了两间厢屋的脚地，中间只留一条小甬道。五百只小鸡"叽叽"叫着，吵成一片，屋里很快就出现了一股鸡屎的气味。

门前榆树上的榆钱绿了又干了，河川里的麦子绿了又黄了。紧张的夏收一过，炎热的三伏酷暑使庄稼人有空追寻阴凉的时候，那些女人们串门串到四妹子家里来，全都惊奇得大呼小叫起来。

多么可爱啊！用竹棍儿围成的鸡圈里，一片白格生生的雪一般的羽毛，在争啄食物，在追逐嬉戏，高脖红冠的大公鸡追逐着漂亮的母鸡，不避人多人少，毫不知羞地跳到母鸡背上交媾。整个小院里，全都用竹棍围成栅栏，只留下一块小小的空地。

四妹子热情地接待一切前来观看的婶婶和嫂子们，耐心地回答她们的询问，并不在意某个心地褊狭的女人眼里流泻出来的忌妒的神色。成功本身带来的喜悦和自豪，足以使人对一切世俗采取容忍和宽让的胸怀。

刚刚交上农历八月，一声震惊人心的母鸡的叫声从后院响起，四妹子掀开栅栏门，跑进鸡圈，惊吓得母鸡刮风一样奔逃。她跑到鸡窝跟前，那窝里有一个白亮亮的鸡蛋，抓到手里，这才看见，那粉白的蛋壳上留着丝丝血痕。她的眼睛被溢出的泪水模糊了，一个无法压抑的声音在心里回荡：开产了！开产了！

不到半月，三百只母鸡相继开始产蛋，从早到晚，母鸡向她报告下蛋的叫声此落彼起，不绝于耳。她把一盆一盆搅和好了的饲料撒进食槽，捧着一篮又一篮鸡蛋走出栅栏门来。她须臾也不敢离开屋院，真是太忙了。最迫切的一件事是，鸡蛋无法推销出去，堆在家里不行呀！

她终于和建峰商量决定，请老公公和婆婆过来帮忙。虽然婆婆帮她带娃娃，收鸡蛋，然而毕竟不是靠得住的。她要跟两位老人正式交谈一番，要两位老人靠实靠稳到她的小院里来照料内务，她隔一天两天就可以出去卖掉鸡蛋了。她在村子里的代销点买了蛋糕、卷烟、茶叶和酒，一共四样礼物，让建峰用挎包装着，走进熟悉的老公公的住屋里去了。

第二天一早，四妹子挑回一担水回来，看见老公公蹲在台阶上抽旱烟，她忙招呼老公公坐到屋里，老公公却磕掉烟灰，捞起她刚刚放下的挑担要去挑水。她对他说："爸，你腿脚不便了，让我去挑，你给鸡拌食吧！"

她告诉老公公，包谷糁子，麸皮，鱼粉，骨粉和几种微量元素的配方比例，老公公说他记不住，还是让他去挑水好了。她不让，说："爸，我要是出门卖鸡蛋，你还得喂鸡。其实不难，我给你把配方写在墙上，掺配一两回也就记住了。"说着，她动手示范了一下，在木缸里按比例放足了各种饲料，搅拌均匀，然后让老公公把饲料端进鸡圈去。老公公刚要动手推开栅栏门，她忙喊："爸吧！在门旁边的石灰里踩一下。"

老公公回过头来，迷茫不解："踩石灰做啥？"

301

四妹子说:"消毒。"

老公公不耐烦了,放下盛满饲料的盆子,索性走回来:"嫌我有毒?你自个送进去!"

四妹子笑了。老公公心里犯了病了。她笑着解释:"爸吧!我送进去,也要踩踏一下石灰。我每一回进鸡圈,都要过这一番消毒手续的。你老甭犯心病,这是防疫要求,不敢违犯。"

老公公好像听进去了,再次走向鸡圈的栅栏门儿,在石灰堆里踩踏了一下,端起盆子,走进去了。

四妹子挑着水桶走出门,忍不住笑了。老天爷,她在指拨着老公公啊!他居然听她的话了!他是吕家堡屈指可数的几个精明强悍的庄稼把式,总是别人询问他的时候多,在乡村的庄稼行里,没有难得住他的活路或技术。他又是一位家法特别严厉的家长……然而她吩咐他要做的卫生防疫制度,他却遵守了。

四妹子再挑回一担水来。刚进街门,她听见老公公大声严厉地指使老婆婆说:"在石灰堆里踩踏一下。脚上有毒。卫生防疫不敢马虎。记住,每回进鸡圈,喂食也好,收鸡蛋也好,不管我在不在跟前,都要在石灰堆里把鞋底子蹭一蹭。"

四妹子笑了。

老公公闻声扭过头,也不好意思地笑了,大声解嘲地说:"你甭看我老脑筋。我信科学哩!那年,政府把化肥送来,没人敢买敢用。好些人说,咱用大车给地里送粪,麦子还长不好,撒那么几斤白面一样的东西,还能指望长麦子吗?我买了用了。嗨,那一年,就咱家的麦子长得好!我信……"

吃了一点干馍,喝了几口开水,四妹子把两个垫着麦草的鸡蛋筐子绑在自行车上,对两位老人说:"十二点喂一次,五点钟再喂一次,按比例搭配饲料。鸡蛋要及时拾了,窝里堆得多了,就容易压破了。"说完,她把车子推出街门,儿子闹着要跟她去。婆婆好劝歹劝,才把那嚎啕大哭的小子拉扯走了。

四妹子跨上车子,清晨的风好凉爽啊!

十七

　　每天早晨，天刚放亮，老公公和老婆婆就前后相随着来到四妹子的鸡场，动手清理鸡场里的脏物，打扫卫生，然后挑水拌料，像工人上班一样及时。有时候老人来的时候，她和建峰还在酣睡，听见老公公故意惊扰他们的咳嗽声，慌忙爬起，奔到院子，拉开街门门栓，把等候在门外的两位老人迎进门来，心里常常很感动。

　　建峰擦洗了脸，推动车子，匆匆走出街门，赶到桑树镇自己开设的电器修理铺去了。

　　四妹子隔上一天两天，就要赶到南工地去卖鸡蛋。这个南工地，实际是一家兵工厂，兴建之初，是建筑公司的南工地，工厂建成后，建筑工人早已撤走了，当地村民仍然不习惯叫兵工厂的名字××号信箱，仍然称作南工地。前几年，四妹子倒贩鸡蛋的时候，从来也不敢光顾这家兵工厂的家属院，宁肯多跑二十几华里路，送到人际陌生的西安东郊的工人聚居区去。南工地的大门口有警卫，而家属院的门口往往有供销社派来的干部，专门在那儿盯梢，抓获敢于偷卖鸡蛋的人……现在，南工地大门口外的水泥路两边，全是邻近村庄出售农副产品的农民，各种应时蔬菜、瓜果、鲜肉和鲜蛋，一摊紧挨一摊，沿着大路铺开下去。有人在路旁盖起小房子，出售生活用品；饭馆，理发店，酒馆，也开始营业了。四妹子到这里来出售鸡蛋，再不必担心供销社干部来没收鸡蛋了，真是感慨系之！

　　她隔一天顶多隔两天来卖鸡蛋，太费时了，把鸡场的繁重的劳动全都搁到两位老人肩上了。她与南工地的职工食堂的采购员认识了，达成协议，每天后晌给食堂送三十斤鸡蛋，每斤价格随着市场价格的浮跌而升降，一般低于市场一毛钱。食堂图得省事，又捡了便宜，又保证能吃到最新鲜的鸡蛋，四妹子也省去了整晌整天在那儿坐待买主的麻烦，两厢满意。她在后晌给南工地送一趟鸡蛋，早上和中午就能悉心照管鸡场了，也能使两位老人稍事歇缓了。为了确保这种关系得以持久，四妹子就用一只盒子装上三五十个鸡蛋，送给那位采购员。

　　四妹子养鸡获得成功，获得了令人眼热心热的经济效益，消息不

303

胫而走，四处传扬。终于有一天，一位陌生人走进院子来了。

来人自我介绍说，他叫解侃，干脆叫他小解好了，他说他是城里报社的记者，专门采访她来了。四妹子听着介绍，把他递给她的记者证还给他，看着他白净的脸膛上，却蓄着一绺小胡须，黑茸茸的，头发披在后脖颈上，这是很时新的男青年的打扮。她突然扬起头，对正在拌料的老公公说："爸吔！这位同志寻你哩！"说着，就从老公公手里扯过木锨。老公公迷惑地瞅着那位穿戴打扮与乡村人相去太远的青年人，坐到树阴下的小桌旁，一边招呼客人喝水，一边警惕地用眼睛瞄着他在兜里掏笔记本和钢笔。四妹子装作什么也不曾留意，在木盆里翻搅饲料，心里却想，老公公在家里是一尊至高无上的神，三个儿子和三个儿媳以及孙子们，都不能违拗他，他和晚辈人之间有一道威严的台阶。然而面对这样一个小小年纪的外来人，一个记者，老公公眼里除了警惕和戒备之外，还有一缕害怕的神色，是一种在佯装的大方掩遮之下的复杂的表情。她听见老公公和小记者很不顺畅的答问——

"老同志尊姓大名？"

"吕克俭。"

"多大年龄？身子骨还好吧？"

"好好！六十多了。"

"你什么时候开始想到创办家庭鸡场！"

"唔……大概在过年那阵。"

"你不怕……'砍尾巴'吗？"

"砍啥尾……巴？"

"资本主义尾巴。你过去受过砍尾巴的苦吗？"

"那……当然还是怕。"

"你又怎么克服的呢？"

"我……"

四妹子看见，老公公局促不安地搓弄着小烟袋，结结巴巴，鼻尖上冒出细密的汗珠子。他求救似的瞅一眼四妹子，希望她快出场，回答这个洋人的问询。四妹子偏是装作没看见，继续做自己的事。她听

304

见，记者又问技术方面的事，怎样防疫，怎样喂食，怎样解决雏鸡死亡的困难……老公公终于不耐烦地站起来，从她手里夺过木锨，说："你去给他说去！"

她应答了记者的提问，送走了客人。过了两天，县妇联主任和公社妇联主任乘坐吉普车来登门做调查研究，四妹子又把两三位女领导人引到老公公面前，要老公公回答她们感兴趣的一切问题，弄得老汉更加不好意思。直到妇联主任表示过关心之后，乘车离去，老公公迫不及待地责问四妹子说："你这个娃呀！你办的鸡场，人家来了就该你应酬嘛！你把我推到人面儿上，我又不知道那些什么'温度'，'食量'，'成活率'的事，净叫我受洋罪……"

四妹子扬起头，装出一副傻样儿说："凡是外面有客人来，理当你老人家接待应酬，这是咱家的规矩。俺小辈人咋能多嘴多舌……"

"呃……嘿！"老公公噎住了，反而说不上话来。他现在才明白了三儿媳妇的心计，意在报复他对她的二姑的那次不礼貌接待。她可真是心眼多端。老汉又一时不好意思否认自己的家规和家风，气闷闷地抽起烟来。

四妹子怕老公公真的犯了心病，又装作毫不介意地说："爸吔！其实我是故意让你跟那些干部多接触接触。我看你总是怵那些干部。你接触多了，也就明白，他们是干部，可也是人，没啥好害怕的……"

那位记者的文章在报纸上一发表，四妹子的小院里就更加热闹，好多有组织的代表团前来参观，从早到晚络绎不绝，县委书记和县长来了，大加赞扬，说她是他们领导下的河口县的第一个养鸡专业户，应该大大地宣传一番，她给全县的妇女蹚开了一条致富的门路，无疑是一个典型。有人要请她介绍经验，有人要总结她的最新材料。有人来说要写她的报告文学。有人要她填一张表，补选县人民代表……

她被热情的波浪包围着，冲击着。她不能离开屋院了，给南工地食堂送鸡蛋的事也办不到了，老公公主动承担了。

老公公第一次给南工地食堂送鸡蛋回来，把一根甘蔗塞给孙子，然后从内衣口袋掏出钱来，交给她。她从老公公手里接过钱的时候，

305

突然想起刚到这个家庭以后，老公公给她五块钱并且因为她花掉了而闹出家庭纠纷的事。现在，老公公向她交钱了。

这天晚上，吃罢晚饭，一家人都在逗着小儿子取笑，四妹子从抽屉里取出五十块钱，对老公公说："爸吧！你和俺妈给我帮忙整一月了，这是我给你们两位老人的工资，每人按二十五元一月，这是五十块。日后，养鸡场发展了我再给您增加……"

一家人全惊呆了。老公公瞅着她，半天才说："这算啥话？啊？这算啥话！一家人，还发工——资？那我跟你妈不是成了你的长工了？"

老婆婆也附和说："你不怕人笑话吗？失情薄意的！"

建峰却不开口。

四妹子说："我不能让您二老白干呀！社会主义的分配原则是：按劳取酬。您干了就该有报酬，这是合情合理的事。"

"哈呀！哪有老子挣儿子的钱这号事？"老公公说，"我要钱做啥？只要你们过得好……"

四妹子却毫不动摇："你要是不受钱，我就不好让您二老继续干下去了。我就要另外在村里雇人……"

老公公更加吃惊，睁大眼睛："你可不敢胡来！虽说目下政策宽了，雇人可是剥削，是共产党头号反对的事！"他自解放以来，最担心的就是怕被升格为地主——剥削阶级，而乡村里作为剥削的最主要标志，就是雇工。

"我不怕。"四妹子说，"我给人家开工资。我也不知道这算不算剥削。"

"既是这话，你先甭着急雇旁人。"老公公把五十块钱接过来，"我就收下这钱，免得你再雇旁的人来。日后万一有人追究起来，我说是给儿子帮忙，也留一步退路……"

过了几天，那位解记者又来了，询问鸡场的发展。四妹子却想，记者们消息都很灵通，就探问可不可以雇工和雇工算不算剥削的事。记者似乎还没有获得这个具体问题的权威答案，说得含含糊糊。由此却引出了四妹子给公公婆婆开工资的事，解记者大感兴趣，追根刨

306

底，问得四妹子简直都无法回答了。几天之后，报纸上就有一条显赫的标题——

媳妇给公婆发工资
——中国农村家庭结构的质变

四妹子接到解侃寄来的报纸，看了，看得似懂非懂。她真服了这个耍笔杆子的，一件在自己看来毫不起眼的小事，让他给分析出那么多的意思来，真是了不起！

这年到头，四妹子给两位老人做了一身新衣服，而且买回一台电视机。大年三十晚上，一家老少欢聚一堂，真是"春满乾坤福满门"。包完饺子，四妹子就说出了下一年的发展计划，她算了养鸡卖蛋的账，获利虽不少，还是不理想。她要买一台孵化雏鸡的机器，那利润比养鸡强多了，大多了。她说，政府现在宣传鼓励农民搞好家庭副业，好些乡村女人眼见她养鸡得了利，发了财，都眼热手痒了，来年春天的雏鸡无疑会是紧俏货。四妹子说："这一步棋瞅准了，下手要早，单是忙前这一季，赚上万把块钱不成问题。"

老公公不由得愣愣地盯住了三儿媳妇，心里暗暗佩服。这个陕北女人对明年可能出现的小鸡热销的估计完全对头，趁此机会孵化小鸡是有眼光的。他想热烈地肯定儿媳的这"一步棋"，临到开口时，却说成了这种话："这步棋倒是看准了。我说嘛！要那么多钱做啥？就这三百母鸡，收入的钱够吃够穿够用了，算咧！一下子抓到那么多钱，万一日后政策上有个闪失，钱多反倒成了祸害了……"

"从目下形势看，政府号召农民挣钱发家哩！广播上从早到晚都在说这号话。"建峰插言道，"至于日后会不会变卦，怕是神仙也难预料。"他说这话，用的是一种不介入的清高语调，没有明显的倾向性。

"变了卦再说变了卦的打算。现在允许咱挣钱我就要挣。"四妹子毫不动摇，"爸吧！你甭怕，万一日后把我当新地主斗争，连累不了你的，你是我雇来的长——工嘛！"

老汉扭过头笑了。

"买下孵化器，就得雇人了。"四妹子说，"需要好几个人哩！"

"不敢！"老公公坚决反对，"共产党允许农民挣钱，可不准雇长工呀！这是明摆着的道理，你甭胡来。"

"那怎么办？"四妹子也不敢坚持，"可那孵化器，一装上鸡蛋，黑天白日不能离人，要控制温度，要翻捣鸡蛋。小鸡出来了，要喂食喂水，还要检查种蛋……"

"让建峰回家来帮忙。"婆婆说。

"我正在钻研修理电视机的技术哩！"建峰说，"我见不得那些毛草货！一看见鸡呀蛋呀，就烦，一听母鸡叫唤，脑子就晕了……"

"那……这样吧，让你大嫂二嫂过来干吧，还有那几个侄儿侄女，都能干活了。"老公公想出了万全之策，"一来可以免去雇工剥削之嫌，二来也成全了你的两个哥哥。你们的日子过得好了，也帮他俩一下。你大哥教书挣那几个工资，现时看起来就不如养一窝母鸡了……"

四妹子同意了。老公公的话，她不能不同意，那毕竟是亲兄弟啊！

新年的钟声响了，悠扬，雄浑……

十八

兄弟三家联合经营的养鸡场办起来了。

一台浅蓝色的崭新的孵化器买回来了，在靠着街门一侧的土打围墙前，临时修盖起两间油毛毡苫顶的泥皮房子，做为机房，第一窝雏鸡的孵化工作从选择种蛋开始，直到小鸡破壳而出，四妹子几乎寸步不离。春节前，当她产生了随之决定了要走这一步棋的时候，她就赶到二十里远的紫坡国营养鸡场去，在那里从选择种蛋到小鸡出壳看了一个全过程，她自己掏钱在国营养鸡场的职工食堂搭伙，无代价地跟班劳动，陪着值夜班的工人一起值班。现在，她在自己家里开始第一窝小鸡的孵化工作了。

她告诉侄女雪兰和二嫂，在电灯光下，可以看到蛋壳内有一个黑点的鸡蛋是受过孕的种蛋，而没有黑点的蛋是水蛋，孵不出小鸡来的。她告诉她们怎样控制孵化机的温度，直到帮她们辨识那只温度计上的刻度。侄女雪兰毕竟有点文化，多说两遍也就记住了。而二嫂则白眨着一双眼睛，今日刚记住一点儿，睡过一夜又忘了。这个骂大街一骂三天可以不骂重样话的愚蠢的二嫂，却总是记不住机器上头那些旋钮的名称和作用，最后只好换由她的二女子小红来替代。四妹子带着两个侄女，终于孵出第一窝小鸡来，两个侄女高兴得把刚刚出壳的第一只小鸡抢来夺去，在她们的脸上抚摩，甚至用嘴亲那细茸茸的乳白色的绒毛。

对这件事最称心的要数吕克俭老汉了。

老汉从早到晚，没有闲暇的工夫。他搅拌饲料，打扫鸡圈，背上大笼到河沟里去挖水芹菜，那是母鸡最喜欢吃的青饲料了。挑满一笼青草，夕阳隐没，凉飕飕的山风吹着肌肤，老汉点燃一袋旱烟，在沟坎上美滋滋地抽着。看见自己三个儿子都成为吕家堡最富裕的家庭，至于自己要不要挣儿子们的钱，有什么意思呢？

这个三家联营的鸡场，把分裂的三兄弟三妯娌又扭结在一起了。老大在邻近的小学校教书，过去一直是食宿在校，周六才回到家中过礼拜，现在，他每天傍晚骑自行车赶回家来，匆匆吃一碗饭，就自动在鸡场寻活儿干，直到半夜。

老汉背起一笼青草，在夕阳余晖中，走下山沟来了，回去铡碎了好喂鸡啊。

四妹子却感到了一种威胁。她已得知，仅是这个不足两万人口的小小公社里，已经有三家农民办起了孵化场，看来瞅着这步棋的，不只是她一个人。竞争是明摆在眼前的。吕家堡村街巷里最显眼的墙壁上，并排贴着那三家出售小鸡的广告。而国营紫坡养鸡场的广告也派推销人员下乡来逐村张贴，什么"本场有十五年孵化小鸡的历史，经验丰富，小鸡健壮，成活率高达百分之九十八"等等，人们尊崇习惯，习惯是紫坡养鸡场的小鸡最保险了。

四妹子琢磨好久，找到大哥，把一厚扎红绿纸摊在桌上，让当教员的大哥书写广告。

她只考虑了一条：保活。凡是买四妹子家的小鸡，由四妹子负责指导饲养，负责治病，免费医疗，随叫随到。这一条，是最致命的一条，那些不懂小鸡喂养技术的农妇们，最怯小鸡死亡，而小鸡的确是难以喂养的。

　　这一条，不仅打败了另外三家竞争者，而且把紫坡养鸡场也打败了。他们无法取得农村女人的信任，她们一古脑拥到四妹子的屋院里来了，小鸡供不应求。有人宁愿等到下一拨儿小鸡孵出再买，而不想在旁的什么地方买来。

　　四妹子因此却惹下了麻烦。那些从来都是依赖老母鸡的翅膀哺养小鸡的农妇们，总是不习惯于科学喂养小鸡，控制不了温度（这是关键），也控制不了食量，弄得小鸡常常发病，甚至死亡。她只得按广告上说的去做，给人家的病鸡治理。有时候刚刚睡下，有人来敲门，说是小鸡有毛病了，她就跟来人连夜赶到人家村子里去……由于她的指导，挽救了成千上万的小鸡的生命，四妹子的名声大震，农妇们简直尊称她为"鸡大王"了。随之成正比的是，她的小鸡的销路愈来愈好，令人鼓舞。

　　四妹子太累了，她销售出去的小鸡越多，她的负累也就越重，有几次，她不得不骑上自行车赶到七八十里以外的秦岭山根下，去挽救那些从她那儿买下的小鸡的生命。她很累，却不厌烦。她自己也搞不清哪儿来的这样高的心劲。她只是确凿地意识到了，自己能挽救十只小鸡的生命，反过来就可能增加一千只小鸡的销售量。虽然治病跑路不要钱，而更大的收入却早已流进了联营鸡场的账本。她受到那些接受她施治的家庭主妇的最热情的招待，常常使她处于一种扬眉吐气的愉快心境中，听着那些推心置腹的又是啰啰嗦嗦感激谢恩的话，四妹子一次又一次觉得她这个异乡女人在当地人中间活得像个人了。有一次，在本村给一位妇女的小鸡治病，而那位妇女的丈夫曾经是吕家堡党支部的宣传委员，他领导过对她的贩卖鸡蛋行为的批斗，而且说话十分尖刻。她恼恨他。她现在给他家的小鸡治病，特别用心，当她第二次专心用意询问小鸡病情的时候，那位主妇眉开眼笑，一面夸她技术高明，心肠也好，一面就数落那个男人，屁事也干不响，连人家个妇女也不如。四妹子心里十分痛快，一种报复的舒悦。

家庭内部的矛盾却在她东颠西跑的时日里酝酿着，像乌云在迅猛地凝聚。

这一天午后，五月的骄阳悬在头顶，火一样的阳光炙烤着已经变了黄色的麦穗，紧如救火的夏收即将开始，应该准备镰刀了。四妹子骑着自行车，在浑如金碧辉煌的麦海里穿行。她的心情十分好。她是胜利者。她绝对压倒了三家竞争对手，出售的小鸡高过他们一倍，收入自不在话下。该当暂时告一段落了，一当开镰，庄稼汉男女就没有空闲和耐心去抚弄那些弱不禁风的小鸡了。她的孵化器里的最后一茬小鸡今天开始出售，售完了今年就该收场了。

她把车子撑在门外，防备后响又有什么人来请她去防治鸡病，走进街门，连一口水也顾不得喝，端直向孵化房走去，不知今天售出了多少小鸡？必须在搭镰收麦之前把这一茬小鸡销售完毕。她走到小窗下时，猛地刹住匆急的脚步，那里头正传出肆无忌惮的嘲骂她的声音，她的大侄女雪兰和二侄女小红伙同她的二嫂，三个人一唱一和，正说到热火处——

"咱是长工。"二嫂的声音，"人家从早到晚骑上车子满天满地游逛，咱给人家从早到晚熬长工。"

"本来就是个野货！"雪兰的声音，"山蛮子！不懂规矩！白天黑夜骑着车子跑，谁知能跑出啥好事来……"

"能登报受表扬嘛……"小红说。

"怕是单为登报，单为卖鸡儿不会有这么大的精神吧？一个山里野女人……"二嫂说。

……

四妹子的脑子麻辣辣地疼，像接连挨了几棍。她像受到突然袭击的野兽，不加任何思索，扑进门去，一句话也说不出口，迎面就在二嫂的那张嬉笑着的胖脸上打了一拳。不等那张脸反应过来，又一拳砸上去了，鼻血涌流下来。

最先反应过来的是小红，一看妈妈挨打，立即蹦起，在四妹子第三拳还未落下之前，就把她推到一边了。小红随之扑上来，和四妹子

311

扭打在一起。她扯着四妹子的头发。四妹子扯着小红的前襟。小红的前襟嘶啦一响，两只从未见过人的小乳房亮了出来。她羞了，一狠劲，把一撮头发从四妹子的头上拽下来了。

小红的妈妈已经反应过来，母狼一样扑过来，抱住四妹子的一条腿。四妹子猝不及防，摔倒在地上的木槽里，小鸡被压死一片，她也不顾了，因为她的裤子被扯破了，一只手抓向她的下身，一阵钻心疼痛之后，就昏死了。

吕克俭正在清理铡草场地，听见声嘶力竭的叫骂声，扔下长柄竹条扫帚，颠跑过来，刚踏进孵化室的小门，就瞅见一副惨不忍睹的景象：孙女小红被扯破了衣衫，裸露着胸膛，二媳妇被血水糊浆的脸孔，大孙女儿雪兰披散头发，嘴角淌血，三媳妇四妹子被撕光了裤子的屁股下鲜血斑斑，屁股下压着被踩踏死掉的小鸡……吕克俭不由地怒吼一声："都不要脸了吗？"

……

克俭老汉扛着一把双刺镢头，一只手提着装满开水的瓦罐，头上戴一顶由黄变黑的蘑菇帽儿，走出街门，走过村巷，沿着吕家堡背后的山沟走上坡去了。夏收以后，吕家堡生产队的土地按照人口重新分配到户了。尽管他觉得不敢相信世事会发展变化到这种地步，还是不失时机地用牛把那两块稍微平缓的坡地犁了一遍，剩下两块陡峭的坡地，黄牛拖着犁杖是难得站立得住的，只有靠他用镢头去开挖了。挖开地表一层，曝晒整个一个伏天，杂草晒死了，生土晒成熟土了，地表松软了，秋后好播种小麦啊！

兄弟三家联营的养鸡场散伙了。成千只正在产蛋和即将开产的母鸡全部卖掉了。从早到晚不绝于耳的"嘎嘎嘎"的叫声没有了。吕克俭老汉早已离开三儿子的屋院，重新回到自己的老窝，连同他的老伴。想到那鸡场的红火走运的日子，真是令人叹惋，简直不堪回首，却无论如何又忍不住回味。

挖下一镢头，翻起一块巴着草根的干硬的土疙瘩，一下一下挖下去，身后就摆满了大小各异的黄袍色的土块。即将进入三伏的太阳，像一个正在燃烧的火盆扣在背上，汗水滴在脚下刚刚挖起来的干土块上。干得累了，他提着镢头，缓缓走到沟坡边沿一棵山榆底下，扔下镢头，抱起瓦罐，咕嘟嘟灌下半罐子凉开水，坐在花花拉拉的阴凉里，掏出烟袋来。老大太鬼了！诡到这种不顾乡邻口声的地步了。他在心里怨愤地咒骂大儿子了。

将鸡场现存的全部母鸡卖掉的主张，是大儿子提出的，将孵化器也卖掉了。除掉归还贷款，将所有盈余的利润，全部按劳力分配。这个分配方案一提出，老二和他的女人立即表示积极拥护，三媳妇只能少数服从多数，一个指头扭不过五个指头。按这个办法分配下来，老大的女人和女儿雪兰，老二的女人和女儿小红，自然都按两个劳力参加分配，老大本人因为每天放学回来参与鸡场劳动，也争得了半个劳力参加分配。这样，老大一家有两份半劳力，老二一家有两份，只有老三媳妇四妹子单臂独手，仅仅占了一份。每当想到这个悬殊巨大的分配结果，吕克俭老汉就十分懊恼，甚至痛恨自己，千不该万不该，不该在当初把老大老二拉扯到三媳妇的养鸡场里去。好心干下了蠢事，亏了人家三媳妇哇！人家四妹子辛苦一场，好心一场，结果把钱全让两个狠心的哥哥和嫂嫂挖去了，太不仁不义了哇！

克俭老汉现在十分厌恶自己的大儿子。在算计分配方案的家庭会议上，老汉万万没有料到，大儿子从制服口袋里掏出一个蓝皮本本来，当着弟弟、弟媳和侄女儿的面，流水般念着他在周日和每天后晌在鸡场参加劳动的时间，甚至细密到从几点几分干到几点过几分，一天不落，一分钟不差。这个突兀的举动，令弟媳、弟弟和侄女们目瞪口呆，然而最感意外的还是克俭老汉自己。老汉死瞪着眼瞅着大儿子不紧不慢地读着，翻过一页又是一页……他忽然觉得不认识这个大儿子了，与几十年来心目中那个知书识礼的先生判若两个人了。

老汉死瞪着眼睛瞅着那个蓝皮本本，压着厌恶的火气忍耐着，听大儿子像给学生念书一样念着枯燥的时间流水账，心里骂，真是爱钱不顾脸啊！怎么好意思拿出这个狗屁本本来念呢！老汉死瞪得眼花了，那蓝皮本本变幻成一只脱毛烂肉的死老鼠，多看一眼就令人心里作呕。

真了亏了三媳妇四妹子，挨了肚里疼，有苦说不出。人家娃娃辛辛苦苦创下的家业，全让哥哥嫂嫂们分赃盗包一空了！

酷伏天气，塬坡沟壑间流荡着炙人的热浪。天空灰蒙蒙的，却又不见一丝云彩。草叶枯焦了。沟道里的泉水断流了。他望着河川里一绺一绺分割开来的田块，顿然悟觉到自己犯了一个深重的过错，拍打着额头，独自叹惋着——

天下之大，世事之纷，总归还是古人说的有远见，分久必合，合久必分。而今正是分的趋势。地分了。牛分了。吕家堡的公有财产包括大队办公室的房子都折价分配给个人了。现在的人心是朝着分字转，分得越小越好，分得越彻底越满意。在这样大水决堤般的时势里，自己却逆时背向，把已经分了家的三兄弟联扯到一起，岂能有完美的结局？岂不愚蠢透顶！

吕克俭老汉虽然一再叹惋自己审时度势中的失误，却并不减轻对大儿子的厌恶情绪，即使"分"字下带着"刀"，你毕竟是教育人的先生呀！怎么好意思从自己亲兄弟的碗里抢肉吃呢？你自个不仁不义也罢了，反而把老人也装进口袋了，抹成五花脸儿了，让三媳妇四妹子会产生疑心，说你们爷儿们合谋算计俺……

老汉几次趑趄摸到三儿子的门前，没有勇气走进去，见了老三家的怎么开口说话呢？他只是叮嘱老伴，让她去多多宽慰三媳妇……可自己这样长久下去也不是办法，终究放心不下。

他瞅着塬坡下的吕家堡，静静地贴在小河南岸的坡根下，浓密的树梢中露出新房旧屋的脊瓦。村子西边收割过麦子的空地上，一拨一拨人在拉车运土，那是新近划拨的庄基地。在秋收前的三个多月农闲时日里，可以修盖新房。那一片变得很小的人里头，有他的两个儿子，老大和老二。老大利用暑假，正带领全家人在挖垫地基，准备盖造新房了。老二也辞了合同，领着老婆娃娃，和老大竞赛似的干着。他们都有钱了，都要盖置新房了……唉！

十九

四妹子躺在炕上，平心静气地养伤。她一来是养愈被嫂嫂和侄女抓破的皮伤，二来是想躺下来歇息一下。她太累，骑着自行车没黑没

314

明地跑，跑了整整一个春天，半个夏天，真是太累了。

建峰暂时封闭了在桑树镇上开设的电器修理铺的门板，回到家里来，专意侍奉她。他笨拙地给她端水，倒水，坐在炕边上，口齿拙讷地说着宽心的话。他把他在桑树镇修理电器挣下的钱悉数交给她，企图弥补她被两位哥哥坑去的资财。她笑笑，摇摇头，示意她并不在乎那些损失。他们是他的亲哥哥，一个奶头下吊大的亲兄弟，他对他的两位见钱黑心的哥哥无可奈何，也不好在她面前过多地谴责他们的不光彩行为，只是一心一意盼她尽快康复。她不断听到他的真诚的劝慰："算咧！你为咱家受够苦了，现在该当享点福了。我在桑树镇修理电器，收入还可以，保险养得住你。你就跟我到桑树镇去，管点零碎事，免得再东颠西跑，咱们也能日日夜夜在一块……"四妹子听着，心里很舒服。

一位副县长来看望她。县长说他听到四妹子的鸡场垮台的消息，十分震惊，大为惋惜。这个全县最早出现的专业户，正是目下县政府要在全县推行的榜样，想不到竟然垮台了。县长询问垮台的原因，四妹子不想再诉冤枉，就漠然笑笑，搪塞过去，使县长终究不得其解。县长说，一定要总结经验，重搭戏台另开锣，绝不能让全县的第一个养鸡专业户垮台，影响太坏了。他征询四妹子的意见，需要什么机械，需要什么物资，需要多少资金，他都一手包了，负责给她优先解决……她只是感激地笑笑，说她什么也不要。

县长不解地瞅着她，说因为政府刚刚开展发展专业户的工作，好多好多人都要求贷款，各级银行应接不暇，而四妹子却把送上门来的好事一概拒绝，是不是灰心丧气了？四妹子仍然笑笑，说她还要过生活，也还要做事的，只是暂时还不需要钱。

县长临走还叮嘱她："什么时候有了困难，物资的或钱款的，只需给我打个电话……"

记者解侃也闻讯赶来了。

他是个急性子，又是个热心肠，急头急脑地抹着汗，就追问起鸡场倒闭的经过。四妹子仍然轻描淡写地说说，并不掏根兜底儿。这使解记者很着急，甚至激动了，说他可以把她的委屈公之于世，动员社

315

会舆论的强大力量，惩罚破坏专业户的人。如果需要到法院打官司，他可以出庭作证。

解记者仗义执言的热血心肠，依然没有打动四妹子的心，她还是淡淡地笑笑。她被他逼问急了，只是说："没啥！权当我没挣钱，权当我尽了义务，权当像过去偷贩鸡蛋被没收去了……"

解记者默然了，点燃一支烟抽起来，这篇文章怎么写呢？往昔里，他第一个发现了吕家堡的四妹子，把她作为一个经济变革时期的典型人物推上了报纸，成为本报宣传的第一个专业户。这个新生事物的报道，产生了广泛的影响，提高了他在报社的威信，那篇通讯稿在全国也算较早报道专业户的有影响的文章之一。几年里，关于四妹子的发展，他写过不下十篇通讯了。她买下电视机，他就及时写下《庄稼人也能看电视了》。她买了一辆轻型凤凰自行车，他就写下一篇《凤凰飞进寻常百姓家》。她买了孵化器，他就写下《电母鸡》风趣十足的通讯等等。

现在，他该写她的什么呢？写她破产吗？前不久他刚发表过一篇《三兄弟联合办鸡场》的通讯，说扩大了生产的农民有自愿组织联合再生产的趋势云云。

解侃说："你能详细的把鸡场倒闭的过程说说，自己可以总结经验教训，我也可以找出一些规律性的东西，对正在兴起的专业户都有好处……"

四妹子说："我不想总结了。鸡场倒闭了算了。我不爱为过去的事情伤脑筋。过去了的事，我全都不管了。我只想日后的事该怎么办？"

解记者忙问："那好，你谈谈日后的打算，也好哇！"

四妹子笑笑："暂时保密。"停停，她有点不好意思地说："你以后甭写我了……我是个农村妇女……你写我写多了我不好受……"

解侃不无遗憾，不无丧气，真没办法。

四妹子静静地躺了三天，伤不疼了，体力也恢复了，有点躺不住了。三天来，建峰围着她打转转，表现出一种笨拙的又是真诚的关心。她向他招招手。他顺从地走过来。她指指炕边。他顺从地坐下。

316

她努努嘴，向他撒娇了。他抱住她，亲着她。

她说："建峰，你不嫌怨我闯事惹事吗？"

他憨厚地笑笑，把她搂得更紧了。

她说："我想起我自小受苦，从陕北来到关中，我……真想哭，又……哭不出来。"

他听着她在他胸前嘤嘤地说着，自己倒先流出泪来了。

这当儿，院子里响起一声咳嗽，是老公公给他们打招呼，老掌柜的要进晚辈人的屋子了。她挣脱开他的搂抱，俩人端端正正坐着。

老公公走进厦屋，坐在木椅上，沉默半晌，才问："好些了？"

她说："好了。"

老公公说："噢！好了就好！"

四妹子忽然感动了。这是踏进吕家门槛几年来，第一次听到老公公知疼知冷的话。平素里，老公公摆一副家庭长者高不可及的威严架势，吝啬到从不说一句问候儿媳的话，总是由婆婆来传达他的关照。老公公终于走进她的卧室，问候病情来了。她忽然想到亲生父亲，那个比老公公更穷然而却和气得多的大大！

"过去的事，甭想了。"老公公说，"千错万错都怪我……"

"根本不怪你，爸。"四妹子忙说，"我早都不想它了。自打那天晚上分配完毕，我就不想了，吃亏也罢，占便宜也罢，就这一回了。我已经不想它了。"

"不想了就好！"老公公说，"日子怎么说也比以前好过了。"

"爸吔！"四妹子叫，"我想跟你商量一件事。"

吕克俭老汉扬起头，期待着。

"我想承包大队那个果园。"四妹子说，"需得一个看门的可靠人手……"

建峰瞪起眼："你还不死心呀，啊呀呀！我还怕你伤心哩！你这几天躺在炕上原是盘算这号事……"

四妹子说："我盘算了三天。那果园百十亩地，苹果、梨和葡萄刚挂果，队里管不好，现在又要承包出去。甭说现有的果树，单是利用这块地养鸡养蜂养奶牛，想想会弄出多大的世事！"

吕克俭老汉惊呆了，半天说不出话来。三天里，他沉浸在一种难言的痛苦当中，替三媳妇四妹子难受，谁料想她本人并没有伤心伤情，而是在谋划着承包大队里那百亩果园的事。哦呀呀！这个陕北女人，真厉害！

"这回——"四妹子说，"我要正儿八经地雇用工人，按月开销工资。果子未上市前，工资暂欠，果子一上市，按月照发，我要……"

"保险能赚钱吗？"吕克俭老汉不无担心，"大队里决定果园承包半月了，没人敢应承，听说人都怕烂包……"

"全在自己管理哩！"四妹子说，"我这几天划算来划算去，怎么划算都划得来。爸吔！你只要答应给我看大门，旁的事就甭操心了。"

……

夏日的傍晚，夕阳涂金。

四妹子走在宽阔的柏油公路上，旁边走着她的男人建峰。她俩岔开公路，走上通往果园的土石大路。他不放心她病愈出门，陪她走着。

包谷苗子铺满大地，渠水欢快地流泻着。公路两旁高大的白杨迎风起舞，蓝天涂一抹艳丽的晚霞，几朵白云也染成红色了。

"你还舍不得那个电器修理部吗？"

"当然，你也是舍不得果园呀！"

"好，各人干各人的吧！"

"唉！你总是跟我合不到一条辙上！"

土石大路两边，绣织着野草、马鞭草、菅草和三棱子、香胡子，拥拥挤挤地生长在路边上，车前草却居然长到路中间来，任车碾马踏人踩，匍匐在地上，继续着自己顽强的生命。

四妹子拔起一株车前草，对建峰说："这草叫什么名字？"

"车前草，你也不认得？"建峰不屑地说。

"这草——"四妹子说，"叫四妹子。"

建峰眨眨眼，理会了什么似的，没有开口。

四妹子走到果园的木栅门口，忽然又想起妈妈给她掏屎的痛苦情景，那令人毛骨悚然的可怕的谷糠饼子啊！

她回瞧一眼建峰，走进果园，一眼望不透的苹果树、梨树和葡萄藤蔓……她张开双臂，大声喊：

"砸不烂的四妹子，又闯世事来了……"

1986 年 8 月草改于白鹿园

地　窖

　　从公社大院的蓝砖围墙上翻过去，就跳进派出所的小院；从派出所用红砖砌成不久的新围墙上再翻过去，扑通一声跌进供销社的杂院；从供销社的土打墙上翻过去，他就钻进河西村鸡肠子似的村巷了。

　　他连续翻越三道围墙，不敢怠慢，甚至连喘一口大气的时间也不敢耽误，拔腿就跑。黑暗里瞅不清路面，他脚下一滑，跌了一跤，大概是踩到一泡猪屎或是一洼牛尿上头了。他不敢抚伤惜疼，爬起来挣扎着再往前跑，一直跑过河西村肮脏的村巷，跑下村北的河滩稻地里来了。

　　复种过冬小麦的一畦一畦稻田里，秋天收割稻子时留下的太高的稻茬子冻得邦唧唧硬，他磕磕绊绊抬高脚步，免得再次绊倒，跑过三四畦稻地，就遇到一条宽大的水渠。水渠干涸了。水草枯死了。渠岸可以隐蔽下半截腿脚，渠岸上两排稠密的杨树和柳树粗大的树干正是最好的遮掩，他顺着水渠跑啊跑，踩踏得渠底的枯草和落叶嚓嚓嚓响。他感到上气接不住下气，头晕眼花，喉咙里直想呕吐，脚下被干草的枝蔓缠绊了一下，又摔倒了，再也爬不起来了。

320

他躺在水渠里的枯叶干草上，大口大口喘气。心头却泛起一个甚为得意的胜利，无论我怎么狼狈，狗日的终究还是没逮住我！

他忽然觉得自己很好笑。他是河西人民公社社长，官儿虽然串不上几品，手下也领导着这个公社河川和塬坡地区的一万八千多社员哩。他在这里是受敬重的人物，谁也不敢放肆地跟他说话。现在倒好！被人追着，翻墙跳院，完全像一个逃犯一样惊慌失措，狼狈不堪，裤腿上沾着猪屎或牛粪，膝盖上的裤子也撕破了，躺在这冬天夜晚的河滩里，真是昔日的威风彻底扫地了。

大喇叭的响声从河西村上空传到静寂的河滩上来。声音激越昂扬，战报！河口县造反司令部彻底解放河西镇！联合司令部的保皇儿孙狼狈逃窜！

他从渠底里站起来，借着烟头的火光看看表，正是子夜一时，该到哪里去呢？

寒星闪眨。没有月光。河滩远处有一声声冻僵了似的无名水鸟的叫声。这种水鸟只在夜静更深时叫，叫声说不上忧惋，也说不上凄凉，只是十分难听，难听到使人一听到这种叫声就想到它的样子绝对丑陋不堪，甚至会想到那是一种安着两只秃翅的癞蛤蟆，而河边上的人从来没有谁在白天发现过这种水鸟的踪迹。他忍受着这种声音的折磨，跛着一条腿，沿着渠岸往上走，躲到谁家去安全呢？

二

他站在一座门楼下。

他静一静气儿，叩响了吊在门板上的铁环儿。他的手劲儿慎重而又准确，使铁环碰撞木门的声响只能惊醒院子里头的主人，绝不能使左邻右舍闻声惊动。他在等待的时刻，瞧一眼这幢普普通通的门楼，土坯立柱，碎瓦掺顶，夹在两边的土打围墙之间，安一副粗糙的木头门板，死死关着。这就是目下整个河口县几乎家喻户晓的造反司令唐生法的家。

院里由远及近响着一阵沙沙沙的脚步声。门栓子滑动了一下。门吱扭一声拉开了。

321

"到这时候才回来！"女人怨怨艾艾的声音，大约把他当成她的丈夫唐生法了。他没吭声。她立即发觉站在门口的是一位生人，用一种警惕的声调问："你是谁？"

"我是关社长。"他直接通报出来，免得她把他当成是歹徒或是什么不速之客。"关志雄关社长。"

"噢……关社长。"她的口气放松了，随即问，"深更半夜，你来做啥？"

"让我先进门再说。"他说，"我有话非跟你说不行。甭张扬，甭惊动家里任何人……"

她往旁边移了移身。他走进开着的一扇门的门道。她随手就轻轻关上门。

"关社长……你有啥事？深更半夜找我说？"她在院子里站住，又疑虑重重地问。

"到屋里头再说。"他得寸进尺，"屋里都有什么人？"

"能有谁呢？就一个吃奶娃儿，大女子跟她奶奶睡着。"她说着，转身朝院里走去。

他放下心来。她的公公和婆婆在原来的老庄屋住，离她的这个小院很远。他跟她走进厦屋。

她一进厦屋门，就把脚地上一只瓦盆移到旮旯里去，那瓦盆里有半盆黄黄的尿。

屋里，正面墙根有一张方桌，堆放着醋瓶盐碟辣子盒，还有一只帽子大小的瓦盆里盛着剁碎的酸渍红苕秆儿。厦屋南头是一张放得很宽的土坯火炕，炕上真有一个小娃儿钻在被窝里，露出被头的半个脸蛋儿红扑扑的，睡得正香。厦屋北头堆放着米缸面瓮等杂物杂器。一般农家都是这种简单零乱的格局，赫赫有名当当震响的唐司令的家也不过如此简陋。他一转眼珠儿就把这幢三间宽的厦屋扫瞄了一遍，又溜一眼屋顶，架着木椽木板和晒粮食的苇席，万一发生紧急情况，可以爬上去临时躲藏在那里。

她用一根针把煤油灯芯挑了挑，屋子里稍微亮了，又把那苗针插到墙上的一撮麦秆上，就靠住炕边站着，双手搭在棉袄前襟下边。那棉袄的边角上露出陈旧发黑的棉花絮套儿来。她显得很拘束，又有几分不安，问道："你到底有啥急事？"

"你男人带着人马到公社抓我……"

"呀……"

"他抓住我，就把我杀了！"

"啊呀……"

"我逃脱他的手了！"

"噢……"

她紧张得眉头紧皱，两道细细的淡淡的眉毛之间出现了一个深深的倒置着的等式号。她说："你真糊涂！你是给吓傻了吧？他要抓你杀你，你不给远处跑，咋给跑到我屋来咧？"

"我没吓傻。"他说，"我想来想去，只有你这儿最安全。"

她瞪大眼睛："我这儿……咋会安全？"

他说："他可能追寻到我家去，也可能搜到我的亲戚朋友家里，可他绝对不会想到，我会躲在他自己的屋里……"

"噢呀……"她似乎明白了。

"再说，我相信，你不会让他干出杀人的事。"他说，"不管怎样革命，杀了人总是麻烦事。他现在头脑发热，什么事都可能闯出来。你会替他日后着想，就不能让他惹祸。我想来想去，只有你会真心实意救我。"

"啊！这话对对的。"她的脸上泛出一缕温和的神色，看看屋里的旮旯拐角，为难地说："可这屋里……连个隔墙……也没有……"

"这厦屋里……当然不能住。"他说。这屋里只住着她和炕上的那个奶娃儿，夜晚是无法回避的。"你想想办法。反正我是走投无路了。你们后院有窑洞吗？有储备柴禾的小草棚没有？"

"有个窑，里头塌顶了，现时只在窑口放些柴禾。"她说，又连连摇摇头，"不成不成。你要给塌死在里头才冤枉哩！"

"我不怕。"他说，"或者让我先看看。"

"甭看甭看。"她说，"我再想想……"

这当儿，前院的街门"咣咣咣咣"响起来。

"呀！那个鬼回来咧！"她从炕边跳到屋子中间，脸色骤变，"这可咋办呀？"

他急忙捏灭了烟头："我从后门走！"

"来不及了。"她说着，弯下腰，钻到方桌底下，一把拉起一块水泥盖板，说，"快下红苕窖去。窖壁儿上有脚踏的台窝儿，一摸就摸着了，摸着往下溜。快！"

他不再犹豫，钻到方桌下，就溜下黑咕隆咚的地窖口子。

"咣——咣——咣！"敲门声变得很重很响。

"听见了。甭敲了。"她捏着嗓子，装得睡意惺惺的调门儿，朝着院里喊，"我正穿衣裳哪！"

敲门声果然停歇了。

他在溜进窖口并且用脚摸着了第一个台窝，又摸准了第二个台窝以后，看见她弯下腰把他扔在地上的一只烟头把儿捡起来，扔到炕洞里。他就继续往下溜。这个女人真细心。女人比男人都更细心。女人哄男人总是天衣无缝。他下到地窖里头了，统共不过七八个台窝就下到底了。

"甭咳嗽，也甭打喷嚏！"她对着地窖警告他说。"咣当"一声就把地窖口盖上了。

他划着一根火柴，地窖里有两个拐洞，一大一小，都垒堆着红苕。东边那个大点的拐洞里，靠窖壁有一个窄窄的通道，可以凑凑合合坐下一个人。

头顶的脚地上有一阵儿咚咚咚的脚步声。他不假思索就明白厦屋的主人回来了。他屏声敛息坐下来，用一只手卡着两腮。

三

他用左手紧紧地掐住两腮，聆听地窖上面的动静，厦屋主人踏进门时很急很重的脚步声消失以后，随之就响起一连声的惊喜和吁叹：

"噢哟哟！大的个亲蛋蛋娃哟！噢哟哟！这脸蛋红嘟嘟粉嘟嘟的！大都要想死你了！噢哟哟！"

这简直是王母娘娘的声音，太真挚了，太富于感染力了，太富于诱惑力了。他想到了舐犊的母畜。他想到了以喙哺食的燕子。他的心底潜入一丝温柔的春风,屏敛的声息开始松懈,绷紧的神经也稍微松泛开来,而且诱发起对亲爱的妻子和儿女的思念了,半年之久没有照过面了,她和孩子也不知怎么混着日子……

"噢哟哟!大的个亲蛋蛋!让大看看,小牛牛长大了没?哈呀!长大了!大了!大的个牛牛娃哟!你长得好疼人哟!大走南闯北,没得时间亲你咬你,今日叫大美美地亲上一口……"

他心里的森严壁垒哗哗哗土崩瓦解,烦乱毛躁起来。他听惯了这个人的令他脑皮发麻心慌意乱六神无主的训斥声,也受够了这个人使他毛发倒竖汗不敢出叫尿一滴绝不敢尿下两滴的吆喝声。现在,他听到的是一曲人伦人性人的动物本能似的最优美最动人最真实最自然的声音。这些声音都是从造反司令唐生法的嗓眼里发出来的,都是真实的。

"你吃饭不吃?"

"刚吃过了。"

"要喝水壶里有。"

"不喝了,睡吧!不早了。"

"你又喝酒来?我闻见酒气了,熏死人!"

"今日不喝不成哇!我们把狗日的'老保'的老窝儿给捣了!可惜……让关志雄那个老狐狸跑他妈的了!"

他不由得又掐住了两腮。唐生法和他女人说话的声音一丝不漏地传到地窖里来,甚至那孩子吸吮母乳的吧唧声也能听见。唐生法大约刚刚喝罢庆祝攻克河西镇的胜利酒,顺路回到老窝来与孩子和女人欢聚。

"你抓人家关社长做啥嘛!"

"关社长!死不改悔的走资派!你还叫他社长!关社长!我抓住他……"

"他都垮台了,还碍着你们啥事?"

"他妈的!这老狐狸又臭又硬!他'亮'他妈的个屄'相',竟敢'亮'到'老保'那边!我不拔了这颗钉子……"

"气也没用——他给跑了!"

"能跑到台湾去?! 哼!"

"你想逮住他,又逮不着,猴急了吧?你今黑不该回来,该是连夜去查问,看他藏在谁家?"

"查个屁!不用查也知道,他肯定到保皇狗家藏起来了。"

"那不一定——"

"嘿嘿!听口气儿,好像你倒知道下落?"

"那也说不定。"

"在哪儿?"

"在咱家这厦屋里。"

"净说梦话!"

"在红苕窖里藏着。你下去逮去!"

"耍笑我哩!哎!你这婆娘……"

他听见唐生法吹灭煤油灯的声音,地窖口那个圆水泥盖板没有合严的缝隙透着的亮光消失了,灯灭了。脱衣服的窸窸窣窣的响声。唐生法躺下身去时的一声呻唤。他揉一揉掐得僵麻的脸腮,终于松了心,缓缓嘘出聚压在胸膛里的闷气,捂着嘴巴无声地打个哑巴呵欠,想瞌睡了,几乎折腾了大半夜了。那头顶的厦屋的说话声还是传到地窖来,虽然细弱,仍然清晰——

"甭胡骚情……甭……"

"我早想你哩!想得很哩!"

"天知道你心里想着谁!哄我……"

"别冤枉人噢!不论走到天南海北,我都想着你,还有咱的亲蛋蛋娃。"

"我可不是呆瓜儿!村里娃儿们唱说,'造反队,造反队,公猴母猴一炕睡。'你和母猴睡来没?"

"那是保皇狗侮蔑俺们造反派哩!你咋能当真?跟上他们瞎哄哄,乱叨叨。"

"你看看你那东西,软不拉叽的!还说人家侮蔑你哩!"

"我半个多月没回来……夜格黑间……跑羊了……"

"倒是跑马了！你的羊跑到谁的大腿弯子去了？我早都知道！"

"尽瞎胡说……"

"你跟那个女政委，那个婊子，村里都摇了铃！你还哄我……"

"那是保皇狗给我造谣！"

……

他已经用指头塞住了两只耳朵孔，再不想听下去了。他已经半年没有挨过自己老婆那温热的胸脯了。他受到这种炕头枕边的口角的刺激，心里潮起一股燥热。他闭了眼，塞实了耳孔，努力想这地窖，这是地窖而不是他和老婆的软床，使自己的情绪渐趋平静。他想到自己听人说过的唐生法和造反司令部那个女政委的风流传言，简直跟真的一模一样。甚至传说，有一晚，一个造反队员想吃鲜物，溜到农民的包谷地里去掰棒子，一脚踩住个软囊囊的东西，吓得跳起来，用手电一照，唐生法和女政委光溜溜地摞在地上，身下铺着一件旧军衣。他现在蜷卧在唐司令和他女人睡觉的火炕旁边不过五尺远的浅浅的地窖里，听他们的房话，真是太难为情了。难为情不可躲避，他却断然料定，唐司令现在不会再去考虑抓他逮他的事，因为他无法向女人辩解那个家伙为什么会蔫软……他已经很累了，心里的危机刚一缓解，就感到累死了，瞌睡一下子袭上来，靠着窖壁睡着了。

四

噗噗噗……噗噗噗……

他惊醒了，头顶的水泥板盖还在噗噗噗响。

他咳嗽一声，示意他已听见了，随之就听见她叫他："上来吃饭。"盖板揭掉了，地窖里透进亮光来。哦！已经到了吃早饭的时辰了，他站起来，腰脊酸疼，挣着忍着爬上地窖来。

屋里真亮啊！冬日温柔的阳光洒在庭院的地面上，看一眼也能感到温暖的滋味。他不由地舒展活动一下腰身，蜷卧太久的腰舒活了许多。厦屋的脚地上放着半盆温水，冒着热气，他洗了手脸，看着方桌上已经摆好的饭菜，对她说："还是让我到地窖里去吃饭。大白天，说不定有人来……"

327

"放心吃吧！"她说，"大门我关着。"

他放下心来，走到方桌旁坐下，端起碗来。熬煮得又稠又黏的包谷糁糊糊，香甜可口，有一股油腻腻的粮食本身的香味。一碟冰凉沁人的酸渍红苕秆儿，绿茵茵的，调着红艳艳的辣椒星末儿，酸辣味长。竹篾编成的空心小篮里，垒堆着三四个烤得焦黄酥脆的包谷面馍馍，似乎比白面馍馍甚至比面包还要香甜。他吃得很香，确是饿急了。

他转过脸，看见女主人坐在炕边上，怀里搂着那个亲蛋蛋娃。那孩子偎在她的解开了衣襟的胸脯上，吸吮着乳汁，两只脚还在不安生地乱蹬乱踏。她一任儿子吃奶，一任儿子用手抓那露出衣襟的肥实的乳房。她低头看着儿子吃奶，一绺头发从鬓角垂吊下来，遮住了侧对着他的半边脸颊。他说："你也吃饭呀。"

"我等会儿再吃。"她扬起头来，宽厚地笑笑，问他说，"你夜个黑受罪了，那地窖里潮湿得很哩！"

"没事儿。"他说，一边抬起头来，漫不经意地打量着她。她比他昨晚第一面见到时要年轻些，不会超过三十岁。她露出的胸脯皮肤很细很白。她的脸颊显得干燥，尤其是一双手，手背和食指上炸开一个个黑色的小裂口。他想，她的手和脸要是稍微做一点保护，甭说香脂之类，即使有一点凡士林膏或者甘油，那手指就不会裂了，脸色就会滋润柔和了。尽管这样，她的模样还是很好看的，一双灵活的眼睛似乎总怕羞，显得秀气的直直的鼻子，使人可以想到她年少时一定很可爱。

"那墙上有一张生狗皮，铺上可以隔潮气。再下去时拿上，铺着，能坐也能睡。"她说。

他往门扇后面的墙上瞅瞅，那儿确实挂着一张狗皮，纯黑色，黑得油光闪亮，像一块黑缎。他点点头，笑着说："有这样的好褥子，享福了。"

"享什么福哇！"她撇撇嘴。她撇嘴的样子很好看，也很自然，显示着她的真诚。她说，"那地窖湿溜溜的，站不起又躺不下，够受罪咧！还享啥福！享'豆腐'——"

街门响了！有人要来。

他紧张地站起，碗里还剩下半碗糊糊没有喝完，放下碗，就慌忙往方桌底下钻。她挡住他，用嘴努努墙上。他记起了生狗皮。他从墙上拉下狗皮，回身走到方桌跟前，看见她已把孩子用被子围在炕上，端起他喝剩的半碗包谷糁糊糊，摆出一副正在吃饭的架式，心里不由颤了一下，就溜下地窖去。

他在地窖里听见有人走进屋来，尖尖的嗓音十分响亮。

"大白天把门关得严严的，做啥哩？"

"猪呀狗呀，钻进院来乱攻乱拉……"

"噢！我还当是你在屋里窝着……野汉！"

"你有老经验了！你窝野汉窝惯了！我可没那个本事！"

"这本事好学。你要愿意，嫂子给你引个野汉子，比法法那货漂亮多了！"

随之是两个女人畅快的笑声。

"我的那个鬼，成天怕我拉野汉，一见我跟旁的男人说句话，他也起贼心。即就是七十岁的老柴禾棒子，他也不放心。"

"谁要你的脸蛋子长得那么好看哩！"

"他成天贼头贼脑地防着我。我说，我要是真心想拉野汉，你怎么防也是防不住的，除非你用铁链子把我的腿捆在炕边上。他说那不行，还要我挣工分哩。他说要是能给我那个地方安一把锁子就好了，钥匙装在他怀里。我说，你甭安什么锁子，你把你的章子盖上吧……"

俩人又是一阵疯狂了的死笑。

他一把捂住嘴，差点忍俊不住，笑出声来。

"说正经事儿吧！玉芹，借我些毛票儿，我要买一扎卫生纸……"

……

他静静地坐着。狗皮毛茸茸的，光溜溜的，暖柔柔的。这黑狗活着时肯定是一只极漂亮的狗。它奔跃起来，黑色的皮毛一定会闪闪发光。它叫起来，声音一定洪亮。它肯定是村子里狗群的领袖……他现

329

在无异于那只有闪亮的皮毛而丢失了生命活力的黑狗！

即使像这黑狗的命运，他也只是觉得自己好笑而不觉得难受或痛苦。

难受和痛苦是他刚刚被揪出来批判斗争的事，那时真是有十万个为什么结在心头而一无答案。后来，刘少奇主席的名字打上了红×，西北局第一书记刘澜涛和陕西省委书记霍士廉被押到汽车上游遍西安东西南北四条大街，他的顶头上司河口县委杨书记和汤县长也被打倒斗臭了，反而全都想通全然没有痛苦心情了。他们比他垮得更惨，因为他们比他官儿大，官儿越大地位越高，跌下来时响声自然就越大，摔得也就越重越疼。他不过是一个小小的公社社长，出了河西公社的辖区就很少有人知道他的名字叫关志雄了，不出河西公社也不是所有人都认识他的黑方脸儿，大多乡民只知道关社长而不清楚他的名字。他能不垮台吗？他能不狼狈吗？他能不威风扫地吗？这样一比一照一想，他心里那十万个为什么全都不释自消了。

造反派们要他交待"三反"罪行，他就把自己臭骂一顿。造反派们要他手敲铜锣胸挂纸牌走村串巷去游村，他就一个一个村子往过游，铜锣敲得像耍猴。造反派们要怎样他就怎样。这种日子虽然不大体面也不大好过，又毕竟也是一种日子，一种过法儿。事情坏就坏在那个"亮相"上头。

"亮相"是戏里演员出场后的一个动作名词。《人民日报》的一篇社论借用了它，一下子普及到各个角落里来。其实就是要被打倒的领导干部表一表态，是谓"亮相"。他把那篇社论看了又看，读了又读，黑笔勾了，红笔又圈，勾得圈得满篇社论都是点点圈圈和杠杠道道，几乎要倒背如流了，脑子里却愈来愈坚定：不敢"亮相"！千万不敢！公社里的两派势不两立，自己"亮"到任何一派去，就会使另一派火上添油，必置自己于死地不结。他就拖着，继续在那社论上头下功夫，点点圈圈和杠杠道道已经把那篇社论涂得旁人无法辨认字迹。直到全县三十二个公社的头儿们大都"亮相"，他拖不下去了，就咬咬牙，终于豁出去了，写下一张"亮相"大字报：

我要和联合司令部的革命派一起执行捍卫毛主席的无产

阶级革命路线

关志雄×月×日

　　这下糟了，比他所能预料的还要糟糕。

　　"造"字号果然被激怒了。全县三十二个公社的头儿们大都
"亮"到他们一边了，小小的河西公社关志雄竟然敢于公开声明站到
"联"字号一边，气得"造"字号的头头唐生法火冒三丈，亲自带领
人马来捣河西公社"联"字号的老窝，来抓他这个冥顽不化的"黑
手"。声言要砸烂他的狗头。要踩上千万只脚。要他不投降就灭亡。
要火烧水煮油煎活拔毛。要千刀万剐掏心扒肺斫指挖眼剥下皮来绷鼓
敲……

　　他在心里怨恨《人民日报》那篇社论。他讥笑炮制社论的理论
家鼠目寸光，连他都能预计到的后果而比他高明几十倍的他们却预计
不到。他"亮相"的后果证明了他的预计的正确和他们的社论的破
产。公社社长心目中神圣至上的党报的声音，也不过如此水平！

　　他无可奈何，坐在生狗皮上，昏昏睡过去了。

<h2 align="center">五</h2>

　　"关社长，上来！"

　　听见她的坦然的叫声，他睁开眼，地窖口有微弱的亮光，水泥盖
板已经揭掉了。他本打算合目睡觉了，尽管睡不着。白天几次昏睡，
打发过了一天，晚上倒没瞌睡了，他就仄楞着身子，蜷卧在狗皮上，
合目养神。她叫他，肯定有什么事，或者有什么话要说。天已黑了，
冬夜很长，和她说说闲话拉拉家常，未尝不是打发漫长的冬夜时光的
一种办法。他爬出地窖来。

　　孩子已经睡着了。她坐在炕边的小凳上，怀里抱着一只夹板，夹
板间夹着一只厚厚的毛边鞋底。她用一只铁锥在鞋底戳一个眼儿，就
把两根穿着麻绳的大号长针对穿过去，两只手同时朝两边扯拉长长的
麻绳，鞋底上就留下一个褐色的麻绳疙结。她纳扎得很熟练，不慌不

331

忙，间或把明光灿亮的锥尖在头发上擦一擦，麻绳穿过鞋底发出哧哧——哧哧的响声，虽不很好听，却也使人顿然感到安静和舒坦。他坐在方桌旁的木椅上，悠悠地吸着烟，看着她低头纳扎鞋底。

烟雾缭绕的眼前浮现出奶奶。一撮浅红的麻丝吊在空中，奶奶抽下一根，加到手里正在拧着的绳子里，右手提起来，左手啪啦一下转动麻绳下吊着的小拨架儿，手中那一束麻皮儿就拧成一条绳子。他常常坐在奶奶膝前，看那枣红溜光的小拨架儿啪啦啦打转，连同奶奶忧伤的吟唱一同拧进麻绳里。可奶奶已经死了，是饿死的。这枣木拨架传给妈妈，妈妈又啪啦啦转着它拧着麻绳，用麻绳缀纳布鞋鞋底。他是穿着这样的布鞋走进朝鲜的。妈妈也老死了，三年已经过了，家乡的沙土地上的那个小墓堆已长满了蒿草。那只枣木小拨架被姐姐拿去了，也还在拧着麻绳。他的妻子是纺织女工，用机器纺纱织布，再也不会使用那只小拨架儿了。

那拧着奶奶妈妈姐姐忧伤的歌儿的枣红拨架啊……

"今黑你甭下地窖去了。"她说。

"那……我……"他不知怎么回答。

"今黑你睡炕上吧。"她平静地说。

"不……我还是……到地窖去睡。"他显得意料不及，有点慌乱。

"地窖太潮湿，呆的时间长了，会生风湿症的，腰腿要疼的。"

"不要紧，狗皮隔潮气。"

"白天黑夜蜷窝在地窖里，不行……"

"没事儿……"

"你甭犟，落下腰腿病，日后不好治。"她的话很平静，却坚信不移，"被子我都暖好了，你甭再犟了。"

他一看，火炕上铺着两道被子。靠炕里头的棉被里，那可爱的孩子已经睡得很香。炕边铺着的一条棉被，像是久置未用的半新的被子，很干净，大约是从柜子里刚刚取出来的。他犹豫了一阵，终于不好再拒绝了。

她继续纳扎鞋底，也不说话，许是生分，许是她生性不爱说话。他也不敢贸然问她什么，这毕竟是他的头号敌人唐生法的妻子。他悠悠吸着烟，心里却想，唐生法从东唐村杀出来，闹到公社，不久就在县上当起全县"造反司令部"的副司令了，声名赫赫。他的女人似乎与他没有关系，住在昏暗的厦屋里，就着煤油灯昏暗的灯光纳扎鞋底，她至少对他来说还是一个谜。

"睡吧。"

她已经纳扎完一只鞋底，取下夹板，用剪刀剔剪了绳头，把那布满褐色麻绳疙结的鞋底折了折，又用斧子镇了镇，就放到炕头边的那个蒲篮里，平静地对他招呼说："时候不早了，你在地窖里窝蜷了一天一夜，早点歇息下。"

他支支吾吾应着，却不动身站起来，他觉得难为情，怎么好意思爬上她的火炕去呢！

她绷着脸儿，像对长辈人那样自然，说着就脱了棉鞋，爬上炕，一口吹灭了火炕头土盘栏台上的煤油灯。厦屋里黑得伸手不见五指。他听见她在黑暗里窸窸窣窣的脱衣服的响声和溜进被窝时的一声解脱劳作的舒服的呻唤。

他借着烟头的火光走到炕边，并且在心里骂自己，她对他这样信赖，自己反而忸怩，不是说明自己的正派，反倒显出自己疑神疑鬼了。她很周到地考虑过一切，黑暗里脱衣服，她和他都要方便些。他爬上炕，脱去棉衣棉裤，留下衬衣衬裤躺下了。

被窝里好热，热得发烫，炕烧得好美呀！他的蜷窝太久的腰腿一挨着热烘烘的火炕，不由得舒坦地呻唤了一声。

真是不可思议。他，一个正儿八经的人民公社社长，现在和一个比他年轻近十岁的女社员睡在一个火炕上。她和孩子睡在炕那头，他睡在炕的这头，一颠一倒，正像乡村里的农民夫妻那样睡觉。真是不可思议。

他一时无法入睡，不单是白天在地窖里睡掉了瞌睡。他想，自己虽然有好多缺点和毛病，却在男女关系问题上自认干干净净，梆正硬气。他虽然也常与女同志和女干部们开开玩笑，却从来也没有过任何不光明正大的行为。他十六岁从家乡河南参军，正好跟上到朝鲜和美国佬打仗，战争把一个贫苦的乡村少年锤炼成一个优秀的中国军人。

他是最后一批撤回祖国的，回来时两腮已经挂满黑森森的络腮胡须了，一个战功赫赫的连长。严格的军纪使他顺利地通过了人生的青春期的骚动，归来后在西安与一位纺织女工结合了，一个河南籍的漂亮姑娘，一个生活习惯完全吻同的不错的老婆。无论在部队或转业地方当社长，人们可以任意评价他的功过和为人，独独没有令上级领导也令一般人讨厌的男女作风问题，这使他走到任何场合都很自豪。现在，他和一个女人一颠一倒睡在火炕上，如若传出风声，纵然长一万张嘴也说不清白了。

"乖乖，吃奶！"

孩子吸吮乳汁的咂舌的声音很响。尖利的北风在房脊屋檐上嘶叫。小厦屋暖融融的，木格窗户外面挂着稻草帘子。门关死了。橡眼也用麦秸塞得实实的。淡淡的乳香和火炕的热气混合着，弥漫在小厦屋里。他感到一种诱惑。他的鼻孔痒痒，忍住了没有打喷嚏。他闭上眼，努力把那种隐隐约约的诱惑挥斥开去，只要一进入睡眠，就什么感觉什么诱惑都不存在了。

他终于迷糊了。仅仅只是迷糊，而不是熟睡和酣眠。也不知迷迷糊糊睡了多少时辰，又被一阵响声惊醒，哗哗哗的水声。他一时搞不清哪儿来的水声。灵醒过来后，他就判断出那是她在撒尿。他拉拉被头蒙住头脸，企图阻挡那种声音，却无济于事，还是遮挡不住那很响的声音。他的心里毛躁起来，如果一伸手从炕下边拉住她的胳膊，她大约会自然地钻进他的被窝。他第一次意识到自己原也不是圣人，竟也产生这种淫邪的念头。他终于控制住自己跃跃欲动的手脚，故意拉出鼾息声，佯装睡得很死，似乎什么也不曾察觉。他的耳朵却异常敏感，听见她爬上炕来。黑暗中踩了他的脚，又钻进靠墙的那条被窝里去了。

西北风依旧在房檐和屋脊吹出哨子一样的唿啦声。窗上的稻草苦子也有风吹动的吱吱声。热尿的气息渐渐散掉，屋里依然是火炕热烘烘的气息，淡淡的乳香。

他努力使自己再度入眠，用数数儿来净化心灵。他自己告诫自己：无论现在是黑帮是走资派或是刘少奇路线的罪人，组织上还没有正式行文开除党籍和撤销他的社长职务，还是共产党员，还是前志愿军侦察连连长，绝对不能和人家女人钻到一条被筒里去。这样反复告诫还真管用，他心头潮起的那种骚乱渐渐平息了，终于又迷糊了。

一觉醒来，天已大亮，他爬起来，穿戴整齐，站在火炕下的脚地上，从厦屋门里望出去，小院旁侧的小灶房里，传来扑嗒扑嗒的风箱拉动的响声，她正在烧锅。他看着她随着风箱扭动着的后背，不由地在心里慨叹：我到底还是拯救了自己的灵魂！

六

她说："地窖里又潮又闷，多难受。没人来时，你就上来坐着；有人来了，你再下去。"

他确也不想再下到黑暗憋闷而又潮湿的地窖去，可屋里总有人来，有人来借一只木斗或是一杆秤，有人纯粹是抱着孩子来串门儿。她的女儿在老奶奶跟前玩腻了，不时跑回来，玩一阵，闹一阵，又回奶奶家去了。他因此总也不得安生，出了地窖屁股没坐稳，街门又响起来，慌慌乱乱又钻进地窖去。

他索性就待在地窖里，坐在生狗皮铺垫上，静静地闭目养神。他努力抑制自己的瞌睡，以免到晚上又再度失眠，以免失眠时再听到那热尿在瓦盆里冲击出的哗哗哗的响声和闻见那股新鲜的尿臊气味儿。

他回想朝鲜战场那些亲身经历的往事：那冷炒面就着雪团的滋味，那坑道里滴滴嗒嗒的永不止歇的滴水声，那炮弹轰击时迎面扑来的热浪，那抱着冲锋枪跃出战壕时义无反顾的追击，那扑倒在脚下的亲爱的战友的尸体……

他们的侦察连经历了多少次惊心动魄的战斗啊！整个两军对垒的封锁森严的战场，他们侦察连的战士却几乎无所不至，一次又一次摸到敌人的心腹里，使敌人毁于一旦！哦！那个像姑娘一样秀气却又沉静勇敢出奇的"小江苏蛋子"啊！那个像周仓一样嫉恶如仇秉性刚强的"河北老虎"啊！那个纯厚诚挚的"关中牛"啊！他们都长眠在那对国人陌生而对他熟悉如掌的异国山沟里了！他们没有像黄继光或邱少云那样留下闪闪发光的名字，他们的名字只有他们的亲人和他永难忘记。啊啊！那一次深入到敌人下巴底下的侦察，是损失最惨重的一次，侦察排牺牲了一半勇士，换来了那个结果……那就是战争！那就是革命！而眼前的这种摸不透吃不准跟不上的运动，算他妈的什么熊革命啊！老子十七八岁的时候，已经是出入敌阵的老练的侦察老虎了，而眼前那些熊男女胳膊上挽一条红袖章却来压老子的脑袋……

应该写一本回忆录了，早该写了，那些淤塞在心口儿的战友的血啊！他现在窝藏在这个类似战场坑道的红苕窖里，既不能写回忆战争出生入死的文字，也不能履行一个公社社长的职责；那些在战场上硬练出来的侦察技能，却派上用场了，敏捷地翻越障碍物，出其不意潜入敌人最意想不到的最危险也最安全的地方……晚上却不得不听人家一个年轻女人在瓦盆里尿尿的声音……他一阵想得壮怀激烈，一阵忧愤压抑，一阵儿沮丧灰心，无论怎样难挨，却是排除了瞌睡的袭扰，又一个白天过去了！

七

喝罢汤，他没有下地窖去。她已经在火炕上铺好了被子，照例是两条。有了昨晚的第一回，今晚似乎就成为自自然然的事了，不再觉得太难为情了，心里的障碍早已倒塌了。她似乎也比昨晚随便自然一些了，没有吹灭煤油灯，就脱下了厚重的棉裤，和着棉袄坐在火炕里头那条被子里。他毕竟在地窖里蜷曲得太久，渴望早点躺到热烘烘的火炕上展一展酸麻的腰身，就不再忸怩，脱下了棉衣棉裤，躺下来。

煤油灯小小的火苗一闪一闪，小厦屋的炕墙上有一层昏黄的光亮。那小娃儿还没睡着，从炕那头的被窝爬过来，爬到他的枕头旁边停住了，瞪着一双黑乌乌的圆眼珠儿辨认着他，似乎把他当作大大了。他支起身，想把小家伙拖进自己的被窝。那小家伙却往后缩，不肯就服。他搂住他的头，在那红扑扑的脸蛋上亲了一口，那温热的脸蛋和嘴巴上有一股幽幽的乳香味。他的太长的络腮胡须扎疼了他，小家伙哇的一声哭了。她咯咯咯笑着把儿子拽进怀里，把奶头塞进娃儿的嘴里，吹灭了煤油灯，搂着孩子睡下了。

小厦屋骤然黑下来。老鼠立即出动了，桌上的什么东西碰翻了，

"咣当"一声响。

"你是个好人，好社长。"她在炕那头说。

"你咋个知道我瞎我好呢？"他问。

"我听村里人说，你是个直杠人。"她说，像是和他拉家常，"人都说你好……你给俺村减了'光荣粮'，老人碎娃都夸你实在。"

"唔……"他应着，唤起一件沉寂了的记忆。

他初到河西公社头一年秋天，这个东唐村刚刚上任的支部书记为了显示自己的政绩，报"光荣粮"报得出格的高，他没有表扬他的积极行为，反而压缩了那个不切实际的数字。就是这么件小事，她和东唐村的人至今念念不忘，直说他好啊直杠脾气啊……

"原先那个苟社长，总是嫌干部报'光荣粮'报得少，总要往上加哩！你倒好，往下码！"

"社员也得吃饭嘛！"他平淡地说。

"那个苟社长可不管社员锅里有没有米下，只管叫多交'光荣粮'，人一比，当然就说你好。"她实实在在地和他说话，不是恭维，"其实我也不知情，只是听人说你好。"

他颇得意，心里挺受活。好久以来，他已经受够了呵斥和谩骂，而根本听不到谁说他的一句好话了。这个女人毫不矫饰的话，陡地唤起他一种自信与自尊，一股做人的力量。

"俺屋里的人可没谁说你好。"她说。

"为啥？"他问。

"你还不知道吗？"她问，随之又自作解答，"你把俺阿公给撤职了，他成了'四不清'下台干部，抬不起头，一家人恨你恨得咬牙！"

他默不作声，说不出话来。

他是以"四清"工作团长的名义进入河西公社的。他坚定不移地按照"四清"运动的工作条例领导了运动。"四清"运动进行了整整半年时间，春天开始，夏收后结束。有一批大小队的干部或因政治或因经济问题被撤职下台了，个别人受到了法律的惩处。她的阿公——东唐村前支部书记的倒台即属此列。他怎么能忘记呢？她不说，他心里也清楚她的阿公恨他恨得要死。

"我家那个鬼扯旗造反，就是替他老子伸冤出气……"她很坦率。

"我明白。"他说，他早已明白这种关系。整个河西公社甚至河口县里以唐生法为首的造反司令部下纠集的人马，几乎纯一色是"四清"运动时受到冲击的干部或者是他们的亲属和族里人。他"亮相"怎么能"亮"到他们一边呢？他对她说："那么你呢？你恨我不恨？"

"你整了俺阿公，又没收了俺家粮食，还赔了五百块，我自然也该咬着牙恨你才对。可我……恨不起来。"她依然说得很冷静。

"为啥？"他也奇怪，不明其中原因。

"唉！"她叹口气，"我娘家爸是贫协主任哪！他在'四清'中当了贫协主任，又入了党，是你的工作组的积极分子。这下复杂了，两亲家分成两派了，自'四清'以后就不来往了，见了面说不到一搭嘛！'文化大革命'开火了，娃他爸扯旗造反当司令了，俺娘家一家人都参加了'联合'那一派。你说，我该咋办？"

"唔！"他顿然明白了，却无法回答她该怎么办的问题。

"我啥也不管，啥也管不清。"她说，"谁爱怎么闹就怎么闹去！我只管跟俺娃娃混日月……"

"噢……"他沉吟了一声，表示明白了她两边为难的处境，却依然无法帮她谋划一个更为高明的办法，只好沉默不言。

"混吧！往前混吧！谁知道谁错谁对呢？"她漠然地说，"睡吧！"

小厦屋沉寂下来，没有一丝声响。整个村庄沉寂下来，没有一丝声响。这个躺在塬坡根下的像个簸箕掌一样的东唐村，再也听不到一丝声响。没有车鸣，没有人声，偶尔有三两声骤起骤落的狗吠声。躺在这样安静的乡村里的一个热烘烘的火炕上，使人会时时产生一种错觉：那外部世界正闹得轰轰烈烈的"文化大革命"运动是不是真的发生过？堂堂的关志雄社长真的被压过"喷气式"？真的会像被追赶的强盗一样仓皇翻过三道围墙？

她在混日月。她的男人一家子都受到"四清"运动的整治，唐

338

生法正是以此为动力而扯起了造反的旗帜。她的亲生父亲恰恰是"四清"运动的积极分子，如今正为维护那场运动而参加到与女婿决然对立的另一派群众组织里。"这场运动，真正把群众发动起来了。"他们现在不仅是为自己的柴米油盐而劳心费神，确确实实在为政治争斗哩！她倒好！一边是阿公和丈夫，一边是亲生父母兄弟，她只好和她的儿子混日月！她不混怎么办呢？

他自己又能怎样？他其实也只是另一种混日月的人罢了。他是怀里揣着"四清"运动的红头文件踏进这个陌生的河西公社的，从那一天起，他就和唐生法以及他下台的父亲站在了对立面，和她的亲生父亲（那位贫协主任）结成了同盟。他现在首当其冲，成为唐生法们的眼中钉，真是无法回避。那些和他一起分乘着十辆卡车浩浩荡荡开进河西公社的几百名"四清"大军，早在四年前全部撤离了，回到省城里纷如烟花的工厂、机关或企事业单位去了，独独留下他来承受那些被他们整治过的人的恶气和仇恨。他怎么办？混吧！像她一样混吧！

在地窖里蜷卧了一天，硬是支撑着没有睡觉，留下瞌睡到夜里，他果然很快就睡着了。那热烘烘的火炕所散发出来的淡淡的柴烟气息，万无一失的环境给他惶惶不可终日的心所带来的松懈和踏实感，使他睡得好舒坦啊！直到他感到憋闷，感到鼻孔被堵而不能透气，他被憋醒过来了。

他其实没有完全清醒，从沉沉死睡里刚刚被憋醒过来时还是迷迷糊糊，本能地伸出手，推开堵塞窒息鼻孔呼气吸气的东西，却触到了乳房。

他顿时灵醒过来，立即明白发生了什么事。他立即缩回手，并为自己刚才在半醒半睡状态下的行为暗暗难为情。他不知该怎么办。他的左侧贴着一个温热诱人的肉体，柔软的腹部偎着他，两只肥实饱满的乳房贴压着他的脸，几乎把他的眼鼻和嘴巴全盖压住了。那双正在哺育婴儿的饱胀的乳房，乳汁挤压出来，流进他的眼眶，热乎乎黏糊糊的乳汁从鼻翼流进嘴角。被窝里热烘烘的气息，甜腻腻的乳香，以及这个温热的肌体里散发的诱人的气息，使他刚从梦中苏醒过来，立

339

即又沉迷了。他一把搂住她的腰，紧紧贴着那柔软的胸脯，翻过身来……

他闭上眼睛，静静地躺着，心里暗暗滋浮起一缕幽幽的懊悔。她也静静地躺着，鼻头顶着他的耳根，呼出的热气吹得他的脖颈搔痒痒的。她快快地给他说，她和唐生法刚结婚时还罢了。婚后半年，唐生法到镇上的小学校当了民办教师，一月才挣十块钱生活补贴，就开始瞧她不入眼了。加之她连续生下两个女娃，就更加抬不起头了。唐生法说她是个尽下软蛋的瘟鸡，从早到晚没个笑眉眼。她的阿公当着党支书，开会常讲男女平等哩，实际上恼恨她没生下个男娃来。阿公进出院子从来没有正眼瞅过她，像是这屋里根本就不存在她这个儿媳妇。阿婆倒是从早到晚睁着一双气鼓鼓的烂边红眼瞅着她，咒她说，唐家的烟火就要灭在她的手上了。到她生下这个男娃，情况刚刚好转，唐生法又扯旗造反去了，又和那个女政委日戳在一起……

她流泪了。热乎乎的泪水在他脖颈上流下去。她说："我吃粗粮酸菜，不觉得恓惶，早晚没个知心人儿，我恓惶死了。你是个好人。我跟你把心贴在一搭，哪怕一会会儿，哪怕一时时儿，我都值得了……"

他的那种懊悔情绪飘散了，搂住她的发抖的身子没有说话。

她说："我以为你夜格黑会逗我，可你睡死了。我……你可甭骂我是个烂女人……"

他不由地淌下眼泪。他记得自己很少淌眼泪。在战场上执行侦察任务时从一道高崖上跌下去，跌得左腿的脚尖朝后而脚后跟朝前了，黑暗里，他抱住左腿狠劲一拧一扭，又把脚尖扭拧到前头，爬起来又跑了，疼得汗如雨浇而独独没淌眼泪。他唯一记得的是亲爱的侦察排长在铰剪敌方的铁丝网时不幸中弹，连尸首也未能拖回来，回到营地后，他才抱着排长与他紧挨着的空被子和枕头大哭一场。他再记不得自己什么时候还淌过眼泪。挂在脖子上十多公斤的木牌只用一根细铁丝吊着，勒到肉里去了，他仍是只淌虚汗而不淌眼泪。这个女人本来也没有什么特别伤情的大事，然而却使他流泪了。

她寻求安慰，她寻求寄托。她寻求真诚。她寻求别人尤其是亲人的起码的尊重和爱护。可她所寻求的一样也得不到。阿公永不瞧她的蔑视的眼神和阿婆盯得太紧的红边烂眼里透出的厌恶的眼神，都使她无法忍受，而丈夫唐生法却是只爱"亲蛋蛋娃"而不知想她的人。她的心里淡泊而冷寂，这从他见她第一面就能感觉出来。一个年龄尚轻的挺好看的乡村女人，怎么能年年月月忍受这种无所寄托的光景呢？他大约是可怜她，也可怜自己目下孤苦无援的境况，不由地热泪长流了。他一时找不到安慰她的合宜的话，只是紧紧地把她微微颤抖着的身子搂在怀里，自己也感到某种暂时的切实的寄托了……

第二天，一早醒来，他又听见小灶房的风箱扑嗒扑嗒响。她端着半盆温水走进来，对他笑笑，也不说话，就从悬在空中的竹竿上拉下毛巾，投进脸盆里，又提着热水瓶出去灌水了。她的一笑，含着羞涩，含着默契，含着一种踏实的真诚，久久地留在他的记忆里。她的眼里褪去了忧郁，闪着光彩，那闪着光彩的眼睛使他的心里滋浮起一缕温暖和福气。她照顾他的生活殷勤而不浮躁，完全像是对她的心爱的男人那样实心实意，朴实无华。

往后的夜晚，她照例铺下两条被子，一条里裹着宝贝男孩。她在哄得孩子吃饱睡熟后，就贴着他睡下来。有时候，她对他说："老关，你先上炕歇下，我把这裤子洗了就来。"他也不再别扭，对她说："玉芹，把桌子上那盒烟递给我……"

他就脱了裤子，坐在被筒里抽烟，看她在脚地上洗涮裤子。

八

大约是刚满十天的那天晚上，敲门声立即使他紧张起来，立时意识到自己成了乐而忘蜀的刘皇叔。他穿了衣服，装好烟盒，挟了晒干的狗皮，又钻到方桌下，准备潜入地窖，回头一看，她已叠好被子，用笤帚扫了他扔在地上的烟把烟灰，对他微微一笑。在她要盖上盖板的时候，弯腰亲了他一口。

他很熟练地下到地窖里，坐在狗皮上，听着上面厦屋的动静，果然是唐生法回来了。

"妈的巴子！给我弄点吃的。"

"你要吃啥哩？吃面还是吃馍？"

"日他祖宗！先给我喝口水。"

"你今日咋咧？一进门就气儿不顺！"

"日他婆！唉嘘……"

"咋啦？没得抓摸上那个婊子吗？"

"胡说啥！你尽操他妈的那些毛呀尿呀的闲心！革命遇到困难了……唉嗨！"

"给人家斗垮了吗？"

"尿！凭他们要斗垮我？"

"那你回来胡嘀嗒啥哩？"

"唉唉……我说老人家呀老人家，你怎么给你的造反派也泼凉水嘛！你把俺们轰起来跟上你造反，你咋又给俺头上泼凉水嘛！"

"谁敢给你泼凉水呀！"

"老人家又发下最高指示了，要保卫'四清'成果哩！凡是最新最高指示传下来，对咱都有利，咱都游行欢呼庆祝哩！唯有今黑间庆祝会开得窝囊！明明知道这个指示是给咱泼凉水，给保皇狗们撑了腰，咱还得开会庆祝，敲锣打鼓放鞭炮……我都憋死了！"

"噢哟！毛主席叫保卫'四清'成果？"

"唉唉唉！老人家啊老人家，你说刘少奇搞了'四清'扩大化，搞了'经济路线'，俺们批刘少奇批得正上劲，冷不丁你又指示说要保卫'四清'成果！既然是刘少奇路线搞下的'四清'，这'成果'咋能保卫它？唉唉唉……你老人家尽是给糨糊缸里添胶哩嘛！越弄越黏糊！我看哪……莫非你老人家真个……老糊涂咧！"

"啊呀呀！你快悄声些！要是给人听见你抱怨伟大领袖，我看你怎么办？只死甭想活了！"

"我心里简直要憋炸了！你看，我又不敢跟旁人说，气得肚子胀胀的……你不会揭发我。"

"那可难说。我也忠于毛主席。谁反对毛主席，就砸烂谁的狗头！"

"嗬哟！你去告发去！我不在乎。不是我吹，你就是说我攻击毛

342

主席，也没人信。我说话人就信了。我说老鼠逮猫有人信，你说猫逮老鼠反没人信……"

"你……反正我可知道你的箱子底儿……"

变成俩人不冷不热不恼不亲的口角了。

他坐在生狗皮上，几乎要蹦起来了。老天爷啊！毛主席发下最新最高指示，要保卫"四清"运动的成果哩！啊啊！你老人家终于开了口了，终于发下一条有利于我关志雄的指示了！毛主席啊北斗星，我可真望见北斗星灿烂的光辉了！他一刻钟也坐不住了，那柔软光滑的狗皮上的黑色狗毛，顿时变成一撮撮钢针了，扎得他不能安生。

他还是坐下来，心里在叫，"四清"的成果早就应该保卫嘛！你老人家叫我们搞了"四清"，我们怀里揣的就是"二十三条"嘛！你说那是刘少奇路线，我们这些"四清"队员可怎么办？你老人家不说保卫成果谁能保卫得住？哈哈！唐司令沮丧了，憋得肚子要爆炸了，哭爹咒娘日祖宗了！自从造反以来记不清发下多少回最高指示了，几乎都是使唐司令心花怒放而使他沮丧，唯有这回唐司令不高兴而使他抑制不住兴奋鼓舞扬眉吐气的痛快心情了。他不由得在心里诵读着毛主席语录：被敌人反对是好事不是坏事。真是颠扑不破，透彻精辟。

他再也无意去偷听炕上的房话了，兴奋的心情使他顿然觉得这地窖难以忍受，一刻钟也难挨下去。他要出去，他想放炮，他想欢呼。他要真心实意表示对最新指示的拥护……他终于累了，过度兴奋之后无处发泄的累呀！他颓然倚在地窖的窖壁上，睡着了。他心里很踏实，相信当他熬过这一夜再睁开眼睛的时候，必是一个阳光灿烂的早晨……

"我要走了。"

"满村满地都是人，咋么走？"

"那……黑天走。"

"今日黑间？"

"今日黑间。"

"你走吧！你在这儿总不能长久住下……"

她的眼里又隐隐浮出那一缕郁郁之色，把明亮可爱的眼睛罩住了。唐司令一早爬起来就蹬上自行车走了。她有点慌乱地招呼他吃完饭，收拾了碗碟，猛地扑到他的怀里，喃喃说："我真想把你在这地窖里永久藏下去……"

有人敲门。

他又潜入地窖。

她在地窖口叮咛："妇女队长派我上工，在饲养场捣粪。我在外头把门锁上了，你干脆上来歇着吧。"

他想，再难挨也就只剩一天时光了，万万出不得意外，就对她说："你不在家，万一有个变故，没法遮掩，还是地窖里头保险……

她也不再坚持，上工去了。

他坐在生狗皮上，心里很踏实，再难挨也就只有一天了，天黑以后就可以走了。救命的地窖！柔软的生狗皮！热烘烘的火炕！温馨的饱满的奶子！竟然使他有一股难以割舍的留恋。

她放工回来了，熟悉的脚步声比以往急些也重些，随之就唤他出窖。"

"我在村里听到个消息……"

"快说——"

"公社里驻扎下军队了！"

"真的？"

"满村满街人都说哩！说公社里驻下整整一个连的解放军，一百多号人哩！听说往各村各队分派哩！叫社员搞生产哩……"

"这就好了！"他长嘘一口气。

他在来这儿之前，已听到军区要派解放军下乡"支左"，"抓革命，促生产"。现在解放军真的来了，来了就好了。他心里有数儿，军区的观点和倾向正是他所"亮相"的那一派……"不管咋说，解放军来了，我就可以回公社了。谁就再也不敢杀我刷我了，批批斗斗倒不怕！"他说。

"后晌我不上工去咧！"她对他说，"你要走了……再见就不容易了。"

344

他心里觉得酸酸的。他一阵乞盼天快点黑下来，黑下来就可以走了；一阵又乞盼天甭那么快就黑了，黑了就该和她永久性地告别了。

她照例关了街门，陪他坐着，她似乎手足无措，闲坐着就显得惶惑，又把一只鞋底夹进夹板，纳扎起来。麻绳拉过鞋底哧哧哧的响声。使他的心微微颤抖，隐隐作疼，好像麻绳是从他心上穿过去的。他坐在方桌旁的椅子上，抽着烟，一眼不眨地瞅着她。她一锥扎过去，扎着了食指尖，鲜血染红了鞋底。她忙用右手攥住了食指，抬头看他一眼，疼痛使那张忧郁的脸愈加显得楚楚动人。她心不在焉。她怎么会扎了手哩？心不在焉！他立即奔到她跟前，看那受伤的手指。她撇撇嘴角，温柔地一笑。他低下头，把那食指吞进嘴里，吮着那带腥味的血。她丢了夹板，搂住他的脖子，眼泪顺着脖颈流下去。

冬天北方的天气很短，转眼就黑了。

她早早哄得孩子睡下，甚至不惜在宝贝儿子的屁股上抽了两巴掌，强制那不安生的孩子安宁下来，带着委屈的哽咽进入梦乡。

她钻进小灶房去了，风箱扑嗒扑嗒又响起来，大概是做晚饭。他走出厦屋，走进小灶房，对她说："我帮你烧锅吧。"

"你快坐到屋里去。你一来我就乱套了。你坐在屋里，我心里就稳稳当当的。去！坐到屋里，让我再服侍你一顿饭。"她说。

他走回小厦屋，又一次用心打量起来，一张方桌，一个土坯火炕，一只没有油漆的板柜，剩下就是些提不上串的瓦盆瓦瓮旧棉套破席片之类的物什了。他看着这一切，像是要把这些东西永久地储入记忆似的。

她走进厦屋，端着一只粗糙的瓷碟，那碟子里盛着炒得焦黄油亮的鸡蛋，另一只手里端着一盘烙黄的锅盔。锅盔是用麦子面烙的，无疑是乡间的高级食物了。她又给他倒下一杯茶水，对他说："你这些日子受委屈了，没得好吃食。"

他忙说："这些东西……该当留给娃娃。"

她笑笑说："你吃吧！我再也拿不出啥来。"

他坐下来，操动筷子，那鸡蛋很香，锅盔也十分香甜可口。他吃得很慢，细细地咀嚼着，却难以下咽，喉咙里似乎有什么东西堵住了通道，却又不能不吃，不吃会使她伤心的。

他说："玉芹……我要走了。"

他想说几句感谢她救护的话，却又觉得没有必要。

她把那条干净的半新的被子又铺开了，默默地低着头，靠在炕边上。

他说："你明白……我得……走。"

她说："你得到后半夜走。天刚黑，人没睡定。"

他和她躺进被窝，反倒没有那种欲望了。他搂着她。她静静地贴着他。俩人都不说话，一切话语都显得轻薄而难尽人意。似乎那种永远使人沉迷的人伦之乐顿然失去了任何意义……

九

一晃多年过去了。

他正在翻阅一件材料，门被推开，有人走进寝室兼办公室的房子。他急于把一页的最后几个字看完，没有抬头，也没有招呼来人，凭着脚步的响声觉察得出来人小心谨慎，必是下级干部，大约要向他请示什么或汇报什么。他放下笔，从椅子上转过身来。

来人竟是唐生法。

他站在房子中间，两只手互相勾着吊在裆前，这姿势首先使人想到他很善良，有点可怜，有点拘谨，有点诚恳的意味。他指指另一张椅子，示意他坐下。他就在那把椅子上坐下来，腰挺得很直，使人看着他坐得很不舒服。

唐生法从口袋里摸出一支烟点燃了。他吸得很狠，吐出烟雾的时候，明显瘦削了的脸颊上的皮鼓起来了。他的胡须和头发串联在一起，眼角粘着干涸的眼屎，眼白血丝如网，真可谓疲惫憔悴，形容枯槁。他忽然产生一种幻觉，这是一只被打断了脊骨的狼。

他等待他开口。

他还在狠命抽烟。

这是一九七七年的春天。在他的主持下，河西公社举办了"说清楚"学习班。唐生法自然是河西公社必须"说清楚"的头号角色了。

唐生法扔掉已揾捏不住的极短的烟把，猛然抬起头来，对他说："关书记，我想跟你说一件心事……"

他很诚恳地称他"关书记"。他再不敢称他为"死不改悔的走资派"或"三反分子"了。他不知是否忘记他曾这样喊过千遍万遍？他过去是公社社长，后来成为革命委员会主任，稍后又是党委书记兼革委会主任，一元化领导体现于一身。他说："说吧！你要相信我，就甭顾虑啥。"

"我相信你才找你……"

"说吧！"

"我跟女政委……那个'麻哈'事……再甭追究了……"

关书记没有开口。

"实在不行的话，你可以按有这事定罪。"唐生法说，"我只求你……甭张扬出去。我的女子都长大了……"

"就这件事？"

"就这件事。"

"这件事可以不再追究。"关书记豁朗地说，"我答应你。"

唐生法愣了一下，对他如此爽快的应诺有点意料不足，一时反应不过来，倒无话可说了。唐生法只愣呆了极短一会儿，就现出某些难言的愧疚低下头去，又在口袋摸烟。

关书记很满意自己的回答。这种干脆爽快的应诺使对方愈加显得低微和猥琐，反来也使自己更有味地咀嚼胜利者的宽容和豁达。生活以曲折复杂的流向终归确定了他的胜利和他的破灭。他坐在讲台上而他坐在台下的一个旯旮里的不可倒转的位置，就充分地显示出胜利者和失败者的区别。他在台上宣讲上级党组织关于彻底清查与"四人帮"有牵连的人和事的文件。他在台下的旯旮里低垂着脑袋抽闷烟。

然而他严格地把握自己，或者说其实根本不用什么把握而已养成习惯，就是决不显示自己的胜利者的昂扬。他不像有些同僚在胜利的时刻按捺不住，对整过他们的人表现出毫不掩饰的报复心理。他对唐生法他们除了原原本本地宣讲上级政策，而绝口不提他们对他个人的

347

无所不用其极的手段。他甚至在适当的场合能够心平气和地替对方做出一些不失原则的开脱之词，甚至引起一些心胸狭隘的干部的非议，然而他继续毫不动摇地按自己的主张处理唐生法们的问题。这样，在敌手唐生法们和众多的干部心中，就造成一种关书记客观、宽厚的印象，这正是他一贯追求的修养目标。他以为，这样做的结果会使唐生法们彻底从精神上垮台而不会引起哪怕是一个人的同情；反过来，如使众人感到关书记有挟嫌报复的阴私夹杂在这场严肃的政治斗争之中，情况就会不同了；可能会使唐生法们有了社会同情，也肯定使许多人对他敬而远之。他不仅要征服唐生法们这一伙对手，更重要的是征服所有他的下级和同僚们的心。唐生法今天来找他，提出要他不再追究自己和女政委的事，就部分地证明了这一点。他爽快地答应了他，是他这种征服的继续。

"唉！"唐生法比较轻松地喷出一口烟，"那件'麻哈'事，这几年已经没人说了，要是再扬播起来，不是我受不了，主要是我的……女子和娃子都有……一张脸了……"

关书记不动声色，抽着烟，心里却在叫，你让我敲铜锣游街示众把我当猴耍的时候，你向我脸上吐唾沫擤鼻涕踢屁股的时候，从来没有想到过我这个一社之长的脸还是不是一张人脸吧？更没有想到我的儿手和女子比你的儿子和女子年龄更大。他瞅着唐生法穿在身上的皱皱巴巴肮脏邋遢的蓝制服，依然不动声色地说："当然……孩子最厌恶听到父母的这一类闲话……我可以理解。"

"至于我在'文革'中的问题，我说过的，我承认过的，我不反悔，我没有说清楚的问题，我再进一步往清楚说。"唐生法向他表示，诚恳的言词使人想到他已经做好最坏的准备。他随之现出某种焦灼神色，"你这几天能看出来吧？有些人现在把所有问题都朝我头上撂。狗屙下的都赖说是我屙下的。我是裤裆里抹黄泥，说不明也辨不清是泥是屎了……"

"这种现象是存在的。"关书记肯定他的话，"你自己应该怎样做，我想你应该是明白的。"

"那当然，那当然。"唐生法连连说。

关书记想，即使对唐生法这样已被整个社会潮流推到旮旯里去的角色，也不能不承认他说的实际情况，不承认就使他彻底失望，以为说清说不清都是同样的结局。他承认他说的那种情况，正是为了从他心里排除这种情况对他进一步"说清楚"的干扰。他说："你该当实事求是，把自己在'文革'中的问题说个一清二楚，相信组织会辨别清白什么是狗屙的什么是你屙的，哪个是黄泥哪个是臭屎……"

"我一定往清楚说。"唐生法说，表示出很大的诚意，随之又微微摇摇头，苦笑一下，"有些话，怎么说也说不清楚……"

"事实总是事实。"关书记说，含有明显的批驳意味。原则的问题绝不含糊，"说清楚"学习班怎么能存在"怎么说也说不清楚"的问题。他对他批评说，"你首先应该考虑把问题'说清楚'，而不是'说不清'。"

他勉强点点头，表示接受。

"对你在'文革'中受到的迫害，我向你赔情认错，请你处罚。"唐生法说，"我现在恰好认识到你是个好领导人。"

关书记一下子不自在了。这个曾经恨不得把他蹯成粉末的唐生法，当面恭维起他来了，实在有点别扭，有点滑稽。他似乎充耳不闻，无动于衷。对他说："你还有啥事吗？"

"没有了，"唐生法说，"我越想越害怕！那天晚上，你要是不逃掉，我就犯下大罪了。我这几天总在想，那晚亏得你跑了，救了你也救了我！我当时真是一条疯狗……"

"你去休息吧！"关书记说，"该'说清楚'的问题继续往清楚里说。那件……'麻哈'事嘛，我答应你的要求，不再追究了！"

唐生法站起来，蔫蔫地走出去。

关志雄书记闭上门，在屋子里踱起步来。他突然想起那潮湿憋闷的地窖，那黑缎似的柔软光滑的生狗皮，那干净的半新的被子，那热烘烘的烫人皮肉的火炕，那压得他透不过气来的饱满的乳房和挤压出来从眼眶流过鼻翼流进嘴角的奶汁……这地窖里的隐秘至今尚不为第三个人知晓，如果要他说清楚，他能说得清楚吗？关志雄书记的心绪波动了一阵儿，就恢复了常态，并不影响他继续以胜利者的宽容去批

349

阅那卷宗里有关唐生法"文革"作乱的材料……

学习班结束了。唐生法"说清楚"了一些应该说清楚的问题，还有一些必须"说清楚"而怎么也说不清楚的问题，按照惯例先"挂起来"。唐生法的公社革委会副主任的职务被撤了。他是以造反派代表的身份进入"三结合"革委会的。后来老人家指示说"群众代表"不要脱离生产，关志雄立即执行照办不误，把唐生法给支使回东唐村去了，他不满意也叫他说不出口。到一九七五年"批邓反击右倾翻案风"时，唐生法闻风而动，一长排列举关志雄排挤打击造反派的大字报就贴在公社大门两边临着大街的围墙上。关志雄迫于形势，又把唐生法从东唐村请出来，安排到公社农具厂任厂长，他满意与不满意参半。关志雄也是颇伤了脑筋，无论如何不情愿给自己屁股后边安插一双挑剔的眼睛，塞到农具厂总比他撑在公社大院要好些。现在，唐生法的厂长职务也给撤了，一切职务都给撤光了，让他也尝一尝"从哪里来再回到哪里去"的滋味儿。

唐生法得到处理决定后，胡须芜杂的脸色不仅没有羞愧，反而缓和松弛下来。他原先估计自己多半得坐牢，而实际只是撤职回家。不过，他并没有表示感激，只是说他完全接受组织处分。关志雄看得出来，唐生法内心并不服气，只是再无丝毫的能力和热量反抗罢了。

对唐生法的处理也出乎许多人的意料，人们几乎一律肯定他最少也得"坐两年"。人们又反过来说关志雄宽宏大量。其实关志雄心里清楚，新的政权所实施的新政策和政治策略，努力使自己区别于"四人帮"的极左路线，缩小打击面，对"文革"中作乱的人也决不以"四人帮"的残酷办法整治，只是择其罪大恶极者予以惩处，一般人"说清楚"错误就完事了。

唐生法悄悄默默回东唐村去了。

关志雄在河西公社继续担任党委书记，工作自然很忙，他却精力充沛，心劲十足。两年之后，到一九七九年的春天，他与唐生法又一次交手，竟然陷入深重的尴尬境地……

350

十

关志雄收到一封经别人捎来的信。信封是一只普普通通的牛皮纸糊成的，没有经过邮局自然也就没有邮票和邮戳，里面却装得鼓鼓的，拿在手里掂掂，很有点分量。他撕开信封，先看末尾，赫赫然署着"唐生法"的名字，心头不由一紧，就从头至尾读下去——

关书记：

你好，一定很忙。

我本想找你谈一次，一是考虑到你十分忙，不便打搅；二来我怕见了你反而把想说的话说不清楚，因此写这封长信。

你给我爸平反了。我爸经你重新安排为东唐村的支部书记了。"四清"运动中没收我们家的房屋和粮食以及钱款也都退赔了。我们一家老少，尤其是我父亲，对你十分感恩。我却没有这种感激你的心情。

我爸的三条罪状，走资本主义道路，走地富路线以及多吃多占的经济问题全部推倒了，一分钱的问题也不存在了。当你今天以公社党委书记的身份宣布给他平反的时候，是否想到过当初你做为"四清"工作团团长给他整治下这些莫须有的罪状的做法有点荒唐？

我爸是东唐村农会主任，是东唐村第一个加入共产党的党员，自建立起农业社自然是第一任农业社社长，后来就是中共东唐村支部书记了。他是怎样一个人，作为儿子我不能替他吹捧，相信你在东唐村的平反大会上看到的社员的情绪就明白八九了。你作为"四清"工作团团长把这样一个死心塌地跟共产党跑的老农民打倒，而且没收财产残忍到连水缸也拔走的程度，你而今能无动于衷吗？

在整个河西公社，大队和小队的干部以及普通社员，在你领导的"四清"运动中遭受和我父亲一样冤情的人有多少？你会比我知道得准确；而我只知道大约是百分之九十的前任干部全都变成了"四不清"，有的甚至变成了"地富反坏"敌对分子，你稍微想想就可以体味他们十四五年来过的是一种什么日子！你面对这些无辜农民，心情能不感到一点愧疚吗？

我当时高中毕业回乡，受聘为小学民办教师，一月十块钱补贴费，其余和社员一样挣工分。我父亲亲自指示生产队给我只记相当于中上等水平的工分，理由是我干的"轻省活"。我在两年任教期内的工作如何，有当时的校长和教员现在都活着，可以了解。而我因父亲的倒台也被从学校清除回家，替换我的竟是一个初中毕业生。你想想和我一样受歧视的那许多被整治的干部的亲属和子女，他们心里是怎样地不受活。

"文革"开火了，我豁出去了。反正我已经人鬼莫辨了，造你关书记的反，出一口气，让你也甭那么自在地过日子，我就泄了恶气了。我在"文革"中的作为和结局，我不会后悔。我被撤职回来的时候，也没有后悔。只是你总要我"说清楚"，我怎么能说得清楚呢？现在我一句话就可以说清楚了，"四人帮"们大闹"文化大革命"究竟是什么原因，早已是司马昭之心，路人皆知。而我借"文化大革命"之风，就是为了报仇。

当你急急忙忙赶到河西公社一个又一个村庄去为那些被你打倒又被你扶起的农民平反的时候，你是否也会自问：这是怎么回事？自己到河西公社十余年干了怎么一回蠢事？而你能把这蠢事的来龙去脉以及你当初那么卖力地干这件蠢事的客观和主观的原因"说清楚"吗？我以为你现在说不清楚。其实，现在根本没有人要求你"说清楚"。

我现在想和你讨论一个问题，我做下了你认为尚未完全"说清楚"的错误。你也做下了你根本说不清楚的错事，你我十几年来的仇视和互相伤害，究竟是为了什么？你怎么看这个问题我不知道。

同是一个我，既可以做一个合格的人民教师（我曾被推选为模范教师），又可以是一个凶恶的迫害革命干部的打砸抢分子（譬如对你的种种凌辱和迫害）。同是一个你，既可以以"团长"的名义把全公社上至支书下至会计出纳的百分之九十的干部一齐扫荡，然而你又可以以党委书记的名义给他们一个一个平反，你不觉得是一场真正的悲剧吗？

这场悲剧的痛切之处还在于它是以人民的名义发生和演化着。譬如我，是以反修防修"不吃二茬苦不受二遍罪"的堂皇的名义去造反的。譬如你，也是以同样堂皇的名义进行"四清"运动的。而这两场运动的共同结局，恰恰都使人民包括我也包括你吃了二遍苦也受了二茬罪。

我感到现在普遍滋生起一种厌恶政治的社会心理和社会情绪。出现这样情况的原因不难理解。政治在多年来变幻莫测的动乱中最终失去了它最基本最正常的含义，变得不是于人民有利而是有害了，令人听之闻之就顿生厌恶之情了。说句难听话，当人民最关心最崇拜的政治最后使人民终于发觉它不过是一块抹布的时候，哪儿脏就朝哪儿抹而结果是越抹越脏的时候，自然就明白这块抹布本身原来就是肮脏污秽的一块布，那么它就只能使人失望以至厌恶了！

听说你正在与教育部门的负责人做工作，想给我恢复民办教师的工作。你的好意我可以理解，但我现在恰恰不宜去做教师的工作。我在"文革"中的作为可以说是臭名远扬。我现在为自己的恶劣行为懊悔不迭。我无法站在讲台上向幼稚的孩童去做"传道授业解惑"的神圣的事。一句话，我现在还不能恢复面对那一双双纯洁天真的孩子的眼睛时自尊自信的勇气。我作过乱。我骂过人，使用的是最肮脏的语言。我打过人，拳头和脚都使用上了。我造过谣，不惜颠倒黑白，无中生有，以置对方于死地而为目的。我搞过阴谋，用最不光彩的手段去达到最堂皇的目标。我尚未从自己的心里彻底扫荡这一切人类最坏最恶劣的品质，尚未恢复到我六十年代初刚刚开始做教师工作时的那种纯洁的心理状态。我怎么能去做教育后一代人的神圣的工作呢？

我将认真地对自己讲求一下"心理卫生"。基于如上认识，我现在首先向你做真诚的忏悔。我不是一般地遵循"向前看"的说教，而是真心实意地希望自己从懊悔中获得解脱。我也想向与一切被我伤害过的人忏悔。既然我明白了这场悲剧的实质，同时也就觉得它十分好笑，也就觉得没有必要使你我在心里互相憎恨，因为这些东西，本不属于我们应该有的东西。

　　致以

敬礼

　　　　　　　　　　　　　　　　　　唐生法
　　　　　　　　　　　　　　　　1979 年 5 月 20 日

关书记读完这封长信，抬起头来。窗外是一排白杨，枝叶绿郁葱茏，在温柔的阳光和微风里舞摆。他的眼光有点呆滞，一下子难以从这封信的震撼里清醒过来。他点燃一支烟，在屋子里踱起步来。

他踱着步，渐渐加快，脑子里开始烦躁不安。他猛然刹住脚，拉开门，吼叫起通讯员小马来，过大的声音在公社院子里回荡。

小马闻声奔来，机灵的眼睛瞅着公社的最高领导者的脸色，有点惊慌。他对小马吩咐说，立即给公社派驻到所有村庄的干部打电话，紧急通知，让他们今晚回公社机关来，汇报各个村庄纠正"四清"运动"冤假错"案的进度和状况。小马不敢表示出任何异议，转过身就走，钻进电话房里去了。

他忽然想：要不要把唐生法给他的长信向全体公社干部读一读呢？这封信对加快复查"四清"中大量案件的进度不无推动力吧？当然，拿出这封信来公之于众……这需要勇气！

关志雄转过身，一拳砸在那信纸上，自言自语吼道：

"奶奶个熊！老子豁出去了！"

十一

这是在市人民代表大会期间，我与关志雄的一次相遇。我过去只知道他"文革"中受过折腾，并不在意，因为几乎所有大小领导干部都受过类似的折腾，只是程度上的差别，并无幸免者。今天晚上，他却向我道出了这一段"地窖"里的奇特经历，使我难以忘记。

"你看，我把我一生中最见不得人的事都告诉你了。今晚以前，世界上没第三个人知道我躲地窖的事。可我心里很憋，我说给你，你骂我也好，瞧不起我也好，反正我心里松泛了一些。你们作家可以把自己心里的事儿变个法儿写出去，我没这个本事。你觉得我的这段经历有意思的话，你可以写小说，只是……甭胡尿编！现时有些小说、电影编得太虚了！"

这就给我日后的小说定下了调子。当我今天打算写这个故事的时候，已经少了顾虑，文学园地早已出现了一种类似于小说也类似于报告文学的新形式，叫做报告小说或纪实小说。不过我觉得我的《地窖》还是小说，不仅仅是因为主人公的名字是我随意改换的，我的朋友自然不叫关志雄。

那一晚，我们在一块多喝了几杯，关志雄脸膛泛红，眼珠熠熠生辉，兴奋难抑。我问他后来还见过那位救他命的地窖女主人没有？他笑着说："见过一次，是她和唐生法开着汽车把我请去的。他妈的，唐生法这小子有文化知识，又有在公社农具厂当厂长时拉下的熟人'关系'，在东唐村开办了个小加工厂，挣了大钱。他和女人开着大卡车到县上来把我拉去，备下家宴，把他父亲也请过来。"

"那家伙真不得了，挣下几十万了。他给东唐村小学捐献了一座二层教学楼，又给东唐村修建了自来水塔。他说……他做这些事是要讲一讲'心理卫生'……"

"我在他家里，再也找不到那个地窖了。他们盖下了小洋楼，厦屋拆掉了，地窖早已填平夯实了。"我竟有点惆怅。

"那玉芹也容光焕发，发胖了，还烫了发，是那个小加工厂的会计，走起路来脚下叮咚响。进门时一见面，她的脸一下子红到脖颈，唐生法大瓜熊不知底细，还对着我开她的玩笑，'都老屎了，见人还脸红哩！'……"

我不禁畅怀大笑。

关志雄却没有笑，从沙发上站起，走到窗前，推开窗户。这座十层楼的宾馆下面，是灰蒙蒙的低矮平房的瓦顶，灯光大都熄灭，临街公路上的路灯放出一种紫色的柔光。这座饭店的多数窗户也都黑下来。夜正深沉。

关志雄站在窗前，抽着烟。他现在是河口县人大常委会副主任。他对着黑沉沉的夜空，站了很长时间。

后来，我们就睡觉了。

图书在版编目(CIP)数据

蓝袍先生/陈忠实著. – 北京:北京十月文艺出版社,2008.7
ISBN 978 – 7 –5302 –0943 –1

Ⅰ. 蓝⋯　Ⅱ.陈⋯　Ⅲ.中篇小说 – 作品集 – 中国 – 当代
Ⅳ. I247. 5

中国版本图书馆 CIP 数据核字(2008)第 097219 号

蓝袍先生
LANPAO XIANSHENG

陈忠实　著
*
北 京 出 版 社 出 版 集 团
北 京 十 月 文 艺 出 版 社　出 版
(北京北三环中路6号)
邮政编码:100011
网址:www. bph. com. cn
北京时代新经典图书发行有限公司发行
新 华 书 店 经 销
北京柯蓝博泰印务有限公司 印 刷
*
880 × 1230　32 开本　11.5 印张　330 千字
2008 年 8 月第 1 版　　2009 年 3 月第 2 次印刷
ISBN 978 – 7 – 5302 – 0943 – 1
Ⅰ：910　定价:29. 80 元
质量监督电话:010 – 58572393